Story by Fuse, Illustration by Mitz Vah

후세 지음
밋츠바 일러스트
도영명 옮김

전생했더니
슬라임이
있던건에
대하여 8
Regarding
Reincarnated to Slime

전생했더니
슬라임이
었던 건에
대하여 8

Regarding
Reincarnated to Slime

목차 — 영토 장악 편

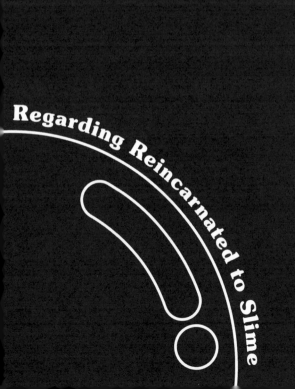

서장

경과보고

Regarding Reincarnated to Slime

"당신도 사람이 참 나쁘군요, 그란베르 옹. 자칫하면 나까지 죽을 뻔했단 말입니다."

"가소로운 소리를 하는군. 휩쓸리기 전에 재빨리 도망치지 않았나. 그렇게 들었네만."

"어쩔 수 없었습니다. 부하들로부터 보고는 받았겠죠?"

"뭐, 그렇긴 하지──."

"그 악마는 제 상상 이상으로 강한 괴물이었습니다. 제국의 정규병도 상대가 안 되더군요. 제가 아는 한 최강의 존재인 임페리얼 가디언(제국 황제 근위 기사)급의 자들이 나서지 않으면 물리칠 수 없을 겁니다. 그것보다──."

다무라다와 그란베르.

서로 마주 보듯이 의자에 앉은 채, 평화로운 분위기 속에서 서로의 속마음을 파헤치고 있다.

작전이 실패했다고 본 다무라다는 세간의 관심이 식을 때까지 로조 일족으로부터 거리를 두자고 생각했다.

작전이 성공한다면 유리하게 교섭을 진행시킬 수 있다. 그러나 실패한다면 그것을 이유로 무리한 요구를 해 올 가능성이 높다. 손해를 볼 것은 각오한 상태에서 다시 시작하자고 생각한 것이다.

그런데 상황이 변했다.

다무라다가 템페스트(마국연방)로 향하는 도중에 갑자기 '마법통화'로 보고를 받은 것이다.

'히나타 패배. 그러나 마왕 리무루와 화해한 것 같음.'

이것은 예상했던 결과 중에서도 최악의 부류에 속했다.

히나타가 살아 있다면 서방성교회의 영향 아래 있는 서방 열국에서 장사하기가 어렵게 된다. 게다가 마왕 리무루와 화해를 했다면, 다시 선동해서 히나타를 죽이게 만드는 것도 어렵다.

다무라다와 그란베르의 이해가 일치하여 발동한 계획이었지만, 이건 완전히 실패했다고 단정할 수 있었다.

(——뭐, 관점에 따라선 오히려 형편이 좋아진 것이기도 하지.)

계획은 실패했지만, 그것은 다무라다의 입장에선 그렇게 심한 타격이 아니었다.

서방 열국에서의 지반을 하나 잃기는 했지만, 장사를 할 수 있는 루트는 달리 더 있다. 비밀결사 '케르베로스(삼거두, 三巨頭)'라는 조직은 거대하며, 정체를 숨기기 위한 간판으로 많은 상회를 이용하고 있기 때문이다.

더 말하자면, 다무라다는 히나타의 생사 그 자체에는 흥미가 없었다.

그래서 그란베르가 실패한 것에 대해서도 그렇게 화가 나 있는 것은 아니었다. 그 사실을 이용해서 앞으로 교류를 할 때 유리한 입장에 서는 것이 목적이었다.

그렇게 생각한 다무라다는 급히 예정을 변경하여 그란베르에게 인사를 하기 위해 되돌아왔다.

"──그란베르 옹이야말로 말씀하신 것에 비하면 실망스럽군요. 히나타의 처분에 실패한 것도 모자라서, 마왕 리무루와의 관계를 오히려 단단하게 만들어버렸으니……."

그래서 다무라다는 자신의 일은 짐짓 모른 체하면서 그란베르 측의 실수를 질책한다.

하지만 그런 지적을 받는 것은 그란베르로서도 예상한 바일 것이다.

"그렇구려, 그건 인정하지 않을 수 없겠군. 그리고 이제 와서 기울어진 저울이 다시 돌아올 일은 없지. 유서 있는 대국 파르무스는 땅에 떨어지고, 새로운 국가가 탄생하게 되겠지. 그건 마왕 리무루가 의도하던 대로 된 것이며, 당신들의 꿍꿍이가 완전히 박살 났음을 의미하지."

그란베르는 전혀 주눅 들지 않은 채, 다무라다의 말을 그렇게 긍정했다. 그리고 지론을 펼치면서 현재의 상황을 파고들어 분석한다.

그것은 다무라다도 인식하고 있던 내용 그대로이기에, 다무라다는 침묵으로 대답을 대신할 뿐이다.

"그래서 어떡할 텐가?"

"어떡하다뇨?"

"마왕 리무루가 노리는 것은 쥬라의 대삼림을 경제의 중심으로 성장시키는 일인 것 같더군. 우리 로조로서는 그걸 절대로 인정할 수 없네."

"흠……."

그란베르의 질문을 받으면서, 다무라다는 이야기의 내용을 지극히 타산적으로 검토했다.

다무라다로서도 로조 일족과 충돌하여 일을 복잡하게 만들 생각은 없었다. 앞으로의 장사를 원활히 하기 위해서, 이번 일을 서로 없던 것으로 치고 넘어갈 수 있다면 그것도 좋다고 생각했다.

그리고 그것은 그란베르도 같은 생각인 모양이다. 그뿐만 아니라, 그의 시야는 다무라다의 계산보다 더 앞쪽에 있는 향후의 전망을 내다보려 하고 있는 것 같다.

"여기서 우리가 서로 반목해봤자 이득을 보는 건 없겠지? 마왕 리무루와 성인 히나타에게 무력으로 대항하는 것이 힘들어진 지금, 눈에 띄는 행동은 위험하고 말이야. 그건 당신들도 마찬가지이지 않을까?"

다무라다의 생각을 꿰뚫어 본 것처럼 그란베르가 그렇게 말했다.

"후후후. 역시 상대가 안 되는군요, 그란베르 옹에겐. 확실히 여기서 실패의 책임을 놓고 왈가왈부해봤자 의미는 없지요. 오대로(五大老) 분들과는 지금까지 오랫동안 알고 지내왔습니다. 그건 앞으로도 변함이 없을 것이라고, 저는 그렇게 이해하고 있습니다. 전란을 틈타서 한몫 벌어보려다가 손해를 보긴 했습니다만, 그건 그거고 이건 이거죠. 살아만 있다면 또 기회를 얻을 수 있을 테니까요."

"역시 다무라다 공, 이해가 빨라서 좋구려. 그러면 우리가 서로 협력하여 그 땅에 새로운 경제권이 태어나는 걸 저지해야 하지 않겠소!"

그란베르의 목적은 말할 것도 없이, 서방 열국에 대한 이권을 지켜내는 것이다.

그란베르가 끔찍이도 아끼는 마리아베르가 예견했던, 쥬라의 대삼림을 중심으로 하는 새로운 경제권의 탄생. 그것을 허용하면 로조 일족의 영향력이 약해지는 것은 필연적이다.

천 년에 가까운 세월을 들여 구축해온 지배 체제에 금이 가는 것은 그란베르에겐 절대 허용할 수 없는 일이다.

그래서 그란베르는 마왕 리무루를 방해하여, 그의 구상을 박살 내기로 마음먹었다. 그러나 '칠요의 노사'로서의 위치를 잃은 지금, 루미너스 신의 이름을 이용하는 것도 불가능하다. 그렇기에 더더욱, 무슨 일이 있어도 다무라다가 속한 조직── '케르베로스'의 협력을 원했던 것이다.

그란베르의 후예이자 동지인 나머지 오대로도 그란베르의 생각을 지지하고 있다.

각자가 카운실 오브 웨스트(서방 열국 평의회)를 움직여서 눈에 띄지 않게 파르무스 왕국 내란의 뒤처리를 일부러 오래 끌고 있었다.

파르무스의 땅에 새로운 왕이 즉위하는 흐름을 막을 수는 없지만, 조금이라도 시간을 벌기 위해 쓸 수 있는 수는 다 쓰고 있었다.

로조 일족이 숨겨둔 '비장의 수'는 아직 존재하지만, 그걸 보여주는 것은 아직 시기상조다. 그렇다면 '케르베로스'를 잘 이용하는 것이 좋은 방법이라 하겠다.

그게 그란베르의 의도였다.

그러나──,

"아, 잠깐 기다려주십시오."

다무라다는 그란베르가 의도하는 대로 움직여줄 생각은 없었다.

로조 일족과 그들을 지배하는 오대로. 확실히 장사를 할 수 있는 극상의 고객이며, 앞으로도 계속 관계를 유지할 생각을 하고 있는 것은 사실이다. 하지만 그렇다고 해서 뭐든 시키는 대로 따르리라 생각한다면 그것은 착각이다.

다무라다도 상인이다.

이익을 계산하여 움직이는 인간이며, 유연한 사고를 갖춘 자였다.

동쪽과 서쪽의 경제권이 있으며, 그 무역을 장악함으로써 '케르베로스'는 엄청난 부를 얻고 있다. 그건 사실이지만, 그 거래 상대가 늘어난다고 해서 '케르베로스'에 손해가 생기는 것은 아니다. 오대로의 서방 열국에 대한 영향력이 적어진다고 한들, 그건 다무라다 쪽에겐 관계가 없는 이야기인 것이다.

"──앞으로도 좋은 관계로 남고 싶다는 건 진심이지만, 그렇다고 해서 지금의 그란베르 옹의 말에는 찬성하기가 어렵군요. 애초에 우리에겐 마왕 리무루와 적대할 이유 따윈 없으니까 말입니다."

다무라다는 그란베르를 앞에 두고 그런 말을 뱉었다.

"네 이놈……."

"후후후, 당신 본인이 하신 말이 그대로 맞습니다. 히나타에게 얼굴이 알려진 저는 서방 열국에서 활동하기가 곤란하지요. 저는 본국으로 돌아가서, 절 대신할 자를 보내기로 하겠습니다."

약속대로 히나타를 처리했더라면 제가 움직였겠지만요—— 그런 뉘앙스를 풍기면서, 다무라다는 그란베르의 요구를 거절했다.

"…………."

"거래는 지금까지와 변함없이. 이번 건은 서로를 탓하지 않고 넘어가는 걸로 하죠."

그 말을 남기고, 다무라다는 자리에서 일어선다.

자신의 의도가 빗나간 그란베르로서도 그 이상은 강한 어조로 다무라다에게 대꾸할 수가 없었다. '케르베로스'라는 조직은 동쪽 제국을 뒤에서 좌지우지하고 있다. 그 보스 중의 한 사람인 다무라다를 화나게 만들어서 결정적으로 결렬하게 되는 일은, 지금의 로조 일족에겐 손실이 지나치게 큰 것이었다.

"……어쩔 수 없군. 그 건은 우리가 움직이도록 하지. 당신들은 최소한 우리 방해는 하지 말았으면 좋겠구려."

"그건 당연하지요. 지금까지의 관계를 돌이켜본다면, 우리를 믿어주셔도 괜찮을 겁니다."

다무라다는 빙긋 웃으면서 그렇게 대답하더니, 정중하게 인사를 하고는 그 자리를 떠났다.

다무라다의 태도는 성실함 그 자체였다. 언뜻 보기엔 상인으로서 거짓이 없는 듯이 보인다.

그러나 히나타가 처리된 상태였다면, 벌써 마왕 리무루 편에 붙었을 것이다. 그리고 로조 일족과 마왕 리무루를 저울질하면서 어부지리를 노렸을 것이 틀림없다.

그 사실이 조금도 느껴지지 않게 행동하는 것을 보면, '돈(金)'의 다무라다라는 이름은 단순한 간판만은 아니다.

하지만 그란베르도 또한 산전수전을 다 겪은 노회한 인물이다.

다무라다의 의도를 반쯤은 정확하게 읽어내고 있었다.

확실히 그 말대로 방해는 하지 않을 것이다.

하지만 다무라다는 마왕 리무루를 상대로 거래를 하지 않겠다고는 말하지 않았다.

거짓말은 하지 않았으니, 상인으로서는 올바른 자세라고 할 수 있겠다.

그러나 지배자인 로조 일족의 수장 그란베르에게 그런 다무라다의 태도는 도저히 허용할 수 없는 것이다.

"——망할 놈들. 내 약점을 이용하려 들다니. 이번 일이 끝나면 다음 차례는 네놈들이다."

다무라다가 떠난 방에, 그란베르가 중얼거리는 소리가 작게 울렸다.

그 눈동자는 굴욕의 빛으로 물들었으며 끓어오르는 분노로 탁해져갔다…….

*

"——그런 식으로 오대로와의 이야기는 정리가 되었습니다."

의자에 걸터앉은 소년을 앞에 두고 그렇게 보고하는 자는 다무라다였다.

"그렇군. 로조 일족과의 관계가 네가 바라던 대로 끝나서 다

15

행이야. 이것으로 앞으로도 그들과의 교섭 창구를 이용할 수 있겠군."

로조 일족과 교섭을 할 때도 오만불손한 태도를 보였던 다무라다가, 그 소년 앞에선 겸손한 모습을 보이고 있었다.

그것은 당연했다.

뭐니 뭐니 해도 그 소년이야말로 다무라다의 주인이자, 비밀결사 '케르베로스(삼거두)'의 총수니까.

소년은 다무라다로부터 보고를 듣고 고개를 크게 끄덕여 보였다.

"그러게 말입니다. 그건 그렇고 망할 녀석들, 그런 괴물을 정보도 주지 않고 저에게 떠넘기려 들다니⋯⋯."

"아하하, 힘들었겠네. 하지만 뭐, 좋은 타이밍에 후퇴할 수 있어서 다행이었잖아."

"후후후, 동감입니다. 운이 좋았지요. 디아블로, 라고 했던가요? 제국에서 맹위를 떨치는 블랑(태초의 흰색)에 필적할지도 모르는 무시무시한 악마입니다. 위협이 될 자는 마왕 리무루만 있는 게 아니라고 할 수 있겠지요."

"그러게 말이지⋯⋯. 우리가 태세를 재정비하는 것보다 마왕 리무루가 힘을 기르는 게 더 빠르다는 느낌이 드는데⋯⋯."

"확실히 그렇습니다. 그 마왕은 묘한 운을 타고 난 것 같군요. 강력한 마인이 모여 있는 것 같은 데다, 그 '폭풍룡'까지 부리는 것 같아 보이니──."

"솔직히 말해서 그 세력을 정면으로 상대하는 건 어리석은 짓이라 하겠지."

"이기지 못한다——라고는 말씀드리지 않겠지만, '케르베로스'도 궤멸하겠지요."

"뭐, 서둘러봤자 소용없어. 어차피 시간은 있으니, 천천히 생각해볼 거야."

"그게 좋겠습니다. 지금은 한동안 혼란이 계속될 테니, 이 상황에서 손을 댔다간 우리가 화상을 입을 수도 있으니까요."

"그렇겠지. 약간 앙갚음을 할 생각으로 히나타를 이용해봤는데…… 그것도 실패하고 말았으니까 말이야. 이 이상 움직이다간 우리가 위험할 테니까, 당분간은 얌전히 있도록 하자고."

크게 신경 쓰는 것 같지도 않은 분위기로 웃으면서 그렇게 말하는 소년을 보면서, 다무라다는 걱정하면서도 동의했다. 그리고 뭔가를 떠올렸는지 불평을 늘어놓는다.

"그건 그렇다 쳐도, 오대로도 큰소리만 쳤지 그리 대단하진 않더군요. 성인 히나타를 확실히 처리하겠다고 호언장담하더니, 그런 꼴이지 뭡니까. 양쪽이 무사히 살아남았으니 오해도 풀렸을 테고, 서방성교회와 템페스트(마국연방) 사이의 골도 메워질 것으로 보이는군요……."

씁쓸하게 말하는 다무라다.

그 말에 소년은 쓴웃음을 지으면서 대꾸한다.

"그것도 예상한 대로야. 마왕 리무루는 마음이 약해서 히나타를 죽이는 일은 없을 거라 생각했으니까. 일이 잘 풀리면 그 약한 마음 때문에 그자가 알아서 죽어주지 않을까 하는 기대를 하긴 했지만 말이지……. 그렇게까지 만만하지는 않았던 모양이야."

"오대로 쪽에서는 '폭풍룡'에 대한 억지력이라는 이유로, 마왕 리무루에게 가담하려는 계획을 꾸몄던 것 같습니다만.”

“그렇게 일이 잘 풀리면 우리가 고전을 할 리가 없겠지. 어차피 실패할 거라고 생각하고 있었으니까 더더욱 신중하게 감시를 계속했던 거야.”

“과연, 그랬단 말입니까. 하지만 그 덕분에 도움을 받았습니다. 당신이 연락을 주시지 않았다면 마왕 리무루 앞에서 성인 히나타와 마주칠 뻔했으니까 말이죠.”

운이 좋았으면 정체는 들키지 않았을지도 모르지만, 히나타를 앞에 둔 상태에서 그렇게 낙관할 수는 없었을 것이다. 그러므로 다무라다는 사전에 위기를 알려준 소년에게 고마워했다.

근본적인 원인을 따지자면, 그 위기의 원인은 소년이 내린 명령이다. 히나타에게 거짓 정보를 흘리지 않았다면 다무라다의 정체가 들킬 우려는 아예 없었다.

하지만 그런 것은 다무라다에게 있어선 큰 문제가 아니다. ‘케르베로스’라는 조직의 총수인 소년이 내린 명령은 모든 것에 우선한다.

뭐니 뭐니 해도 비밀결사 ‘케르베로스’를 이끄는 그 소년의 목적은, 이 세계의 완전 제패——세계 정복이니까.

다무라다는 그 야망에 공감했고, 그래서 소년에게 심취했다. 평범하게 생각한다면 꿈같은 소리라고 일소에 부쳤겠지만, 이 소년이라면 이뤄낼 수도 있을 것이라고, 다무라다는 그렇게 느꼈던 것이다.

그렇기에 소년의 명령에 의문을 품지 않는다.

그런 다무라다에게 소년은 싹싹하게 말을 걸었다.

"너까지 잃어버렸다면, 내 계획이 수정 불가능할 정도로 엉클어졌을 거야."

"뭐, 일이 그렇게 될 지경이라면, 도망치는 것 정도는 할 수 있습니다."

자신을 걱정하는 소년에게 다무라다는 대담한 웃음을 지으면서 그렇게 대답했다.

'케르베로스'의 보스(두령)와는 이익 관계로 맺어져 있는 것이 아니다. 그 확실한 실력이 뒷받침을 해주기 때문에 비로소 어둠의 세계의 강자들을 부릴 수가 있는 것이다.

소년도 그 사실을 이해하고 있는지 성격이 안 좋아 보이는 미소를 지으면서 대꾸한다.

"아하하. 그렇지만, 진짜 실력을 발휘하면 안 되는 거 알지? 그건 어디까지나 최후의 수단이야. 지금은 조금 더 상황을 살피고, 힘을 동반하지 않는 거래를 즐기고 싶으니까 말이지."

진짜 실력을 발휘한다. 즉 '케르베로스'의 총력을 기울이게 되면, 남은 두 명의 보스를 불러내는 꼴이 된다. 그렇게 되면 암약 같은 미지근한 수단을 동원할 입장이 아니게 되면서 서방 열국을 끌어들이는 큰 전쟁이 촉발될 수도 있게 된다.

확실히 그런 사태는 총수인 소년이 바라는 바가 아닐 것이다. 다무라다는 그것을 충분히 이해하고 있기에 망설임 없이 수긍했다.

"그러면 저는 본국으로 돌아가는 게 좋을 것 같군요."

"그러네, 그게 좋을 것 같아. 얼굴을 들키지는 않았다고 해도, 상대는 히나타야. 네 존재는 마크되어 있을 테니, 드러내놓고 활동하기는 이제 어렵겠지. 누군가를 대리로 내세우는 게 좋으려나. 그렇다곤 해도——."

다무라다도 소년이 말하려는 뜻은 이해한다.

'케르베로스'에는 다무라다와 동격인 보스가 앞으로 두 명이 더 있지만, 그중의 한 명이 문제인 것이다.

"베가를 부르는 건 일단 자제하지."

그렇기에 더더욱 소년이 그렇게 말한 것도 납득이 되었다.

"잘 알겠습니다. 그럼 저 대신으로는 미샤를……."

"그러네. 그렇게 해줘."

'돈(金)'과 '여자(女)'와 '힘(力)'이라는 남자의 욕망을 상징하는 보스들.

'여자'의 미샤는 방심할 수 없는 성격이긴 하지만 말은 통한다. 그러나 '힘'의 베가는 귀찮은 존재였다. 그가 상징하는 '힘'을 구체화시킨 것 같은, 폭력의 화신인 것이다.

다무라다의 말 따윈 들으려고도 하지 않으며, 소년이 직접 내린 명령에만 따른다. 그걸 아는 만큼, 소년도 다무라다에게 무리한 지시를 내릴 생각은 없었다.

"그럼, 그렇게 하죠. 그리고 제가 여기서 진행하고 있던 노예매매 건 말입니다만, 어떻게 뒤처리를 할까요?"

"……그것도 있었네. 귀찮으니까 너에게 맡겨두고 있었던 '오르토스(노예 상회)'는 없애기로 할까. 난 애초부터 노예제도를 싫어했었으니까."

"흠. 저로선 이견은 없습니다만, 미샤의 '에키드나(창부의 관)'로 흘러들어 가는 마물도 전부 풀어줄까요? 그리고——."

"아니, 특정 기밀 물품만큼은 지금까지와 마찬가지로 처리해. 로조 일족과의 창구도 모처럼 남아 있으니까, 이걸 이용할 방법도 있을 거야."

"알겠습니다. 그럼 나머지는 제게 맡겨주십시오."

다무라다는 그렇게 말하면서 그 자리를 떠났다.

소년은 눈을 감고, 즐거운 표정으로 머릿속의 장기판에 말을 놓고 움직이기 시작한다.

그런 소년의 귀에 또각또각 하는 발소리가 들렸다.

소년은 입가에 살짝 미소를 지으면서, 바로 뒤에까지 걸어온 비서풍의 여성에게 말을 건다.

"듣고 있었지, 카자리무?"

"네에, 보스. 그런데 왜 '오르토스'를 없앨 마음을 먹은 거죠?"

소년을 찾아온 자는 카자리무.

소년이 신용하는 동료이며 의논 상대다.

"간단해. 이쯤에서 '그'에게 공을 세울 기회를 줄까 하고 생각해서야."

"겨우 그게 이유라고요?"

"말하지 않아도 알고 있잖아? 쥬라의 대삼림 전역이 그 슬라임의 지배 영역이 되었어. 거기서 마물 사냥 같은 걸 했다간 틀림없이 박살이 날걸. 그렇다면 먼저 우리에게 도움이 되도록 없애는 게 더 낫지 않겠어?"

"과연, 확실히 그렇군. 도마뱀이 꼬리를 자르듯이 중요한 상품만을 지키면 되겠죠."

"그렇지? 그쪽에 대한 준비는 맡겨도 될까?"

"'그'가 공을 세우게 만든다면…… 아아, 그 녀석인가. 여전히 보스는 재미있는 걸 생각해내는군. 알았어요, 그쪽은 제가 맡도록 하죠."

"부탁할게, 카자리무."

"네에. 그리고 다른 이야기를 좀 하자면 저는 앞으로 '카가리'라고 불러주면 좋겠네요."

그런 말을 듣고 소년은 눈을 크게 뜨면서 카자리무를 보았다.

"호오…… 드디어 마음을 정한 거야?"

"그래. 클레이만이 죽으면서 나도 결심을 굳혔어. 마왕 카자리무라는 '이름'은 레온에 대한 복수가 끝날 때까지는 봉인하기로 할 거야."

"알았어. 그러면 카가리, 갑작스럽지만 잘 부탁해."

"맡겨두세요, 보스."

두 사람은 시선을 교환하면서 서로 씨익 웃었다.

그리고 새로운 동란의 막이 오른다──.

제1장

화해와 협정

Regarding Reincarnated to Slime

그 뒤로 너무나 힘들었다.

이래저래 겨우 안정이 될 때까지 수습하는 일이, 히나타와 싸우는 일보다 더 피곤했던 것은 남에게 말 못 할 비밀이다.

무슨 일이 있었는가 하면——,

·················.

············.

······.

서방성교회가 신봉하는 루미너스 신의 정체는 마왕 발렌타인, 바로 그자였던 것이다.

진짜 이름은 루미너스 발렌타인이라고 한다. 지금까지는 심복을 대행으로 내세우고, 권속(眷屬)명을 부여하여 마왕 발렌타인이라고 칭하게 시켰던 모양이다.

애초에 발푸르기스(마왕들의 연회)에서 베루도라가 루미너스의 정체를 폭로하면서, 이제는 그렇게도 하지 못하게 되어버린 것 같지만······.

히나타가 이끄는 크루세이더즈(성기사단)는 그런 마왕 발렌타인과 대립하고 있었다. 그렇게 하면서 민중의 지지를 얻었던 모양이다.

완전히 병 주고 약 주고 하는 꼴이지만, 히나타는 그 사실을 알고 있었다고 한다. 합리적이라고 표현하면 그렇긴 하지만, 정말 그래도 괜찮은 걸까?

"어쩔 수 없잖아. 나는 그걸 막으려고 하다가 루미너스 님에게 패배했으니까. 하지만 루미너스 님은 민중의 지지 따위엔 흥미가 없으신 것 같이 보였지만──."

내가 의혹을 품은 것을 알아차렸는지 히나타가 한숨 섞인 목소리로 설명해줬다.

히나타도 납득이 가지 않았던 것 같지만, 루미너스에게 패배한 몸이다 보니 따를 수밖에 없었던 모양이다.

그렇게 말은 해도 히나타는 민중을 희생으로 삼지 않겠다는 약속을 루미너스에게서 받아냈다고 한다. 그 약속이 지켜지는 한, 히나타는 루미너스의 뜻에 따르겠다고 결심했다고 한다.

어찌 됐든 히나타가 이런 식으로 병 주고 약 주고의 구조를 만든 것은 아닌 모양이다.

"그 말이 맞아. 그 계획을 세운 것은 나이고, 동생인 로이가 실행할 마음을 먹은 거요. 실제로 루미너스 님은 그다지 관여하지 않은 이야기이고, 처음에 히나타는 그에 반발하여 우리를 죽이려고 들었을 정도였으니까 말이지. 이 건으로 뭔가 할 말이 있다면 히나타가 아니라 내가 듣기로 하지."

히나타의 말을 이어서 그렇게 말한 자는 루미너스와 같이 온 남자다.

분명 자신의 이름을 교황 루이라고 밝혔었다.

"그래서 교황 루이, 님, 씨? 어떻게 불러야 하나?"

내가 그렇게 말하자 루이는 쓴웃음을 지었다. 그리고 "그냥 편

25

하게 불러도 상관없소, 마왕 리무루여"라고 말하면서 내가 편할 대로 부르라고 답해줬다.

성기사들이 보고 있는 앞인데, 그런 것에는 무관심한 것 같다. 아니, 그의 주인인 마왕 루미너스와 동격인 내게 예의를 갖춰 대하는 게 당연하다고 생각하고 있는 것 같다.

그리고 루이는 귀를 쫑긋 세우고 있는 성기사들에게도 들리도록 지금까지의 경위를 간단하게 설명해줬다.

"그렇다면 발푸르기스에서 만났던 마왕 발렌타인은 당신 동생이었다는 말인가?"

"그렇소. 쌍둥이 동생 같은 존재였지만 말이지. 하지만 유감스럽게도 그 연회 이후에 누군가에게 살해당하고 말았지."

루이는 그렇게까지 유감스럽지는 않은 말투로 그렇게 말했다.

"뭐, 살해당했다고?"

루이는 신경 쓰지 않는 것 같았지만, 그건 약간 놀랄 만한 일이다.

어찌 됐든 그 마왕 발렌타인은 대행이었다는 생각이 들지 않을 정도의 실력자였으니까 말이다.

"그렇소. 로이는 좀 지나치게 자신만만한 성격이었으니, 방심했겠지. 서방성교회를 적대시하는 세력도 많으며, 신성교황국 루벨리오스가 눈에 거슬린다고 느끼고 있는 국가도 있을 것이고. 그런 적대 세력이 보낸 자객에게 그만 당한 것으로 보이지만 말이지……."

그건 그렇다 쳐도 참 한심한 이야기로군, 루이는 그렇게 말했다.

슬퍼하는 분위기는 아니었지만, 아무런 감정도 느끼지 않는 것은 또 아닌 것 같다.

이 루이라는 남자로부터도 상당한 힘이 느껴진다. 로이 이상의 힘을 감추고 있는 것 같은데, 그래도 마왕 급의 실력자인 동생이 살해당했다고 한다면 낙관은 할 수 없을 것이다.

"최근에는 신병에게 실전 훈련 용도로 로이를 이용하고 있었어. 사레에게 지기도 했었다고 하는 것 같으니, 로이가 느슨해져 있던 것은 사실이라고 하겠지. 하지만 로이를 죽인 상대를 경계할 필요는 있을 거야. 뭐, 당신한테는 관계가 없는 이야기겠지만 말이지."

그렇게 말하면서 히나타가 이야기를 마무리 지었다.

확실히 로이라는 남자에 관한 것은 우리와는 관계가 없는 이야기다.

교황 루이와 마왕 발렌타인, 그리고 루미너스 신과의 관계에 대해선 이해할 수 있었다.

그건 나뿐만이 아니라, 같이 이야기를 듣고 있었던 크루세이더즈의 멤버들에게도 마찬가지였던 것 같다.

처음 듣는 자들만 있었는지, 모두 다 놀라서 말도 제대로 하지 못하는 분위기였다.

내가 납득했다는 것을 간파하고 히나타는 그녀의 동료들 쪽으로 시선을 돌렸다.

"자, 다들 이야기를 들었겠지? 속일 생각은 없었지만, 결과적으로는 당신들을 속이고 있었던 게 되었네——."

"히, 히나타 님……."

뭔가를 말하려고 한 성기사를 한 손을 들어 제지한 후에 히나타는 이야기를 계속한다.

"당신들에겐 이야기할 수 없었어. 계획을 아는 자는 적은 편이 좋은 데다, 이 일을 다른 사람에게 말한다면 죽일 수밖에 없었을 테니까."

차갑게 내뱉는 히나타.

과연 정말로 융통성이 없구먼.

"후, 후훗. 이 아루노, 속아 넘어가지 않을 겁니다. 루미너스 신, 아니, 마왕 루미너스에게 협박을 당하고 있었던 것이죠?"

아루노라는 성기사가 그런 말을 했다. 그러나 히나타는 그 말을 깔끔하게 부정한다.

"아니야. 말했을 텐데? 민중은 루미너스 님의 가호 아래 있다고. 이건 사실이야. 그러므로 나는 그분이 인류에게 적대하지 않는 한 그 뜻에 따르기로 결심했을 뿐이야. 그러니까 말이지, 아루노, 루미너스 님을 나쁘게 말하는 것은 용서하지 않을 거야."

날카로운 눈빛으로 아루노를 노려보면서 그렇게 선언하는 히나타.

이러니 오해를 사는 게지.

시즈 씨가 걱정했던 것도 당연하다.

"잠깐, 잠깐. 히나타도 좀 더 부드럽게 말해주라고. 그렇게 말해선 전혀 설명이 되지 않잖아?"

"당신하고는 관계없는 일이잖아?"

날 노려보았다.

그러니까, 그렇게 굴지 말란 말이야.

"관계가 없는 건 아니잖아? 너희가 여기서 불화라도 일으켜서 분열이라도 하면 우리도 난감해진다고."

"쓸데없는 걱정이야. 애초에──."

내 말에 반발하면서 히나타가 뭔가를 말하기도 전에 먼저──.

"그럴 걱정은 없습니다. 저희는 히나타 님을 믿고 있으니까요!"

"네에, 아루노의 말이 맞습니다. 마왕 리무루, 저희는 루미너스 신이 아니라, 히나타 님만을 따르는 집단입니다. 그러므로 분열이 될 걱정은 할 필요가 없습니다."

아루노와 레나도가 호흡을 맞춰서 내 말을 부정했다.

각자 생각하는 바는 따로 있을지도 모르지만, 모두 다 히나타를 믿는다는 점에서는 같은 심정인 모양이다.

신뢰 관계가 있어서 정말 다행이로군.

"그럼 다행이지만."

내가 고개를 끄덕이자, 아루노가 위쪽을 가리키면서 말을 잇는다.

"그리고 말이지요, 저걸 본다면 아무래도……."

말끝을 흐리고 있지만, 하고 싶은 말은 이해가 된다.

저거, 말이지.

우리의 머리 위에서는 지금 한창 루미너스와 베루도라의 처절한 싸움이 벌어지고 있었다.

솔직히 말해서 민폐니까 그만하면 좋겠다.

지상에 영향이 생기지 않도록 내가 '우리엘(서약지왕, 誓約之王)'의 '절대방어'로 막아내고 있지만, 아무래도 범위가 너무 넓다 보니 자칫하면 피해가 생길 수도 있는 상황이다.

그리고 그 절대적인 루미너스의 맹공을 보고 있으면 아루노가 말끝을 흐린 이유도 짐작이 간다.

대놓고 말해서——,

"저 정도라면 히나타 님이 패배하셨다는 것도 납득이 됩니다."

"신을 자칭할 만한 실력을 갖고 계시는군요. 확실히 저분이 인류의 적으로 돌아선다면 우리로선 막을 방법이 없겠네요……."

성기사단의 멤버들에게는 말보다도 그 광경이 더 설득력이 컸던 모양이다.

그런 일동에게 루이가 입을 열어서 말한다.

"안심하도록 하라. 루미너스 님은 관대하신 분이다. 자신의 비호하에 있는 자를 괴롭히는 취미 같은 건 갖고 계시지 않으므로, 적대하지 않는다면 인류와도 우호적인 관계를 쌓을 수 있을 것이다. 단, 그 정체를 입 밖으로 꺼내는 건 용서하지 않으시지만 말이지."

루미너스 신이 마왕이란 사실을 말하지 말라고, 여기서 확실하게 못 박고 있다.

뭐, 베루도라 탓에 루미너스의 정체가 밝혀졌으니 내 입장에서도 협력을 거부하지는 않을 것이다.

나는 협력한다고 쳐도 성기사들이 문제인데…….

그들도 이 일을 비밀로 하는 것이 좋겠다고 납득한 모양이다.

히나타가 그러기를 바라고 있다는 것이 그 이유인 것 같은 데다가 내가 생각했던 것 이상으로 많은 사람들이 히나타를 따르고 있는 것 같다.

이 정도라면 걱정할 필요는 없겠군.

내가 보기에 히나타는 무뚝뚝하고 말수가 적어서 오해를 사기 쉬운 성격이라는 인상이——.

"너, 또 뭔가 무례한 생각을 하고 있었던 것 아니야?"

"?! 아, 아니요, 아무 생각도——."

이 인간, 혹시 에스퍼라도 되나?!

내 마음을 정확하게 읽고 있는데…….

《아닙니다. 그런 영향은 확인되지 않았습니다.》

그, 그렇습니까.

그렇다면 무시무시하게 감이 좋은 모양이로군.

히나타 앞에선 쓸데없는 생각은 하지 않는 게 좋겠다.

내가 그렇게 납득했을 때.

엄청난 기세로 상공에서 떨어진 녀석이 지면에 격돌하면서 대지에 구멍을 내며 처박혔다. 그런데도 그대로 태연하게 일어서더니 날 보고 달려왔다.

말할 것도 없이 베루도라다.

베루도라는 내 뒤로 돌아가더니 날 방패로 삼고 상공을 노려본다.

그리고 베루도라의 시선 끝에는 은발의 아름다운 소녀가 한 명 있다. 분노한 형상으로 이쪽을 노려보면서 천천히 하늘을 날아서 내려왔다.

"리, 리무루, 저 완고한 녀석을 설득 좀 해줘! 내가 관대하게 사과를 했는데도 저 녀석은 들을 생각을 안 한다고!"

아아, 그래, 그래.

여기서 나를 끌어들이는 건 참아주면 좋겠는데. 정말로.

이번만큼은 베루도라가 잘못했다. 아니, 생각해보면 베루도라가 잘못하지 않은 적이 있었던가?

베루도라가 부활한 것은 최근인데, 벌써 상당히 많은 민폐를 끼치고 있는 것 같은 느낌이 드는데.

나도 보고 있었지만, 베루도라의 사과는 오히려 루미너스를 화나게 만들어버린 것 같았다.

어쨌든 베루도라는 검을 집어넣으려고 했던 루미너스에게 "크아하하하. 그때는 나도 악의는 없었다고. 젊은 날의 치기 어린 실수니까, 너도 관대한 마음으로 날 용서하는 게 좋을 거야!"라는 식으로 떠벌렸던 것이다.

이 말을 듣고 루미너스는 격노했다.

"그 도마뱀을 이리 내놓아라."

온몸의 털이 곤두설 것 같은 목소리로 그리 말하면서 다가오더니, 내 뒤에서 건방지게 상체를 꼿꼿이 세우고 있는 베루도라를 노려본 것이다.

솔직히 말해서 이런 일로 루미너스와 적대하고 싶지는 않다.

그리고 그녀의 심정도 이해가 된다.

방금 그 말은 결코 사과의 말이 아닌 데다, 베루도라도 어느 정도는 아픈 꼴을 겪고 반성해야 한다고 생각했다.

그래서 나는———,

"그러죠."

라고 말하고는, 망설임 없이 베루도라의 목을 붙잡아서 루미너스에게 내민다.

"케에엑?! 날 배신했겠다, 리무루!!"

"아니, 배신이고 뭐고 이건 틀림없이 네가 잘못한 거잖아?"

이런 말은 단호하게 해두는 편이 좋다.

루미너스와의 사이에 원한을 남기지 않기 위해서라도, 여기서는 뚜렷하고 확실하게 흑백을 가려두는 것이 좋겠지.

그렇게 생각하여 베루도라를 내밀자, 루미너스는 놀란 표정으로 나를 보았다. 하지만 곧바로 베루도라를 보고 처참한 미소를 짓는다.

"음. 너는 제법 말귀를 잘 알아듣는 것 같구나, 마왕 리무루여. 그 도마뱀과는 많이 다르군."

"그 정도는 아니야. 하지만 이번 일은 이 녀석이 상당히 폐를 끼친 것 같더군. 마음이 풀릴 때까지 따끔한 맛을 보여줘도 괜찮으니까, 그걸로 용서해주면 좋겠어."

"흠, 고려해보마."

루미너스는 씨익 웃으면서 고개를 끄덕였다.

그리고 나와 루미너스의 사이에 화해가 성립한 것이다.

끌려가는 베루도라가 "잠깐만! 내, 내 의견도 들어야 하는 것 아냐?!"라고 외쳤지만, 나와 루미너스의 귀에는 들어오지 않는다.

"그럼 지금까지의 원한을, 남김없이 풀도록 하겠다. ──임브레이스 드레인(생과 사의 포옹)!!"

"캬바바바바──!!"

루미너스가 베루도라를 끌어안은 것처럼 보이지만, 그 자리에 달콤한 분위기는 눈곱만큼도 존재하지 않는다. 체격 차가 있지만, 그건 일종의 베어허그였다.

그것뿐이라면 베루도라가 대미지 같은 것을 입을 리가 없겠지만…….

《해답. 대상에서 에너지(생기)—— 즉, 에너지(마력요소)를 흡수함과 동시에 '격렬한 고통'과 '불쾌감'을 정보로서 역으로 유출하고 있는 모양입니다. 이건 정보를 차단하지 않는 한 '통각무효'와 관계없이 '영혼'에 새겨지게 될 것으로 보입니다.》

어, 그러니까 정신 생명체인 베루도라라고 해도 이 공격은 '아프다'고 느낀단 말이군. 어떤 의미로는 베루도라를 소멸시키는 것보다도 훨씬 더 반응이 있을 것 같다.

베루도라 같이 무진장의 에너지(마력요소)양이 있다면, 루미너스가 아무리 에너지 드레인(생기흡수)을 한다고 해도 죽지는 않겠지. 그러나 피로감과 권태감은 분명히 느낄 것이다. 게다가 '격렬한 고통'과 '불쾌감'까지 더해진다면, 벌로서는 더할 나위가 없다고 할 수 있겠다.

루미너스의 공격은 그 뒤로 한동안 계속되었다.

베루도라가 울부짖으면서 슬픈 눈을 하고 나를 봤지만, 나는 마음을 단단히 먹고 묵살했다.

이것도 베루도라를 위한 것——이라기보다 베루도라를 산 제물로 삼았을 뿐이며, 루미너스의 기분이 풀린다면 싼 대가이기도 하니까.

이게 정치적 거래라는 것이다.

용서해라, 베루도라.

"——뭐, 루미너스 님도 즐거워하시는 것 같으니까 말이지. 최근에 쌓였던 울분도 풀릴 것이니, 내 입장에서도 달가운 일이오."

루이가 여전히 무표정을 유지한 채로 그렇게 말했다.

"그러네. 로이를 죽인 세력이 불명인 지금, 당신들까지 적대하고 싶지는 않았으니까. 그건 그렇고 아까부터 마음에 걸렸는데, 설마 **저자가**——."

루이의 말에 고개를 끄덕이던 히나타였지만, 베루도라 쪽으로 시선을 보내면서 당혹스러운 표정으로 말을 더듬는다.

아아, 그러고 보니 아직 소개를 하지 않았군.

"저 녀석은 베루도라야. 용의 모습이 아니라 알아보기 힘들겠지만, 본인이 틀림없어. 지금은 한창 바쁜 것 같으니까 나중에 천천히 소개해주지."

"자, 잠깐, 리무루! 지금, 지금 소개를——."

"호오? 아직 여유가 있는 것 같구나."

"우보보보보오——!!"

베루도라는 도망치려고 했지만, 그때부터 루미너스의 공격이 더욱 가혹해진 모양이다.

불쌍하기도 하지.

일본의 옛말에 '꿩도 울지 않으면 총에 맞지 않는다'라는 말이 있거늘…….

"——저자가 루미너스 님이 경계하고 있던 '폭풍룡'이라는 거야? 확실히 엄청난 수준의 힘은 느껴지지만……."

이 말은 어이가 없다는 투로 히나타가 중얼거리며 한 말이다.

뭐, 그렇긴 하지. 지금의 베루도라는 상당히 우스꽝스럽게 보이니까.

위엄이고 뭐고 아무것도 없으니, 도저히 무시무시한 카타스트로프(천재, 天災) 급 몬스터라는 생각은 들지 않을 것이다.

다른 성기사들도 같은 기분을 느꼈는지, 전부 다 당혹스러운 표정을 짓고 있었다.

"미, 믿을 수가 없어……."

"저자라고? 우리가 두려워하고 있었던 '폭룡룡'이——."

"거짓말이지……? 조금 불쌍하다는 느낌이 드는데?"

그중에는 베루도라의 겉모습에 속고 있는 자도 있는 것 같다.

내 '분신체'—— 즉, 젊었을 적의 시즈 씨를 베이스(기본)로 하고 있으니만큼 베루도라도 입만 다물고 있으면 미남이긴 하지. 그런 외모를 가진 자가 슬픈 눈을 하고 도움을 바라고 있으니, 여성 중에는 동정이 느껴지는 자도 있는 모양이다.

하지만 속아서는 안 된다.

그 녀석은 잘 대해줬다간 기어오르는 생물이다.

지금 단단히 길을 들여놓지 않으면, 앞으로 힘들어지는 것은 우리——아니, 나——인 것이다.

《알림. 폭발하기 직전이었던 '폭풍룡' 베루도라의 오라(요기)가 안정치까지 감소되었습니다.》

——뭐?!

설마, 이 루미너스의 행동까지도 라파엘(지혜지왕, 智慧之王) 선생이 계산했던 대로란 말이야?!

아니, 설마 그럴 리가…….

아무리 그래도 그건 아니겠지. 그렇게까지 앞일을 다 예측할 리도 없을 테니, 그건 너무 지나친 평가라고 하겠다.

히나타와의 싸움이 너무나도 라파엘 선생의 생각대로 진행된 바람에 그만 그런 식으로 생각하고 말았다.

마음을 다시 잡고 고개를 저으면서 그런 생각을 털어낸다.

그리고 나는 주위를 둘러보면서 입을 열었다.

"자, 일단은 장소를 옮길까. 여러모로 오해도 있었던 것 같지만, 우선은 차분히 좀 쉰 뒤에 앞으로의 일에 대해서 천천히 이야기를 나눠보는 게 좋겠지."

그리하여, 성기사들을 우리의 도시까지 안내한 것이다.

……………….

………….

…….

도시 입구에선 리그루도가 마중을 나와 주었다. 먼저 소우에이를 보내서 연락해두었기 때문에 서둘러 달려와 준 모양이다.

시간적으로는 여유가 있을 거라 생각했지만, 그건 리그루도의 성격 탓일 것이다. 달리기를 좋아하는 남자인 것이다.

"어서 오십시오, 여러분. 환영합니다!"

쾌활하게 웃으면서 성기사들을 맞아들이는 리그루도.

최근에 있었던 외교를 통해서 배운 것인지, 접객의 프로에게 뒤지지 않는 수준의 미소다. 얼마 전까지 경계하고 있었던 상대에 대해서도 그런 낌새를 조금도 보이지 않는 점은 실로 대단했다.

"식사를 준비해두었으니, 뭔가 드시지 못하는 것이 있다면 미리 말씀해주십시오."

알레르기나 종교상의 이유 등으로 먹지 못하는 식재료가 없는지 확인하는 것을 게을리하지 않는 점을 봐도, 리그루도가 열심히 공부하는 태도에는 머리가 숙여질 정도다. 분명 내 눈이 닿지 않는 곳에서 수많은 모험가와 상인들을 상대하면서 인간의 문화나 가치관을 배우고 있는 것이겠지.

원래는 힘이 없는 고블린이었다는 사실을 과연 누가 믿을까?

"아, 아니. 그렇게까지 신세를 질 생각은——."

히나타가 곤란한 표정으로 거절하려고 했지만, 앞으로의 관계에 대해 서로 이야기를 나눌 필요가 있다. 어느새 저녁이 되었으니 회담은 내일 하게 될 터였다.

모처럼 여기까지 들러주었으니, 기왕이면 우리 도시를 어필해두고 싶다.

"괜찮아, 사양할 것 없어. 자세한 이야기는 내일 하면 되니까, 오늘은 일단 화해를 위한 연회를 크게 한번 벌여보자고!"

"오오, 연회라! 그거 좋은 생각이로군. 당연히 술은 나오겠지?"

루미너스에게 벌을 받고 있어야 할 베루도라가 기쁜 표정으로 내 말에 반응을 보였다.

걱정하고 있지는 않았지만, 역시 무사했던 모양이다.

"흠. 그 연회에는 우리도 초대해주는 것이겠지?"

우오?!

어느새 기척도 없이 내 옆에 루미너스가 다가와 있었다.

물론 그럴 생각이었지만, 베루도라 쪽은 이제 괜찮은 건가?

"그건 당연하지만, 어, 루미너스, 공?"

"낯간지럽다. 그냥 루미너스라고 부르면 돼."

어떻게 불러야 할지 몰라 망설이고 있으려니 편하게 불러도 된다고 허락해줬다.

같은 옥타그램(팔성마왕, 八星魔王)에 속하는 사이니까, 여기선 그 말에 따르기로 하자.

"그럼 루미너스, 나도 리무루라고 불러줘. 그리고 베루도라 건 말인데——."

"용서하지 않겠어. 용서하진 않겠지만, 오늘 여기 온 목적은 내 부하들의 뒤처리를 위해서다. 리무루여, 네 얼굴을 봐서 그 도마뱀을 처벌하는 일은 훗날로 다시 미루도록 하겠다."

오오, 루미너스가 나를 리무루라고 불러줬다.

좀 더 고압적인 자세로 나올 줄 알았는데, 의외로 솔직한 성격인 것 같군.

이 정도라면 사이좋게 지낼 수 있겠다는 생각을 하고 있으려니, 베루도라가 소란을 피우기 시작했다. 그리고 그에 낚이듯이 루미너스까지…….

"뭐라고오?! 이 정도면 이제 충분하잖아!"

"시끄럽다, 닥쳐라! 나도 양보하고 있다는 걸 알아라. 정 뭣하면 지금 당장 자웅을 겨뤄보는 것도 좋겠지!"

"크아하하하! 재미있군. 내 진화한 힘을 보여주지——."

서로 으르렁대는 두 사람.

사이가 나쁘다고 해야 할지 아니라고 해야 할지.

싸우면서 친해진다는 말은 정말이었던 모양이다.

그런 두 사람을 멋대로 굴게 내버려 뒀다간 어쩌면 이 도시가 사라져버릴지도 모르겠다.

"그만해, 이 바보야. 여기서 날뛰는 건 금지하겠습니다."

그걸 깨달은 나는 강권을 발동하여 싸움을 멈출 것을 요청했다.

루미너스도 베루도라로부터 대량의 에너지(마력요소)를 빼앗은 것으로 일단은 만족한 모양이다.

이것으로 당분간은 이를 드러내지는 않을 듯하니, 이 이상 자극하는 것은 자제시키기로 하자.

연회에 참가해주기로 했으니 최선을 다해 대접할 뿐이다.

"우리가 벌이는 연회라서, 발푸르기스에서 나왔던 것처럼 호화로운 코스 요리는 나오지 않을 텐데 그래도 괜찮을까?"

그렇게 확인을 하자, 루미너스는 문제없다고 고개를 끄덕였다.

"예전에는 불안한 예감이 들어서 참가하지 않았지만, 그것만이 참가하지 않은 이유는 아니야. 내가 부리는 요리사도 그런 요리와 비슷한 걸 만들 줄 안다. 애초에 식사를 할 필요도 없으니, 질려버렸다고 하겠지. 하지만 여기에는 귀한 술이 있다고 했지? 그 도마뱀이 기대를 할 정도인 걸 보니, 나도 기대를 해보겠다."

루미너스는 연회에 참가할 생각이 가득해 보인다.

"루미너스 님, 너무 방심하고 계시는 게 아닌지요?"

그런 루미너스에게, 그녀를 따르고 있던 노령의 집사가 충고했다.

노령이라고 해도 그것은 어디까지나 외모만을 따진 이야기다. 등은 곧게 뻗었으며 자세가 바른 것이, 그 기운을 통해 평범한 자가 아니라는 것을 알아차릴 수 있다. 적어도 그 집사의 옆에 서 있는 루이에 필적하는 수준이겠지.

루미너스는 불쾌한 표정으로 그 남자를 쳐다봤다.

"흥, 귄터여. 너는 언제나 잔소리가 많구나. 그래서 데려오고 싶지 않았던 것이다."

"그게 제가 맡은 임무이기에……."

"뭐, 좋다. 거기 있는 리무루는 말귀를 알아듣는 자이다. 여기서 베루도라와 자웅을 겨루지도 않을 것이니, 걱정할 일은 아무것도 없다."

"하지만——."

"잔소리가 많구나! 오래된 마왕인 나에게 지적하지 마라! 그러므로 그대는 먼저 돌아가도 좋다."

루미너스가 다소 과격한 성격을 보이면서 그렇게 말하자, 귄터라고 불린 늙은 집사는 난감한 표정으로 한숨을 쉬었다. 하지만 루미너스에게는 거역할 수 없을 것이다. 아주 잠깐 망설인 뒤에, 그 명령에 따르기로 결심한 모양이다.

"——그러면 저는 먼저 돌아가도록 하겠습니다."

그 말에 루미너스는 미소를 보인다.

"음, 수고했다, 귄터. 이 자리에는 루이와 히나타가 있으니, 지나치게 걱정할 필요는 없다."

"아가씨가 걱정이 되는 건 어쩔 수 없는 일입니다."

그렇게 대답하면서 귄터는 루이 쪽으로 시선을 돌렸다.

"그럼 뒷일은 당신에게 맡기겠습니다, 루이."

"잘 알았어."

루이도 난감한 표정으로 대답한다. 무표정이지만, 왠지 모르게 그런 느낌이 들었다.

혹시 이 두 사람은 루미너스에게 매번 이런 식으로 휘둘리고 있는 것이 아닐까…….

지금의 대화를 들으며 나는 왠지 모르게 그런 생각이 든 것이다.

루이의 대답을 듣자마자 귄터는 홀연히 그 자리에서 모습을 감췄다.

그걸 확인하면서 루미너스의 기분도 풀린 것 같았다.

"자, 이제 딱딱하게 구는 녀석은 사라졌군. 이제 마음 놓고 연회를 즐길 수가 있겠구나!"

이리하여 루미너스의 기세에 넘어간 것인지, 히나타를 비롯한 성기사들도 강제적으로 참가가 결정되었다.

반대 의견이 나올 리가 없었다.

누구 하나, 루미너스의 기분을 상하게 만들고 싶은 사람은 없었다.

뭐니 뭐니 해도 베루도라와 루미너스의 다툼은 그야말로 엄청난 것이었다. 본인들의 기준에서는 가벼운 견제에 불과했겠지만, 그에 휘말린 자들은 절대 버텨내지 못한다.

내가 직접 나서서 말렸으니 아무 일 없이 끝났지만, 방치했다면 피해는 막대했을 것이다.

그걸 이해했는지 안색이 안 좋아진 자도 있다.

이해력이 쫓아가지 못하는 자도 있는 것 같다.

그럴 만도 하지.

성기사들의 입장에선 너무 많은 일이 일어났으니, 곤혹스러운 것도 당연할 터다.

나와 히나타의 싸움도 인간의 영역을 벗어난 것이었다.

영웅으로 여기고 있었던 '칠요의 노사'들이 숙청된 것도 모자라서 그들이 믿는 신의 정체가 마왕 루미너스였으니…….

그리고 그 마왕 루미너스와 '폭풍룡' 베루도라의 다툼.

히나타를 믿겠다고 결심한 그들이었으니 태연한 듯이 보이지만, 받아들이기에는 많은 시간이 필요한 안건들뿐이다.

뭐, 오늘은 일단 느긋이 쉬도록 배려해주자.

리그루도는 분위기를 파악했는지 박수를 짝짝 친 뒤에 지시를 내리기 시작했다.

그 지시를 받아서 대기하고 있던 도시의 주민들이 부지런히 움직이기 시작한다.

말을 맡아주는 자.

무기와 방어구를 보관해주겠다고 기사들에게 접근하는 자.

부상을 입은 성기사에게 회복약을 나눠주는 자도 있다.

그리고 성기사들 쪽도 히나타를 믿는다는 말은 정말이었던 모양이다.

히나타가 순순히 따르는 모습을 보이자 의심도 하지 않고 무기를 맡기고 있었다.

회복약을 시험해봤는지, 그 효과에 놀라고 있는 자도 있다.

좀 더 다투거나 하면서 소동이 있을 줄 알았는데, 의외로 분위기는 쉽게 차분해졌다.

*

"그러면 식사 준비가 다 되기까지는 좀 더 시간이 걸릴 것 같으니, 먼저 욕실에 가서 몸을 깨끗이 씻는 게 어떻겠습니까? 물론 휴게실의 준비는 다 되어 있으니, 거기서 자유로이 쉬셔도 됩니다."

그 말을 들은 성기사들은 잘 이해가 안 된다는 표정을 짓고 있었다.

목욕이라는 습관은 잉그라시아 왕국에도 있었으니, 그 말의 의미를 알아듣지 못한 것은 아닐 것이다. 히나타 일행은 교역용 도로에 있는 여관을 이용했었던 모양이고, 거기에도 욕실은 있었으니까.

마물이 욕실을 이용하리라고는 상상하지 못한 것일지도 모른다.

흥, 어디 실컷 놀라보라지! 결국은 자랑이 되겠지만, 이 나라의 욕실은 왕도의 욕실보다 수준이 더 높단 말이다.

욕실이라기보다 온천이라 할 수 있으며, 대욕탕부터 자랑거리인 노천탕까지 있다.

온천가에 있을 법한 다양한 종류의 욕탕을 준비해놓았다.

좋은 선전도 될 테니 느긋하게 피로를 풀어주면 좋겠다고 생각한다.

남은 문제는 갈아입을 옷이로군. 그들의 의복은 격렬한 전투로 인해 더럽혀지거나 망가진 상태이다.

모처럼의 좋은 기회이니, 이것도 우리나라의 선전을 위해서 이용하도록 해야겠다.

신규 개발한 삼베로 만든 진베이(길이가 짧고 소매가 없으며, 앞을 끈으로 매는 방식의 여름 옷)라도 준비시키도록 할까. 여성용으로는 유카타도 있으니, 꽤 다양한 것을 고를 수 있으니까 말이지.

"맡겨만 주십시오. 슈나 님이 이미 지시를 내려두신 상태입니다."

하루나가 그렇게 말하면서 방긋 웃었다.

보아하니 내가 걱정할 것도 없었던 모양이다.

그렇다면 당장 시작해보도록 할까.

"그러면 여러분도 우리나라가 자랑하는 욕실을 즐겨주십시오. 원천에서 끌어온 온천도 있으니, 피로도 풀 수 있습니다. 추가로, 미용 효과도 발군입니다."

약삭빠르게 선전하는 나.

이 말에 루미너스가 반응을 보였다.

"호오, 욕실이라고? 그리고 미용 효과가 있다니 흥미가 생기는군. 내가 이용할 개인 욕실은 이 나라에서 최상의 것으로 준비해두었겠지?"

응? 개인 욕실?

아아, 그때 나는 그 말이 무슨 뜻인지 알아차렸다.

기술 대국인 드워프 왕국에서도 개인용으로 물을 끓여서 데우는 욕실이 메인이었다. 여러 사람이 이용하는 커다란 욕실 같은 것은 없었던 것이다.

잉그라시아 왕국에는 대중욕탕이 있었지만, 블루문드 왕국에는 없었다. 기본적으로 서민은 생활마법을 통해 정화하기 때문에 물로 씻지 않아도 청결하기도 했고.

약간의 돈만 받고 몸을 정화해주는 자가 어느 도시에나 있었다.

즉, 이 세계에선 뜨거운 물에 몸을 담그는 목욕은 일반적이지 않은 것이다. '이세계인'이 많이 사는 대국의 상류층만이 사치품으로서 개인용 욕실을 소지할 수 있는 정도이다.

우리나라에서는 개인의 집에도 욕실이 상설되어 있어서 그만 그 사실을 잊어버리고 있었다. 루미너스도 왕후 귀족이 이용할 법한 개인 욕실을 상상했겠지만, 공교롭게도 그런 시설은 존재하지 않는다.

루미너스를 민가의 욕실로 안내하기라도 한다면 어떤 분노를 살지 모른다. 그러므로 나는 오해를 풀기로 했다.

"아니, 모두가 같이 들어가는 욕실이 있어. 물론 남자와 여자로는 나누겠지만 말이지. 만약 원한다면 혼욕탕도 있으니까, 그쪽을 이용하는 것도 말리진 않겠는데……?"

루미너스의 선입견을 수정하기 위해서 나는 그렇게 대답했지만, 그 말에 반응한 것은 다른 자들이었다.

"──?!"

"뭐라고요?!"

"호오……."

아루노 이하 남자 성기사들이 눈을 반짝반짝 빛내면서 나를 바라본 것이다.

후후후, 그들도 깊은 흥미가 있는 것 같군.

"음. 흥미가 있다면 그쪽으로──."

나는 거기까지 말했다가 히나타의 차가운 시선을 알아차리고 입을 다물었다.

안 되겠지요, 물론.

"루미너스 님, 여탕으로 가시죠. 저도 온천은 오랜만이다 보니,

너무나 기대가 됩니다."

"호오? 히나타가 그렇게 말한다면 나도 이견은 없다."

예상은 하고 있었지만, 어쩔 수 없다.

모처럼 히나타랑 루미너스와 같이 목욕—— 아니, 잠깐만?

아직 포기하기엔 이를지도 모른다.

아루노 일행이 아쉬워하고 있지만, 히나타 일행을 혼욕탕으로 끌어들이는 것은 무리였다.

하지만 나 혼자만이라면…….

미안하군. 그렇게 눈빛으로 신호한 뒤에 나는 히나타 일행을 안내하기로 했다.

"그러면 여탕으로 안내하지."

그렇게 말하면서 자연스럽게 걷기 시작하는 나. 하지만 일이 그렇게 쉽게 풀리지는 않았다.

히나타가 끼어들어 제지를 한 것이다.

"잠깐 기다려. 왜 당신이 우리를 안내하려고 하는 거지?"

"왜라니, 그야 당연히 안내가 필요하잖아?"

여기서 당황해선 안 된다.

나는 태연하게, 그리고 사뭇 당연하다는 듯이 대답한다.

"너희는 길을 모르잖아. 그리도 각종 효능에 따라 욕조도 나눠져 있는 데다, 사우나도 완비되어 있다고. 역시 이참에 제대로 사용법을 설명해주는 게 좋다고 생각하는데."

삼수사의 두 사람도 욕실에 흥미를 보였기 때문에 예전에 안내해준 적이 있다고 역설한다.

그때는 대호평을 받았으니 이번에도 그와 마찬가지라고.

"그러니까 내가 확실하게 안내해서, 얼마나 훌륭한 곳인지를 선전하려고 하는 거야."

"리무루 님, 그렇다면 제가!"

시온이 나서서 대답하지만, 그러면 내가 곤란해진다.

그러므로 지금은 단호하게 거절해야 한다.

"아니, 시온에게만 맡기는 건 불안해서 말이지."

"그럴 수가?!"

"자, 자, 사양할 것 없어. 모처럼의 기회이니, 나도 같이 들어가려고 생각하고 있으니까."

그렇게 아주 자연스럽게 대꾸하는 나.

이것으로 내가 여탕으로 간다 해도 위화감은 없다.

훗훗후, 완벽해.

완벽한 계략이다.

이제 당당히 히나타 일행과 온천에──.

"그러니까 잠깐 기다려보라니까. 당신, 원래는 남자였잖아? 뭘 당연하다는 표정으로 우리와 같이 여탕에 들어가려 하는 거지?"

깜짝.

들켰나?!

분명 땀을 흘리지 않을 내 등에 느껴지는 서늘한 감촉.

그런 히나타의 지적을 듣고 루미너스도 "호오?" 하고 말하면서 가늘게 뜬 눈으로 나를 보고 있다.

"아, 아니. 그건 말이죠……."

나는 당황했지만, 그때 생각지도 못한 목소리가 들려왔다.

"괜찮지 않습니까! 리무루 님은 리무루 님일 뿐입니다!"

나를 지원해준 것은 믿음직스럽지 않게 생각했던 시온이었다.

좋아, 잘한다! 그렇게 속으로 시온을 응원했지만, 아쉽게도 시온은 시온이다.

"당신도 욕실의 안내는 할 수 있겠죠?"

"당연하죠!"

"그럼 저는 당신에게 부탁하고 싶은데요?"

"그렇지만……."

"이 기회에 당신이 사실은 믿음직스럽다는 것을, 당신의 주인에게 실력으로 보여줘야 하지 않을까요?"

"그렇군요!"

말하자면 그런 식으로 히나타의 말에 완전히 넘어가고 말았다.

"안심하라고, 시온 씨. 우리도 갈 테니까, 곤란할 때는 도와줄게."

"그러네요. 벌써 몇 번이나 이용하면서, 저희도 자세히 알게 되었으니까요."

삼수사의 두 사람이 시온에게 그렇게 제안한 탓에, 시온의 결의도 굳어지고 말았다.

"리무루 님. 이 자리는 제게 맡겨주십시오!"

"아아, 응……. 그럼 잘해봐."

아아. 모처럼 히나타의 아름다운 나체를 감상할 수 있으리라 기대했는데…….

이렇게 되어버리면 포기할 수밖에 없을 것 같다.

천재일우의 기회를 날리고 말았다.

패배를 인정하고, 나는 속으로 눈물을 삼키면서 시온에게 맡기기로 했다.

마음을 다잡고, 나는 베니마루 쪽을 돌아봤다.

"쳇, 어쩔 수 없지. 오랜만에 남탕으로 가겠다."

포기가 빠른 것이 내 장점이다.

"그럼 제가 등을 밀어드릴까요? 산속 깊은 곳의 자연 온천 못지않은 욕탕에서 땀을 씻어내면 피로도 싹 달아날 겁니다."

"그렇다면 제가——."

모두가 함께 만든 온천은 베니마루 일행에게도 호평을 받고 있다. 가끔은 다 같이 들어가는 것도 나쁘지 않겠지.

"크아하하하! 그러면 리무루가 내 등을 밀어주겠어?"

"왜 내가 그런 짓을 해야 하는 건데——!"

베루도라가 혼자서 헛소리를 하고 있지만, 상대할 필요는 없다.

가볍게 흘려들은 뒤에 모두를 이끌고 앞서 걷는다.

성기사는 남자의 비율이 높아서 100명 정도 된다. 하지만 우리나라의 대욕탕이라면 문제없다.

한 곳만 있다면 꽉 차게 되겠지만, 여러 곳으로 나뉘어 있다. 그러므로 모두가 같이 가기로 한 것이다.

들뜬 분위기가 느껴지는 것을 보면, 다른 자들도 기대하고 있는 모양이다.

그러므로 부디 그 훌륭함에 놀라주길 바란다.

그런 생각을 하면서 걷고 있으려니, 도중에 슈나와 우연히 마주치게 되었다.

"갈아입을 옷을 준비했습니다. 그런데 리무루 님. 왜 남자 분들과 함께 계신 것인지요?"

자상하게 물었지만 그 눈은 웃고 있지 않았다.

"아아, 모두와 함께 목욕을 할까 해서 말이지."

의문스럽게 생각하면서도 나는 그렇게 대답했다.

그러자 슈나는 너무나 귀엽게 방긋 웃었다.

어라? 이거, 왠지 엄청 화가 난 것처럼 보이는데?

"그게 무슨 말씀이죠?"

그렇게 말하면서 슈나는 시선을 한 바퀴 돌렸다.

그리고 그 시선은 베니마루와 소우에이에게 고정되더니 딱 멈춘다.

"리무루 님은 볼일이 좀 있으니, 다른 분들과 같이 하실 수 없겠네요. 그리고 오라버니와 소우에이. 나중에 저랑 이야기를 좀 하도록 하죠."

"아, 아니——."

"…………."

베니마루와 소우에이는 슈나의 압력에 밀려서 침묵했다. 왜 그러는지는 모르겠지만, 슈나의 분노에 거역하지 않는 것이 좋겠다고 판단한 모양이다.

그리고 나는 결국 따로 떨어진 우리 집의 욕실을 쓰기로 했다.

이해가 안 된다.

무엇이 슈나의 기분을 거스른 것일까.

그런 의문을 품으면서도, 나는 슈나의 독촉에 따라 그 자리를 떠난 것이다.

재빨리 목욕을 마친 나는 먼저 준비 상황을 확인하기로 했다.

장소는 연회장.

이렇게나 연회가 자주 있다면 만들어두는 것이 좋겠다는 생각에, 급하게 만들도록 지시하여 이제 막 완성한 따끈따끈한 건물이다.

겉모양은 원형 돔이다.

체육관과 비슷한 넓이다.

안으로 들어가니 다다미가 깔린 뻥 뚫린 공간이 펼쳐져 있다.

여차할 때는 피난소를 겸하는 곳인지라, 상당히 많은 사람들이 들어갈 수 있다.

장소만큼은 꽤나 여유가 있기 때문에 그런대로 튼튼하고 커다란 건물에 쓰인 골조는 철골로 만들었지만, 시간이 지나면 '마강(魔鋼)'으로 변질시킬 생각이다.

그런 점에서 생각해보면 이 나라는 아주 유리하다고 하겠다. 기본적으로 에너지(마력요소)양이 풍부한 마인이 많기 때문이다.

그런 생각을 하고 있으려니 식사가 상에 놓인 채로 운반되어 들어왔다.

고급 요정에서 나올 법한, 상당히 정성을 들여 만든 밥공기가 놓여 있다.

내가 여유 있을 때 점토를 빚어서 그릇을 굽는 것을 보여주었는데, 그걸 아이들이 따라 하기 시작했다. 그것이 계기가 되면서 지금은 상당한 역작도 많이 나왔다.

색을 입히기 위해 약초 즙을 바르거나, 뭔가 정체 모를 광석을 채취해서 점토에 섞기도 하면서 선명한 색과 함께 높은 완성도를 보이는 것도 있을 정도이다.

각 가정의 밥공기는, 아이들이 만든 것이 쓰이고 있다.

뭐든지 일단 한번 해보는 게 좋다.

운반되어 온 상들도 나름대로 세공이 가해진 일급품이다.

가공하고 남은 목재 부분을 이용하여 도르드에게 만들도록 시킨 것이다. 그것도 아이들이 따라 하게 되면서 지금은 놀이의 일부로서 공작 시간이 따로 만들어진 상태다.

이렇게 보니, 온천에서 요리 그릇에 이르기까지 내 취향이 줄줄이 반영되어 있다.

풀을 뜯어 먹던 옛날을 생각해보면, 생각할 수 없을 정도로 쾌적한 생활이 가능하게 된 것이다.

맛도 즐길 수 있게 되었고 말이다.

역시 나 자신을 위한 것이라고 생각하기 때문에, 더더욱 열심히 노력할 수 있다고 할 수 있겠다.

오늘의 요리는 텐푸라(튀김)이다.

훌륭하다. 이렇게까지 만들어낼 수 있었다고 생각하니, 감개무량하다.

보기에는 완벽, 맛도 최고.

오늘의 요리장인 슈나의 솜씨다.

결코 시온의 솜씨가 아니라는 것은 말할 것도 없다.

시온의 경우는 일단 요리의 겉모습부터가 엉망이다. 유니크 스킬인 '잘 처리하는 자(요리인)'라는 스킬(능력)이 있어도, 모두의 식사를 맡기는 일은 아마 없을 것이다.

이 튀김도, 내 기억을 슈나에게 보여주면서 하나하나 개발하도록 시킨 것 중의 하나이다.

밀림도 절찬했던 카라아게, 햄버그, 스테이크에 크로켓. 그리고 새우튀김(에비후라이).

이 새우튀김과 텐푸라의 차이를, 요리를 잘 모르는 내가 설명하는 것은 참 어려웠다.

간단하게 말하자면 '튀김옷을 새우에 입혀서 기름으로 튀기는 것'이 된다. 그 튀김옷의 차이가 식감이나 맛을 크게 바꾸는 거란 말이지.

그리고 튀기는 방법에도 차이가 있으니, 그것들을 요리의 맛과 겉모습으로만 기억하는 내 머릿속——막연한 추억을 통해서 재현하는 것은 생각했던 것 이상으로 힘든 일이었다.

고생을 많이 시켰다.

이것은 슈나의 노력으로 이렇게까지 재현해낸 요리인 것이다.

잉그라시아 왕국에도 맛있는 요리는 상당히 많았지만, 일식 계통의 요리는 없었다.

기이가 준비한 요리도 서양풍의 풀코스였으니, 일식은 보기 힘들겠다는 생각이 들었다.

그 이유는 하나.

서방 열국에는 바다에 인접한 나라가 적어서 해산물의 유통이 적다. 마법으로 신선도를 유지하려고 하면 막대한 비용이 들어버리기 때문이다.

일본 출신인 '이세계인' 요리사가 있다고 해도, 재료가 없으면 아무것도 할 수가 없는 법이다.

그러고 보니 요시다 씨도 술의 종류가 적어서 재현하기 어려운 케이크 류가 많다고 한탄했었다. 내가 마련해주겠다고 제안하자, 크게 흥분하면서 기뻐했던 것이다.

그렇게 생각해보면 내가 얼마나 복 받은 녀석인지 이해할 수 있을 것이다. 아무리 지식이 있더라도 하룻밤 만에 요리를 재현하기란 불가능한 것이다.

특히 일본요리는 식재료를 모으는 것이 큰일이었다.

심지어 가다랑어포와 비슷한 물건을 만들기 위해 바다까지 가서 물고기를 대량으로 잡아 온 적도 있다.

스킬을 이용한 '공간이동'으로 신선도를 유지한 채로 이송할 수 있는 수단이 확립되었기 때문에 비로소 다양한 식재료를 조달할 수 있게 된 것이다.

뭐, 나중에는 스킬에 의존하지 않는 운반 수단을 확립하고 싶다고 생각하고 있지만, 그건 앞으로의 과제가 되겠지.

식문화가 풍부하지 않은 나라의 문화 따위는 내가 보기에는 의미가 없는 것이다.

의식주 중에서 가장 중요한 것이 식(食)이라고 생각하고 있기 때문이기도 하겠군. 이건 사람마다 서로 다르겠지만.

그런고로 쓸데없이 공을 들여서 다양한 재료 개발도 실행하고 있었던 것이다.

소재는 생각했던 것보다 간단히 입수할 수 있었다.

흰 빵도 잉그라시아의 왕도에서 찾아냈으며, 부자들에겐 일상적인 음식인 모양이다. 그러므로 그것을 만드는 방법을 배움으로써 우리나라에서도 비교적 간단하게 생산하는 수준에 이른 상태다.

당장 눈앞의 과제는 흰쌀이다.

아직도 납득이 가는 맛까지는 개량이 진행되지 않았다.

먼 옛날부터 공을 들여서 개량해온 일본쌀과 비교하면, 아무래도 품질이 떨어지는 것이다.

그야 그렇겠지. 그렇게 간단히 성공할 것이라고는 기대하지 않았다.

마법으로 육성하고 있기 때문에 수확은 빠르다. 그렇다고는 하나 역시 겨울철에 개발하는 것은 힘들다.

지금도 관리된 실내에서 소량의 벼를 기를 뿐이다.

성과가 나오는 것은 당분간 먼 미래의 일이 될 것 같았다.

사실 해결책은 있다.

라파엘(지혜지왕) 선생에게 좋은 방법이 없는가를 물었더니, 아주 쉽게 대답을 들을 수 있었던 것이다.

그 방법은 시온의 '요리인'으로 결과를 덮씌우는 것. 결과를 조작할 수 있으니까 품종개량도 쉽게 성공할 것이다.

하지만 그래도 괜찮을까?

그런 방법이 뿌리를 내릴 것이라는 생각도 들지 않는 데다, 바른 길이 아니지 않은가…… 하는 생각을 했지만, 이제 와서 내가 그런 말을 하는 것도 좀 웃긴다.

술을 만들 때는 그런 짓을 실컷 벌였으며, 자중할 마음도 그다지 없었다.

양심보다 식욕 우선.

시온의 힘으로 매번 수확할 수도 없기 때문에 연구는 계속 시키고 있다. 하지만, 아주 조금——주로 내가 먹을 분량만——은 맛있는 흰쌀을 준비시켜두고 있었던 것이다.

시온이 기뻐하면서 협조해줬기 때문에, 그것을 슈나에게 건네주고 기념일 같은 날에 요리를 제공받고 있었다.

이번 연회는 특별하다.

마왕 루미너스도 있으니, 크게 분발한다.

앞으로의 관계를 좋게 만들기 위해서라도 이 나라의 유용성을 깨닫게 만들 것이다.

당근과 채찍.

지금까지 좋게 생각하지 않았던 상대로부터 정중히 대접을 받으면, 그 호감도 상승률은 평소보다도 높아진다고 한다.

불량배가 가끔 좋은 일을 하면 엄청나게 호감도가 올라가는 것——과 비슷한 것이니, 그들도 의외로 홀랑 넘어갈지도 모른다.

성기사가 그렇게 쉬운 상대라는 생각은 들지 않지만, 고전적이면서 효과적인 방법이다.

그런 고식적인 계산도 있어서, 이번 저녁은 화려한 요리가 놓이게 되었다.

뭐, 흰쌀에 관해선 일본인이었던 내가 집착하던 것이었으니, 성기사들의 입에는 안 맞을지도 모르지만 말이지.

하지만 히나타는 기뻐하지 않을까.

나도 오랜만에 먹었을 때는 환희했었으니까.

튀김은 만인이 공통적으로 맛있다고 느껴줄 것이다.

모험가나 상인들에게도 호평이었으며, 실은 베니마루가 아주 좋아하는 요리가 되었을 정도. 충분히 이 세계에서도 받아들여 지고 있으므로 문제는 없다고 생각한다.

그런 생각을 하고 있는 사이에 식사 준비도 끝이 났으며, 이젠 목욕을 끝내고 오는 성기사들을 기다리는 일만 남게 되었다.

*

좌석은 ㄷ 자 모양으로 배열되어 있다.

맨 윗자리에는 세 개의 좌석. 나를 중심으로 좌우에 베루도라 와 루미너스가 앉는다.

그 자리에서 모두를 둘러볼 수 있게 되어 있었다.

그 외의 자리는 우리 도시의 간부들과 성기사들이 마주 보듯이 나란히 앉게 배치되어 있다. 친목회라는 의미도 있으니까 서로의 얼굴을 볼 수 있게 하도록 배려한 것이다.

그리고 연회장에 성기사들이 안내를 받으며 들어왔다.

목욕을 마친 성기사들은 준비되어 있던 유카타나 진베이를 입 고 있다.

익숙하지 않은 옷일 테지만, 그 착용감을 한번 확인해보니 마음에 든 모양이다.

그야 그 옷은 트레이닝복에 필적할 정도로 편안하게 생활할 수 있으니까 말이지. 평상복이라기보다 실내복에 최적인 옷이라고 할 수 있다.

성기사들은 아직 긴장을 다 풀지 못한 분위기로 좌석까지 안내 받았지만, 테이블이나 의자가 없는 것에 당황한 모양이었다. 그 이전에 맨발로 다다미 위를 걷는 것도 난감하게 여기고 있는 것 같고 말이지.

문화의 차이이므로 당혹스러운 것도 무리는 아니다.

안내를 맡은 여성들(고블리나)의 표정에 긴장감은 없었으며 자연스런 동작이었다.

놀랄 정도로 익숙한 모습이다. 베스터에게서 받은 교육의 산물이다.

그러한 사실도 성기사들에겐 놀라운 일이겠지. 어색하게 여기는 분위기가 느껴졌다.

선두에 선 자는 루미너스.

우아한 동작으로 윗자리에서 기다리는 내 옆에 앉는다.

그 뒤를 따르는 자는 루이라고 했던가. 마왕 역을 맡았다고 하는 로이와 판박이였으며, 교황으로서의 관록이 느껴진다.

그리고 세 번째가 히나타.

히나타는 자리에 앉자마자 결심을 굳힌 표정으로 나를 바라봤다.

"당신에겐 많은 폐를 끼쳤네, 진심으로 사과하겠어. 예전 일도 그렇고 이번 일도 그렇고, 전부 내 독단으로 벌인 일이야. 루미너스 님이 지시를 내린 게 아니고, 하물며 부하들에게도 책임은 없어. 내 몸 하나로 용서를 받을 거란 생각은 하지 않지만——."

"아아, 스톱!"

나를 향해 머리를 숙이려고 했던 히나타를 나는 서둘러서 말린다.

예전 일도 그렇고, 이번 일도 오해였다. 흑막은 '칠요'이며, 그에 관해선 루미너스가 사과를 했다.

파르무스 왕국 쪽도 디아블로가 처리한 것 같으니, 나로서는 이 이상 문제로 삼을 생각은 없는 것이다.

그렇게 생각하여 히나타를 말렸지만, 나는 터무니없는 사실을 깨닫고 말았다.

놀랍게도 보일락 말락 한 것이다.

──유카타의 옷깃이 벌어지면서, 완만한 한 쌍의 언덕이!!

목욕을 끝낸 뒤라 은근히 색기가 느껴지는 것이 너무나 요염하다.

노린 것은 아니지만, 무시무시할 정도로 딱 맞는 타이밍이라고 할 수 있겠다.

혹시나 이것도 라파엘 선생의 힘인가?

《해답. 아닙니다.》

왠지 차가운 목소리로 느껴지는 대답이었지만, 그런 것은 지금 아무래도 상관없는 일이겠지.

위험하다, 모험심이 불끈불끈 솟아오르기 시작한다. 사실은 내 자식 놈이 불끈불끈 솟아올라야 할 때인데, 이미 잃어버렸다는 점이 아쉬웠지만.

하지만 어쩔 수 없는 일이다.

남자란 항상 모험심을 잊지 않는 생물이니까!

이런 때에 코피가 나오지 않는 몸이라서 정말 다행이었다.

그건 그렇고 유카타라. 대단한 걸, 이건. 엄청난 파괴력이다.

목욕을 끝낸 여성에게 유카타, 이건 최강이로군.

그 여성이 히나타 같은 미인이라면, 무시무시한 상승효과가 발휘되는 것이다.

졌다……. 졌어. 완패다.

이제 모든 걸 용서해도 되겠어. 그런 기분이 저절로 들었다.

아니, 이미 용서한 상태지만 말이지.

그런 내게 "리무루 님, 어딜 보고 계시나요?"라고 슈나가 말을 걸어왔다.

요리를 옮기는 손길을 멈추고, 슈나가 방긋 웃는 얼굴로 나를 보고 있다.

어째서지? 자상한 음성인데 얼음과 같은 차가움이 느껴지는 것은.

"아니, 아니, 아무것도 안 보고 있는데. 그건 그렇고, 히나타…… 오해가 풀렸다면 그걸로 됐어. 기왕이면, 마물이니까 그렇다는 편견을 가지는 걸 이제 그만두겠다면 그걸로 충분해."

나는 다급하게 얼버무리듯이 그렇게 말했다.

히나타는 한순간 망설이는 듯한 표정을 지었지만, 아무 말도 하지 않고 고개를 끄덕였다.

뭐, 실제로 그러기는 어려운 일이겠지.

마물이라는 시점에서 이미 권총을 겨눈 흉악범 같은 것이다. 마물이 하는 말을 쉽게 믿었다가 일반인에게 피해가 나오면 주객 전도도 이만한 것이 없다.

말은 통하지만, 그렇다고 해서 서로 이해할 수 있다고 말하는 건…….

하지만 이 도시에서는 그것을 이룩해내고 있다.

내 말을 믿고 인간과 사이좋게 지내려 하고 있었던 것이다.

그런데도 시온과 부활자들(자극중, 紫克衆)은 한 번 인간들에게 살해당했다.

"뭐, 쉽게 믿을 수 없다는 것도 잘 알아. 상대의 본심은 알기 어려운 것이고, 교활한 마물도 있는 것 같으니까. 인류의 수호자가 쉽게 속아 넘어가도 안 될 테고 말이지."

"──그러네. 대화는 상호 이해의 첫걸음이지만, 위험한 거래가 되기도 하지. 언질을 잡혀줬다가 영혼을 속박당할 위험도 있거든."

"그렇겠지. 그러니까 마물이 전부 나쁘다고 단정하지만 않아준다면 우리는 그걸로 충분해. 의심스러운 존재가 있다면, 우리가 맡겠어. 인간 사회에선 받아들여지지 않는다고 해도 이 도시라면 괜찮으니까."

타협점으로는 이 정도가 적당하겠지.

의심스러운 마물은 이 도시에서 받아들이도록 하자. 이 도시라면 이제 웬만한 일에는 꿈쩍도 않으니까.

뭐, 어디까지나 의사소통이 된다는 것이 전제 조건이지만 말이지.

"알았어. 바로 생각을 고쳐먹기는 어렵지만, 마물을 악으로 단죄하는 것은 금지하겠어. 괜찮겠습니까, 루미너스 님?"

"그런 세세한 일 같은 건 어찌 되든 상관없다. 단 나에 대한 신앙에 의심을 품는 것은 용서하지 않겠다."

"잘 알겠습니다. 그 점은 모든 것에 우선해서 엄수하도록 지시해두겠습니다."

루미너스도 납득한 모양이다.

신성교황국 루벨리오스가 루미너스 신에 대한 신앙을 기초로 성립된 나라인 이상, 그 점에 의심을 품는 것은 근간이 흔들리는 사태가 된다.

서방 열국에도 큰 영향력을 가진 종교이니 히나타가 신중해지는 것도 당연하려나.

오히려 루미너스 본인 쪽이 자신의 영향력을 가볍게 보고 있는 것 같은 느낌이 드는데 말이지. 입으로는 용서하지 않겠다고 말하면서도 어찌 되든 상관없다는 듯이 보인다.

어쩌면 루미너스는 신으로 받들어지고 있는 것일 뿐이며, 자신이 그런 일을 바란 것은 아닐지도 모르겠다.

내 생각이 지나친 것일지도 모르지만 통치는 모두 루이에게 맡기고 있는 것 같은 데다, 잡다한 일은 모두 히나타가 처리하고 있으니까.

지금까지의 사건도 뒤에서 '칠요'가 암약했던 것뿐이었다.

아니, 설마.

오랫동안 그림자의 지배자로서 군림하고 있었던 오래된 마왕이 실은 아주 게으른 성격이라거나── 아니, 그럴 리가 없지.

'군림하되, 통치하지 않는다'──라는 것은 내가 목표로 삼아야 할 스타일로 보였기 때문에, 나도 모르게 그만 그런 생각이 들고 말았다.

이런 것은 대놓고 물을 수도 없으니 이 감상은 내 마음속에 담아두기로 하자.

그런 생각을 하고 있으려니 히나타가 내 부하들 쪽으로 시선을 돌렸다.

"당신들에게도 사과를 해야겠지. 앞으로는 마물이라는 이유로 적대시하지 않겠다고 약속하겠어."

그렇게 말하면서 히나타는 머리를 깊이 숙였다.

그런 히나타의 행동에 다른 성기사들도 당황한 표정으로 따라한다.

일제히 '미안합니다!'라고 머리를 숙이면서 사과한 것이다.

"마음에 두실 것 없습니다. 저희도 리무루 님의 명령을 받지 않았다면, 인간들은 적이라고 생각하고 있었을 테니까 말입니다."

리그루도가 그렇게 말했다.

내 명령을 받고 그렇게 믿어왔던 오해가 풀렸다고.

살아가는 것만으로 필사적이었던 고블린으로선, 자신들 이외의 모든 종족이 적 같은 존재였겠지만 말이다.

"나로서는 당신이 적이 되지 않는 것만으로도 충분해. 리무루 님과의 싸움을 보고 있었지만, 지금의 내 힘으로도 이길 수 없을 것 같았으니까."

베니마루는 그렇게 말하면서 대담하게 웃는다.

어디까지나 싸움을 염두에 두고 생각하는 것을 보면, 베니마루도 변한 게 없었다.

소우에이는 베니마루의 말에 동의하는지 가볍게 고개를 끄덕일 뿐이다.

원래부터 마물은 약육강식인 면이 강해서 적으로 단정하고 살해당한다고 해도 약한 쪽이 잘못한 것이라고 생각하는 경향이 있다. 소우에이도 그런 식으로 생각하는지 딱히 성기사들에게 원한 같은 것은 없는 듯했다.

　그리고 시온은 히나타의 사과에 동요했는지 어찌할 줄을 모르고 있다.

　"시온, 너도 그만 용서해주도록 해라. 너의 고통, 너의 분노는 잘 안다. 하지만 모든 인간이 사악한 것은 아니야. 그중에는 나쁜 녀석도 있는가 하면, 좋은 녀석도 있다. 단지 그뿐인 거야. 그건 마물도 마찬가지니까, 잘 파악하지 않으면 안 된다. 그리고 인간은 실수를 극복할 수 있는 생물이야. 그건 인간뿐만이 아니라 우리도 그렇지 않느냐? 중요한 것은 그 영혼이 어떻게 존재하고 있느냐가 아닐까?"

　인간과 마물── 그런 구별로 나뉘는 것이 아니라 그자의 살아가는 모습, 그자의 영혼이 어떻게 존재하느냐가 중요한 것이다.

　시온도 그걸 이해해주면 좋겠다.

　그렇게 생각하면서 내가 말을 걸자, 시온은 한층 더 망설이는 반응을 보였다.

　그녀에게 있어서 인간은 사악한 존재일 것이다.

　하지만 모든 인간이 그렇다고는 생각하지 말았으면 좋겠다.

　지금은 내 명령에 따르고 있지만 언제, 어느 타이밍에 불만이 폭발할지 모른다.

　그래선 안 되는 것이다.

　명령을 받았으니 따르는 것이 아니라 자신의 의지로 생각하여 행동해주길 바란다.

나는 그렇게 생각하고 있었지만, 지나친 걱정이었던 것 같다.

시온은 곧바로 망설임을 내던졌다.

애초에 깊이 생각하는 것이 서툰 시온답게, 모든 걸 털어내고 후련해진 표정으로 말한다.

"알았습니다! 좋은 자인지 나쁜 자인지, 저도 리무루 님과 마찬가지로 '영혼'을 보고 판단하기로 하겠습니다!"

그리고 시온은 나를 보면서 훌륭한 미소를 보여준 것이다.

그 얼굴은 계속 들러붙어 있던 것이 떨어져나간 듯 환하게 밝았으니, 어쩌면 시온도 또한 뭔가 커다란 카르마(업, 業)를 극복한 것일지도 모른다.

나는 딱히 타인의 '영혼' 같은 것을 보지는 않지만, 시온이 납득했다면 그걸로 충분하다고 하겠다.

부활자들도 그렇게 넘어가면 문제는 없을 것 같다.

성기사들에 대해서도 감정적인 응어리는 없는 모양이니, 시온과 마찬가지로 자신의 의지로 생각하여 인간의 선악을 판단해줄 것이다.

마음씨가 착한 녀석들이다. 내 자랑스러운 동료들인 것이다.

사과를 받아들이고 과거의 잘못은 깔끔하게 넘겨버린다.

용서할 수 있는 범위와 용서할 수 없는 범위의 경계는 어렵지만, 이번에는 원만하게 화해를 할 수 있었다. 말이 서로 통하는 자들이라면 서로의 생각을 인정하는 것도 가능한 것이다.

이리하여 하나의 화해가 성립되었다.

*

자, 감동적인 이야기만 계속되면 재미가 없다.

모처럼 정성들여 차린 요리도 식어버리면 맛이 떨어지게 된다.

무엇보다도 이번에 나설 차례가 없었던 베루도라를 이 이상 기다리게 했다간 또 기분이 상해서 귀찮은 짓을 벌일 것이다.

나와 마찬가지로 식사를 할 필요가 없을 텐데도, 무슨 이유인지 모르겠지만 부활한 직후부터 식사를 요구하기 시작한 것이다.

케이크 같은 것에 정신을 못 차린다는 점은 잘 알고 있던 사실이지만, 요리에 관해서도 상당히 시끄럽게 구는 것이다.

굳이 말하자면 자꾸 아는 체를 한다고 할까.

이번에는 훌륭한 요리가 많이 나오는지라 기대를 크게 하고 있는 것 같으니, 바로 연회를 시작하려고 생각했다.

그런고로 건배를 한다.

"그러면 서로의 건투를 바라면서, 건배!"

그렇게 대충 뱉은 내 인사말을 통해 연회가 시작되었다.

목욕을 끝낸 몸에 차가운 한 잔. 최고의 순간이라 할 수 있다.

당연히 그렇게 되도록 준비해두었지.

우리나라에서 만든 비장의 술들도 아낌없이 대방출했다.

빠짐없이 준비했다. 만반의 준비를 갖췄다.

잉그라시아 왕국에서도 와인이 주류였다.

맥주도 있었지만, 그렇게 맛있지 않았던 것이다. 발포력이 약하다고 할까. 탄산이 약하다고 할까.

미지근한 것도 맛이 없는 요인일 것이다.

우리나라에서는 그런 문제도 전부 이미 해결한 상태였다.

우리의 먹는 것에 대한 정열을 얕봐선 안 된다. 밤낮을 가리지 않고 연구를 거듭하여 드워프 왕국에 갔을 때보다 풍부한 종류를 갖추고 있다는 말씀.

아니, 이런 것도 만들었으면 좋겠다고 내가 말로 하면 그에 관한 연구가 즉시 시작되는 것이다.

내가 생각해도 무시무시할 정도로 이상적인 환경이 되었다고 하겠다.

역시 내가 마왕이 되었기 때문일까?

아니, 원래부터 그런 분위기였던 같기도 하지만…….

뭐, 됐어.

그런 식으로 내 친애하는 마물들이 열심히 노력해준 덕분에 식사에 관한 것은 일본에서 생활했던 때와 크게 다르지 않다.

이 나라의 식사는 정말로 맛있다.

성기사들도 분명 만족해줄 것이라고 생각한다.

그리고 당연하다는 듯이 예상은 적중했다.

접객 업무를 맡은 여성들이 각자에게 술을 따라주며 돌아다닌다. 수많은 연회를 경험하면서 지금은 익숙해진 것이다.

성기사들은 첫 한 모금을 마신 뒤에 경악하는 표정으로 눈을 크게 떴지만, 식사를 입에 대자마자 그 움직임이 아예 굳어지고 말았다. 그대로 서로 옆에 앉은 동료들끼리 눈빛을 교환하면서 서로의 얼굴빛을 살피고 있다.

맛있는 식사에 감탄한 것 같군.

나는 속으로 씨익 웃는다. 아무래도 좋게 받아들여진 것 같아서 일단 안심했다.

튀김 요리가 메인이지만, 그 외에도 해산물 요리로 방금 뜬 생선회까지 준비되어 있다.

콩과 비슷한 식재료를 입수했기 때문에 간장 비슷한 것도 재현해두었다. 슈나가 노력해준 성과의 하나인 것이다.

약간의 위화감은 있지만, 그건 진짜 맛을 아는 자만이 눈치챌 수 있다. 처음 먹어보는 자에겐 그 간장 비슷한 것이 바로 진품이 된다. 간장에도 수많은 종류가 있으니, 어쩌면 일본에도 비슷한 맛이 있었을지도 모른다. 충분히 만족할 수 있는 완성도였다.

생선회는 하쿠로우가 특히 잘하는 분야였다. 지금은 하쿠로우가 없지만, 몇 명의 요리사가 그 기술을 계승하고 있다.

이런 식으로 요리사의 육성도 순조롭게 진행 중이란 말이지. 그런 요리사들이 솜씨를 발휘한 수많은 요리들이 시간에 따라 차례로 제공된다.

일본풍이지만, 대부분은 기뻐해주고 있는 것처럼 보였다.

그중에서도 히나타는 완전히 감격했는지 말없이 먹고만 있다.

젓가락에 익숙하지 않은 성기사들과는 달리, 유려한 동작으로 요리를 입으로 옮기고 있군.

그리고 내 시선을 알아차렸는지 그 눈길을 이쪽으로 돌렸다.

"당신, 이건 조금 심한 거 아니야?"

"뭐가 말이야?!"

칭찬을 받을 줄 알았더니 설마 그런 말을 할 줄이야.

나는 발끈하면서 히나타에게 되물었다. 그러자 히나타는 참고

참았던 불만을 터뜨리듯이 한꺼번에 내게 질문을 던지기 시작한 것이다.

"여기 오는 도중에도 라면에 교자를 파는 가게가 있었어. 그 외에도 수돗가에서 물을 공짜로 나눠주고 있었고, 이런 벽지에 대욕탕이 있질 않나. 그리고 이번에는 이 요리. 어떻게 이런 대삼림 한가운데에서 이렇게 신선한 회가 나오는 건데! 산채 튀김까지는 그렇다고 치고 납득할 수 있어도 이건 아무리 생각해도 이상하지 않아?!"

평소의 냉정함을 떠올리지 못할 기세로 히나타는 한꺼번에 그렇게 몰아치듯 말했다.

아니, 뭐, 그렇긴 하네.

그걸 물을 줄은 생각 못 했어.

"하지만 먹고 싶었는걸——."

"뭐라고?"

"아니, 그러니까 말이지…… 내가 먹고 싶었으니까 열심히 재현해본 거야. 생선회는 어떻게 구했느냐 하면, 현재 우호 관계에 있는 수왕국 유라자니아가 바다에 인접해 있으니까, 거기서 조금씩 낚아 온 거야. 역시 냉동 보존으로 운반할 수 있는 유통망은 운용되고 있지 않으니까, 스킬(능력)에 의존하긴 했지만 말이야. 그래도 가끔은 사치를 부려보고 싶을 때가 있잖아?"

"스킬이라고?"

응, 하고 나는 고개를 끄덕여 보인다.

이건 게루도의 유니크 스킬인 '채우는 자(미식자)'의 '위장'을 통한 하이오크들 간의 유통을 이용한 것이다.

전송마법으로는 식재료의 운반은 불가능하다. 하지만 스킬에는 그런 제한이 없는 것이다.

그렇다고는 해도, 이번 연회에 제공할 수 있을 정도의 분량밖에 준비하지 못했지만 말이지. 하이오크는 각지의 공사에 한창 힘을 써야 하는지라, 내 변덕에 따라 이리저리 돌려낼 수는 없다. 이번에는 도시에서 휴식 중이었던 자들이 개인적으로 도와준 것이다.

개개인의 스킬에 의존하기 때문에 이런 점이 운반 상의 약점이 되지만, 그건 앞으로의 과제로서 개선해나갈 생각이다.

히나타는 내 이야기를 어이가 없다는 표정으로 잠자코 듣고 있었다.

"——그렇군, 스킬은 물건을 변질시키는 일 없이 운반할 수 있단 말이네. 그리고 이 나라에는 스킬을 공유할 수 있는 자가 많이 있다는 거고……. 그걸 당연하다는 듯이 자기 자신을 위해 이용하고 있는 당신이, 나는 도저히 믿어지질 않아."

그리고 내 설명을 다 듣자마자 왠지 포기한 듯한 표정으로 그렇게 중얼거린 것이다.

왠지 실례되는 말을 들은 것 같지만 뭐, 넘어가기로 할까.

히나타는 의문이 풀렸다는 표정을 하고 있지만, 나로서는 뭐가 문제인지 모르겠다.

쓸 수 있는 것을 쓰는 것, 그것은 당연한 일이다.

"뭐, 어떠냐, 히나타여. 어떤 이유가 있든 간에, 이게 꽤나 맛있다는 점은 사실이다. 적어도 나는 마음에 드는구나."

우리의 이야기를 듣고 있었던 모양인 루미너스.

그 손에는 술잔이 들려 있었고, 상당히 취해 있는 모습이다.

그리고 보기 귀한 요리라서 그런지, 튀김에 입맛을 다시고 있 있다. 손가락으로 튀김을 집고 있지만, 어째서인지 루미너스가 기품 있게 보인다.

애초에 바르게 먹는 방법이란 건, 상대를 불쾌하게만 만들지 않으면 그걸로 충분하다. 젓가락을 본 적도 없는 상대에게 강요할 만한 것도 아닌 데다, 그 점은 사실 어려운 문제이기도 했다.

베니마루 일행은 처음부터 젓가락을 쓰고 있었으며, 우리나라의 마물들은 우리가 먹는 방법을 보고 멋대로 알아서들 배우곤 했다. 그러나 다른 나라에서 온 상인들이나 모험가들은 그렇게 되질 않는다. 하물며 관광 명소로서 다른 나라의 귀족을 초대하자는 생각을 하고 있으므로, 젓가락을 사용하지 못하더라도 괜찮다고 생각할 필요가 있었다.

그런 관점에서 보자면 루미너스는 너무나 참고가 된다.

포크와 나이프와 젓가락, 그리고 손가락.

뜨거운 요리는 젓가락이 필수지만, 그렇지 않으면 손으로 먹어도 문제는 없을 것 같다.

식재료의 차이에 따라 먹는 방법도 달라진다.

찾아온 손님을 불쾌하게 만들어봤자 의미가 없으니, 정확히 먹는 방법에 집착할 필요도 없다. 이런 먹는 방법도 있다고 제시한 뒤에, 그게 천천히 침투되기를 기다리는 쪽이 좋을지도 모른다.

그런 생각을 하면서 루미너스에게 말을 걸었다.

"우리 요리는 입에 맞나?"

"음, 마음에 들었다. 요리도 그렇지만, 술이 좋구나."

그런 말을 들으면서 깨달았지만, 확실히 루미너스는 터무니없는 속도로 술을 마시고 있었다.

밀림은 식탐이 엄청났지만, 루미너스는 주당이다.

튀김을 안주 삼아 제공되는 술을 차례대로 제패하고 있다.

"그건 정말 다행이군. 하지만 적당히 마시지 않으면 몸에 안 좋을 텐데?"

"멍청한 녀석. 독도 듣지 않는 내가 술 따위에 질 리가 없지. 오히려 술에 취하도록 '독무효' 효과를 약화시키는 데 심혈을 기울이고 있단 말이다!"

내 충고 따위는 루미너스에겐 소용이 없었던 모양이다.

아니, '독무효' 효과를 약화시킨다고?

"그, 그런 게 가능하단 말이야?"

"당연하지 않느냐? 무슨 잠꼬대 같은 소리를──."

루미너스에게 부탁하여, 그 방법을 가르침 받는다.

《⋯⋯⋯⋯》

뭔가 불만이 있어 보이는 라파엘 씨.

나는 신경 쓰지 않고, 가르침 받은 대로 자신의 '내성'을 약화시켜봤다.

그 순간 느껴지는 취기.

느껴진다, 느껴져──!!

느껴진다고, 이게 취한다는 감각이야!

"크아하하하! 리무루, 그런 것도 할 줄 몰랐던 거야? 나는 이미 그 정도 기술은 마스터해두었다고!"

자랑스럽게 떠벌리는 베루도라.

어디서 연습했는지 모르겠지만, 완전히 술주정뱅이가 되어 있었다.

"좋아, 좀 더 술을 마셔볼까!"

"음. 나도 어울리지."

"어쩔 수 없는 녀석들이로군. 나도 같이 어울려주도록 하마."

루미너스가 잘난 체하는 태도로 동참하면서 연회의 분위기는 더욱 가열되어간다.

"어머나, 리무루 님도 참."

슈나가 그렇게 말하면서 약간 어이없어했지만, 쓴웃음을 지으면서도 내게 술을 따라주었다.

이래저래 즐기다 보니, 연회는 딱딱한 예의는 따지지 않는 분위기로 돌입한다.

각각의 종류가 갖춰진 술들.

충분하게 준비된 얼음. 그리고 맛있는 물.

당연히 알코올에 약한 사람들을 위해서 주스와 차 같은 것도 완비되어 있었다.

베루도라에겐 하루나가, 루미너스에겐 루이가, 각자 술을 따라주고 있다.

베니마루, 시온, 소우에이 세 명과 삼수사의 두 사람, 그리고 아루노를 필두로 한 성기사의 최고 간부들이 이번에는 누가 더 술을 많이 마시는가로 겨루기를 벌이는 것 같다.

성기사들도 처음에는 딱딱하게 굴었지만, 자신들의 대장인 아루노 일행이 술로 내기를 시작한 단계에서는 긴장도 풀리면서 편안하게 즐기는 것 같았다. 리그루도 쪽과 즐겁게 대화를 시작하는 자가 있는가 하면, 시중을 드는 여성들에게 식사를 더 갖다달라고 요구하는 자도 나오기 시작했다.

그중에는 마물들이 먹는 것에 흥미를 보이는 자가 있었으며, 그걸 먹어보고 싶다고 말했다.

분명, 이름이 후릿츠라고 했던 것 같은데?

아루노과 같은 성기사의 대장급으로, 분명 십대 성인 중의 한 명이었을 것이다.

응응, 생각했던 것보다 좋은 녀석인 것 같군.

상대가 먹는 것에 흥미를 보인다는 것은 상대에 대한 이해의 첫걸음. 너무나 좋은 행동이라고 생각한다.

하지만 저건 분명──.

나는 취하기 시작한 머리로 생각한다.

그것은 검은 쌀이었다.

벼과의 식물을, 마력요소를 띠는 물──봉인의 동굴에 있는 마력요소의 농도가 높은 물──로 기른 것. 내 아이디어에 따라 실험해본 것인데, 오징어 먹물을 섞은 것처럼 시커먼 쌀로 변한 것이었다.

내 고정관념에서는 쌀이라고 하면 어디까지나 흰쌀이다. 그러므로 맛이 없을 거라 생각했지만, 맛은 웬만한 수준을 넘어서 상당히 뛰어나다.

놀랄 정도로 영양가도 높았기 때문에 '마흑미(魔黒米)'라고 이름 붙여 생산 라인에 올린 물품이었다.

지금은 우리나라의 주식이 되어 있을 정도지만, 그래도 분명 중요한 문제가 있었던 것으로 기억하는데——.

"이니, 잠깐! 그건 인간에겐 독이야!"

취기도 싹 달아날 기세로 나는 놀라서 소리쳤다.

그러나 그런 내 외침은 후릿츠의 절규에 묻혀서 사라졌다.

"이, 이거, 마력도 회복이 돼!!"

내가 말리기도 전에 한입 시식해본 후릿츠. 그리고 입을 열자마자 맨 처음 외친 것이 방금 그 말이었던 것이다.

"이봐, 그런 것보다 몸은 괜찮아? 기분이 나빠졌다거나 하지 않고?"

약한 자가 마력요소를 대량으로 섭취하면 신체에 영향이 생긴다. 이 마흑미는 상당한 양의 마력요소를 품고 있기 때문에, 일정 레벨의 이하의 자에겐 독이 되는 것이다.

그래도 분량에 따라선 약이 되기도 하고, 주식이 되기도 한다. 여기 있는 자라면 문제가 없겠지만, 그래도 인간이 먹어도 괜찮은지 아닌지는 아직 시험해본 적이 없었던 것이다.

인체 실험은 그렇게 쉽게 실행할 수 있는 것이 아니다.

그러나 지금 후릿츠가 보인 반응은 내가 생각했던 것과는 달랐다.

인간에게는 독이 될 거라고 생각하고 있었지만, 어느 정도 마력이 있는 자에게는 약이 될 수도 있다는 건가?

《해답. 개체명 : 후릿츠의 마력회복 효과를 확인했습니다. 마력요소에 대한 '내성'이 있는 자라면 에너지로 변환되는 것 같습니다.》

과연, 그랬단 말인가.

아니, 전력을 다해 싸우느라 마력이 떨어지기 직전의 상태였기 때문에 그 효과가 더욱 뚜렷하게 나타난 것일지도 모르겠군.

그런 생각을 하고 있으려니 다른 성기사들도 마흑미를 원하기 시작했다. 사람이 취하면 정말 무섭다는 말이 있는데, 아무도 두려워하는 기색이 없었다.

어쩔 수 없이 모두가 먹을 몫을 준비하게 한다.

히나타는 나와 같은 감각을 지녔는지, 검은색을 보고 눈살을 찌푸리고 있었지만…….

그래도 아무 불평 없이 마흑미로 만든 오차즈케(차에 밥을 말아먹는 것)를 먹고 있었다.

오차즈케만으로는 부족하다는 자에겐 주먹밥을 준비했다. 이것도 대호평이었으며 눈 깜짝할 사이에 추가 분량이 운반되고 있다.

모처럼 내가 전용으로 먹는 흰쌀을 준비해두었는데, 마흑미 쪽이 더 인기가 좋을 줄은 생각하지 못했다. 그래도 뭐, 외견상의 문제는 내 주관이고, 맛은 좋은 것이다. 처음 보는 자들이라면 간단히 받아들일 수 있는 모양이다.

이리하여 마흑미에 예상하지 못했던 효과가 있는 것도 판명됐다.

요리와 술도 호평을 받았으니, 이 나라의 선전 효과는 기대해도 좋을 것이다.

무엇보다 이 연회를 계기로 하여 마물들과 성기사들이 이야기를 나누기 시작하는 모습도 여기저기서 보이게 됐다.

시온은 무려 세 명의 성기사를 상대로 팔씨름 승부를 벌이고 있다. 시온이 압승하고 있는 것 같았지만, 성기사들에게도 웃는 얼굴이 보였다.

생각했던 것보다도 좋은 경향이다.

술 덕분인지 모르겠지만, 이런 광경이 자연스럽게 나온다면 서로 사이가 좋아지는 것도 빨라질 것이다.

맛있는 것을 먹고 즐거운 나날을 보낸다.

그 목적을 위해서 열심히 자신의 일을 하는 것이다.

앞으로도 이 광경을 지킬 것이다. 그게 내가 할 일이리라.

그런 결심을 새롭게 한 순간이었다.

그와 동시에──,

"뭘 하고 있는 거야, 리무루! 자, 내가 한 잔 따라줄 테니까 어서 마시라고!"

"그렇고말고! 내가 모처럼 같이 어울려주고 있단 말이다. 그렇다면 마음껏 즐겨야 하지 않겠느냐!"

"자, 잠깐, 베루도라. 그리고 루미너스도, 그래. 애초에 너는 뱀파이어(흡혈귀족)잖아? 왜 밥을 먹거나 술을 마시고 취하는 건지──."

"흥, 어리석은 녀석! 상위자 정도쯤 되면, 평범한 식사로 에너지를 보급할 수 있단 말이다. 그런 것보다 어서 마시지 못할까!!"

그러니까 그거랑 이거는 얘기가 다른── 아니, 이미 남의 말은 듣지도 않고 있다. 술에 취해서 난동을 부리는 두 사람 사이에 낀 채로, 모처럼 마음먹은 내 결의가 무의미하게 넘어가버리고 말았다.

"잠깐, 너희들?!"

말릴 틈도 없이, 내 잔에 가득 따라진 마흑미의 양조주(醸造酒)를 단숨에 다 마셔야 하게 된 것이다.

그런 우리를 차가운 시선으로 보면서, "적당히들 좀 하세요"라고 히나타가 중얼거린 것 같았다.

그러나 그 입가에는 살짝 미소가 지어져 있었는데, 그건 취기 때문에 보게 된 헛것이었을지도 모른다.

히나타도 웃으면 귀엽구나──라고 생각한 것은 나만의 비밀로 해두자고 생각한다.

*

그런고로, 다음 날.

너무나 머리가 아픕니다.

《해답. 당연합니다. 무리하게 '내성'을 약화시킨 반동이 나타난 결과입니다.》

냉정한 지적, 정말 감사합니다.

그건 그렇고 라파엘(지혜지왕)의 목소리가 왠지 화가 난 것처럼 들린다.

아니, 내 기분 탓이 틀림없다. 자신의 스킬(능력)에게 꾸지람을 듣다니, 그런 일이 있을 리가 없다.

그러므로 심기일전하고 정신을 차렸다.

오늘은 중요한 회담이 있다.

앞으로의 템페스트(미국연방)와 신성교황국 루벨리오스와의 관계를 어떻게 할 것인기, 그 내용을 논의하여 정할 것이다.

늘 보던 대회의실.

두통을 참으면서 자리에 앉는다.

사실은 상황에 따라 달리 보면 서방성교회뿐만 아니라, 신성교황국 루벨리오스와도 적대하고 있었던 셈이다.

교황청이 파르무스 왕국에 주둔하는 템플 나이츠(신전기사단)에게 출동 허가를 내린 것은 사실이며, 자칫했으면 우리는 막대한 피해를 입을 뻔했던 것이다.

그런 점을 감안해보면 어설픈 대응은 할 수 없다.

그렇다고는 해도, 실제로 계획을 세웠던 파르무스 왕국에 대한 제재는 완료된 상태다. 그에 협력한 템플 나이츠에 이르러선 생존자가 한 명도 없는 상황이다.

관리 책임이라는 것이 있으므로 관계가 없다고는 말할 수 없지만…… 그러나 이미 히나타로부터 사과는 받은 셈이다. 게다가 이번 건에 관해선 흑막의 처분도 이미 끝났다.

파르무스 왕국의 경우와 달리, 신성교황국 루벨리오스를 딱히 공략하고 싶은 것은 아니다.

우호 관계를 쌓으면 그걸로 충분하므로 배상을 요구할 의미도 그다지 없다.

돈은 클레이만의 유산과 파르무스 왕국에서 받은 배상금이 있는 데다, 영지를 받기에는 지리적으로 너무 멀리 떨어져 있다.

관리하는 것도 어려우니 멀리 떨어진 땅을 받아도 어쩔 도리가 없다.

상대측은 잘못을 인정하고 있다.

그렇다면 돈 같은 것으로 해결하기보다 앞으로 양호한 관계를 쌓을 수 있게 서로 노력하는 쪽이 내 입장에선 바람직한 일이라는 것이 본심이었다.

그런 내용을 생각하면서 기다리고 있으려니 루미너스 일행이 방에 들어왔다.

템페스트 측의 참가자는 나와 시온, 그리고 리그루도와 베니마루. 그리고 사법, 입법, 행정을 관장하는 장관인 루그루도, 레그루도, 로그루도 세 명의 장로들이다.

일단 베루도라도 있지만, 이 녀석은 무시해도 된다. 만화를 손에 들고 있는 것을 보면 어차피 이야기를 들을 마음 따윈 없는 것 같으니까.

그에 비해 신성교황국 루벨리오스 측의 참가자는 어떤가 하면, 루미너스와 루이, 그리고 히나타. 나머지는 다섯 명의 대장급 기사들이다.

가볍게 자기소개를 하도록 부탁했다.

'빛'의 귀공자라고 불리는 부단장인 레나도.

히나타 다음가는 최강의 기사라고 불리는 '하늘'의 아루노.

그리고 자기소개는 '땅'의 박카스, '물'의 리티스, '바람'의 후릿츠로 이어진다.

참가자가 다 모였으니, 서로 마주 보도록 앉은 상태로 회담을 시작했다.

우선은 서로의 인식에 대한 차이를 메우는 것부터 시작하고 싶다.

그러므로 회담 전에 서로의 상황과 그에 대한 인식을 항목별로 정리한 서류로 만들어서, 회의를 시작할 때 서로 교환했다.

그걸 보면서 서로 각자의 상황이 어떻게 진행되었던 것인지 확인한다.

이제 와서 상대에게 불만을 늘어놓아 봤자 의미가 없으므로, 사실을 확인하는 것이 목적이다. 인식에 일치하지 않는 점이 있다면, 빠르게 수정하는 편이 좋을 것이라는 내 의견에 히나타가 찬성한 것이다.

서로의 입장에 관한 설명은 예상했던 대로다.

우리 입장에서 보면 말할 것도 없이, 파르무스 왕국의 침공에서 모든 사건이 시작된 것이다.

일관적으로 입장이 바뀌는 일 없이, 상대가 어떻게 나서느냐에 따라서 우리도 대응을 바꾼 것이라는 스탠스(입장)다.

성교회 측이 보는 진행 상황은, 파르무스의 요청 이전에 문제가 발생한 상태였다고 히나타가 말했다.

즉, 마물의 나라의 존재를 인정하는 것은 루미너스 교의 교의에 반하는 것이 된다. 그건, 신자들로부터 불신을 초래할 수 있는 중요한 안건이었다고 한다.

그것을 방치하면 신자의 이반(離反)을 초래하게 되며 서방성교회의 세력이 줄어드는 원인이 될 수도 있다.

그렇기 때문에 마물의 나라 같은 존재는 멸망시켜야 할 필요가 있었다.

　그렇기 때문에 우리를 공격하기 위한 대의명분이 필요했다——고
히나타는 그렇게 말했다.

　"그런 상황 속에서 파르무스 왕국에 머무르고 있었던 레이힘
대사제로부터의 요청이 있었기에, 니콜라우스가 허가를 내린 거
야. 나로서도 이견은 없었고, 게다가 무엇보다도 당신을 용서할
수 없다고 생각하고 있었거든——."

　그것이 히나타의 설명이었다.

　파르무스 왕국이 자국의 이익을 지키기 위해서 욕심을 부린 것
을 이용하여, 우리를 멸망시킬 생각이었다고. 그와 동시에 복수
를 하겠다는 생각도 있었다고 한다.

　"그건, 시즈 씨 건을 말하는 건가?"

　"그래, 그 말이 맞아. 지금 생각하면 나도 이용당한 것 같지만
말이지. 뒤에서 움직이고 있었던 것이 누구인지는 모르겠지만,
동쪽 상인이 관여하고 있었던 건 틀림없어."

　"상인, 이라. 역시 그렇군. 마왕 클레이만이 머무르던 곳에도
출입하는 상인이 있었던 모양이야. 내 부하가 된 게루도가 속해
있었던 오크의 군대도 무장을 하고 있었으니, 어느 나라와 연결
되었었을 거라고 생각하고 있었거든. 그 거래 상대가 동쪽 상인
이었다는 얘기로군."

　나도 납득하면서 고개를 끄덕였다.

　슈나를 시켜서 조사한 장부에는 방대한 양의 상품을 거래한 기
록이 남아 있었다. 그 물건들은 제국에서 만든 것이 대다수였고,
원래는 드워프 왕국에서 만들어진 것으로 보인다고 했다.

제국과 드워프 왕국은 서로 거래를 하고 있으므로, 이 점에 수상한 부분은 없다. 문제는 그것을 중개한 자의 이름이 일절 기록에 남아 있지 않았다는 것이다.

슈나가 공을 들여서 열심히 조사해주었지만, 거래 상대의 정체까지는 파악하지 못했다. 포로가 된 자에게도 물어봤지만, 누구 하나 그 정체를 알지 못했다고 한다.

마왕 클레이만은 무시무시할 정도로 조심성이 깊었다. 어떤 증거도 남기지 않도록 부하들에게도 철저히 숨기고 있었던 모양이다. 특히, 클레이만의 동료였던 중용광대연합에 관해서는 전혀 그 기록을 찾아낼 수가 없었다.

하지만 거래 상대에 관해서 예상만 하는 것이라면 그건 가능했다.

클레이만의 성에 남아 있었던 수많은 미술품, 진귀한 매직 아이템(마법 도구), 그런 물건들은 세계 각지에서 수집된 것이었다. 하지만 무기 및 방어구는 제국에서 매각한 것들이 대부분이었다.

전송마법이 있으니까 어디서 구입하든 운반은 걱정을 할 필요가 없다. 그런데도 제국에서 들여왔다는 것은 그곳과 어떤 식으로든 연관이 있다는 증거가 된다.

어디까지나 상황증거이지만, 결정적인 한 수는 될 수 있었다.

그리고 식재료도 그렇다.

풍부한 과일이나 빵, 유산균으로 만든 식품에 기호품까지, 클레이만의 거점에는 대량의 식재료가 보존되어 있었다. 그것들은 전송마법으로 운반할 수 없으므로 직접 운송해 올 필요가 있다.

클레이만의 지배 구역이었던 괴뢰국 지스타브에서는 노예를 부려서 농업을 벌이고 있었던 것 같지만, 창고 안에 있었던 모든 식재료를 자력으로 갖출 수는 없었다.

슈나의 조사에 의하면 몇 가지의 식재료는 다른 나라에서 수입할 필요가 있었던 것으로 보인다고 했다.

그렇다면 이웃나라인 동쪽 제국밖에 생각할 수 없다. 애초에 밀림이 있는 곳은 자급자족을 하는지라 무역 같은 것은 전혀 생각도 하지 않고 있기 때문이다. 그 이전에 밀림과 전(前) 마왕인 칼리온은 돈이라는 것을 사용한 거래를 하지 않는단 말이지.

그런고로 마왕 클레이만과 연결되어 있던 것은 동쪽 제국의 인간일 것이라고 나도 의심은 하고 있었다.

"그래. 나는 그들로부터 당신이 시즈 씨를 죽였다고 들었어. 그리고 마침 잉그라시아 왕국에 머물고 있다고 하더군. 그래서 그때, 당신을 죽이려고 움직였던 거야."

"확실히 그건 최악의 타이밍이었어. 지금 떠올려도 부아가 나는군──."

그런 내 말을 듣고 히나타가 살짝 몸을 떨었다.

히나타뿐만 아니라 아루노를 비롯한 성기사들도 몸을 움츠리고 있다.

"위압을 중지하거라, 미숙한 것. 분노로 인해 '마왕패기'가 흘러 나오고 있지 않느냐."

이런, 안 되지, 안 돼.

루미너스에게 지적을 받고 알아차렸지만, 오라(요기)가 조금 새어 나왔던 모양이다. 최근에는 완벽하게 제어하게 되었지만, 분노하거나 하면 그게 잘 안 되는 것 같군.

나는 당황하면서 사과하고, 이야기를 계속하기로 했다.

"뭐, 실제로 그 동쪽 상인이란 자가 흑막임은 틀림이 없겠지. 그래서 이름은 알고 있나?"

"다무라고 이름을 밝혔었지. 하지만 결국은 가명이겠지만."

가명이라, 그렇겠지.

하지만 이름 자체는 아무래도 상관없다. 중요한 것은 동쪽 상인이 흑막이었다는 것이다.

"마왕 클레이만과 동쪽 상인은 서로 연결된 사이였어. 그리고 파르무스 국왕이었던 에드마리스를 부추긴 것도 아마도 그 녀석이겠지."

"그건 틀림없어. 레이힘을 조사하여 얻어낸 정보를 봤을 때 그 점은 확실하니까."

음, 하고 고개를 한번 끄덕인 뒤에 나는 생각을 정리하면서 말한다.

"마왕 클레이만이 파르무스 왕국을 뒤에서 조종하고 있었던 것은 틀림없어. 협력 관계에 있었던 것이 아니라, 기회를 공동으로 노리고 있었다는 인상에 가깝지만 말이지."

"그걸 중개한 자가 동쪽 상인들이란 말입니까."

내 발언에 베니마루가 이해가 된 듯한 말투로 말한다.

그리고 히나타도 "나도 또한 그 작전에 이용된 거네——"라고 중얼거리면서 험악한 분위기를 띠고 있다.

그렇게 되면 누가 뒤에서 그림을 그렸는가가 문제가 되는데…….

"모든 사항에 동쪽 상인이 얽혀 있다는 점에서 생각해봐도 이해관계가 우연히 일치한 것뿐이라는 생각은 안 드는군. 클레이만은 진정한 마왕으로 각성하려 하고 있었어. 파르무스 왕국은 영토적 야심 때문에 이 나라를 빼앗으려 하고 있었고. 그리고 그들을 뒤에서 조종하고 있었던 '그분'이란 녀석이 있지. 그렇다면——."

"'그분'이라. 클레이만이 입에 올렸던 자 말이로군."

나와 루미너스가 서로를 보면서 고개를 끄덕인다.

"무슨 이야기야?"

베니마루 쪽은 사정을 알고 있지만, 히나타 쪽은 처음 듣는 이야기였다.

그 사실에 생각이 미치자, 가볍게 설명을 해준다.

"실은 말이지, 마왕 클레이만은 누군가의 뜻에 따라 움직이고 있었던 것 같아."

"소인배인 클레이만치고는 가상하게도 마지막까지 그 정체를 입에 올리진 않았지만 말이지."

"그랬군……."

"혹시나, 그 정체가 '칠요'이지는 않았을까?"

하늘의 계시처럼 그런 생각이 번뜩였다. 적당히 생각나는 대로 뱉고 봤더니, 생각보다 진실미가 있는 것처럼 느껴진다.

"뭐라고? 네놈은 '칠요'가 나 몰래 멋대로 움직이고 있었다고 말하는 것이냐?"

루미너스가 불쾌한 표정으로 나를 봤다.

루미너스가 자신의 손으로 숙청했다고는 하나, 자신의 부하였던 자들이 의심을 받는 일은 달갑지 않을 것이다. 그 기분은 이해가 되므로 사과하려고 했지만——.

"과연, 그럴 가능성을 부정할 수는 없겠군요."

——그렇게 말하면서, 놀랍게도 루미너스의 심복인 루이가 내 의견에 동의한 것이다.

"루이, 네놈까지 그런 헛소리를——."

루미너스의 위압은 나에게서 루이에게로 옮겨 갔다.

그러나 루이는 겁을 먹지도 않고 당당히 자신의 의견을 늘어놓는다.

"루미너스 님, 들어보십시오. 그자들은 루미너스 님의 총애를 바라고 있었습니다. 그도 그럴 것이, 자각은 하고 계시지 않았습니까?"

"무슨 소리냐?"

"총애—— 즉, 러브 에너지(사랑의 입맞춤) 말입니다. 루미너스 님이 그 의식을 전에 그들에게 해주신 것은 100년도 더 된 옛날이었습니다. 처음에는 일주일에 한 번 했던 의식이었는데, 점점 그 간격이 길어지고 있었습니다. 혹시 깨닫지 못하고 계셨던 것입니까?"

루이의 지적에 루미너스는 쓸쓸한 표정을 지었다.

"그렇구나. 확실히 우리는 불로불사이다 보니 뭔가를 잘 잊어버리는 경향이 있다만, 그자들은 원래는 인간. 내가 에너지(생기)를 부여해주지 않으면 죽는 일은 없다고 해도 늙어버리는 것이 필연적이란 말인가."

"바로 그겁니다. 그러므로 그자들은 루미너스 님이 이 이상 당신께서 **마음에 들어 하는 자**를 만들지 못하도록 필사적으로 굴었던 것입니다——."

루이는 담담하게 설명을 이어갔다.

아무래도 '칠요'라는 존재는, 루미너스가 특히 마음에 들어 했던 인간이었던 것 같다. 인간이라면 당연하지만 수명이 있다. 그 한계를 넘어서도록 만들어주는 것이 루미너스가 해주는 러브 에너지(사랑의 입맞춤)라는 의식인 모양이로군.

"──그러므로 그자들은 한 번 더 루미너스 님의 환심을 사려고 한 것이겠지요. 동쪽 상인과 손을 잡고, 몰래 마왕 클레이만을 농락하고 있었다고 해도 전혀 이상할 것이 없습니다. 그자들, 특히 '일요사(日曜師)' 그란이라면 클레이만 따위에게는 밀리지 않을 테니까요."

그렇게 말하면서 루이는 설명을 마쳤다.

내가 우연히 떠올린 발언이었지만, 스스로도 놀라울 정도로 이야기가 잘 들어맞고 있었다.

무섭다. 나 자신의 이 넘치는 지성이 무서워.

《⋯⋯⋯⋯》

라파엘(지혜지왕) 선생이 뭔가 말하고 싶어 하는 것 같지만, 분명 기분 탓이다.

어쩌면 내 재능에 질투하고 있는 것인지도 모르지.

내가 질문을 하지 않아서 역할을 빼앗겼다는 생각이라도 하고 있는 모양이다.

"설마 그런 이유로 '칠요'는 나를 방해되는 존재로 여기고 있었단 말이야?"

그런 질문을 하던 히나타도 어이가 없다는 표정이었다.

"그래. 클레이만을 각성시켜서 너와 싸우게 만들 생각이었겠지. 저어도, 그들의 힘으론 너에게 이길 수 없었으니까 말이야. 수단을 가리지 않았을 가능성은 높다고 생각해."

으——음, 전혀 그렇지 않다고 단언할 수는 없는 느낌이랄까.

클레이만을 시켜서 히나타를 쓰러뜨린다. 그런 뒤에 클레이만을 처리하거나, 아니면 그대로 꼭두각시로 조종하든가. 어떻게 할 생각이었는지는 확실히 모르지만, 클레이만의 충성심은 진짜였다. 히나타만 쓰러뜨린다면 나머지는 '칠요'의 생각대로 되었을 것이다.

파르무스 왕국을 시켜 우리를 전멸하게 만든 뒤에, 루미너스 교의 교의를 반석에 올린다. 당연히 얻어지는 이익도 확실하게 분배할 생각이었겠지.

동쪽 상인들은 강대국이 움직이는 것으로 인해 무기나 방어구, 식량 같은 상품을 고가로 팔아치울 수 있는 셈이고 말이야.

그리고 자신들은 루미너스의 총애를 되찾는다는 이야기가 되고.

미리 정해놓고 생각하는 건 좋지 않지만, 이것도 하나의 가능성으로서는 고려할 가치는 있군.

"그때도 나를 제거하기 위해 리무루와 싸우게 만들었단 건가? 루미너스 교의 교의도 지킬 수 있으니, 일석이조라는 의도도 있었다고 생각할 수 있으니까 말이지."

루이의 추론을 히나타가 이어간다.

처음 만났을 때는 히나타가 너무 강해서 내 쪽이 도망을 쳤지만 말이지.

그리고 보니 문득 마음에 걸리는 것이 있다.

"그 '칠요'가 뒤에 있었다는 건 틀림없는 사실인가?"

그런 내 질문에, 히나타의 옆에 앉아 있었던 레나도가 대답했다.

"그건 틀림없습니다. 그 상인들을 우리에게 소개한 것이 그 '칠요의 노사'들입니다."

라고.

그렇다면 점점 더 '칠요'가 의심스럽다는 이야기가 되나.

즉, 영웅들이 소개해주었으니 의심을 품지 않았던 것도, 모두가 '칠요'에게 놀아난 원인이라고 할 수 있으니까.

실제로 처음 히나타와 싸웠을 때는 '칠요'의 입장에선 그렇게까지는 생각하지 않았으리라고 본다. 그러나 이번에는 틀림없이 나로 하여금 히나타를 죽이게 만들려 하고 있었다.

그 계산적인 면모는 번거롭지만, 이미 숙청되었으니 걱정할 필요도——.

"아니, 잠깐? '칠요'라는 이름은 즉, 일곱 명이 있다는 뜻이지? 나머지 한 명이 더 남아 있는 건가?"

히나타 일행이 차분한 분위기를 띠고 있는 바람에 깨닫지 못했지만, 생각해보니 모든 일이 다 끝난 것이 아니다. 아직 남아 있는 마지막 한 사람도 틀림없이 관여하고 있었을 테니까.

그렇게 생각하면서 당황하고 있는 나에게 히나타가 차갑게 웃으며 대답한다.

"후훗, 그럴 걱정은 없어. 본국에 남아 있던 니콜라우스로부터 연락을 받았는데, 마지막 한 사람도 처리했다고 해. 당신의 메시지가 담긴 수정구에 내용을 덮어쓴 흔적을 발견했다고 하더군. 그걸 증거로 삼아서 처단한 모양이야."

그렇게 말하면서 희미하게 웃는 히나타.

그 모습은 옆에서 보고 있는 것만으로도 엄청나게 무섭다.

미인이 뭔가 나쁜 짓을 꾸미는 것으로밖에 보이지 않는 것이, 그런 점이 히나타가 오해를 사기 쉬운 이유 중의 하나라는 생각이 들었다.

그건 일단 제쳐두기로 하고.

"잠깐만. 그 남은 한 명은 누구였지?"

설마 하는 생각은 들었지만, 클레이만보다 강하다는 '일요사' 그란은 아니겠지?

만약 그렇다면 그 니콜라우스라는 남자도 방심할 수 없는 상대라는 뜻이 되는데……

"'칠요'의 필두, '일요사' 그란이었다고 하던데. 그 남자가 직접 움직이는 일은 그다지 없으니까, 남아 있던 것은 그란이 틀림없었을 거야."

"호오? 그 그란을 쓰러뜨렸단 말인가. 니콜라우스라면 분명 너에게 반해 있다는 추기경이었지. 무슨 수를 쓴 것이냐?"

"그다지 칭찬받을 일은 아니겠지만 '디스인티그레이션(영자붕괴, 靈子崩壊)'을 사전에 준비해두었다고 합니다. 그 불의의 일격으로 쓰러뜨렸다고 하더군요."

"그랬단 말이군……. 그란베르도 늙었구나, 그런 함정에 빠지다니……."

루미너스가 한탄하듯이 중얼거리지만, 나는 그럴 때가 아니었다.

허망하게도 내 바람과는 달리 위험한 사내가 또 한 명 추가되고 말았다.

그렇다고 해도 불의의 기습으로 이겼다고 하니, 그렇게까지 위험하게 보지 않아도 괜찮을 것 같지만.

하지만 방심은 금물이다. 나는 괜찮다 쳐도 대부분의 마족에게 '디스인티그레이션'은 위험한 것이다.

니콜라우스 추기경, 그 이름은 기억해두기로 하자.

"그건 그렇고 루미너스 님, 그 그란베르라는 자는 '일요사' 그란을 말하는 것인지요?"

히나타가 루미너스에게 질문했다.

아무래도 그란이라는 이름에 대해서 어디선가 들은 기억이 있는 모양이다.

"그래. 그 녀석의 본명은 그란베르라고 했지. 옛날에는 '빛'의 용사였던 사내였으며, 나와도 싸운 적이 있어."

그런 대화를 나누는 히나타와 루미너스.

루미너스의 말투는 때때로 천진난만한 느낌으로 바뀌는군. 억지로 무리해서 거드름을 부리고 있는 것처럼 느껴지는데, 내 기분 탓일까?

어딘지 모르게 풍기는 거물이라는 분위기에 묻혀서 대충 넘어가고 있지만, 어쩌면 혹시나…….

그런 생각을 한 순간, 날카롭게 나를 노려봤다.

역시 기분 탓인 게 틀림없어!

그런고로 역시, 이 의혹은 내 가슴속에 묻어두기로 하자.

"그렇습니까…… 설마, 아니, 그렇지만——."

히나타는 뭔가 짐작 가는 점이 있는지, 마음에 걸리는 일이 있는 것 같았다. 하지만 확신이 들지 않는지, 결국 자신의 생각을 말로 꺼내지는 않았다.

"옛날에는 상당히 강했었지. 나와 필적할 정도였어."

"그랬었지. '용사를 자칭하는 자에겐 그에 대한 인과응보가 따르는 법'이니, 그자도 마음속 깊은 곳에선 나를 원망하고 있었을 지도 모르겠구나."

그런 루미너스의 말을 듣고 나는 기억을 떠올렸다.

밀림도 말했던 것처럼 용사와 마왕에겐 인과응보가 따르는 법이다.

그란베르는 마왕 루미너스에게 지면서, 그녀를 따르게 되었다. 그러나 그 본심에는 복잡한 감정이 있었을지도 모른다. 수많은 영웅을 길렀다는 전설상의 존재가 되기까지 하면서도 그 인과응보의 흐름에서는 벗어나지 못한 모양이다.

이제 와서는 억측밖에 할 수 없지만 말이지.

"하지만 뭐, 이걸로 일단 안심이로군. 마왕 클레이만, 파르무스 왕국, 칠요의 노사들, 우리에게 간섭하고 있었던 자들은 전멸한 셈이니까."

그렇게 결론을 내린 나를 보면서, 베니마루를 비롯하여 내 부하들이 고개를 끄덕였다.

"이것으로 이번 일은 마무리가 될 것 같군요."

그렇게 말하면서 리그루도가 기쁘게 웃는다.

분위기가 완화된 것을 느끼면서 나도 웃으며 말한다.

"야아, 그러게 말이야. 귀찮은 상대가 많았지만, 이것으로 문제는 거의 정리가 된 거나 마찬가지로군. 하지만 뒤에서 암약하게 되면 귀찮단 말이지. 몰래 움직이면서 돌아다니고 있는 상인의 존재를 알아차리지 못했다면, 유우키가 흑막이 아닐까 하고 의심할 뻔했어."

실제로 유우키는 너무나 의심스러웠다.

내가 잉그라시아 왕국으로 나가 있다는 걸 알고 있는 인간이며, 히나타와 이어져 있는 인물이라면, 가장 먼저 의심을 받는 것은 유우키가 된다. 그러므로 나도 미안하다고는 생각하면서도 유우키를 의심하고 있었던 것이다.

"유우키? 그랜드 마스터(자유조합 총수) 카구라자카 유우키 말입니까?"

레나도가 그렇게 물어 오기에 나는 "그래"라고 말하면서 고개를 끄덕였다.

냉정하게 생각해보면 알 수 있는 일이다.

상황을 봐서 고려했을 때 가장 의심스럽다는 것일 뿐이지, 유우키에겐 나와 히나타를 싸우게 만들 이유가 없다. 동기가 없는이상, 흑막이 유우키라고 생각하는 것은 무리가 있었다.

《…………》

반대로 말하면, 누군가의 함정에 빠진 것이라고도 생각할 수있다. 내가 유우키를 의심하도록 교묘하게 꾸며져 있었던 것은

97

아닐까.

그 동쪽 상인들이라면 그게 가능할 것이고, 멀리 떨어진 지점에서 동시에 실행된 작전에도 얽혀 있었다. '칠요'가 흑막이었다고 한다면 그 이유도 설명이 될 것이다.

그런데──,

"유우키가 흑막이라. 절대 그렇지 않다, 고는 단언할 수 없겠네."

모처럼 안심하고 있었는데, 히나타가 그런 말을 꺼냈다.

"이봐, 이봐, 같은 고향 출신을 의심하는 거야?"

"어머나? 나는 여러 가지 가능성을 고려하고 있을 뿐이야. 게다가 흑막이 전멸되었다고 생각하는 것도 성급하게 느껴지는걸. 왜냐하면 로이를 쓰러뜨린 중용광대연합이란 자들도 남아 있고, 정작 중요한 동쪽 상인들은 아직도 서방 열국에 뿌리를 내리고 있으니까."

그런 지적을 받자, 나는 냉수를 뒤집어쓴 것 같은 기분이 들었다.

그렇다, 안심하는 것은 아직 너무 이르다.

"그렇군, 그랬었지. 아직 모든 게 끝난 것은 아니니, 낙관해선 안 되겠지."

나는 느슨해지려는 기분을 단단히 붙들어 매면서 그렇게 발언한다.

"그렇군요. 모두에게도 전달해두도록 하죠."

베니마루도 고개를 끄덕였고, 맞은편에선 성기사들도 납득한다는 표정을 보이고 있다.

"히나타의 말처럼 흑막이 남아 있을 가능성도 높아. '칠요'가 흑막일지도 모른다고 말한 것은 나이지만, 어디까지나 우연히 떠오른 생각을 말한 것뿐이니까 말이지. 결정적인 증거가 나온 것도 아니니, 멋대로 정해버리는 건 좋지 않아. 이 건에 관해선 앞으로도 주의를 기울이기로 하지."

내가 그렇게 결론을 내리자 모두가 동시에 고개를 끄덕였다.

그 말이 맞아. 멋대로 믿는 것은 좋지 않지.

이번의 추론은 상당히 자신이 있지만, 라파엘 선생이 동의해주지 않았다.

부정하는 말도 없었으니 그럴 가능성도 있겠지만, 확신만 있을 뿐이지 증거는 없다고 하겠다.

그러므로 내 입장에선 라파엘 선생을 믿을 수밖에 없는 것이다.

성기사들도 납득해주었으니, 이걸로 충분하다고 생각하기로 했다.

*

자, 이것으로 서로의 상황 인식의 차이를 맞춰보는 것은 끝났다.

진짜 흑막이 따로 있는지 아닌지—— 그걸 찾는 것은 당연한 일이겠지만, 그건 또 나중에 나눌 이야기다. 지금 서로 이야기를 나눠야 할 것은 우리 사이에 원한이 남지 않도록, 앞으로 어떻게 지내기로 할 것인가에 관한 것이다.

마침 바로 그때, 슈나가 커피와 과자를 가지고 왔다. 오늘의 메뉴는 스콘과 프라이드 포테이토다.

역시 슈나는 대단해. 마치 노리고 있었던 것 같은 타이밍이로군.

우리는 당연하다는 듯이, 성기사들은 당혹스러워하면서, 재빨리 그 음식에 손을 내밀었다.

"오, 간식인가? 나는 곱빼기로 부탁하지."

회의에 전혀 참가하지 않았으면서 이런 때만큼은 재빠르게 움직이는 베루도라 씨.

"네, 잘 알고 있답니다."

그렇게 말하는 슈나의 대응도 이제 익숙해져 있다.

"어머나, 이것도 맛있네."

히나타가 손을 대는 것을 보면서 성기사들도 망설임을 버린 것 같다. 그 자리는 단번에 편안하게 늘어지는 시간이 되고 말았던 것이다.

간식을 먹으면서 잠시 휴식을 취한다.

심기일전하면서 나는 천천히 입을 열었다.

"자, 그럼 앞으로의 관계 말인데——."

"그 전에 확실하게 해두고 싶은 점이 있어."

하지만 내 말을 가로막듯이 히나타가 발언한다.

"이번 일에 대한 우리의 사과는 받아들여 주는 거지?"

"그래. 우리나라의 입장에선 앞으로 양호한 관계를 쌓고 싶다고 생각하고 있는 데다, 이 이상 문제로 삼을 생각은 없어."

히나타의 질문에 대답한다.

이건 나만의 의견이 아니라, 베니마루 이하 간부들과 상의하여 정한 것이었다.

이 이상 싸울 필요는 없는 데다 오해가 풀렸으니 그만 손을 털어도 되겠지.

그렇게 판단하고 대답한 것이지만, 그것으로는 납득하지 않는 자가 있었다. 루미너스이다.

"안 된다. 나는 빚을 지는 것이 정말 싫다. 이번 일은 명백하게 우리에게 책임이 있다. 그러므로 어떤 형태로든 배상을 하겠다. 마무리를 짓는 것은 그다음이야."

루미너스는 그렇게 말하면서 마음에 안 든다는 표정으로 베루도라를 노려봤다.

간단히 말해서, 베루도라에게 어떤 형태로든 빚을 만들기 싫다는 뜻이리라.

"루미너스 님도 이렇게 말씀하시는 데다, 내 입장에서도 폐를 끼친 채로 그냥 있는 건 마음이 편하지 않아. 가능한 한 성의를 보이고 싶어."

루미너스의 의견을 따르듯이, 히나타도 그렇게 말했다.

그렇게 말은 해도 배상이라…….

앞에서도 말했듯이, 돈으로 해결하는 것은 우리가 의도하는 바가 아니다.

루미너스 쪽이―― 아니, 그렇다기보다 신성교황국 루벨리오스가 우리의 존재를 인정해준다면…….

거기에 더하여 앞으로는 적대하지 않겠다는 선언을 해준다면 더 바랄 것이 없다.

"으――음, 그렇다면 말이지 우리나라를 정식으로 승인하고 국교를 맺어주지 않겠어?"

내가 그렇게 말하자, 루미너스는 가볍게 고개를 끄덕였다.

"상관없다. 서로 한패가 될 생각은 없는 데다, 언젠가 그 도마뱀도 처치할 생각이지만 말이지."

루미너스의 분노의 대부분은 베루도라에게 향해 있는 것 같으니, 최악의 경우에는 이 녀석을 희생양으로 내놓자는 생각을 한다. 그것으로 100년의 평화가 찾아온다면, 나로선 망설일 것도 없는 선택인 것이다.

"잠깐 기다려, 리무루. 너, 지금 상당히 지독한 생각을 하고 있는 거 아니냐?"

"기분 탓이야, 베루도라 군. 네가 제대로 어른스럽고 똑똑하게 있어준다면 아무것도 걱정할 필요가 없으니까 말이지."

"잠깐, 잠깐, 네가 '군'이라는 호칭으로 나를 부를 때는 대부분 악랄한 생각을 하고 있을 때잖아!"

쳇, 베루도라도 많이 날카로워졌군.

하지만 아직 멀었다.

"자자, 내 스콘도 줄 테니까 루미너스와 확실하게 화해하라고."

"뭐? 그렇다면 어디 선처해보기로 할까. 뭐, 내가 진심으로 싸우면 루미너스가 나를 인정하게 만드는 것도 아주 쉬운 일이야! 크앗──핫핫하!"

이것 보라지. 베루도라는 역시 단순하다니까.

루미너스도 어이가 없다는 표정을 짓고 있다.

하지만 한번 입 밖으로 뱉은 것을 뒤집을 생각은 없는 것 같다.

"건방지게 까불지 마라! 하지만 한동안은 휴전을 받아들여 주기로 하지. 앞으로 100년 동안은 국교를 맺어도 좋을 것이다. 그걸 내 사과의 증표로 삼도록 해라."

그렇게 말하면서 놀랄 만큼 간단히 휴전을 받아들여 준 것이다.

어, 괜찮은 거야? 그렇게 생각하면서 놀라는 나.

베니마루는 물론이고, 리그루도 이하 장로들도 루미너스의 결정에 놀라고 있었다.

그건 히나타와 그 부하들도 마찬가지였으며, 이런 전개는 예상하지 못했던 모양이다.

"상호 불간섭이라면 또 모를까, 국교 수립을 인정하신단 말입니까?"

히나타가 묻는다.

그런 히나타에 대해 루미너스는 더는 말도 못 붙일 만큼 단호하게 대답한다.

"귀찮구나. 이건 내가 내린 결정이다!"

그렇게 할 말만 하고는, 나머지는 부하에게 맡기겠다는 듯이 남아 있는 스콘을 향해 손을 뻗는다.

히나타는 그건 곤란하다고 말하고 싶어 하는 것 같지만, 루미너스를 거역할 마음은 없는 모양이다.

"이렇게 나오시면 따를 수밖에 없겠군."

루이의 말에 고개를 끄덕이고는, 어떻게 이야기를 정리할지를 생각하기 시작했다.

하지만 지금의 이야기에 따라오지 못하는 자도 당연히 있다 보니…….

"국교라고요? 하지만 그건——."

레나도가 그렇게 말한다.

그 문제를 지적해야 하는지에 대한 확신이 없었는지 슬쩍 시선을 히나타 쪽으로 돌리면서.

"괜찮지 않겠어? 리무루 님 일행이 정말로 사악한 자들이었다면, 우리는 이미 이 세상에 존재하지 않았을 테니까."

"그러게. 리무루 님 일행은 믿을 수 있어. 마물이라는 편견은 버려야 한다고 봐."

"저도 찬성이에요. 소우에이 님은 너무나도 신사적이었어요."

후릿츠가 가볍게 말하자, 아루노와 리티스가 찬성의 뜻을 드러냈다.

과묵해 보이는 박카스라는 남자도 동의한다는 듯이 고개를 끄덕이고 있다.

동료들의 그런 말을 듣고도 레나도는 신중했다. 크루세이더즈(성기사단)의 부대장을 맡고 있는 만큼 가벼이 수긍하지 않았다. 오히려 각오를 굳혔는지 결의를 담아서 발언했다.

"하지만 문제가 있습니다. 우리의 교의를 어떻게 다룰 것인가. 그에 따라선 서방성교회 그 자체가 정면으로 비난을 받는 처지에 몰리게 됩니다. 아무리 그래도 그 점은 용인할 수 없습니다."

교의——마물의 생존을 인정하지 않는다는 내용의 그것 말인가.

확실히 우리를 인정하게 되면 지금까지의 가르침은 대체 무엇이었냐는 이야기가 나오겠군. 겨우 문제가 정리될 것 같았는데, 그리 쉽게 일이 해결되지는 않을 것 같다.

그렇게 생각했더니, 당사자인 루미너스 본인이 터무니없는 말을 뱉었다.

"시시한 소리를 하는구나. 그 교의는 내가 정한 것이 아니니,

딱히 그게 지켜지지 않았다고 해서 나에 대한 배신이라고 여기지 않는다. 애초에 그건 길을 잃고 헤매는 백성에 대한 지침으로서, 당시의 지도자들이 머리를 굴려서 생각해낸 룰(규칙)에 지나지 않으니까."

그런 루미너스의 폭탄 발언은 성기사들뿐만 아니라 히나타에게도 놀라운 사실이었는지, "네?! 처음 듣는 얘기입니다만……" 이라고 중얼거리고 있다.

그런 히나타에게 루이가 무표정으로 말했다.

"그렇군, 몰랐다고 해도 이상할 건 없겠지. 교의가 적힌 원전은 자유롭게 열람할 수 있지만, 그 근본이 되는 원고(原稿)는 이미 분실된 상태니까. 그걸 보면 교의가 근본적으로 어떻게 성립되었는지를 이해할 수 있겠지만 말이야."

루이가 말하길.

애초에 교의란 것은 루미너스를 믿는 백성들을 지키기 위한 것이었다고 한다.

루미너스와 루이 같은 상위자는 그렇지 않다고 해도, 하위의 뱀파이어(흡혈귀족)는 인간의 신선한 피를 식량으로 삼고 있다. 그것도 행복에 넘치는 인간의 신선한 피가 훨씬 더 맛이 좋다고 한다.

당시의, 마물이 미친 듯이 맹위를 떨치는 세계에서 인간들은 살아남기에 필사적이었다. 그러다 보니 당연히 질이 좋지 않은 피밖에 얻을 수가 없었으며, 뱀파이어들의 입장에서도 그건 사활이 걸린 문제가 되었다고 한다.

그때 루미너스는 거주지를 옮기는 것을 계기로 삼아서 인간을 보호하기로 방침을 세웠다고 한다.

그 거주지를 옮기는 원인이 된 것은 베루도라인 모양이지만…… 그 이야기를 묻는 것은 참기로 했다. 틀림없이 긁어 부스럼을 만들게 될 것 같았기 때문이다.

"우리가 무고한 백성들을 지켜줌으로써, 그들은 행복하게 살 수 있다. 일종의 양념 격으로 마왕의 위협을 연출하고 그로부터 보호를 받는 것으로 안도하면서, 자신의 행복을 곱씹게 된다. 루벨리오스의 백성들은 신의 이름하에 보호를 받고 있는 것이지."

비유로 들기에는 좀 그렇지만 '축산' 같은 것이다.

신선한 피를 빤다고는 해도, 본인이 알아차리지 못할 정도의 소량으로 해결된다고 한다. 뱀파이어의 수에 비해서 백성들의 수가 압도적으로 많으니까, 그것도 납득이 되는 이야기다.

헌혈을 하는 대가로서 위험에서 보호를 받는 평온한 생활을 보낼 수 있다고 한다.

그야말로 윈윈의 관계라고 할 수 있을 것이다.

"그러니까 성전── 루미너스 교의 교의에는 마물로부터 쓸데없는 피해가 발생하지 않도록 나중에 추가된 조항이 많다는 얘기야?"

"그래. 바로 그거야."

"나에게 있어 중요한 것은 신앙 그 자체다. 너희는 나를 믿음으로써 〈신성마법〉을 구사하고 있지 않느냐? 그것이야말로 계약이며, 절대적인 법칙이 된다. 백성을 지키는 것은 내 권속이 이행해야 할 의무이며, 내 입장에서는 어찌 되든 상관없는 것이다."

즉, 결론을 말하자면.

마물의 생존을 인정하지 않는다는 교의는 민심을 장악하기 위한 방편에 지나지 않는다는 뜻이다.

그렇다면 절대적으로 엄수할 필요는 확실히 없을 것 같군.

억지로 교리를 변경했다간 서방성교회가 혼란에 빠지겠지만, 그렇게까지 할 필요는 없다. 중요한 것은 우리를 인정할 만한 이유가 있으면 그것만으로 백성들은 납득할 테니까.

이것으로 해결이 되려나 하고 생각했지만, 레나도는 아직 납득을 하지 못하는 것 같다. 미간에 잔뜩 주름을 지으면서 복잡한 표정을 짓고 있다.

"우리의 교의가, 신에 해당하는 루미너스 님의 뜻에 의해 만들어진 것이 아니라는 것은 잘 이해했습니다. 그러나 현실적인 문제로서 우리는 지금까지 그 교의에 따라 살아왔습니다. 그걸 너무나도 쉽게 저버리게 되면 역시 문제가 발생하지 않을까 하는 생각이 듭니다만……."

지금까지의 방침을 완전히 무시하라고 한다면 확실히 교단의 신자나 현재 존재하는 조직의 반발이 클 것이다.

루미너스가 인간들의 앞에 나타난다고 하더라도 그자가 신이라는 것을 믿어줄지도 모르니까. 그 이전에 루미너스는 그런 짓을 절대 하지 않을 것이고…….

그렇다면 교의를 절대적으로 보는 자들과의 의견 대립으로 인해 내부 분열이 일어날 가능성도 있다는 이야기가 되나.

심각하게 고민하는 레나도에게 히나타가 엄숙한 말투로 말했다.

"그래도 할 수밖에 없어. 문제가 진정될 때까지 침묵을 지킬 생각이지만, 당신들이 100명이나 움직이고 말았으니 각국에 다 알려지고 말았을 테니까. 더구나 '삼무선(三武仙)'의 패배는 서방 열국의 기자들이 목격했잖아?"

그렇게 말하면서 레나도에게서 내 쪽으로 시선을 돌리는 히나타.

히나타가 말한 대로, 디아블로는 '삼무선'의 사례라는 사내를 쓰러뜨렸다고 말했었다. 한 명이 더 있었다는 것 같지만, 그 녀석은 재빨리 도망갔다고 한다. 기자단은 그걸 목격한 셈이니, 히나타 일행의 인류의 수호자라는 지위는 실추될 가능성이 크다는 이야기가 된다.

그것도 모자라서 성기사가 패배했다는 소문이 퍼진다면 불필요한 혼란이 일어날 수도 있겠군.

디아블로의 이야기를 들어보면 기자단에게 압력을 거는 것도 가능하다고는 했지만…….

에잇, 귀찮아.

"그렇다면 말이야, 나와 히나타가 비긴 것으로 하면 되잖아. 그리고 '칠요'의 나쁜 계략을 알아차리고 우리는 휴전협정을 맺었다고 하지. 내 정체가 슬라임이라는 것은 널리 알려져 있지만 '이세계인'의 전생자였다는 정보도 추가로 퍼뜨리면 어느 정도는 납득해주지 않을까?"

"그건 우리 입장에선 고마운 제안이네. 하지만 당신은 그걸로 괜찮겠어? 마왕이 나와 비겼다면, 그 위엄에 문제가 생기지 않을까?"

위엄, 그런 건 내게는 존재하지 않는다.

최근에는 툭 하면 슈나에게 꾸중만 듣고 있으니까.

그리고 곤란한 일이 생기면 리그루도에게 떠넘기고, 내가 하는 것은 고부타와 같이 놀러 가는 것 정도니까…….

그러므로 딱히 한두 번 비겼다고 해봤자 내 평판에 영향을 주는 일은 없겠지.

"문제없을 거야. 아니, 아예 진 것으로 해도 괜찮아."

그런 승부 따위는 어찌 되든 상관없다. 그렇게 생각하여 그리 대답했지만, 그건 히나타 쪽에겐 놀랄 만한 발언이었던 모양이다.

"저기 말이야, 지금까지 인간에게 쓰러진 마왕은 정말로 적은 수의 사례밖에 확인되지 않았거든? 그걸 아주 쉽게 자신이 졌다고 말한다면, 그거야말로 파워 밸런스가 붕괴되면서 큰 일로 이어지게 된다고."

"그, 그 말이 맞습니다! 당신은 이제 막 마왕이 되었단 말입니다. 그런 상황에서 다른 세력이 얕잡아 보기라도 한다면, 그거야말로 이 땅에 쓸데없는 개입을 허용하는 꼴이 됩니다!"

히나타가 내게 쓴소리를 하자, 그에 동조하듯이 레나도가 힘을 주어 말했다.

나를 걱정해서 한 발언이겠지만, 그래도 말이지…….

"베니마루, 이 땅에 개입해 올 만한 세력이 어딘가에 있을 것 같나?"

"없습니다. 가령 그런 어리석은 자가 있다면 제가 박살을 내놓겠습니다."

음, 믿음직스럽다.

서방 열국에 관해선 디아블로가 잘 처리해주고 있다. 기자단을 구해준 것으로 인해, 계획을 상당히 강하게 추진하고 있는 모양이다.

보고에 따르면, 요움이 새로운 왕으로 옹립되는 것도 시간문제라고 한다. 파르무스 주변의 약소국도 그렇게 되도록 뒤에서 밀어주고 있다고 한다.

그렇게 되면, 한 개의 독립된 국가로서 우리와 맞서 싸울 만한 전력을 보유하고 있는 곳은 현재로선 잉그라시아 왕국뿐이다. 루미너스가 100년의 유예 시간을 준 지금, 서방 열국은 공략한 것이나 마찬가지다.

마왕들도 마찬가지.

클레이만을 쓰러뜨림으로써 나름대로의 퍼포먼스는 보여주었다. 내가 무사하다면 졌다는 소문을 퍼뜨린다고 해도 그걸 순순히 믿지도 않을 것이라 생각한다.

함정이라고 의심하면서 더욱 신중해질 것이 틀림없다.

"굉장한 자신감이네. 그렇다면 나로선 이견은 없어. 그 제안을 고맙게 이용하도록 할게."

"이 참에 이 나라의 주민들이 '나쁜 자들이 아니다'라고 발표해 버리기로 하죠!"

"그게 좋겠군. 실제로 원래는 고블린이나 오크였다는 게 믿어지지 않을 정도로 이 도시의 주민들은 성격이 좋으니까 말이지."

"아인이 마물인가 아닌가, 그건 지금까지도 수없이 논의 대상이 되었으니 말이죠. 하지만 그건 편견에서 오는 차별이라고 저는 생각해요."

"그러게. 인간과 적대하는 아인의 존재가 번거롭긴 하지만, 드워프 같은 존재는 틀림없이 인간의 편에 서는 일원이라 하겠지. 만약 그들까지 마물이라고 주장한다면, 정령조차도 마물로 구분하지 않으면 안 되게 돼."

오거나 리저드맨 등도 원래는 아인으로 취급한다. 단, 인류를 적대하고 있기 때문에 마물로 취급받고 있었던 것이다.

그 상위 종족인 오니(요귀. 妖鬼)나 드라고뉴트(용인족. 龍人族) 같은 존재는 굳이 구별한다면 마물이 아니라 토지신에 해당한다.

쉽게 말해서 인간의 편이냐 적이냐, 그 차이밖에 없다는 뜻이다. 그러므로 교의의 해석에 따라서 마물을 모두 적으로 단정하기에는 무리가 있는 것이다.

"우리는 드워프 왕국과도 국교를 맺고 있어. 그러니까 말이야, 가젤 왕도 끌어들여서 100년의 우호 관계를 맺으면 좋지 않을까? 우리가 인간을 습격하지 않는다는 보증이 있으면 조금은 믿어줄 수 있을 거 아냐?"

내가 그렇게 말하자, 히나타가 생각을 다 정리했는지 고개를 끄덕였다.

"그러네. 신용만 있다면 조금은 설득하기 쉽겠어. 그리고 이참에 여러모로 '칠요'에게 잘못 물든 자들도 숙청하도록 하지."

서방성교회도 완전히 통일된 조직은 아니었나.

그야 그럴 것이라 생각한다. 조직이란 것은 원래 그런 법이니까.

히나타가 차갑게 말하자, 반대 의견은 사라졌다.

이 기회를 이용하여 '칠요'에게 모든 죄를 뒤집어씌울 생각이로군.

깨끗하다는 생각은 들지 않지만, 그건 루벨리오스 측의 사정이다.

우리가 끼어들 문제는 아니니 맡겨두면 되는 것이다.

그런 뒤에 양측은 세세한 문제점을 서로 토의했다.

향후의 교류를 위해서 아루노와 박카스가 여기에 머무르기로 정해졌다.

준비가 필요하므로 한 번은 모국으로 돌아간 뒤에 문관들도 데리고 올 것이라고 한다. 그 사이에 우리는 그들을 받아들일 루미너스 교의 교회를 세울 예정이다.

아마도 2주일은 걸릴 것이라 생각한다. 그 뒤에는 이 나라에서도 루미너스의 신도가 돌아다니는 광경을 볼 수 있게 되겠지.

종교의 자유를 인정하는 것은 불안하기도 하지만 뭐, 어떻게든 되리라.

대놓고 말해서 마물들은 신 같은 것은 믿지 않는다. 애초에 이 세계에는 만인이 동일하게 인정하는 신이 존재하지 않는 것이다. 전에 살던 세계의 상식에는 맞지 않는 부분이다.

종교는 있지만, 그것은 토착신에 대한 경의에 가깝다. 진정한 의미로 소원을 빌면 도와주는 존재를 신봉하고 있는 것이다.

용을 모시는 자들이 받들고 있는 밀림이 좋은 예가 되겠군.

루미너스 교는 그런 종교 중에서 최대 파벌인 존재일 뿐. 루미너스의 수족으로서 성기사들이 약자를 구제하면서 신자를 얻고 있다. 그렇다면 견해를 바꿔서 이 나라에도 약자를 구제하는 조직으로서 서방성교회 지부가 만들어지는 것이라고 생각하면 된다.

그런 일이 생길 리 없다고 생각하지만, 곤란할 때는 서로 돕게 될 것이다.

만약 어떤 위협이 발생하면 성기사들과 공동으로 싸우게 된다는 뜻이다.

그렇다면 우리 쪽도 거절할 이유가 없다.

당연히 감시는 하겠지만, 어느 정도의 자유를 인정해주자고 생각한다.

그리하여 이 건은 일단은 어느 정도 결론을 냈다.

*

어려운 이야기는 이것으로 끝.

일단은 루미너스와의 협의도 끝냈으며 신성교황국 루벨리오스가 우리를 인정하게 할 방법도 생각해냈다.

배상은 그것으로 충분하다. 이제부터는 교류를 통해서 사이가 좋아지면 된다.

100년이라는 한정된 기간을 이용하여 상호 이해를 더욱 확고히하고 싶다고 생각한다.

그렇게 협의가 되면서 성기사들과도 정기적으로 교류를 하게 되었다.

그런고로 맨 처음에 시작한 것은 기술 교류다.

이번 전투에서 그들의 무기도 많이 상했다. 그러므로 그 무기들을 수리해주겠다고 제안했다.

우리나라의 기술력이 얼마나 수준 높은지를 보여주는 것이 표면상의 목적이며, 원래 의도는 그들의 무기에 대한 성능 체크다.

눈에 익지 않은 그 빛의 무장, 그것을 하나 받았다.

라파엘(지혜지왕) 선생이 말하길 착용자의 마력——영기(靈氣)——을 정령에게 부여함으로써 물질로 구현할 수 있다고 한다.

대미지를 너무 많이 받아서 망가진 것을 가름이 만든 무기 및 방어구와 교환하기로 했다.

성기사들에게도 죄책감이 있었는지, 이번 일에 대한 사과의 의미도 포함해서 흔쾌히 양보해주었다.

히나타가 항의를 하지 않을까 하고 생각했지만, 딱히 그런 일은 없었다.

그러므로 히나타에게도 내가 만든 검을 선물했다.

히나타가 쓰던 검, 그 검의 이름은 문 라이트(월광의 세검)라고 했다.

루미너스로부터 받았다고 하며, 엄청난 힘을 지니고 있었다. 아니, 너무 많이 지니고 있었다.

듣자 하니, 내가 최고급이라고 생각하고 있었던 유니크(특질) 급을 능가하는 레전드(전설) 급의 무기라고 한다.

카이진과 쿠로베가 말하길, '마강(魔鋼)'은 오랜 세월을 거쳐서 진화한다고 한다. 그러므로 오랜 시간을 거친 일류의 무기와 방어구도 또한 진화한다. 그때 성능이 엄청나게 상승하는 일이 있는 모양이다.

그 증거로 고대 유적의 발굴품 중에서는 현대의 기술로는 재현할 수 없을 정도의 초고성능을 지닌 무기와 방어구가 발견되는 일이 있다고 한다. 그런 물건들은 레전드 급이라고 칭해지며, 일반인은 볼 수도 없게 봉인되어 있다던가.

쿠로베와 가름도 그런 무기와 방어구의 제작을 목표로 삼고 있는 모양이다. 히나타의 문 라이트를 직접 눈으로 접하고 매료된 듯이 바라보고 있었다.

부디 그들이 그 목표를 이뤄주길 바란다.

그리고 그런 엄청난 검이기 때문에 더더욱 정말로 필요한 때에만 사용할 수 있다. 도시 한가운데에서 칼을 뽑았다간 주위에 막대한 피해가 생기는 레벨의 물건인 것이다.

비유하자면 호신용으로 권총이 아니라 기관총을 들고 돌아다니는 꼴이다. 그런 병기를 아무 때나 쉽사리 휘두를 수는 없을 것이다.

그렇게 생각하여 선물한 것이었지만, 내가 생각했던 것보다 기쁘게 받아주었다.

예전에 내가 먹어치우면서 회수해두었던 히나타의 망가진 레이피어. 그것을 해석하여 개량한 작품이다.

성능은 유니크 급인 데다, 쓰는 느낌은 달라지지 않았을 것이다. 기본적으로 '일곱 번째의 공격으로 상대를 확실하게 죽음에 이르게 한다'는 특수 능력까지 재현해놓은 것이니까.

드래곤 버스터(용파성검. 竜破聖劍)라는 망가진 대검도 받았다. 생각했던 것보다 실망스러운 성능이었던지라, 이걸로 베루도라를 쓰러뜨리는 것은 무리라는 생각이 들었다.

마지막으로 남은 것은 '성령무장(聖靈武裝)'이라는 것이었지만── 아무리 그래도 이건 보여줄 수 없다고 한다.

히나타만 가지고 있는 정령무장의 오리지널(원형이 되는 옷). 이것은 무슨 일이 있어도 해석해보고 싶었지만──.

《알림. 전투 중에 정보 수집을 했으며, 이미 '해석감정'이 끝난 상태입니다.》

……뭐?!

비, 빈틈이 없으시군요, 라파엘 선생님.

대선생님이라고 불러드려야 할까요?

《…………》

이런, 기분이 상하신 모양이다.

지금은 솔직하게 사과해두기로 하자.

그건 그렇고 '성령무장'의 '해석감정'을 끝내놓았을 줄이야.

이건 커다란 수확이다.

하지만 그건 그렇다 쳐도 선생은 정말 대단한걸. 열화품인 정령무장의 '해석감정' 결과와 히나타와의 전투정보를 조합함으로써 '성령무장'의 재현도 가능하다고 한다. 이건 성(聖) 속성의 무기와 방어구인데, 원리를 응용하여 마(魔) 속성으로 개조할 수도 있다고 한다.

미안하군, 히나타.

'성령무장'은 국가 기밀 급의 병기였던 것 같은데, '해석감정'하여 우리 쪽 것으로 만들어버렸네. 다루기가 어렵다고 하니, 누구에게 주어야 할지를 생각할 필요는 있을 것 같지만 말이지.

이것으로 우리나라의 무장도 훨씬 더 세련되게 바꿀 수 있을 것 같다.

*

그렇게 뒤처리는 제대로 끝이 났지만, 시간은 이미 저녁이 되어 있었다.

용건도 끝났으니 성기사들도 바로 귀환할 것이라 예상하면서도 일단 예의상 빈말이나마 식사에 초대해봤다.

"이봐, 히나타, 그리고 루미너스. 이미 오늘은 늦었으니까 출발은 내일 하는 게 어때?"

그렇게 말이지.

루미너스는 어차피 '공간이동'으로 돌아갈 것이고, 히나타도 원소마법 : 워프 포털(거점이동)로 루벨리오스의 어딘가를 등록해놓았을 것이다.

당연히 다른 성기사들도 마찬가지일 것이다.

모두 A랭크 이상의 실력자들이니, 돌아갈 여정은 내가 신경 쓸 필요가 없을 것이 틀림없다.

보나마나 '미안한걸, 용건도 다 끝났으니 그만 돌아가겠어'라는 투로 말하면서 바로 물러가리라 생각한 것이다.

그랬는데.

"미안한걸——."

응응, 역시 그렇군——이라고 생각했는데, 그 뒤에 이어진 히나타의 말은 내가 생각했던 것과는 달랐다.

"그렇게까지 말한다면 오늘 밤도 신세를 지기로 할까."

"그게 좋겠구나. 그 온천이란 것이 마음에 들었거든. 요리도 제법 맛있었으니 오늘 밤도 기대가 된다."

어라? 어라라라?

히나타뿐만 아니라 루미너스까지 돌아갈 마음이 아예 없어 보이는데.

그리고 그런 두 사람의 결단을 보고, 돌아갈 예정이었던 성기사들까지 묵고 갈 마음을 먹게 되어버렸다.

씨익 웃으면서 기쁜 표정으로 동료들끼리 저녁밥에 관한 이야기를 나누고 있다.

그래도 되는 거냐, 크루세이더즈(성기사단)?!

그렇게 생각은 했지만, 이미 뱉은 말을 이제 와서 없던 것으로 되돌릴 수는 없다.

이렇게나 기대하고 있는 이상, 오늘도 최선을 다해서 접대하기로 하자.

....

....

......

"그런고로, 오늘 연회의 요리는 전골 요리입니다!"

"""우오오오오오!!"""

"............."

대체 뭘까, 이 기분은.

어제까지는 서로 적대하고 있었는데, 지금은 내 부하와 성기사들이 사이좋게 고기를 보면서 기뻐하고 있다.

아니, 흐뭇한 기분이 드는 건 틀림없지만…… 뭔가 좀, 이래도 괜찮은 건가 싶은 생각이 들고 말았던 것이다.

이쪽 세계에선 성직자가 고기를 먹으면 안 된다거나 하는 그런 규칙은 없는 모양이다. 식량 사정이 좋지 않으니, 먹을 것에 대해 이런저런 간섭을 할 여유 같은 것은 없기 때문이리라.

그런고로, 최근에 키우기 시작한 닭오리와 소사슴을 대접하기로 했다.

거기에 갓 따 온 채소. 그런 재료라면 전골이 딱 좋으리라. 그리고 거기에서 슈나가 익혀둔 요리 솜씨가 빛을 발한다.

닭오리의 뼈는 우려내서 국물로, 그리고 고기는 날것으로 제공한다.

그리고 메인이 되는 것이 소사슴의 마블링이 좋은 고기다. 그 재료들을 호화롭게 전골로 만들어서 먹는 것이다.

그리고 닭오리의 알을 독소를 제거한 뒤에, 각자에게 나눠주면 준비는 완벽하게 끝난다.

맛이 없을 리가 없다.

"그러면 앞으로의 우호 관계를 기원하면서 건배!"

"""건배——!!"""

오늘도 역시 내 인사말로 연회가 시작되었다.

어제도 호평이었던 갓 지은 밥.

색이 검은 것은 애교로 봐주길 바란다. 날 위해 만든 흰쌀은 가치를 모르는 이 녀석들에게 제공하긴 아깝다.

히나타만큼은 부러운 듯이 내 밥그릇을 보고 있었기 때문에, 같은 고향 사람의 정을 봐서 따로 흰쌀밥을 준비해주었다.

역시 쌀은 흰쌀이다. 지은 밥도 더 맛있고 말이지.

블루문드 왕국에서도 쌀밥을 시험 삼아 제공받은 적이 있지만, 그것은 아직 더 개량할 필요가 있어 보였다. 이 흰쌀과는 완전히 차원이 다른 것이다.

"그건 그렇고 흰쌀이라니……. 당신, 조금 지나치게 나대는 것 아니야?"

히나타는 뭐가 불만인지 내게 그런 말을 꺼냈다.

목소리도 약간 떨리고 있다.

혹시 분한 건가?

"마음에 안 든다면 흰쌀밥 말고 다른 걸로——."

"그런 뜻으로 얘기하는 게 아니야."

내 말을 가로막더니 히나타는 밥그릇을 사수하려고 들었다.

그 정도 일로 진지해지지 말라고, 어른스럽지 못하게. ——그런 생각이 들었지만 그건 말하지 않기로 하자.

"하지만 이렇게까지 완벽하게 저쪽 세계의 먹을 것을 재현해놓으면, 놀라기 이전에 어이가 없어지는걸. 설마 겨우 2년 만에 이렇게까지 살기 좋은 환경을 만들 줄이야……. 우리가 바랐어도 이룰 수 없었던 것을 당신은 아무렇지 않게 해냈네……."

"뭐, 그런 셈이지. 좀 더 칭찬해줘도 괜찮은데?"

"웃기지 마. 유우키로부터 소문은 들었지만, 반쯤은 과장이라고 생각했었어. 뭐, 유우키 자신도 첩보원에게서 보고를 받은 것

뿐이었던 것 같지만. 하지만 이건 실제로 직접 보지 않으면 믿을
수가 없는 것이긴 하네……."

히나타가 체념한 말투로 그렇게 말했다.

그런 말을 내게 해봤자 난감할 뿐이다. 그리고 이것은 내 목표
가 아니다.

"아니, 아직 멀었어. 물자 유통의 속도는 늦지, 정보 전달도 마
음대로 되질 않아. 마법이 있으니까 거주지의 편의성과 식량 사
정은 그런대로 개선할 수 있었지만 말이지."

"그런대로라니…… 당신 말이야, 우리가 지금까지 해온 노력을
비웃는 것 같이 느껴질 정도로 이렇게 맛있는 것을 재현해놓고
그런 말을 하는 거야?!"

내 말에 분개하는 히나타.

그렇게 말해도 여기서 만족하면 더 이상의 발전은 없게 된다.
나는 왕 노릇을 하고 있으므로 욕심이 많은 게 딱 적당한 것이다.

왕이라고 해도 마왕이지만…….

"그러니까 식량 사정은 상당히 만족하고 있다니까. 최악인 부
분은 문화야. 오락거리가 너무 없어. 베루도라가 읽고 있는 만화
같은, 그런 오락거리를 만들어낼 수 있는 터전을 만들고 싶다고."

"오락거리라니, 당신……. 이런 가혹한 세계에서, 사는 것만으
로도 필사적인 사람이 대다수인데?"

"그래, 맞아. 그러니까 마물 같은 위협은 우리가 제거할 거야.
숨겨봤자 의미가 없으니까 말하겠지만, 요움을 왕으로 옹립해서
신(新) 왕국을 부흥시키고 그곳을 끌어들여서 서방 열국에도 영향
력을 끼칠 수 있게 만들 생각이야."

"당신은 대체 무슨 생각을 하고 있는 거야? 자세하게 듣고 싶은걸."

듣고 싶다면 이야기해주지.

"여러모로 생각하고 있지만, 우선은——."

그렇게 말하면서 나는 전골 요리를 젓가락으로 들쑤시며 앞으로의 구상을 이야기하기 시작한다.

현재 진행 중인 계획은 우리를 인간 사회에서 인지하게 만드는 것이다. 이건 반은 성공했으며, 각국 수뇌부는 우리의 존재를 알기에 이르렀다. 우리나라에 첩보원으로 보이는 존재가 드나든다는 보고를 받고 있기에, 그런대로 해가 없는 존재라는 것을 어필하게 하고 있다.

상인이나 모험가들로부터도 소문은 흘러나올 것이니, 각국의 서민들에게도 우리가 공존할 수 있는 존재라는 사실이 인식되고 있을 것이다. 뭐, 그런 생각이 뿌리를 내릴 때까지는 시간이 걸리겠지만, 언젠가는 이뤄질 것이다. 서두를 필요는 없다.

그다음은 교역용 도로의 정비.

이것도 현재진행형으로, 안전하고 안심할 수 있는 교역로를 정비 중이다.

드워프 왕국과 블루문드 왕국까지는 개통되었으며, 마도 왕조 살리온 쪽으로 이어지는 도로도 새로운 공사 계획이 시작되었다. 수왕국 유라자니아와는 포장되어 있지 않은 길밖에 없으므로 이것도 나중에는 정비하려고 생각하고 있다.

그와 병행하여 벌이고 있는 것이 정보 전달에 관한 것이다.

무선 같은 것은 지식 자체가 없으니까 포기했다. 아니, 라파엘 선생에게 물어보니 대답해주기는 했지만 그것을 모두에게 이해 시키는 것이 어렵다.

카이진과 드워프 3형제 정도라면 이해해주겠지만, 그들에게만 의지하는 것도 좀 아니라는 생각이 들었다.

그러므로 앞으로의 과제로서 우리의 아이들에게 맡기자는 생각을 하고 있다. 학교를 만들고 거기서 교육을 시키는 것이다.

지금은 아직 서당 레벨 정도지만, 거기서 읽고 쓰기와 계산을 가르치고 있었다. 나중에 내가 교사였을 때의 연줄도 동원해서 인간 교사도 고용할 예정이다.

그래서 하다 만 정보 전달에 관한 이야기를 다시 하자면.

지금의 통신망인 연락용 통신 수정은 마법사밖에 이용하지 못한다. 또한 일단은 매직 아이템(마법 도구)이므로 도난을 당할 우려도 있었다. 실제로 몇 번인가 도난 사건도 일어났던 모양이고. 무엇보다 비상시 연락이 필요할 때, 마법사가 없을 경우도 상정할수 있다.

도난의 우려가 없고 누구라도 이용 가능한 시스템. 그런 무모한 요구였지만, 의외로 어떻게든 해결할 수 있을 것 같았다.

맨 먼저 눈에 들어온 것이 '끈끈하고 강한 거미줄'과 '마강'이다.

소우에이가 시험해보기도 했지만, 내 '끈끈하고 강한 거미줄'의 사념전달률은 굉장했다. 마력요소를 품고 있기 때문에 상당히 깔끔하게 의사소통이 가능했던 것이다.

그리고 '마강'에도 마력요소가 많이 포함되어 있다. 그러므로 '끈끈하고 강한 거미줄'과 같은 성질이 있지 않을까 하는 생각을 했다.

실험해보니 결과는 예상대로였다.

그래서 이것을 이용하기로 했다.

'마강'을 직경 1㎝ 정도의 선 모양으로 가공해서, 그것을 '그림자 이동'을 할 때 이용하는 공간을 통해서 각 도시와 연결한다. 이것만으로는 의미가 없지만, 베스터 쪽이 개발 중인 장치를 달아서 사념파를 소리와 영상으로 변환할 수 있게 만들 예정이었다.

이 장치는 마력을 지니고 있지 않아도 이용할 수 있으므로, 장치의 완성과 동시에 설치하고 싶다. 그때까지 재료가 될 '마강'을 준비하여 기초 준비 작업을 해둘 것이다.

우리나라는 마물이 많기 때문에 창고에 보관해둔 철광석이 시간이 경과하면서 마광석으로 변하기가 더더욱 쉬워진다. 그것을 '마강사(魔鋼絲)'로 가공한 뒤에, '그림자 이동'을 쓸 수 있는 자에게 배선 작업을 시킬 생각이다. 장애물이 아무것도 없으므로, 그다지 많은 수고를 하지 않고도 설치가 가능한 것이다.

여유가 생긴다면 각 도시뿐만 아니라 촌락들도 연결하는 네트워크 구축을 계획 중이었다.

남은 것은 수신기의 개발을 기다리는 일뿐이다.

역시 정보화사회에 살았던 자인 나로서는, 정보가 전해지는 속도는 저절로 중시하게 되는 것이다.

"어때, 완성되면 엄청나게 편리해지겠지?"

나는 히나타에게 자랑스럽게 말했다.

통신망이 완성되면 그다음은 오락거리를 퍼뜨릴 것이다. 그리고 문화를 육성하는 것이다.

꿈은 더 커지고 있으며 할 일은 아직 많이 있다.

그리고 그것들을 이루기 위해서라도 안전하고 쾌적한 삶을 제공할 수 있게 하고 싶다.

어느새 연회장이 조용해졌다. 내 발언을 듣고 있었는지, 성기사들이 놀란 표정을 지으면서 굳어 있었던 것이다.

그와 대조적으로 내 부하들은 열기를 띤 눈을 반짝이고 있다. 내 말을 듣고 점점 의욕에 가득 찬 표정을 짓고 있었다.

그런 우리를 보면서 히나타는 어이가 없다는 듯이 중얼거렸다.

"저기 말이야……. 그런 건 대개는 국가 기밀 급의 정보에 해당하거든? 특히 통신 관계 같은 건 다른 나라의 인간에게 이야기할 내용이 아니라고. 뭐, 어찌 되든 상관없지만……."

그 말을 듣고 실수했다는 생각이 들었다.

확실히 너무 신이 난 나머지 좀 지나치게 떠들었을지도 모르겠다. 술 때문이려나.

──그런 생각을 한 것이 실수였다.

위험할지도 모른다는 생각을 하자마자, 라파엘 씨가 지레짐작을 해버렸던 것이다.

《알림. '상태이상무효'를 재가동하겠습니다. 또한, 이 '내성'에 대한 재간섭은 당분간 받아들이지 않겠습니다.》

뭐, 뭐라고요?! 그렇게 생각하면서 탄식했지만 이미 늦은 뒤였다.

게다가 이 변경은 몇 번이나 할 수 있는 것이 아닌 모양이다. 내 의사와는 관계없이 멋대로 독(술기운)의 효과가 사라지고 말았다.

그러니까 술은 독이 아니라니까! 그런 내 지적은 무정한 스킬(능력)에게는 통하지 않았던 것이다.

뭐, 어제도 실컷 취했으며 오늘 아침도 숙취로 머리가 아팠으니 말이지. 이렇게 된 것도 흥겨운 나머지 너무 도를 지나쳤던 게 원인이다.

취하지 않았다면 이렇게까지 히나타에게 이야기하지 않았을지도 모르고.

이번 일은 자업자득이라고 생각하고 체념하기로 하자.

그리고 술 때문에 실수를 한 건 나 혼자만은 아닌 것 같고 말이지.

나는 히나타 쪽을 슬쩍 본다.

"자 자, 뭐 어떻습니까, 히나타 님! 그만큼 우리를 신용하고 있다는 뜻이니까요! 아, 그것보다 이 고기, 필요 없으시다면 제가 가져가겠습니다!"

내 시선 끝에서, 후릿츠라고 했던가? 쾌활한 성격으로 보이는 남자가 히나타의 접시에 놓였던 최고급 고기를 집어 자기 입에 넣고 있었다.

분명 대장급의 한 명이었던 것 같은데, 그 움직임은 그야말로 전광석화였다.

신조차 두려워하지 않는 것 같은 그 행동, 그야말로 취했기 때문에 가능한 행동일 것이다.

고기가 후릿츠의 입에 들어간 순간, 히나타의 관자놀이에 힘줄이 떠올랐다.

그저 피부가 하얗다 보니 눈에 띄는 것은 물론 아니다.

"후릿츠…… 당신, 죽고 싶은가 보지?"

"어, 어라? 히나타 님, 눈이 진지……."

순식간에 취기가 가셨는지, 후릿츠가 벌떡 일어서서 도망가려고 했다.

그러나 히나타에게선 도망칠 수 없다. 손날치기로 턱을 맞는 바람에 뇌진탕을 일으키면서 그 자리에 쓰러지고 말았다.

이 바보를 교훈 삼아서 즐기는 것도 적당히 즐기자는 생각을 했다.

그리고 다음 날.

"어제 했던 얘기 말인데, 너무 눈에 띄게 굴다간 천사에게 공격을 받게 될 거야."

출발 전에 히나타가 생각이 났다는 듯이 그런 충고를 해줬다.

어젯밤의 연회 자리에선 그런 이야기를 할 분위기가 아니었다. 그러나 앞으로의 교류를 생각한다면 우리에게 알려두자는 판단을 내린 것 같다.

에라루도와 가젤에게서 들었던 하늘의 군대라는 존재들이겠지.

히나타가 말하기로는, 그 천사란 존재는 하나하나가 B+랭크에 해당하며, 100만 명이나 되는 규모의 군대로 공격해 온다고 한다.

생각한 것 이상의 규모다.

127

더구나 대장 클래스나 지휘관 클래스도 있으며, 지휘 계통도 잘 조직되어 있다고 한다. 장군 클래스도 존재하는 것 같으며, 오랜 역사를 들추어보면 마왕과 싸우는 모습도 확인되고 있다고 한다.

그 전투 능력은 미지수이지만, 마왕에 필적한다는 것은 상당히 강하다는 뜻이겠지.

천사는 마물이나 문명이 발달한 도시를 공격 목표로 삼는다.

서방성교회의 입장에서도 천사는 인간의 편이 아니라고 보는 모양이다.

루미너스 신의 정체가 마왕 루미너스이니, 어떤 의미에서 그것은 당연한 이야기가 되려나.

"나로서도, 그 날벌레들에겐 진절머리가 난다. 이 손으로 처리하고 싶지만, 그랬다간 정체가 들통 나니까 말이지……. 애초에 거기 있는 도마뱀 탓에 성기사들에게는 들키고 말았지만 말이야."

루미너스도 그런 말을 했었다.

그 성기사들 말인데, 루미너스의 정체는 비밀로 하기로 맹세한 것 같다. 그러므로 앞으로는 서로 조금씩은 융통성 있게 굴게 될 것으로 보인다.

"천사에 관해선 나도 이야기를 들어서 알고 있어. 우리에게 손을 댄다면 맞서서 싸울 생각이었지."

사양할 생각은 전혀 없다.

하늘의 군대라는 것들이 무슨 생각을 하고 어떻게 행동하는지는 자기들 마음이지만, 그것을 우리에게까지 강요할 생각이라면 상대해줄 수밖에 없겠지.

"후훗, 당신이라면 그렇게 말할 거라 생각했어. 그때는 우리와 같이 싸우게 될지도 모르겠네."

"나도 두 번 다시 내 '도시'가 파괴되도록 놔두지 않을 것이다. 그 날벌레들에게도, 거기 있는 도마뱀에게도 말이야. 리무루여, 나와 적대하는 것을 피하고 싶다면 거기 있는 도마뱀을 잘 교육 시켜둬라."

그 말을 남기고 그들은 떠나갔다.

상호 이해를 더 확고하게 한다는 의미에서 봐도, 의의 있는 시간을 보냈다. 히나타 일행뿐만 아니라, 루미너스와도 앞으로는 우호적인 관계를 쌓을 수 있을 것 같다.

이리하여 서방성교회와 신성교황국 루벨리오스와 벌였던 일련의 전쟁은 만족스러운 형태로 종결이 된 것이다.

그리고 그 후에——,

신성교황국 루벨리오스는 갑작스럽게 지금까지는 묵인하고 있기만 했던 드워프 왕국의 존재를, 친구가 될 수 있는 인류로서 인정한다고 발표했다.

뒤이어서 마물의 나라인 쥬라 템페스트 연방국과의 국교를 수립한다고 선언했다. 기간을 정해둔 것이기는 했지만, 템페스트(마국연방)와 불가침조약을 체결했음을 발표한다.

아인뿐만이 아니라 마물까지, 인류의 일원으로 인정한 것이다.

——이 일로 인해 인간과 마물의 새로운 관계가 모색되게 된다.

제2장

각국과 초대장

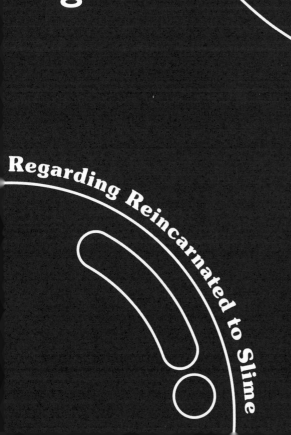

Regarding Reincarnated to Slime

그 정보는 숨기고 있어도 알아서 전해졌다.

쥬라의 대삼림 주변 국가들의 수뇌부의 귀에 소문이라는 형태를 띠면서 전달된다.

——성인 히나타가 마왕 리무루에게 패배했다고.

여러 루트로 나뉘면서, 주의 깊고 신중하게, 근본적인 사실까지는 도달하지 못하도록.

마치 정말인 것처럼 귓속말로 전해지는 소문.

물론 그 소문에는 누군가의 의도가 포함되어 있다. 그러나 그런 의도는 아무도 눈치채지 못했으며 소문은 순식간에 퍼져나갔다.

아무리 비밀리에 침공했다고 해도 사람들의 눈을 전부 속이는 것은 불가능하다. 지금에 와선 주목의 대상이 된 템페스트(마국연방)와 관계가 있는 나라들은 정보 수집을 게을리할 수가 없기 때문이다.

크루세이더즈(성기사단)가 움직였다는 것은 공공연한 비밀이 되어 있으며, 그 소문의 신빙성을 높여주는 것에 큰 역할을 하고 있었다.

그리고 그 정보를 받아들이면서 보이는 반응은 그야말로 천차
만별이다.

마왕 리무루를 두려워하는 자.

성인 히나타가 소용이 없다고 분개하는 자.

그런 것보다 자국의 안전을 위해 어떻게 움직일 것인가—— 그
점을 신중하게 생각하는 자.

전해진 소문과는 별도로 정식 루트를 통해서도 정보가 전해
진다.

성인 히나타와 마왕 리무루가 싸웠으며, 그리고 비겼다.

그 결과로서——,

신성교황국 루벨리오스와 쥬라 템페스트 연방국 간의 휴전협
정. 그리고 불가침조약이 체결되었다는 사실.

그런 정보가 복잡하게 들어오는 와중에 더욱 골치 아픈 문제가
일어났다.

소문의 중심인 마왕 리무루로부터 초대장이 도착한 것이다.

서방성교회의 발표를 그대로 믿는 국가는 없다.

상식이 뒤집혔으며, 그와 동반하여 세계가 변하려 하고 있다.

그것이 각국 수뇌부의 공통적인 인식이 되었다.

자세한 속사정은 알아내지 못했다 하더라도 성기사 중에서 희
생자가 발생한 정황은 보이지 않는다. 그 사실이야말로 각국의
수뇌부가 결단을 내리게 만드는 결정적인 수가 되었다.

다양한 속마음을 품은 채로, 서방 열국은 격렬히 움직이기 시
작한다.

드워프 왕국, 무장 국가 드워르곤에서.

국가의 중진, 각 부문의 대신들이 집결하여 회의를 벌이고 있었다.

"결국 일을 벌였는가, 그 망할 녀석이――."

무거운 목소리가 회의실에 울려 퍼진다.

그 목소리의 주인은 가젤 드워르고.

이 드워프 왕국의 영웅왕이다.

최근 며칠 동안 암부의 움직임이 부산스럽다.

끝도 없이 정보가 날아들었으며, 그것을 해석하는 정보부는 철야를 거듭하고 있었다.

기록 영상을 해석하고, 상세한 사항을 읽어 들인 데이터를 통해서 자료를 작성한다. 그걸 각 대신에게 나눠주기 위해 여러 부를 필사한다.

정보량이 많으니 당연히 자료의 페이지 수도 많아진다.

철야가 계속되는 것도 당연했다.

하지만 그것도 몇 개월 전의 상황에 비하면 훨씬 나은 것이다.

그 슬라임인 리무루가 마왕이 된 그때와 비교하면…….

그리고 마음을 놓을 틈도 없이 마왕이 된 리무루는 마왕 클레이만과의 결투에 임했다. 암부도, 정보부도, 그리고 가젤 왕 이하 왕국의 중진들도. 당시는 수면 부족으로 살기등등한 상황이 되었었다.

그 일을 생각하면 이번 일은 그나마 귀여운 축에 속했다.

"후, 후후후. 믿어지지 않지만, 믿을 수밖에 없군. 네 사제가 그 성인에게 승리했단 말인가……."

그렇게 말하는 번을 꾸짖는 자는 페가수스 나이츠(천상기사단)의 단장인 돌프다.

"불경하다, 번. 여기는 사적인 공간이 아니라, 공적인 공간이자 회의실이다. 공사를 구분하라!"

그렇게 말하면서 돌프는 번에게 주의를 준다.

번은 어깨를 으쓱하면서 대충 고개를 끄덕였다. 그리고 대신들의 책망하는 듯한 시선을 알아차리고는 헛기침을 한 번 한다.

"너무 심하게 꾸짖지 말거라, 돌프여. 짐도 놀라고 있느니라. 번도 웃지 않고는 넘길 수 없는 일이겠지."

가젤 왕이 적당히 수습하면서 번의 실언은 묵인되었다.

그렇다기보다 그 자리에 있는 모든 자가 그 보고에 놀라고 있었다. 그러므로 번의 실언에 신경을 쓰고 있을 기력 따위는 없던 것이다.

모두의 손에 쥐어진 자료에는 이번 사건의 전말이 기록되어 있었다.

내용은 놀랄 만한 것이다.

인류 최강으로 칭송받는 크루세이더즈(성기사단) 100여 명이 비밀리에 마물의 나라에 기습을 가했다.

가젤이 자랑스럽게 여기는 앙리에타 휘하의 암부조차도 그 움직임을 파악한 것은 불과 며칠 전의 일이었다. 아니, 전투가 발발한 후에야 비로소 알아차렸을 정도였다.

하지만 암부가 알아차렸다는 것은 각국의 첩보부도 다 알고 있다는 의미일 것이다. 기본적으로 템페스트(마국연방)에는 수많은 스파이가 잠입해 있으니까.

마왕 리무루는 그자들의 존재를 눈치챈 것 같지만, 선전을 목적으로 하고 있기에 방치해두고 있었다. 그러므로 눈에 띄게 드러나는 전투행위가 시작된 시점에서 아무리 우둔한 첩보원이라고 해도 사태를 알아차렸을 것이다.

그 결과, 크루세이더즈는 패배.

마왕 리무루 측은 한 명의 사상자도 내지 않은 채 승리했다.

직접 전쟁터를 감시하는 일은 불가능했던 것으로 보이지만, 암부의 첩보원이 보내온 보고에는 그렇게 적혀 있다.

"폐하, 실제로 제 눈으로 확인한 것입니다만——."

그렇게 말하면서 앙리에타가 상세한 보고를 바친다.

그녀의 말에 의하면 최종적으로는 성인 히나타와 마왕 리무루의 일대일 대결이 벌어졌다고 한다. 하지만 도중에 전쟁터 주위의 마력요소가 흐트러지면서 마법을 통한 감시가 방해를 받았다고 한다.

"——강대한 오라(요기)도 검출되었으니, 그로 인한 영향이 아닐까 하고 추측됩니다."

"감시마법을 방해할 정도로 강한 마력요소의 폭풍우가 불었단 말이냐?"

"젠 님, 그건 마력요소의 폭풍우라기보다, 상반되는 에너지의 충돌에 의한 간섭파의 영향으로 보였습니다."

"흠, 어찌 됐든 두 사람의 대결 결과를 그 눈으로 직접 확인한 건 아니란 말이지? 그렇다면 그 히나타가 패배했다고 어찌 단언할 수 있는 것이냐?"

아크 위저드(궁정 마법사)인 노파 젠이 묻는다.

성기사단장 히나타의 실력은 잘 알려져 있다. 그리고 젠도 그 강한 실력을 실제로 알고 있는 한 명이므로, 히나타의 패배가 믿어지지 않았다.

"그건, 정황증거로밖에 말할 수 없습니다. 하지만 지금까지 마물을 인정하지 않았던 서방성교회가 자신의 교의를 뒤집고 우리 드워프와도 정식으로 교류할 수 있는 창구를 열겠다는 의견을 타진해오고 있습니다. 또한 루벨리오스 본국의 움직임도 템페스트와의 국교 수립을 위한 조정에 들어가 있습니다. 각국에도 통보가 전해졌으며 정식 공포만을 기다리는 상황입니다. 이런 급격한 방침 전환이야말로 성인 히나타가 패배했다는 것에 대한 증명이 되지 않겠습니까?"

"음……. 확실히 그렇긴 하구나. 그 완고한 머리를 가진 인간 지상주의자들이 손바닥 뒤집듯이 태도를 바꾸었다면……. 그건 그렇게 할 수밖에 없는 이유가 있다고 생각해야겠지. 하지만 그렇다면 가젤 폐하── 마왕 리무루는 폐하보다도 강해졌을 가능성이 높아졌습니다, 그려."

젠은 씁쓸한 말투로 그렇게 말했다.

인정하고 싶지는 않지만, 성인 히나타와 검성 가젤의 힘은 호각이다.

만약 히나타가 패했다면 그건 즉, 마왕 리무루가 영웅왕 가젤보다도 강해졌다는 뜻이 된다.

"말도 안 됩니다!"

"젠 님, 가젤 폐하를 모욕하시는 겁니까?!"

대신들이 차례로 소리치지만 젠은 동요하지 않는다. 그것이 사실이니까 어쩔 수 없다, 그게 젠의 생각이었다.

그리고 그 생각에 가젤도 동의한다.

"불과 몇 개월 만에 그렇게까지 성장한단 말이야?"

번이 느긋한 태도로 질문하는 바람에 가젤은 그 질문에 코웃음을 쳤다.

(그건 이미 성장이라고 할 수가 없지!)

그게 바로 가젤의 본심이었다.

얼마 전에 만났을 때도 느꼈지만, 마왕이 된 리무루의 분위기는 불길한 구석이 있었다.

엄청난 힘은커녕, 오히려 잔잔한 물결처럼 아무것도 느껴지지 않았던 것이다.

다른 사람의 생각조차 꿰뚫어 보는 가젤의 힘——유니크 스킬 '위에 서는 자(독재자)'를 통해서도 아무것도 꿰뚫어 볼 수가 없었다.

그건 즉, 리무루가 자신의 힘을 완전히 제어하고 있다는 뜻이었다.

"그것도 당연하겠지. 마왕으로 진화하면서 그 힘은 짐과 대등해진 것이다. 그 녀석이 히나타에게 이겼다 해도 이상할 건 없을 것이야."

진상은 알지 못한다 해도 살아남은 것만으로도 칭찬해줄 가치는 있다.

그렇게 생각하면서 뱉은 가젤의 발언이었다.

그러나 납득이 가지 않는지 대신들까지 가젤에게 반론한다.

"그, 그렇지만! 태어난 지 몇 년밖에 안 된 마물이 영웅이신 폐하와 대등한 위치에 선다니……."

"그렇고말고요. 이건 뭔가 잘못된 게 아닌지요?"

"그리고 만약 그게 사실이라고 하면, 마왕 리무루는 너무 위험한 존재가 아닙니까?"

그런 내용의 말을 차례로 호소하듯 내뱉었다.

가젤은 속으로 한숨을 쉬었다.

그리 말하자면, 위협이 되는 존재는 마왕 리무루만 있는 것이 아니다.

가젤은 자료로 눈을 돌린다.

암부의 조사로는 리무루 휘하의 간부들이 '십대 성인'과 전투를 치렀다고 적혀 있다.

그 보고에 의하면 리무루의 부하인 마물들도 누구 하나 패하지 않았다. 각자 개인적으로 벌인 전투 결과는 간부들의 완전 승리로 끝났던 것이다.

그중에는 혼자서 성기사 여러 명을 압도하는 자가 있었다고 하는 경이적인 보고도 있었다.

암부의 보고를 믿는다면, 템페스트의 총 전력은 무장 국가 드워르곤을 상회한다고 판단할 수밖에 없다.

영상을 기록하는 매직 아이템(마법 도구)의 정밀도가 좋지 않아서 상황을 기록할 수가 없었던 것이 안타깝다.

드워프 기술력의 결정에 해당하는 영상 기록 장치였지만, 마력 요소가 흐트러진 장소에서는 정상적으로 작동하지 않는다.

그 기록은 영상만 기록할 수 있는지라, 소리도 녹음되지 않았던 것이다.

그런 정보로는 피사체의 능력을 해석하는 것도 불가능했으며, 상황을 해독하는 것이 한계였다. 그래도 이 자료가 중요하다는 것은 틀림없는 사실이지만…….

그런 영상 자료에는 가젤에게도 낯이 익은 마물들이 비치고 있었다. 한 번 대화를 나눈 적이 있는, 리무루의 부하인 마물들이다.

(그자들도 실력이 늘었단 말인가. 이제 와선 우리가 전력을 다해서 덤벼도 이기긴 어려울 것 같군──.)

위험하니 어쩌니 소란스레 떠들어대는 대신들의 말, 그에 반대되는 의견을 주장하는 대신들의 말.

둘 다 정답이라 하겠다.

시끄럽게 떠들어대는 대신들은 아랑곳하지 않고 가젤은 생각한다.

이 정도로 위협적인 존재가 되기 전에 미리 죽여버리는 게 좋았을까, 하고.

그렇지 않다고, 가젤은 그 생각을 부정했다.

마왕 리무루는 이성이 있는 마물이다.

무엇보다 인간 국가와의 우호 관계를 바라고 있었다.

그 증거로 도시를 만들고, 인간을 돕고, 나라와 나라를 연결하려 하고 있다.

만약 마왕 리무루가 인간의 마음을 이해하지 못하는 마물이었다면, 인류는 미증유의 위협에 노출되었을 것이다.

(그런 걱정은 할 필요가 없겠지. 큭큭큭. 그 리무루가, 우리 인류를 전멸시키려는 생각을 할 리가 없다!)

가젤은 그렇게 확신하고 있었다.

마왕 클레이만은 죽였으면서도 히나타는 무사하다는 사실. 그점을 고려해봐도 리무루가 인류의 적이 될 것이라는 생각은 들지 않았다.

그러므로 가젤은 대신들의 걱정을 그저 웃어넘길 뿐이다.

"훗훗후, 걱정할 것 없다! 그 리무루는 짐의 사제이니라. 그리고 다른 나라보다 앞서서 템페스트의 우방이 된 우리야말로 가장 확실한 신용을 얻고 있다고 할 수 있을 것이다. 그런 이점을 버리고 리무루를 의심하라고 말할 셈인가?"

왕자(王者)로서의 패기를 담아서 대신들을 위압한다. 그것만으로도 대신들은 냉정을 되찾았다.

"그, 그렇겠군요. 그렇게 생각한다면 지금 그 나라와의 교역을 저버리는 건 어리석은 짓——."

"음. 그 나라에서 수입하는 물품들은 전부 매력적인 것들뿐이지. 단순히 회복약만 생각해봐도 지금은 그 나라에 생산 거점을 옮겨놓았으니 말이오."

"기술 교류도 그렇습니다만, 상대를 신용하지 않으면 성립되지 않겠지요. 그런데 우리는 뭘 그렇게 당황하고 있었던 것인지……."

"그러게 말입니다. 그런 걱정은 이제 와서 할 필요가 없는 것을……."

서로의 얼굴을 바라보면서 부끄럽다는 듯이 쑥스러운 웃음을 짓는 대신들.

그 모습을 보면서 가젤도 씨익 웃었다.

공명정대함을 취지로 내세우는 드워프 왕국에서는 상대가 마왕이라고 해도 그것이 차별을 할 수 있는 이유가 되지는 않는다. 그 사실을 모두가 떠올린 듯하여 가젤로서도 만족스러웠다.

리무루는 확실히 경이적인 강함을 손에 넣었다. 그러나 그가 지금까지 살아온 모습을 보면, 신용할 수 있는 인물이라는 것은 의심할 여지도 없는 것이다.

그런 리무루와 현재 참으로 우호적인 관계를 구축하고 있다. 그렇다면 앞으로도 그걸 유지하는 것이 당연했다.

그리고 무엇보다 리무루는 원래는 '이세계인'이라고 말했었다.

저쪽 세계의 지식을, 그 터무니없는 스킬(능력)로 재현하는 행동력. 여유 넘치게 살고 싶다는 이기적인 욕망이 원동력이 되면서, 다양한 개발을 전력을 다해 벌이고 있는 점이 흥미진진하다.

또한, 그런 리무루를 존경하면서 따르는 부하들은 아무리 무모한 명령이라고 해도 그것을 웃으면서 실행하고 있다.

그 증거로 템페스트와 이곳 드워프 왕국은 이미 교역용 도로로 연결되어 있는 것이다.

산과 계곡을 벗어난, 누구라도 안심하고 다닐 수 있는 길.

그걸 포장한 것은 리무루의 부하인 마물들이었다.

리무루의 발상은 한마디 명령을 내리는 것만으로 실현된다.

재력이나 노동력 때문에 다른 '이세계인'들이 단념했을 일들도, 그 마왕에게는 문제가 되지 않는다. 그것을 억지로 추진할 수 있을 정도의 저력이 그에게는 존재하는 것이다.

수많은 마물을 부릴 수 있는 그 행동력.

실로 부럽구나, 가젤은 그렇게 생각한다.

예를 들어서 어떤 어려운 문제가 있어도 "어떻게든 열심히 해 보자고!"라는 리무루의 무책임한 말만 있으면 부하 마물들은 열심히 노력한다.

누구나가 그것이 당연하다고 생각하며 의문을 품지 않는다.

그 슬라임의 진정한 무서운 점은, 남을 자기편으로 만드는 그 천재적인 재능이라 할 것이다.

좋든 싫든, 그 마왕은 재미있는 존재였다.

(어쩌면 나도 또한 그 녀석의 농간에 놀아나고 있는지도 모르겠군.)

하지만 그래도 괜찮다——고, 가젤은 생각했다.

리무루가 이상으로 생각하는 세계를 실현하는 것을 목표로 삼고 있다면, 과연 어떤 결과가 나올 것인가. 가젤로서는 그 점에 아주 강한 흥미를 느끼고 있다.

그것을 지켜보고 싶다고, 가젤은 바란다.

'천마대전'이 일어날 것이다.

리무루는 그 사실을 알고 있으므로, 어쩌면 맞서 싸울 생각을 하고 있을 것이다.

확실히 템페스트는 무시무시한 군사 국가로 성장하고 있다.

어쩌면 하늘의 군대를 상대로 승리할 가능성조차 품고 있을 정도로.

그렇다면 가젤은 그걸 응원할 뿐이다.

"그 마왕 리무루와 짐은 피는 이어지지 않았지만 형제이다. 그 녀석이 인간의 마음을 잃지 않는 한, 할 수 있는 만큼은 도와줘야 하지 않겠는가. 새로운 시대, 문명개화를 환영하도록 하자. 이견이 있는 자는 말하도록 하라."

드워프 왕 가젤 드워르고의 무거운 목소리가 회의실을 압박했다.

그것은 영웅왕의 결단이자 선언이 된다.

"나는 지지하겠어, 가젤 폐하. 당신이 우리 대장이니까!"

어드미럴 팔라딘(군부 최고사령관)인 번이 웃는다.

"우리의 왕이시여, 저는 당신의 그림자, 그 뜻을 따를 뿐입니다."

나이트 어새신(암부의 수장)인 앙리에타는 망설임 없이 그렇게 말했다.

"좋을 대로 하시구려. 이 몸은 늙어서 앞으로 얼마 남지 않은 목숨이니, 마지막을 유쾌하게 보낼 수 있다면 어디까지든 가젤 폐하를 따르겠소이다."

선왕의 시대부터 살아온 노파 젠은 그렇게 말하지만, 아직 한창 건강해 보인다. 그 말은 어찌 되든 가젤을 지지하겠다는 젠 나름대로의 선언이나 마찬가지다.

그리고 페가수스 나이츠(천상기사단)의 단장 돌프도 또한, 어쩔 수 없다는 듯이 한숨을 쉬면서 말한다.

"모두가 그렇게 말씀하신다면 저로서는 그 뒤처리를 할 수밖에 없지요. 폭주를 말릴 자도 필요하지 않겠습니까?"

그것이 매번 돌프가 맡아온 역할이다.

돌프 자신은, 그런 자신을 싫어하지 않았다.

그리고――,

그런 영웅왕의 말이 나오면서 방침이 정해졌다.

최고 지도자의 결정에 이견을 내세울 자는 없다──는 것은 명목상의 이유일 뿐, 실은 대신들도 본심은 달리 있다.

영웅들의 결정을 핑계로 대면서 대신들도 또한 이 결정을 당당하게 지지하고 있다.

그 이유는 하나.

기술 대국에 사는 자로서 문명개화라는 왕의 말에 마음이 들뜨는 것을 느꼈던 것이다.

자잘한 연구를 계속한다 해도 이 이상의 발전은 바라기가 어렵다.

그러나 그 마왕은 당당하게 아무도 겁내지 않고 연구를 추진하고 있다.

그것은 예전의 동료였던 베스터 후작의 보고를 봐도 명백했으며, 그 자유로운 입장을 부럽게 여기는 자까지 나오기 시작하고 있었던 것이다.

"베스터 공만 마음껏 내키는 연구를 할 수 있다니, 그건 절대 용서할 수 없습니다!"

"그렇소! 들었습니까? 그 도로에는 마물을 물리치는 소형 결계가 펼쳐져 있다고 하더군요."

"가로등도 말이지요. 통신 설비까지 새롭게 개발 중이라고 들었소."

"약을 개발하는 것만으로 만족하지 않고, 참으로 부러──발칙한 이야기가 아닙니까!"

그렇게, 진심이 보일 듯 말 듯 한 대화를 주고받는 대신들.

그 말을 듣고 가젤은 쓴웃음을 짓는다.

그리고 헛기침을 한 번.

그것이 신호가 되면서 회의장은 고요함에 감싸인다.

대신들의 시선이 가젤에게 집중된다.

"결론은 나왔다. 우리나라는 마왕 리무루를 믿고 함께 나아갈 뿐이다! 그자들을 받아들이는 그릇이 되고, 획득한 기술을 보존하는 역할을 맡기로 하자. 만일 그자들이 하늘의 군대에 패배한다고 해도 그 기술이 사라지지 않도록 말이다! 그게 짐의, 무장국가 드워르곤의 방침이다!"

반론 따위는 처음부터 있지도 않았을 것이다.

가젤 왕은 언제나 자국을 최우선적으로 생각하고 있었으니까.

대신들은 일제히 머리를 숙이면서 그 말에 찬성한다는 뜻을 나타냈다.

"큭큭큭, 맛있는 부분은 양보하지 않는단 말인가? 입바른 소리를 하지 않는 게 오히려 더 호감이 가는걸."

그렇게 말하는 번의 중얼거림이 그 자리에 있는 자들의 심정을 대변하고 있다.

이야기가 나온 김에 신성교황국 루벨리오스의 제안을 받아들일 것도 결정하면서 회의는 끝이 났다.

템페스트뿐만이 아니라 신성교황국 루벨리오스와도 협정이 맺어질 것이다.

아직 미래의 일이 되겠지만 양국, 그리고 서방 열국과도 협력하여 '천마대전'을 대비하게 되리라.

이 판단이 올바른 것인지 잘못된 것인지, 그것을 지금은 알 수 없다.

하지만 그걸로 됐다고—— 가젤은 생각했다.

일단락이 지어졌을 때 대신 중 한 사람이 손을 들었다.

"폐하, 한 말씀 드려도 되겠습니까?"

가젤은 자리에서 일어서려 하고 있었지만 그가 부르는 소리에 다시 자리에 앉았다.

눈빛으로 재촉한 뒤에 그 보고를 듣는다.

"실은 말입니다, 폐하. 리그루도 공이 보낸 초대장이 와 있습니다. 놀랍게도, 리무루 님이 마왕 취임을 기념하여 공개적으로 인사하는 자리를 가진다고 하는데……. 부디 참가하시기를 희망한다고——."

"마왕 취임 기념이라고? 그 녀석은 대체 무슨 생각을 하고 있는 거냐?"

보고를 들은 가젤은 리무루의 의도가 파악이 안 되는 바람에 자신도 모르게 되묻고 말았다. 당연히 그 질문을 받은 대신이 대답할 수 있는 질문이 아니다. 눈을 휘둥그레 뜨면서 당혹해하고 있다.

대신 다른 대신들이 떠들어대기 시작한다.

"그냥 명목상의 핑계가 아니겠습니까. 폐하를 불러서 두 나라의 사이가 좋다는 걸 어필하는 것이 목적일 것입니다."

"으——음, 하지만 그게 목적이라면 그런 행사는 이미 우리나라에서 벌이지 않았나."

"오오, 그 이야기 말입니까! 베스터 후작으로부터 소식을 들었

147

습니다. 듣자 하니, 마물의 나라라는 이미지를 일신시키기 위해서 축제를 벌인다고 하더군요. 베스터 후작 자신은 어드바이저로서 의견을 들어주는 입장에 있다고 하던데, 여러 가지 여흥을 생각하고 있는 것 같더군요."

그런 대신들의 대화를 듣고 번도 흥미진진한 표정으로 눈을 빛냈다.

"호오, 그거 재미있겠는데. 그 나라의 여관은 정말 훌륭했지. 온천에선 편안히 쉴 수 있었고, 식사도 맛있었으며, 손님을 접대하는 자들의 레벨도 높았어. 베스터 녀석이 교육을 시켰다고 하던데, 제법 수준이 높더군. 그 여흥이란 것도 실로 취향을 충분히 만족시킬 수 있는 것이 될 것 같은데."

그렇게 말하면서, 꼭 참가하고 싶다는 표정으로 가젤을 본다.

번의 반응을 보니, 가젤이 참가하지 않는다면 자신이 대신 가겠다고 말할 기세였다.

가젤은 한동안 심사숙고한다.

(후후후, 망할 녀석. 무슨 생각을 하고 있는지 모르겠지만, 어른스럽게 굴지를 못 하는 녀석이라니까…….)

서방 열국에 받아들여질 수 있도록 노력하고 있는 것으로 여겨지지만, 무슨 생각을 하고 있는지는 전혀 예상을 할 수가 없다.

이래서 재미있는 것이다.

가젤은 뱃속 깊은 곳에서 충동적으로 솟아오르는 웃음을 억누르느라 힘이 들었다.

대신들 앞에서 위엄을 지키는 것도 참 힘든 일인 것이다.

(망할 녀석…… 짐을 괴롭히는 이런 함정을 파놓을 줄이야……

얄볼 수가 없군!)

그런 말도 안 되는 분노의 감정으로 웃음의 충동을 상쇄하는 가젤 왕.

"어떡하시겠습니까? 리그루도 공으로부터는 '가젤 폐하의 참가는 어렵겠지만, 만약 축제에 참가하시겠다면 최고의 자리를 준비해놓고 기다리겠습니다'라는 말을 들었습니다만? 참고로 각국의 수뇌부에게도 의견을 타진한 모양이며, 자릿수에는 제한이 있다고 합니다. 또 '당일은 혼잡이 예상되므로 답변은 빨리 해주시길 바랍니다'라고 정중하게 말을 전했습니다."

입을 다문 가젤에게 대신이 조심스럽게 리그루도의 말을 전한다.

정중하게 전해졌다고는 하나, 대국의 왕을 초청하는 것치고는 제대로 예의를 갖춘 모양새가 아니다. 대신은 그렇게 느꼈기 때문에 가젤이 화를 내지 않을까 하고 걱정하는 모양이다.

그러나 가젤은 그런 것으로는 화를 내지 않는다. 어떻게 하면 그런 착각을 하는 것인지 약간 어이가 없어질 정도였다.

가젤의 유니크 스킬인 '독재자'라면 대신들의 마음을 읽는 것은 딱히 어려운 일도 아니다. 그러므로 가젤은 속으로 쓴웃음을 지으면서 그 착각을 정정하기로 한다.

"마왕 취임을 기념하는 자리에는 출석하기로 하지. 그리고 견학에도 참가하기로 하겠다."

간결하게 뜻을 밝히자, 다른 대신들로부터도 불평이 나왔다.

"폐하! 아무리 리무루 님이 폐하와 친하다고 해도 이런 초대는 문제가 있다고 생각합니다. 여흥이란 것이 어떤 것인지는 모르겠습니다만, 자리를 준비하는 것쯤은 그렇게 어렵지 않을 텐데 말입니다."

"그렇습니다. 애초에 얼마나 많은 사람을 부를 생각인지는 모르겠습니다만, 우리나라 말고 다른 곳의 왕후 귀족은 그럴 여유가 없을 것입니다. 그렇게 쉽게 초대에 응할 것이라는 생각은 들지 않습니다."

"그리고 폐하께서 직접 참가하시는 것은 역시 문제가 있습니다!!"

등등.

대신들의 말도 일리는 있다.

하지만 가젤은 그런 대신들의 의견을 흘려듣는다.

"그건 아닐 것이다. 오히려 그만큼 자신이 있다는 뜻이겠지. 너희는 이 나라를 방문했을 때의 그 녀석밖에 알지 못한다. 마왕이 된 그 녀석은 그때와는 완전히 다른 사람이었다. 그런 리무루가 자신 있게 개최하는 축제다. 상당히 흥미진진한 것이 되겠지. 그리고 이젠 군사 대국이기도 한 템페스트의 내부 사정을 조사해보고 싶어 하는 자들도 많을 것이다. 초대장이 있다면 반드시 방문해보려고 생각하는 자가 있어도 이상할 게 없다. 번의 말대로, 그 나라의 여관은 실로 훌륭했으며, 참가할 손님의 수를 파악하려고 드는 것은 그만큼 정중한 대접을 하리라 마음먹었기 때문이 아니겠느냐고 짐은 생각한다만."

가젤이 그렇게 자신의 생각을 밝히자, 번도 그 말에 동의하듯이 말한다.

"확실히 그렇겠지. 마왕이 되면서 엄청난 품격을 뿜어내고 있었으니까. 지금의 리무루 님을 우습게 여길 수 있는 자는 그리 많지 않을걸. 그리고 그 마물들이 어떤 축제를 개최할지 흥미가 동하니까, 나라와는 관계없이 나는 참가할 생각이야."

번은 처음부터 참가할 작정이었다. 베스터에게 부탁해서 자신만이라도 초대장을 준비하도록 시킬 생각이었다.

혼자서만 참가하는 일은 허락할 수 없다고 말하면서 가젤도 물러서지 않는다.

가젤이 참가하는 것을, 대신들이 반대하리라는 것은 이미 알고 있었다. 그래서 가젤은 자신도 문제없이 참가할 수 있도록 대신들을 말로 구슬리자고 생각한다.

"짐도 왕의 입장뿐만이 아니라 사형의 입장으로서, 그 녀석이 다른 나라의 인간들에게 얕보이지 않도록 지도를 해줘야 할 테니까 말이다. 템페스트와 가장 친한 우호국은 우리 드워르곤이라는 것을 주변 국가에 알려줘야 하느니라."

가젤이 그렇게 말하자, 대신들 중에도 가젤의 진의를 알아차리는 자가 나오기 시작한다.

"그, 그 말이 맞습니다! 마왕 리무루와 가장 친하게 지내는 것이 우리라는 점을, 다른 나라에게 과시해둘 필요가 있겠습니다."

"음. 듣자 하니 그 살리온의 인간들도 마왕이 된 리무루 님의 환심을 사려 든다고 하더군요."

"이쯤에서 한 번 더 가젤 폐하와 친하게 지내는 모습을 보여주는 것도 다른 나라에 대한 견제가 될 것입니다."

의도한 대로 됐군. 가젤은 그렇게 생각했다.

가젤이 살짝 운을 띄운 덕에 이야기가 잘 정리되려 하던 그

때──,

"그런 말은 아무래도 상관없소. 반대했다가 또 폐하께서 몰래 빠져나가시면 큰일이오. 그렇게 될 바에야 아예 국가 차원에서 참가하는 것이 더 안전할 것이외다."

웬만하면 끼어들지 않는 원로원의 장로가 서로 다투듯이 의견을 내고 있던 대신들에게 일갈했다.

예전에도 대역에게 맡겨두고 몰래 빠져나간 일을, 그 장로는 아직도 마음에 담아두고 있었던 모양이다.

결국, 장로의 그 발언으로 인해 가젤 일행의 참가가 결정됐다.

(이거 참. 하지만 이렇게 됐으니 나도 축제라는 것에 참가할 수 있겠군.)

생각하고 있던 것과는 다르게 이야기가 정리되긴 했지만, 축제에 참가하는 것 자체는 변함이 없다. 가젤은 조금 실망스럽긴 했지만 이 결과를 순순히 받아들였다.

템페스트(마국연방)의 초대에 국가 차원에서 참가하는 것이 결정되었다.

대신들에게 있어선 예상과는 너무도 다른 결과가 되었지만, 이것은 정식으로 결정된 사항이다. 그렇다면 자신도 참가하고 싶다고 생각하는 자들로 넘쳐나면서, 자리는 소란스러워졌다.

그리고──,

왕을 따라가고 싶다는 희망자가 쇄도하는 바람에, 가젤은 누구를 고를지에 대한 고민을 하게 되었다.

마도 왕조 살리온의 황제가 머무르는 성.

아름답고 훌륭한 정원이 넓게 펼쳐져 있었고, 야생에선 희귀한 생물이 자연 그대로의 모습으로 서식하고 있다.

그 정원을 유지하는 것은 황제의 사유재산이다. 즉, 황제의 포켓머니인 것이다.

황제는 수많은 권익을 소유하고 있으며, 그것들은 막대한 이익을 낳고 있었다.

그중 극히 일부에서 지불되는 돈만으로 이 우아하고 아름다운 정원은 유지되고 있는 것이다.

그뿐만이 아니라——,

이 광대한 성을 유지하는 데도 세금은 일절 사용되지 않았다.

그 사실이야말로 이곳 마도 왕조 살리온의 정점에 선 황제의, 상상을 초월하는 재력을 증명하고 있다.

그 정원에서 두 명의 인물이 휴식을 취하고 있었다.

한 사람은 에라루도 공작.

모험가 에렌의 아버지이며, 이 나라의 중진. 세 손가락 안에 드는 실력자이다.

그 맞은편에 앉아 있는 인물.

그 인물이야말로 에라루도 공작보다 위에 있는 이 나라의 유일무이한 존재.

황제——에르메시아 에르 류 살리온 바로 그 사람이다.

공식 발표로는 성별 불명으로 되어 있다.

여성처럼 아름다운 용모의 황제.

그렇게 선전이 되어 있지만, 딱히 무슨 일이 있는 것은 아니고 실제로는 여성이다.

단, 자세한 나이는 불명이다.

엘프족 중에서도 순수한 피가 진하게 드러나면서, 나이를 먹지 않는다. 역사의 살아 있는 증인이기도 하며, 그런 황제의 나이를 묻는 것은 터부(금기)로 여겨지고 있다.

그 겉모습은 고귀하긴 하지만, 젊어 보이는 분위기도 전혀 줄어들지 않았다. 오히려 작은 몸집 때문에 소녀로 착각하는 일도 있을 정도이다.

길게 찢어진 눈매.

비취색의 눈동자는 모든 것을 꿰뚫어 보는 것 같다.

윤기가 흐르는 살결.

그 색은 새로 내린 눈처럼 새하얗다.

길게 기른 은발이 부드럽게 흘러내리면서, 연홍색을 띠는 뺨에 걸려 있었다.

그 은발 사이에선 특징적인 끝이 뾰족하고 긴 귀가 살짝 엿보이고 있다.

완전한 조화의 구현자.

진정한 엘프—— 하이엘프라고 불리는 지고의 존재였다.

그 아름다움에 에라루도 공작은 한순간 넋을 잃고 바라볼 뻔했지만, 아내와 딸의 분노가 무섭기 때문에 빠르게도 제정신을 차렸다.

헛기침을 한 번 하면서 황제를 다시 바라봤다.

격조 높은 목제 의자에 단정한 자세로 앉아 있는 에르메시아 황제.

그런 그녀를 향해 에라루도는 입을 연다.

"폐하, 예전에 보고를 드린 적이 있는 마물의 나라에서 이번에 저에게 초대장을 보냈습니다."

에라루도 공작은 품에서 편지를 꺼낸 후에 슬쩍 내밀었다.

안전한 것인지는 이미 확인을 끝냈다.

내용도 파악하고 있지만 말로 하지는 않는다. 자신이 확인하기 전에 미리 이야기 듣기를 싫어하는 황제의 성격을 잘 알고 있기 때문이다.

하지만 불안함도 느끼고 있다.

(설마 정말로 그자가 마왕으로 인정을 받을 줄은 몰랐는데. 하지만 그건 그렇다 치고……. 자신의 취임을 기념하는 자리에 나를 부르는 것이 과연 괜찮은 것인가?)

사실 지금 황제에게 건넨 편지는 에라루도 공작에게 온 것이며, 원래는 황제에게 보여줄 필요는 없었다. 그러나 편지에는 '참가하실 거라면 참가 인원수를 명기하여 답장으로 알려주시길 바랍니다'라고 적혀 있었던 것이다.

참가 인원수를 알려달라는 것은, 누구를 초청해도 괜찮다는 뜻이라고 멋대로 해석했다.

그럼 누구를 초청해야 할 것인가?

이 점이 문제였다.

호위를 데리고 가는 것은 당연하다고 쳐도, 공작만 참가할 수는 없다. 공작에게서 예전의 회의에 관한 이야기를 들은 귀족들 중에도 자신도 가보고 싶다는 이야기를 한 사람이 많이 있었기 때문이다.

새로운 거래 상대국이 된 템페스트(마국연방)는 마도 왕조 살리온의 상급 귀족들 사이에선 뜨거운 화제가 되고 있는 것이다.

그리고 그것은 귀족들만으로 그치지 않았다.

마왕 리무루와 나눈 회담의 결과를 보고했을 때에는, 황제로부터 차가운 시선과 함께 비아냥거림을 들었던 것이다.

'——흐응. 자기 혼자만 그렇게 재미있어 보이는 곳에 갔단 말인가? 에라루도도 팔자가 참 좋군. 아마도 꽤나 즐거웠겠지. 왜 나를 놔두고 간 걸까? 그것도 내가 보낸 사자라고 칭하고 자기 멋대로 국교를 맺기까지 하면서. 그렇게 중요한 건이라면 내가 직접 가보고 싶었는데 말이야.'

그런 식으로…….

에라루도도 할 말은 있다.

딸을 구한다는 명목으로 들렀던 템페스트(마국연방)였지만, 그곳은 더 따질 것도 없는 마물의 나라였던 것이다. 아무리 호문클루스(인조인간)에 빙의하고 있다곤 하나, 그곳에서 무슨 일이 일어날지 알 수가 없다.

위험이 없다고는 할 수 없으니, 그런 장소에 에르메시아 황제를 데려간다는 것은 아예 불가능한 일이었다.

그러나 에르메시아 황제는 에라루도 공작을 엄청난 기세로 질책했다.

그녀가 말하길.

'그렇게 재미있는 슬라임(생물)이 있다면, 내 눈으로 직접 보고 싶었어. 하물며, 이제 막 탄생한 마왕을 만났다니, 오래 살고 있는 나조차 경험해본 적이 없는 일이란 말이지. 그런 걸 자기 혼자만 즐겼다고? 당신, 새치기란 말을 알고 있어? 친척한테서 그런 대접을 받다니, 나는 참으로 불쌍한 황제라 하겠네──.'

그런 식으로, 투덜투덜 불평이 이어졌고──,

'──부러운……게 아니라 참으로 괘씸한 이야기지 않나? 어떤 즐거움……이 아니라 위험이 있을지도 모르는데, 그렇게 멋대로 행동하다니. 언어도단도 어느 정도가 있는 법이야!!'

──그렇게 말하면서 엄청나게 토라졌던 것이다.

질책이라기보다 투정에 가까웠다.

신하들 앞에선 냉철한 무표정으로 일관하는지라, 냉혹하고 비정한 이미지를 주는 에르메시아 황제.

그런 황제가 이런 모습을 보이는 것은, 사생활에서도 같이 어울려주는 에라루도 공작과 또 한 사람뿐이다.

그렇기에 더더욱 에라루도 공작의 부담이 크다고 할 수 있겠다.

남들 앞에서 연극을 하는 것도 어느 정도가 있어야지! ──늘 그렇게 속으로 지적을 날리는 에라루도였다.

지금도 황제가 토라져버리는 바람에 예산이 동결되면서, 템페스트와 기술제휴를 하려는 계획의 진척이 더뎌지고 있다. 지금은 황제의 기분을 좋게 만들어서 그 나라와 기술제휴를 하기 위한 준비를 재개하고 싶은 바이다.

만약 이번에 황제에게 이 제안을 알리지 않고 자신만 참가했을 경우, 틀림없이 황제의 심기를 거스르는 결과가 될 것이다.

예산의 동결 해제 이야기는 아예 꺼내지 못할지도 모른다. 에라루도는 그 점을 두려워했다.

편지에 적혀 있는 리무루의 마왕 취임을 기념하는 자리 말인데, 간단히 말하자면 일종의 시위 행위일 것이다. 주변의 국가들에게 마왕이 된 리무루의 힘을 과시하는 것이 목적이리라.

축제도 동시에 개최된다고 하며, 여흥도 여러모로 준비되고 있다고 한다. 그게 어떤 것인지는 불명이지만, 상당히 대규모로 벌어질 모양인 것 같다.

그렇게 즐거워 보이는 행사를, 일상을 지루하게 여기는 에르메시아 황제가 그냥 보고 넘어갈 리가 없었다. 틀림없이 이야기를 주워듣고 보고하지 않은 에라루도에게 따지고 물을 것이 눈에 뻔히 보인다.

그 분노는 상상을 초월하리라.

그렇게 생각한 에라루도는 황제에겐 감추지 않고 편지를 보여주기로 한 것이다.

에라루도가 그런 생각을 하고 있으려니, 편지를 다 읽은 에르메시아가 얼굴을 들었다.

에라루도는 다급히 자세를 바로잡는다.

그런 에라루도를 바라보면서 에르메시아는 입을 열었다.

"그래서, 어떻게 할 생각이지?"

"그게, 무슨 말씀이신지요?"

그렇게 얼버무리면서도 에라루도는 에르메시아가 무슨 말을 하고 싶어 하는지 이해하고 있다. 그렇다고 해서 그것을 자신의 입으로 말할 수는 없는 것이다.

황제인 에르메시아가 참가하겠다고 하면, 그야말로 국가 차원의 행사가 될 것이다. 그렇게 큰일이 되리라는 사실을 알기에, 에라루도는 자신이 먼저 이야기할 수가 없다.

어디까지나 황제 자신의 의지에 따라 이야기가 진행되어야 한다. ——그것이 에라루도의 본심이었다.

"흐응, 얘기를 얼버무리네? 그건 그렇고 에라루도, 요시다 씨의 가게에서 들여오는 스위츠(과자) 말인데, 최근에 급격하게 그 품질이 향상되었더군. 그 원인을 알고 있어?"

갑자기 화제를 바꾸려는 듯이 에르메시아가 그런 말을 꺼냈다.

에라루도는 그녀의 의도가 파악이 안 돼서 답변하기를 망설인다.

"책사로 이름 높은 당신도 시정의 일에 관한 건 잘 모르는 모양이네? 기대가 어긋났는걸."

"죄송합니다, 폐하. 요시다 씨라면 잉그라시아 왕국에 가게를 차리고 있으며, 폐하가 마음에 들어 하시는 과자 장인이었지요? 싸울 수 있는 힘은 없어도 '이세계인'이라는 이유로 보호를 받고 있는 인물인 걸로 압니다. 그런 요시다 씨의 가게에서 과자를 들여온다는 것도 처음 듣는 얘기입니다만, 그것과 리무루 님에게서 받은 초대장이 무슨 관계가 있는 것인지요?"

모르는 것은 솔직하게 묻는 게 최고다.

같은 핏줄이 아닌 자가 이런 대응을 한다면 실직을 면할 수 없겠지만, 에라루도에게는 관계없는 일이다. 황제의 진짜 얼굴을 아는 에라루도는 부담 없이 황제에게 되물었다.

"뭐야, 정말로 모르는구나. 에륜이 몇 년 전에 선물로 사다줬는데 말이야. 당신은 받지 못했나 보네."

"뭐라고요오——?!"

자신도 모르게 소리치는 에라루도.

딸인 에렌이 자신에게 선물을 하지 않은 것에 대해 예상한 것 이상의 대미지를 받은 것이다.

그런 에라루도를 보면서 기분이 풀렸는지, 에르메시아는 만족스러운 표정으로 웃으면서 말한다.

"당신의 그런 얼굴을 볼 수 있었으니, 좋게 넘어가기로 하지. 가르쳐줄게. 요시다 씨는 최근에 어떤 인물로부터 재료를 들여오게 되었다고 하더군. 그 덕분에 상품의 종류도 대폭적으로 늘어났고, 그 품질도 향상된 것 같아. 그리고 무엇보다 자금 원조를 대가로 상품을 융통해주게 되었어."

그리 말하면서 에르메시아는 자세하게 설명하기 시작했다.

에라루도도 요시다 카오루라는 인물에 관해서는 알고 있다. '이세계인'이라는 것만으로 조사 대상이며, 정보를 수집하는 것은 당연했다.

그 정보에 의하면 요시다 카오루는 잉그라시아 왕국의 왕도에서 카페라고 칭하는 과자와 케이크를 파는 가게를 경영하는 인물이다.

능력이 없는 자라고는 하는데, 정말인지 아닌지는 알 수 없다.

단, 그의 과자와 케이크를 만드는 기술은 초일류이며, 그랜드 마스터(자유조합 총수)도 신경을 써서 돌봐주고 있다고 한다. 성인 히나타가 몰래 드나든다는 수상쩍은 보고도 있으니, 꽤나 잘나가는 것 같다.

거기까지는 에라루도도 파악하고 있었지만, 에르메시아의 설명에는 뒷부분이 더 있었다.

"난 말이지, 요시다 씨에게 제안한 적이 있어. 에륜의 선물은 너무나, 너무나 맛있는 케이크였거든. 그래서 이 나라의 전속 장인이 되어주면 좋겠다고 생각한 거야. 하지만 거절당했어. 아무리 많은 돈을 준다고 해도 요시다 씨는 이 나라에 와주질 않았지——."

에르메시아 황제가 말한 대로라면, 요시다라는 인물은 돈에 따라 움직이지 않는 남자인 모양이다. 그래서 어쩔 수 없이 수량이 한정된 선물을 사 오도록 시키는 것만으로 참고 있다고 한다.

대체 무슨 짓을 하고 계신 겁니까, 폐하——?! 에라루도는 내심 그렇게 따지고 들었다.

그런 에라루도에게 에르메시아가 새로운 폭탄 발언을 했다.

"최근에 그 요시다 씨가 가게를 닫는다는 말을 꺼낸 모양이야. 지점을 내려는 건지 이주를 하려는 건지, 그건 현재 조사 중이지만…… 그래도 가게가 쉬는 동안에 과자를 먹지 못하게 되는 건 큰 문제라고 생각하지 않아?"

"생각하지 않습니다만, 그게 어쨌단 겁니까?"

"흐——응. 당신이 그런 말을 한단 말이야? 에륜은 그 가게의 과자를 정말 좋아하니까, 그걸 쉽게 살 수 있게 된다면 틈나는 대로 여기로 돌아와 줄 것 같은데 말이지."

"뭐, 뭐라고요?!"

"실제로 정기적으로 여는 다과회에는 꼬박꼬박 참가해주고 있거든."

충격적인 사실이었다.

최근 몇 년 간, 딸이 본국에는 들르지 않는다고 생각했던 에라루도에게 있어서 에르메시아의 고백은 터무니없는 파괴력을 지녔던 것이다.

경호 목적으로 붙여둔 두 명이 도움이 안 되는 것은 어쩔 수 없다고 해도, 몰래 감시할 것을 지시한 자들로부터도 그런 보고를 받지 못했다.

그 자식들, 나중에 단단히 혼을 내줘야겠군———. 에라루도는 그렇게 생각했다.

하지만 지금은 에르메시아의 이야기를 듣는 것이 더 중요하다.

"아주 중대한 사태이지 않습니까!"

"그렇지? 하지만 나는 돈과 권력을 동원해서 상당히 유력한 정보를 확보했어."

"들어보도록 하지요."

"정말 놀랍게도, 그가 이주할 곳으로 예상되는 곳이 당신이 갔던 템페스트란 말이지. 당신, 그 나라까지 가서 뭘 하고 있었던 거야?"

그 말을 듣고 나서야, 에라루도도 짐작이 가는 것이 있었다.

그곳에서 나온 많은 요리는 맛이 훌륭했으며, 디저트로 나온 것을 보고 딸인 에렌이 감격했던 것이다. 그때는 분명, "역시 슈나는 대단하다니까. 그 신작의 레시피까지 완전히 재현을 하다니이!"라고 말하면서 흥분했던 것 같았는데…….

"아앗! 그런 뜻이었단 말입니까?!"

에라루도가 자신도 모르게 소리치자 에르메시아는 어이가 없다는 표정으로 한숨을 한 번 쉰다.

"당신, 정말로 머리 좋은 사람 맞아?"

그런 말을 듣자, 에라루도도 자신이 없어지고 만다.

"면목이 없습니다……."

그렇게 말하면서 솔직하게 사과했다.

황제가 기분이 나빴던 이유도 깨달았다.

에라루도가 맛있는 걸 독점하려 하고 있다고 의심하면서 억측하고 있었던 것이다.

딸을 위한 일이라고는 하나, 아무리 에라루도라고 해도 그렇게까지는 하지 않는다.

"글쎄, 과연 어떨까. 당신은 딸바보라서 말이지……."

에라루도가 아무것도 몰랐다는 사실을 알면서, 황제의 의심은 풀렸다. 하지만 그 대신에 중요한 것을 하나도 모르는 바보로 여겨버린다.

에라루도는 그 평가를 달갑게 받아들이다가, 그보다 더 중요한 것을 떠올리고는 재빨리 생각을 고쳐먹었다.

"그건 그렇고, 폐하. 하다 만 이야기를 다시 하겠습니다만, 리무루 님에게 답변할 내용은 어떻게 하시겠습니까?"

에라루도가 묻자, 에르메시아는 씨익 웃었다.

"그러게……."

뜸을 들이기만 할 뿐, 좀처럼 대답하려 하지 않는다.

에라루도는 조바심이 나지만, 여기서 섣불리 먼저 입을 열 정도로 어리석지는 않다. 앞에서 말했듯이 황제가 외유를 하게 되면 국가 차원의 행사가 된다.

그런 행사를 에라루도가 발안했을 경우, 반대 의견이 나올 것도 충분히 예상할 수 있었다. 방해를 하려는 자도 나타날 테니 참으로 일이 골치 아파진다.

이곳, 마도 왕조 살리온은 마도제(魔導帝)라고 불리는 에르메시아 황제가 부흥시킨 대국이다.

그 지배하에 있는 열세 개의 왕가. 그리고 그 군주들. 그들 전원이 에르메시아 황제에게 충성을 맹세하고 있다.

기본적으로 각 왕가는 영지의 자치를 인정받고 있다.

황가는 그 13왕가로부터 거두는 세금으로 유지되고 있었다.

13왕가는 군사력이 없으며, 황가에 모든 무력이 집중되어 있다. 황제는 곧 군부의 최고 지도자이며, 각국의 조정을 관장하는 자이다.

에라루도의 친가도 그중의 하나이며, 친모인 에리스 그림왈트가 13왕가의 필두라는 지위를 지키고 있었다. 자신의 어머니인 이 에리스야말로 에르메시아 황제의 할머니이며, 에라루도가 함부로 대하지 못하는 또 한 명의 인물인 것이다.

여담이지만, 에라루도의 형이자 에르메시아의 아버지는 마물과 싸우다 사망했다. 마도 왕조 살리온이 개국되기 이전의 이야기이며, 에라루도의 입장에서 보면 자신이 태어나기 전의, 그야말로 오래된 시대의 이야기였다.

즉, 조카에 해당하는 에르메시아도 에라루도보다 훨씬 더 오래 살아오고 있는 것이다. 에라루도가 함부로 대하지 못하는 것도 어쩔 수 없는 이야기였다.

그건 그렇고, 자신의 어머니인 에리스를 논외로 칠 경우, 다른 왕가에 소속된 자들은 어떤가 하면…….

이게 또 수상쩍은 자들만 모여 있었다.

아무런 직위도 맡지 않은 채로 자신의 영토에 틀어박힌 왕이 있는가 하면, 자신의 입장을 이용해서 제멋대로 국정에 관여하려 드는 자도 있다.

에르메시아 황제가 행정에 간섭하지 않는 것을 좋은 핑계로 삼아서 자국의 권세를 늘리려는 생각을 하는 자도 있는 것이다.

에라루도는 공작으로서, 그런 자들에 대한 감시도 맡고 있다.

그런 에라루도이기 때문에 더더욱 이번 일은 신중하게 대하지 않을 수가 없다.

단순한 관광 유람이라면 또 모를까, 행선지가 마물의 나라라면 그야말로 상대의 실수를 붙잡고 늘어질 태세를 갖추고 있는 자들에게 에라루도가 실각할 수 있는 구실을 주는 결과가 될 가능성도 있는 것이다.

그럴 리는 없다고 생각하지만, 황제를 죽이려는 생각을 하는 불경한 자가 나타나지 않는다는 보장도 없다. 그렇게 되지 않도록 하기 위해서라도, 행동으로 옮길 것이라면 만반의 태세를 갖추고 임해야 했다.

"지나친 걱정이야, 에라루도."

"폐, 폐하?!"

"애송이들이 무슨 생각을 하든, 짐에게 해를 끼칠 수는 없으니까――."

에르메시아의 분위기가 바뀌었다.

지배자로서의 모습.

단 한 번의 반란도 허용한 적이 없는 절대군주로서의 면모를 보이는 에르메시아 황제.

오랜 시간을 살아온 에르메시아의 기준에서 보면, 산전수전을 다 겪은 왕들이나 에라루도조차도 건방진 꼬맹이로밖에 보이지 않을 것이다.

에라루도는 긴장하면서 침을 꿀꺽 삼켰다.

같은 핏줄이라는 이유로 부담 없이 이야기할 수 있지만, 원래는 구름 위의 존재인 것이다. 에라루도 자신도 영웅이긴 하지만, 에르메시아는 '격'이 다르다.

긴장을 하지 말라는 것이 무리한 이야기였다.

"그 마왕, 리무루라고 했었지? 방심할 수 없는 상대야."

"──그 말씀은 곧……?"

방심할 수 없는 것은 당연하다.

그의 개인적인 실력은 더 말할 것도 없으며 부하인 마물들을 뜻대로 부릴 수 있는 통솔력도 얕볼 수 없다.

그리고 그 전략, 주변 국가들과 협력 관계를 구축하려고 드는 등, 지금까지의 마왕 중에는 존재하지 않았던 타입이라는 것은 틀림이 없었다.

하지만 에르메시아 황제가 그런 당연한 사실을 지적하는 것일 리가 없다.

그렇게 생각했기 때문에 에라루도는 묻는 것이다.

"후후, 그 리무루라는 마왕은 우리 살리온과 이어지는 도로 정비를 아주 쉽게 받아들였다면서?"

"네. 이후의 도로 이용에 관한 통행세 등의 권리를 요구하긴 했습니다만, 공사 그 자체는 전부 부담하겠다고 받아들여 줬습니다."

"바로 그거야. 그 권리, 그거야말로 막대한 부를 낳게 돼. 에라루도, 날 보면 알 거 아냐?"

에라루도도 그 일에 관해선 어느 정도 예상하고 있었다.

"그건 '이권'을 말씀하시는 것이겠죠?"

에라루도도 당연히 리무루가 노리는 것이 이권이라는 점을 눈치채고 있었다. 그렇기에 더더욱 신중하게 판단하여 교섭권을 인정해주고 있다.

그러나 에르메시아는 그런 에라루도를 보고 콧방귀를 뀌면서 비웃었다.

"당신도 아직 멀었군. 우리 같이 오랜 수명을 갖고 있는 종은 말이야, 장기적인 계획으로 이익을 얻을 것을 전제 조건으로 계획을 수립해야 해. 그건 이해하고 있겠지?"

"물론입니다. 앞으로 마왕 리무루가 만든 도로를 이용하기 위한 통행료, 우리의 힘으로 도로를 건설할 비용, 이 둘을 저울질해보고 판단을 내린 것입니다."

그런 에르메시아에게 에라루도도 당당하게 대답한다.

통행료를 지불한다고 해도 그쪽이 훨씬 더 싸게 먹힌다──. 에라루도는 그렇게 계산하고 있었다.

사실, 마물이 많은 쥬라의 대삼림을 개척하여 길을 만들려면 막대한 예산과 세월을 필요로 하게 된다.

쥬라의 대삼림과의 경계에는 크샤 산맥이 있으며, 그 정상은 무투파로 알려진 텐구족의 지배하에 있다. 그들과의 교섭도 난항을 겪을 것으로 예상된다. 그리고 그 문제가 해결되었다 해도, 대삼림에는 수많은 마수와 마물이 있는 것이다.

장애가 되는 것은 마물뿐만이 아니라, 그 복잡한 지형도 문제가 될 것이다.

산을 통과하는 터널을 뚫고 계곡에는 다리를 세워야 한다. 그런 어려운 작업을, 흉악한 마물들로부터 작업원을 보호하면서 벌일 필요가 있다.

그 정도의 대규모 공사라면 국가 차원에서도 100년에 가까운 시간이 드는 계획이 될 것이다.

강대국인 살리온의 국력이라면 불가능하지는 않다. 그러나 그런 공사에 들인 돈을 다시 전부 회수할 수 있을 거라는 생각은 들지 않았다.

마왕 리무루가 제시한 조건은 에라루도 입장에선 그야말로 자신이 바라던 내용의 안건이라는 생각이 들었던 것이다.

"생각이 부족해."

에라루도의 생각을 에르메시아가 일축한다.

"확실히, 그 숲을 개척하는 건 아주 어려운 사업이 되겠지. 지금까지 그러지 않았던 것은 그렇게 함으로써 얻을 수 있는 이익이 없었기 때문이야."

그렇게 말하면서 에르메시아는 에라루도에게 가르쳐주듯이 설명하기 시작했다.

에라루도가 생각한 것처럼 지금까지와 마찬가지라면 지금의 회수는 불가능했다.

어려운 점이 많으며 길을 뚫는 의미도 없었기 때문이다.

하지만 상황이 바뀐 것이다.

지금까지 도로의 최종 목적지는 먼 거리에 있는 도시인 드워프 왕국——무장 국가 드워르곤으로 되어 있었다. 그러나 지금은 쥬라의 대삼림에 출현한 새로운 국가——쥬라 템페스트 연방국까지면 된다.

그리고 도로를 만드는 목적 말인데, 그것은 당연히 교역이다.

드워프들과 기술을 교류함으로써 더 큰 기술 발전을 기대할 수 있었다. 그러나 그건 수많은 장애를 제거하면서까지 시도할 필요는 없는 것이었다.

그랬던 것이 지금, 템페스트의 출현으로 인해 사정이 바뀐 것이다.

"남쪽의 광대한 마왕령은 '비스트 마스터(사자왕)' 칼리온, '스카이 퀸(천공여왕)' 프레이라는 두 영걸을 부하로 들인 마왕 밀림의 지배지가 되었어. 압도적인 무력을 바탕으로 엄청난 번영을 누리게 되겠지. 그리고 북서쪽의 서방 열국과 북쪽의 무장 국가 드워르곤. 이 나라들의 중계 지점이 되는 것이 신흥국가인 템페스트라는 거지?"

"——네, 그 말씀대로입니다."

그렇게 대답한 에라루도에게도 에르메시아가 하고 싶은 말이 이해가 되는 것 같았다. 하지만 그래도 자신이 택한 대응이 잘못된 것이라고는 생각되지 않는다.

상황은 그때그때에 맞춰서 변화한다.

지금까지는 그런 가치가 없었지만, 에르메시아가 지적한 대로 현재 그 땅에는 끝없는 가치가 생겨났다. 서로 다른 세력권의 요충지에 위치한 그 나라는 다른 나라들의 문화가 뒤섞이는 중심지가 될 것이며…… 엄청난 발전을 보여줄 것이 틀림없다.

그것이야말로 마왕 리무루가 노리는 바이며, 그걸 눈치챘기 때문에 에라루도도 앞으로의 국교를 확고히 해야겠다고 생각했던 것이다.

그러나 도로의 정비에는 그야말로 막대한 예산과 위험이 동반되는지라——.

"무력까지 필요해지게 될 개발 사업을 벌일 바에야, 통행료를 지불하기만 하고 이득을 얻는 편이 더 낫다고, 저는 판단했습니다."

그렇기에 더더욱 에라루도는 자신의 판단이 옳았다고 자신하고 있었다.

에르메시아는 에라루도의 답변을 듣고도 미소를 유지한다.

"틀리지는 않았어. 확실히 손해는 보지 않았으며, 평소와 마찬가지라면 아주 훌륭한 성과야. 하지만 상대는 오랜 수명을 가진 종족, 게다가 마왕이거든? 영속적인 효과를 발휘하는 조약을 맺는 거라면 좀 더 고려를 해봤어야 해. 그러니까 80점."

"———?!"

"그 공사에는 우리도 참가해서 도왔어야 했어. 인원을 선출하고 작업을 담당할 단체를 파견해야 했다고. 마물에 대한 방어는 상대에게 일임하면 돼. 조금이라도 도와줬다는 실적이 있으면 통행세에 관한 교섭이 좀 더 편해졌을 텐데."

"!!"

이후로도 도로의 권리는 영구적으로 마왕 리무루의 것이 될 것이다.

첫 단계에 협력하지 않은 이상, 이 사실을 뒤집기는 어렵다. 상대는 마왕이니, 무력에 호소하는 것은 어리석은 행위이기 때문이다.

듣고 보니 그 말이 맞았으며, 이익밖에 고려하지 않은 에라루도의 실수였다.

"그러니까 당신은 머리가 완고하다는 거야, 에라루도. 상황은 바뀌는 것, 그 점을 깨달은 것까지는 좋았지만 선입관에만 사로잡혀 있어선 안 돼."

에라루도의 입장에서도 에르메시아의 말에는 납득할 수밖에 없었다.

공사는 위험하다고 판단했지만, 그 위험성을 제외하면 그렇게까지 예산이 늘어날 일은 없다. 그리고 또한 자신들 쪽에서도 인원을 마련했다면, 기술 교류를 통해 상대에게서 지식을 흡수하는 결과로도 이어졌을 것이다.

(──큭, 내가 무슨 실수를……. 거기까지는 미처 예상하지 못했어…….)

마왕 리무루가 흐뭇하게 웃는 얼굴이 보일 것 같다.

에라루도가 분하게 생각해도 이미 때는 늦었다.

"그건 그렇고, 초대에 대한 대답을 해줘야겠지."

진지한 표정을 지으면서 에르메시아는 그 이야기를 꺼냈다.

에라루도도 긴장하면서 고개를 끄덕인다.

"카페 건도 그렇고, 도로의 권리에 대해서도 그래. 마왕 리무루라는 자는 인간 사회를 잘 알고 있어. 원래는 '이세계인'이었다는 것은 의심할 여지도 없겠지만, 그 지식과 경험을 최대한으로 이용할 수 있는 힘과 권력을 가지고 있어. 마왕이라는 점을 제쳐두고라도 터무니없는 존재란 말이지. 영웅 이자와 시즈에의 제자, 그랜드 마스터(자유조합 총수) 카구라자카 유우키와 성기사단장 사카구치 히나타도 서방 열국에선 권력자에 속하지만, 마왕 리무루에겐 미치지 못해. 그런 상대와 앞으로 우호적인 관계를 쌓기 위해서라도, 이 자리는 참가해야겠지. 다른 선택지는 처음부터 없는 거야."

에르메시아 황제는 선택했다.

에라루도도 불만은 없다.

단, 마음에 걸리는 점이 있었다.

"폐하, 그 말씀에는 납득합니다. 다른 자들도 반론을 제시하진 못할 겁니다. 하지만 그 나라가 안전하다는 보증이 없습니다. 참가하는 자들에 대한 인선 말입니다만――."

최근에도 마왕 리무루와 크루세이더즈 간에 전쟁이 일어났다는 정보는 이미 확인했다.

마왕 리무루의 압승으로 끝난 그 전쟁은 파르무스 군대의 침공 시와는 다르게 희생자는 그렇게 많이 나오지 않았다고 한다.

압도적인 자신감을 느끼게 만드는 대응이긴 하지만, 그렇기 때문에 마왕의 마음이 약하다는 평가도 돌아다니고 있다.

내부 사정을 아는 자로서는 손을 대려는 마음조차 사라질 내용이지만, 지혜가 모자라면서 자기 힘을 시험해보고 싶어 하는 자들은 많은 법이다. 그런 강자들이 잠자코 있으리라는 생각은 들지 않으니, 그 나라에는 점점 더 분쟁이 늘어나지 않을까 하는 걱정이 들었다.

(마왕 리무루가 어찌 될 것이란 생각은 들지 않지만, 치안이 악화될 가능성은 있다. 우리라면 또 몰라도, 그런 장소에 폐하를 모시고 가는 것은…….)

그게 에라루도의 본심이었다.

그러나 황제가 결단을 내린 이상, 에라루도도 각오를 굳힐 수밖에 없다. 힘든 일을 맡게 되겠지만 만반의 태세로 임할 필요가 있다.

"황가 소속의 조정자들을 동원하도록 하지. 메이거스(마법사단)로부터 당신이 몇 명 정도 추려내도록 해."

아무렇지도 않게 에르메시아가 지시를 내리지만, 에라루도로서는 식은땀이 절로 나오는 내용이다.

메이거스라는 것은, '순결의 기사'라고 불리는 최고위 무관의 집단이다.

조정자의 자격을 지닌, 황제의 전권 대리인. 선조 급의 오래된 피를 갖추고 태어난 자들로만 구성된, 마도 왕조 살리온의 최고 전력——.

참고로 에라루도도 그들 중의 한 명이다.

다른 나라에 엄격하게 숨기고 있는 존재를 아낌없이 동원하라고 황제는 명령한 것이다. 그 사실을 에라루도는 무겁게 받아들였다.

"——잘, 알겠습니다. 그럼 그렇게 준비하도록 하겠습니다."

그렇게 대답하고 그 자리를 나왔다.

황제의 외유가 결정되면서 그 소식이 대대적으로 국내에 알려졌다.

에라루도 공작이 잠을 이루지 못할 날들이 시작된 것이다…….

●

블루문드 왕국에 있는 상점에서, 묘르마일은 언제 끝날지도 모르는 면회자와의 상담에 진절머리를 내고 있었다.

대상인인 묘르마일은 자신이 대하는 상대의 인간성을 한눈에 알 수 있다.

돈에는 무관심한 자와 새로운 거래 상대의 의견을 구하러 오는 자. 그중에는 돈에 궁한 몰락한 귀족이 수상한 거래를 제안해오는 경우도 있었다.

그런 바보들의 상대에는 진절머리가 났지만, 그중에는 정말로 돈이 될 만한 이야기도 들어오곤 한다. 그렇기에 더더욱 이 일만큼은 남에게 맡길 수가 없는 것이다.

그런 생각을 하면서 사기꾼일 것이 뻔해 보이는 남자의 상대를 끝낸 뒤에 다음 손님을 부르도록 지시했다.

들어온 것은 차림새가 좋은 남자.

하지만 묘르마일의 눈은 속일 수 없다. 의복의 옷감은 그럭저럭 괜찮은 수준이지만 디자인이 오래된 것이다. 유행하는 옷을 마련하지 못하여 낡은 옷을 그럴듯하게 입고 있을 뿐이다.

그리고 그 남자도 묘르마일에게 이득을 가져다줄 인물은 아닌 것 같다.

몰락하고 있는 귀족이며, 골동품이라는 이름의 고물을 고가로 사달라고 가져온 것은 아직도 기억이 생생하다.

또 뭔가 수상쩍은 일을 생각해내고는, 돈을 받아내 보려는 생각을 하고 있는 것이리라.

그러나 상대는 몰락했다 하더라도 귀족이다. 이 점은 조사한 결과 진짜라는 것이 판명된 사실이라, 함부로 대할 수 있는 상대가 아니었다.

진짜 귀족을 상대로 섣부른 대응을 했다간 불경죄로 묘르마일 쪽이 위험한 지경에 처하게 된다.

그렇기에 이 일은 더더욱 어려운 것이다.

(아아, 귀찮구먼. 또 방심할 수 없는 속고 속이기가 시작된단 말이지…….)

묘르마일은 그렇게 생각하면서 상대의 이야기를 들어보기로 했다.

이야기를 듣고 짜증이 나는 묘르마일.

그건 역시 참으로 시답잖은 내용이었다.

그 남자──카자크 자작이 이야기한 내용은 노예를 이용하여 새로운 가게를 낼 테니까 자금을 융자해달라는 것이었다.

솔직히 말하자면 성공할 미래가 보이지 않는 이야기였다.

애초에 귀여운 여자 노예를 들여오는 것만으로 그 사업이 성공할 리가 없다. 주도면밀한 시장조사와 고객층의 분석, 그리고 가게를 낼 장소는 물론이고, 여자애들에게 지불해야 하는 돈도 필요하다.

그 점을 지적해도 '소귀에 경 읽기'이다.

"뭐? 장소는 그쪽이 생각해야지. 여자애들에게 지불할 돈? 자네, 노예에게 급료를 주는 바보가 어디 있단 말인가?!"

그런 식으로 카자크 자작은 묘르마일의 이야기를 들으려고도 하지 않는다.

노예이기 때문에 공짜로 부릴 수 있다고 해도, 밥값은 드는 법이다. 당연하지만 옷도 필요하며 잠을 잘 장소도 준비해야 한다. 무엇보다 기초 단계의 구입 자금이 상당히 많이 필요하다는 것은 틀림없는 이야기였다.

대다수의 눈길을 끌 정도의 미인 노예라면 그야말로 집을 살 수 있을 만큼 비싼 고급 노예 중에서 찾아야만 한다. 그런 자를 부려서 가게를 낼 바에야 일반적으로는 아르바이트를 고용하는 쪽이 효율적인 것이다. 잉그라시아 왕국에서 묘르마일이 출자하고 있는 가게 등이 그 좋은 예라 하겠다.

어떤 미인이라도 나이는 먹는 법이니, 초기 투자를 회수할 수 있을 정도로 벌어들이는 건 어렵다고 묘르마일은 생각하고 있었다.

자금의 회수율이 좋다는 이유로 성적인 서비스를 제공하는 가게를 낼 생각이라면, 더욱 면밀히 준비하지 않으면 병이 만연하는 원인이 된다. 그런 일이라도 벌어지면 카자크 자작뿐만 아니라 묘르마일까지 범죄자가 되어버릴 것이다.

그런 위험한 일에 가담하는 것은 절대 사양이라고 생각하면서, 묘르마일은 속으로 한숨을 쉬었다.

"야아, 카자크 님은 혜안이 있으시군요. 이 묘르마일은 감탄했습니다. 하지만, 정작 중요한 노예가 지금은 입수하기 어렵지 않습니까? 이 나라에서도 인신매매는 허용이 되지 않고 있으니, 죄를 저질러 노예가 된 자 중에서 찾는다고 해도 질이 좋은 자는 찾기 어려울 텐데요?"

묘르마일은 상대의 기분이 상하지 않게 돌려 말하면서 거절하려고 했지만, 카자크 자작에겐 통하지 않는다.

"음, 그 문제 말인데. 여기서만 밝히자면 믿을 수 있는 연줄이 있네. 뭐, 자네가 돈을 대겠다고 하면 가르쳐주지 못할 것도 없지. 하지만 자네도 알고 있겠지? 이건 비밀로 해야 하는 얘기인데……. 한마디만 해주자면 그 노예는 엘프라고 할 수 있겠군."

카자크 자작은 못내 아까워하는 투로 말한다.

묘르마일은 이 카자크의 말투가 불쾌하기 짝이 없었지만, 그런 감정은 의지의 힘으로 꾹 참았다.

대상인이라면 자신의 표정에 상대에 대한 혐오감을 드러내선 안 되는 것이다. 그런 상인은 삼류 이하의 미숙한 자이며 커다란 거래를 성공시키는 일은 아예 불가능할 것이다.

그보다도 묘르마일은 카자크 자작이 넌지시 흘린 엘프 노예라는 말이 마음에 걸렸다.

만약 정말이라면, 그건 고급 노예 따위는 비교할 수준도 못 된다.

아니, 그 전에──.

묘르마일도 어둠의 세계를 다스리는 자들 중의 한 명이다.

비합법 조직의 돈(두목)이기도 하며, 어느 정도는 나쁜 일에 손을 대고 있었다. 하지만 그건 어디까지나 봐줄 수 있는 범위에 그치고 있다.

그러므로 자신이 용서를 받을 수 있다고 주장할 생각은 없지만, 그래도 최악의 선만큼은 넘지 않도록 부하들에게도 늘 지시하고 있었다.

그런 묘르마일이기에 더더욱 엘프 노예라는 것이 얼마나 위험한지 이해할 수 있었다.

(엘프라고? 그런 거라면 진짜 범죄 조직이 얽혀 있을 게 뻔하잖아!!)

엘프란 수명이 긴 종족이며 아름다운 자가 많다. 지능도 높아서 대부분이 마법에도 능숙했다.

그런 종족이 노예가 되는 거라면 범죄를 저질러서 노예가 된 것으로 생각하기 어렵다. 시민권을 얻은 엘프를 노예로 만드는 일은 불가능하니, 그렇다면 숲에 숨어 사는 자를…….

묘르마일에게도 짚이는 구석이 있었다.

마물 사냥── 고급 펫을 구하는 부자들이 사냥꾼을 고용해서 숲에서 마물을 포획하도록 시킨다는 이야기를.

그러나 그 대상이 아인, 그것도 엘프 같은 반요정족이라면 잠자코 있지 않을 나라도 많다.

드워프 왕국도 그럴 것이며 마도 왕조 살리온은 아예 황제 본인이 엘프이다.

자칫 들키면 큰 문제가 될 것이다.

절도나 사기. 그런 귀여운 레벨의 범죄가 아니라, 외교 문제로까지 발전될 수 있다.

그런 행위를 태연하게 벌일 수 있는 자들이라면…….

이익을 위해서는 살인도 서슴지 않을 정도로 무시무시한 범죄 조직이 뒤에 있다──. 묘르마일의 후각은 이 건이 위험하다는 사실을 알리고 있었다.

묘르마일은 필사적으로 머리를 굴린다.

어떻게든 카자크 자작의 요구를 거절할 수 있도록 적당한 변명을 생각하고 있었다.

그러나 좋은 생각이 떠오르지 않아서 어찌할 바를 모르고 있던 바로 그때──.

"여어──! 잘 지냈나? 묘르마일 군!"

한창 방문객과 상담 중임에도 불구하고 문을 열고 들어오는 자가 있었다.

희미하게 푸른 색조가 담긴 은발에 금색의 눈동자, 너무나도 아름다운 소녀── 아니, 소년인가?

"누구냐, 네놈은? 중요한 거래 얘기 중에 끼어들다니, 무례하기 짝이 없구나!"

카자크 자작의 목소리는 대충 흘려들으면서 묘르마일은 난입자의 정체를 알아차리고 몹시 놀란다.

그 얼굴은 잊을 수도 없는, 묘르마일을 구해준 영웅의 얼굴── 틀림없이 마왕 리무루, 본인이었던 것이다.

마물의 나라의 맹주라는 것은 알고 있었지만, 진짜 마왕이 되겠다는 이야기를 들었을 때는 참으로 놀랐었다.

그러나 리무루는 정말로 그 말을 현실로 이뤄내고 말았다.

지금은 다른 마왕들에게도 인정을 받은 '옥타그램(팔성마왕)' 중의 한 명이다.

그런데도 마왕 리무루는 묘르마일을 마음에 들어 하면서 최근에는 꽤나 친하게 대해주고 있었다. 둘이서 여러모로 돈벌이가 될 일을 열심히 벌이기도 했다.

회복약의 판매를 맡으면서, 안정적으로 이익을 낼 수 있게 됐다. 그런 타이밍에 라면이라는 이세계의 음식 개발을 의뢰받은 것이다. 그건 이미 가게에서 제공되고 있으며, 나름대로 호평을 얻고 있다.

그 이후에도 햄버거라는 것을 시식해보기도 했으며, 그걸 체인점을 열어서 판매한다는 계획을 제시받기도 했다.

묘르마일도 책임을 지고 그 계획을 받아들였다. 그러므로 현재는 점원을 확보하여 교육을 시키고 있으며, 그동안에 점포를 마련하여 인테리어를 정비하는 등, 여러모로 바쁘게 준비 중이다.

그런 내용의 보고를 하고 싶다고 생각했지만 리무루 쪽이 바쁜 모양인지, 최근 한 달 정도는 연락을 취하지 못하고 있었다.

"아니, 리무루 나리가 아니십니까?! 지금이 한창 중요하니까 놀고 있을 때가 아니라고 하시지 않으셨습니까?"

너무나도 놀란 바람에 묘르마일은 자신도 모르게 묻고 말았다.

뭐니 뭐니 해도 그 인물은—— 리무루 나리, 즉, 마왕 리무루는 현재 크루세이더(성기사단)와의 문제를 처리하고 있어야 했다. 무엇보다 본인에게서 '한동안은 위험할지도 모르니까 자네들도 이쪽에 오는 것을 자제하는 게 좋을 거야'라는 말을 들었으니까.

블루문드 왕국의 길드 마스터(자유조합 지부장)인 휴즈도 자신의 힘이 부족하여 성인 히나타를 막을 수 없었던 것을 분해하고 있었던 것이다.

그런데 그 당사자가 여길 왜?

——그런 생각으로 머리를 굴리느라 묘르마일은 지금까지 대응하고 있었던 카자크 자작에 대해선 아무래도 상관없게 되었다.

그런 묘르마일의 귀에 "기, 기다려주십시오! 나리는 지금, 먼저 온 손님을 상대하시는 중이라!"라며 당황하면서 말리러 들어온 하인의 목소리가 들려왔다.

아직 익숙하지 않은 자가 있었던 모양이다.

그 미모에 익숙하지 않은 자는 한동안 넋을 놓은 채 바라보고 마는 것이다.

큰 실수다.

큰 실수지만, 어떤 의미로는 어쩔 수 없는 일이다.

묘르마일조차도 마음을 단단히 먹지 않으면 그만 홀려버리고 마니까.

대화를 하고 있을 때나 나쁜 꿍꿍이를 꾸미고 있을 때의 얼굴이라면 문제가 없지만, 리무루가 평범한 표정을 짓고 있을 때는 마치 다른 사람처럼 가련한 분위기가 있다.

묘르마일은 하인을 꾸짖을 마음이 들지 않았다.

"리무루 나리, 라고?"

카자크 자작이 그렇게 물었지만, 묘르마일은 흘려듣고 넘겨버렸다. 그러나 리무루는 그제야 알아차린 듯이 난감한 표정을 지었다.

"아, 미안. 손님이 있었군. 그럼 자네 집에서 기다리고 있을 테니까 나중에 보자고!"

묘르마일은 놀라고 있었지만, 리무루의 그 목소리에 제정신을 차렸다.

마왕을 향해 "무례하기 짝이 없구나!"라고 소리친 카자크 자작을 보니, 왠지 불쌍해 보였다.

(만약 리무루 나리가 태평한 성격을 가지고 있지 않았다면⋯⋯ 지금쯤 이 녀석은 이 세상에 존재하지 않았겠지⋯⋯.)

묘르마일은 그렇게 생각했다.

'모르는 게 약'이라고 하지만, 가르쳐주는 게 좋지 않을까 하고 고민하는 묘르마일. 그런 묘르마일의 마음도 모르고 카자크 자작은 한층 더 거친 목소리를 낸다.

"이봐라, 꼬맹이. 아니, 계집애인가? 너, 혹시 이 묘르마일의 정부인 게냐? 멋대로 안까지 들어와서 훔쳐듣은 것도 모자라서 거래 얘기를 방해하다니, 이 책임을 대체 어떻게 질 생각이지?"

리무루의 얼굴을 보자마자 그런 말을 하기 시작하는 카자크 자작.

그 말을 들으면서 묘르마일은 속으로 어이가 없어졌다.

(이 녀석?! 리무루 나리에게 무슨 말을──.)

그 기분 나쁜 시선으로 리무루를 훑듯이 바라보고 있는 카자크 자작을 보면서 묘르마일의 기분은 살아도 산 것 같지 않았다.

"그거 참, 실례했습니다. 야아, 아무도 말리질 않기에 그만, 정말 죄송하네요."

그렇게 말하면서 리무루는 흔쾌히 사과하고 있다.

그런데도 카자크 자작은 고압적으로 굴면서 쉽게 용서하려 하지 않는다.

"호오, 네 얼굴은 그럭저럭 괜찮구나. 예의는 중요한 것이니만큼, 정 그렇다면 내가 널 교육시켜줄 수도 있는데 말이지."

종국에는 리무루의 얼굴에 눈독을 들였는지 그런 말을 꺼내기까지 했다. 이 말에는 묘르마일도 어이가 없는 차원을 넘어서 분노를 느꼈다.

(왜 내가, 이런 소인배에게 농락을 당하고 있는 거지……?)

그렇게 생각하자 왠지 자신이 바보스럽게 느껴지는 묘르마일.

자신이 얕보이는 것은 참을 수 있다고 쳐도 큰 은혜를 입은 리무루를 정부 운운 하면서 모욕한 것은 용서할 수 없다. 카자크 자작의 언동은 묘르마일이 허용할 수 있는 선을 넘어선 것이다.

확실히 귀족을 상대로 말썽을 일으켰다간, 불경죄로 불리해지는 쪽은 묘르마일이다. 하지만 그렇다고 해서 뭐든지 그 말을 다 들어줄 필요는 없다.

귀찮으니까 저자세로 대했을 뿐이지, 적대하겠다면 당당히 받아들일 뿐이다.

묘르마일은 각오를 굳혔다.

"이봐, 카자크, 내 은인에게 무례하게 구는 건 네 쪽이다. 겨우 자작에 불과한 주제에 나를 화나게 만들 셈이냐?"

"뭐, 뭐라고오?!"

"네놈과의 거래는 여기서 끝내기로 하겠다. 앞으로는 일절 날 찾아오지 마라!"

"네, 네놈이! 기껏해야 상인인 녀석이 귀족에게 대들다니, 제정신이냐, 묘르마일?!"

"흥! 외교 문제가 될 법한 범죄 조직과 손을 잡으려는 녀석은 내 입장에서도 귀찮은 존재거든. 이 거리까지 지저분해질 테니까 말이야. 그런 재앙 덩어리는 어서 빨리 꺼져주실까."

"가, 감히 묘르마일, 네놈이! 널 지금까지 돌봐준 은혜를 잊어버리고……. 나중에 반드시 후회하게 만들어주마!!"

묘르마일이 일갈하자, 카자크 자작은 그런 말을 내뱉으면서 그 자리를 나갔다. 소란스러운 분위기를 눈치채고 달려온 묘르마일의 부하들을 보고 자신이 불리하다고 판단한 모양이다.

"흥, 소인배 주제에 잘난 척하기는."

"자, 잠깐, 묘르마일 군? 저 사람을 화나게 만든 것 같은데, 괜찮은 건가?"

분노에 불타는 묘르마일에게, 그런 식으로 태평하게 말을 거는 리무루.

(아아, 역시 이 사람은 거물이야. 마왕이 되었다는 이야기를 들었을 때도 그런 생각이 들었지만, 이 사람은 정말로 변함이 없군──.)

묘르마일은 그렇게 생각하면서 어깨에서 힘을 뺐다.

그 후에 묘르마일은 별실에서 기다리는 면회 희망자를 모두 거절하고 쫓아내버렸다.

세상에는 빨리 올라타지 않으면 따라가지 못하는 흐름이 있다. 정말로 중요한 것이 무엇인지, 묘르마일은 그걸 잘못 판단할 정도로 어리석은 자가 아니다.

묘르마일은 능력이 있는 남자이므로, 굴러다니는 돌 중에서 다이아몬드 원석을 찾아내는 것도 중요하다고 생각하고 있다. 하지만 모든 것을 다 내던지고라도 이뤄야 할 것이 있다는 것도 또한 확실한 사실이다. 결국은, 리무루를 이 이상 기다리게 만들 마음이 들지 않았다는 것이 진짜 이유라고 하겠다.

리무루가 엄청난 이익을 가져다주기 때문이 아니다.

무엇보다 중요시해야 할 점은, 자신이 곤란한 지경에 처해 있었을 텐데도 거래 상대를 배려해준 것. 그런 리무루이다 보니, 묘르마일은 은혜를 느끼면서 절대로 배신해선 안 된다고 생각했다.

리무루의 상대를 하는 것 이상으로 중요한 일이 어떤 것인지, 묘르마일은 달리 떠오르지 않는 것이다.

또 무슨 꿍꿍이를 꾸미고 있을까? 그런 생각을 하면서 묘르마일은 흥분하기 시작한다. 평소 이상으로 민첩하게 모든 안건을 부하들에게 떠넘긴 뒤에 솟구치는 기쁨을 애써 속으로 감췄다.

그리고 이 날——.

묘르마일의 지겨운 일상은 끝을 고했으며, 그에게 새로운 전기가 찾아왔다.

●

묘르마일의 안내를 받으면서 그의 저택으로 향했다.

묘르마일의 집사가 나를 보고 크게 놀라면서 맞아줬다. 여기에는 몇 번인가 들른 적이 있다 보니, 날 알고 있는가 보다.

신경 쓸 것 없다고 매번 말하긴 하지만 말이지.

묘르마일도 딱히 크게 신경 쓰지 않는 듯이, 싱글싱글 웃으면서 고용인들에게 지시를 내리고 있다. 늘 그랬던 것처럼 다과를 준비해주려는 것이겠지.

"야아, 일을 방해한 것 같아서 왠지 미안하군."

그렇게 말하자 묘르마일은 쓴웃음을 지었다.

"아닙니다, 리무루 나리. 그런 망할 녀석과는 손을 끊고 싶다고 생각하고 있었습니다. 귀족이라는 이유로 매번 골치 아픈 안건을 들고 왔거든요……."

묘르마일은 그대로 얼굴을 찌푸리면서 씁쓸한 표정으로 내게 그렇게 말한다.

그렇군, 아까 그 기분이 안 좋아 보이던 아저씨는 귀족이었나.

지금은 오라(요기)를 완벽히 지울 수 있게 되었으니, 인간의 도시에 놀러 갈 때도 가면을 쓰지 않고 간단 말이지. 마왕이 될 때에 또 망가진 이후로 수리를 하지 않고 그냥 넣어둔 채로 있다.

그러므로 내 얼굴을 본 그 아저씨는 나를 소녀로 착각했을 것이다.

하지만, 그런 것으로 화를 낼 내가 아니다. 베루도라와 시온과는 달리, 분위기도 제대로 읽을 줄 안다.

잘난 체 구는 태도를 봐서 나름 신경을 썼는데, 아무래도 그러기를 잘했던 모양이다. 하지만 뭐, 묘르마일이 손을 끊고 싶다고 생각하고 있었다면 그렇게까지 신경을 쓰지 않아도 괜찮았던 모양이다.

"하지만 귀족에게 찍혀버리면 큰일이지 않은가?"

"그야 그렇습니다만 그 남자, 카자크는 귀찮은 인간이라서요. 이번에 가지고 온 안건은 노예를 부려서 돈을 벌고 싶다니 어쩌니 했었지요. 그것도 엘프 노예라고 하던데……."

"엘프?!"

나는 놀라서 되물었다.

엘프라면 드워프 왕국의 밤에 영업하는 가게에 있었지. 에렌도 엘프의 피를 이었다고 들었으며, 마물이 아니라 아인으로 취급받고 있다.

인신매매는 법률로 금지되어 있을 텐데, 그건 완전히 범죄 행위이지 않은가?

"그건──."

"네. 범죄입니다. 그 남자는 제게 범죄에 손을 대라고 말한 거지요. 뭐, 저도 약간은 나쁜 일을 벌이고 있습니다만, 그래도 엘프를 노예로 부리는 것 같이 목숨 아까운 줄 모르는 짓은 할 수 없으니까요."

"역시 범죄란 말인가. 그건 들키면 어떻게 되지?"

"간단히 말하긴 어렵군요. 그래도 카자크는 자작의 작위를 가지고 있으니까요. 이곳 블루문드는 소국이긴 하지만 그렇기 때문에 귀족의 수도 적습니다. 그런 남자라고 해도 나름대로 권력을 갖고 있지요."

놀랍게도 방금 그 남자는 자작이었던 모양이다.

어쩐지 무례하다고 계속 큰소리를 친다 싶었다.

그 말은 곧, 휴즈가 알고 있는 베르야드 남작보다도 상위 귀족이라는 뜻이니 묘르마일이 귀찮게 여기는 것도 납득이 되었다.

"괜찮겠나?"

"뭘요, 이래 보여도 저는 암흑가의 돈(두목)이라고 불리는 남자입니다. 리무루 나리가 걱정하시지 않아도 제 힘으로 충분히 해결할 수 있습니다!"

내가 걱정을 하면서 물어보자, 묘르마일은 그렇게 말하면서 웃었다.

뭐가 암흑가의 돈이야.

그런 거리가 이 블루문드의 어디에 있다고.

아마도 빈민가를 말하는 것이겠지만, 그런 건 요움이 자랐다고 하는 거리에 비하면 천국이다. 이곳 블루문드 왕국은 비교적 치안이 좋은 나라인 것이다.

그래도 뭐, 일단은 충고해두기로 하자.

"이봐, 이봐, 정말로 조심하라고. 자네에겐 중요한 일을 맡기고 싶다고 생각하고 있으니까 말이야."

그렇다. 묘르마일에게는 여러모로 상담을 받고 있다. 이상한 귀족의 미움을 사서 무슨 일이 생기면 곤란한 것이다.

"왓핫하! 괜찮다니까요. 이 묘르마일, 운이 좋은 것에는 자신이 있습니다. 뭐니 뭐니 해도 리무루 나리와 이렇게 친하게 지내고 있으니 말입니다!"

내 걱정을 날려버리려는 듯이 묘르마일은 웃고 있다.

못 당하겠군, 정말로. 이런 점을 나는 마음에 들어 하고 있다.

무슨 일이 생긴 뒤에는 늦다. 이건 묘르마일도 눈치채지 못하게 호위를 붙여두는 게 좋을지도 모르겠군.

웃고 있는 묘르마일을 보면서 나는 그런 생각을 했다.

"그래서 리무루 나리, 오늘은 무슨 일로 오셨습니까?"

그 질문을 받으면서 나는, 여기 온 이유를 떠올린다.

....

....

....

쥬라의 대삼림의 마물들이나, 인간 국가의 수뇌들을 불러서 개최할 예정인 대규모의 축제.

그건── '템페스트 개국제'라고 명명되었다.

그 정식 개최일이 정해진 것이다.

히나타 쪽과도 화해하면서 아무런 불안도 존재하지 않게 되었다. 요움이 왕의 자리에 앉게 될 날도 정해졌으니, 그 뒤를 밀어주는 의미도 포함해서 주변의 각국에도 선전하기로 한 것이다.

지금도 리그루도 일행이 열심히 노력하여 각국의 수뇌진에게 초대장을 한창 보내고 있는 중이다.

그리고 열심히 임하고 있는 것은 리그루도 일행뿐만이 아니다.

내 부하인 마물들도 국가 차원의 규모로 축제가 개최되는 것에 대해 들떠 있으며, 간부들도 각자 그럴듯한 기획을 생각해서 발표하기로 정해져 있다.

예를 들자면 슈나.

손님들에게 대접하기 위한 신작 요리들을 준비하기로 되어 있다. 그뿐만이 아니라, 갖가지 케이크를 만들고 우리나라에서도 카페를 열겠다고 단단히 벼르고 있었다.

잉그라시아 왕국에서 신세를 겼던 카페의 마스터인 요시다 씨와도 만날 수 있게 소개해줬다.

가게를 내달라고 아무리 권유해도 고개를 젓던 요시다 씨였지만, 슈나를 보자마자 어쩔 줄 몰라 하기 시작했다.

"나, 나는 여기에 가게를 차리기까지 많은 사람들의 신세를 졌소. 아낌없이 협조는 해주겠지만, 여길 떠날 수는……."

"그래도 이렇게 부탁드립니다."

슈나가 정중하게 머리를 숙이면서 애원한다.

두 손을 겹치고 아름답게 허리를 숙인 채, 보고 있으면 반할 것 같은 기품 있는 동작으로.

안 그런 척하고 있지만 동요가 심한 것을 보고, 이건 잘될 것이라 생각했지만…….

"──큭. 내게 미인계는 통하지 않아. 어떻게든 가게를 내고 싶다면 나를 납득시킬 수 있을 정도의 실력을 보여달라고! 만약 나를 만족시킬 수 있는 요리를 만들 수 있다면, 한 번쯤은 생각해보지."

그렇게 말하는 요시다 씨의 제안으로 인해 어찌 된 영문인지 이야기가 요리 승부로 발전된 것이다.

그러나 당연히 아무런 문제가 되지 않았다.

슈나의 요리는 일류이며, 그건 누구나가 인정하는 것이었다.

"슈나. 마음껏 만들어보도록 해! 저 건방진 가게 주인을 놀라게 할 최고의 요리를!"

"네. 잘 알겠습니다!"

"이봐, 형씨. 누가 건방진 주인이야……."

요시다 씨가 내게 불만을 제기하지만, 그 말은 흘려듣는다.

슈나는 의욕을 보였다.

요시다 씨의 실력이 슈나의 마음에 불을 붙인 것이다.

주방을 빌려서 슈나가 최고의 요리를 준비한다.

그건 달걀말이.

달걀말이는 그것을 보면 그 요리사의 실력을 알 수 있다고까지 칭해지는 궁극의 요리.

요시다 씨는 슈나가 내온 접시를 보면서 침을 꿀꺽 삼켰다. 아무 말도 없이 달걀말이를 포크로 한 조각을 집어서 입으로 옮긴다.

"맛있어!!"

일격에 무너졌다.

슈나의 압도적이기까지 한 요리 실력으로 인해, 요시다 씨는 슈나를 인정한 것이다.

"감사합니다."

슈나는 미소를 방긋 지었다.

그것이 결정타가 되었다. 마음까지 홀딱 넘어가면서 요시다 씨는 완전히 공략된 것이다.

"쳇. 어쩔 수 없군! 특별히 허락하는 거야."

덩치가 산만 한 아저씨가 쑥스러운 미소를 지으면서 슈나의 부탁에 응했다.

연분홍색 머리카락의 귀여운 소녀인 슈나를 앞에 두고, 해롱거리고 있는 것으로밖에는 보이지 않지만 말이지.

──아니, 처음부터 사랑에 빠졌던 것처럼 보이지만, 그건 말하지 않는 게 좋을 것 같다. 모처럼 폼을 잡고 있으니 내가 방해를 했다간 불쌍해질 테니까.

그렇게 되면서 슈나와 요시다 씨의 태그가 결성되었다.

대성황을 이룰 것이 틀림없으므로, 아주 훌륭한 즐길 거리가 되어줄 것이다.

그 외에도 가비루.

회복약의 역사에 감명을 받으면서 베스터와 협력하여 전시회를 열겠다고 한다.

핵심 기술은 비공개로 하겠지만, 그에 흥미를 갖고 연구에 참가하고 싶다고 신청하는 사람들을 모으는 것이 목적이라고 한다.

지금은 사람 수가 부족하므로 순수하게 열의가 있는 자를 찾겠다고 한다.

쿠로베와 드워프 3형제의 장남인 가름도 각자 자랑할 만한 물품을 전시하겠다고 한다.

가비루와 베스터, 쿠로베와 가름.

서로 인접하도록 전시물을 전시하여 어느 쪽에 더 많은 손님이 들어오는지를 경쟁한다고 하던가.

이 축제를 이용해서 자신들도 즐기고 있는 것 같아서 실로 다행이었다.

카이진도 축제를 전후로 하여 돌아올 것이다.

게루도에게도 쉬도록 하라고 전해두었으며, 그 전에 공사는 일단락이 지어질 것이다.

포로에게도 휴일을 주도록 하라고 말해놓았으니 그날은 그쪽에도 푸짐한 요리가 준비될 예정이다.

아무래도 휴일에 출근하게 될 자도 있겠지만, 그 문제는 교대를 통해서 연속 근무를 하지 않도록 배려해두었다. 축제는 일주일 가까이 계속 될 것이니, 모두가 같이 즐기도록 만들고 싶다.

그러고 보니 시온도 뭔가를 꾸미고 있었다.

"훗훗후, 기대해주십시오, 리무루 님!"

그렇게 말하면서 자신만만해 하고 있었으니, 기대 반 두려움 반이라는 것이 솔직한 심정이다.

그리고 베루도라도—— 또 귀찮은 이야기를 꺼냈었지. 주위에 폐를 끼치기 전에 내가 어떻게든 처리해야겠지…….

뭐, 그런 동료들의 모습을 보고, 나도 뭔가를 하지 않으면 안 되겠다는 생각이 들었다. 그때 떠올린 것이 여기 있는 묘르마일 군이었던 것이다.

………………．

…………．

……．

이 집의 하인이 홍차를 가지고 왔다.

몇 번이나 온 적이 있으니, 날 대접하는 일에 익숙해진 모양이다. 내 취향에 맞춰서 달콤한 과자도 준비해줬다.

그 홍차를 한 모금 마신 뒤에 나는 싱긋 웃었다.

변함없이 맛있는 것을 맛보면 기분도 새로워지는 법이다. 그럼 슬슬 본격적인 이야기로 들어가기로 할까.

"음, 그러니까 말이지. 또 하나 더 일을 의뢰하고 싶어서 찾아왔네. 묘르마일 군에게는 아주 쉬운 일이라고 생각하네."

"호오, 또 뭔가 새로운 걸 생각하셨습니까? 나리가 가져오는 일거리는 참으로 재미있긴 하지만, 매번 준비하기가 힘들단 말이

지요."

내 말을 듣고 묘르마일도 씨익 웃었다. 입으로는 힘들다고 말하지만, 그 표정을 보면 내 이야기에 흥미를 갖고 있다는 것을 뻔히 알 수 있다.

일단은 지금도 햄버거 등을 판매하는 '패스트푸드점 사업 계획'을 발동 중이다. 그 계획서를 묘르마일에게 넘겨주고 그대로 수행하도록 의뢰를 맡겨놓은 상태인 것이다.

히나타 쪽이 움직이는 바람에 방치해두고 있었지만, 그 진척 상황도 궁금하던 참이었다. 그걸 확인할 겸, 그 가게를 이번 축제에 한번 내보자는 아이디어를 떠올렸던 것이다.

"후후후, 그렇게 말하지 말게나, 묘르마일 군. 자네에게 맡기고 있는 계획 말인데, 그걸 블루문드 왕국과 잉그라시아 왕국에서 본격적으로 사업을 벌이기 전에 우리나라에서 한번 시험적으로 가게를 내봤으면 하거든."

"호오, 어디서 연습을 시킬까 고민하고 있었는데, 그 제안은 정말 고맙게 들리는군요. 그건 그렇고 그런 말씀을 하신다는 것은 크루세이더즈와의 문제는 잘 정리되었다는 뜻인지요?"

내가 그렇게 말하자 묘르마일은 걱정스러운 말투로 물었다. 아무래도 걱정을 끼치고 만 모양이다.

싸울 생각은 없었다고 해도 루미너스 교의 교의와 관련된 문제도 있었다. 앞으로도 서방 열국에서 활동하려면 서방성교회와의 문제는 무시할 수 없었던 것이다.

하지만 그게 잘 정리된 지금, 더는 아무런 걱정거리도 남아 있지 않다.

"훗훗후, 잘 정리되었다마다. 히나타와도 화해했으며, 루——."

"루?"

"룰, 그래, 룰을 말이지. 제대로 된 룰을 정하기로 하고, 그들과도 잘 얘기해서 화해를 했다네."

"호오, 그랬단 말입니까! 야아, 서방성교회는 훨씬 더 무서운 조직일 것이라고 생각하고 있었습니다. 의외로 이해심이 있는 것 같이 보이니, 제가 지나친 걱정을 했던 걸까요?"

그렇게 말하면서 묘르마일이 안도한 표정으로 웃는다.

나도 억지웃음을 지으면서 자칫하면 큰일 날 뻔했다는 생각에 마음속에서 흘린 식은땀을 닦았다.

나도 모르게 루미너스의 이름을 이야기할 뻔했다. 그런 짓을 했다간 나까지 루미너스의 원한을 살 것이다. 그 정도로 끝나면 다행이지만, 묘르마일까지 숙청될 우려가 있었다.

개국제에는 히나타와 성기사들뿐만 아니라 루미너스까지 초대했으니, 괜한 말은 하지 않도록 조심하기로 하자.

뭐, 그 긍지 높은 마왕 루미너스가 참가할지 말지, 그것은 현재 불명이지만 말이지.

'왜 내가 그런 저속한 축제에 참가해야 하는 것이냐?'

그렇게 말할 것 같다, 그 녀석은.

온다면 접대도 힘들 것 같으니, 오히려 오지 않아도 괜찮지 않을까?

아니, 오지 않는 게 더 좋을 것 같은 생각이 드는군…….

"그럼 본격적으로 시작하기 전에 연습의 성과를 보여드리도록 하지요!"

루미너스에 관한 일을 생각하고 있으려니, 묘르마일이 기쁜 표정으로 그렇게 말했다.

올지 안 올지 모르는 상대에 대해 생각해봤자 아무 소용없다. 나는 내가 내놓을 것에 대해 좀 더 진지하게 준비하기로 했다.

"그렇다면 훈련은 순조롭다는 말인가?"

"그야 물론이죠. 지금은 누구든지 비슷하게, 일정한 레벨의 작업을 할 수 있을 정도로 교육이 되었습니다."

"참으로 믿음직스럽군, 묘르마일 군!"

서로의 얼굴을 보면서 득의양양하게 웃는 나와 묘르마일.

계획은 순조로운 것 같으니, 이 축제에서 데뷔시켜도 문제가 없을 것으로 보인다.

"그럼 햄버거, 핫도그, 감자튀김, 그리고 각종 주스를 파는 가게를 내보기로 할까."

"그거 좋겠군요. 그 비전의 양념에 절인 꼬치구이를 내놓아도 그럭저럭 손님이 찾지 않을까 싶습니다만. 그것과 함께 라이스볼을 내놓으면 매상이 늘어나는 건 확실할 것입니다."

"평가가 좋은가?"

"점원들 사이에선 조용히 붐이 일어나고 있습니다."

내 질문에 묘르마일이 힘차게 고개를 끄덕였다.

소사슴과 닭오리를 꼬치구이로 만든 것도 제법 호평을 받고 있다고 한다.

"좋아! 그럼 그것도 내놓도록 하지. 그런데 인원수에 여유는 있는 건가?"

"그렇군요. 현재 스무 개의 점포까지는 열 수 있도록 고려해두고 있습니다. 돈도 꽤 많이 들어가겠지만 교대 인원도 필요하니까, 필요경비로 보고 교육을 시키고 있습니다. 그러므로 다섯 개점포씩 참가시킨다고 해도 여유는 있습니다."

역시 묘르마일이다. 내 생각을 제대로 이해하고 아낌없이 인재를 육성해주고 있는 모양이다.

그렇다면――.

"그럼 미안하지만 가장 솜씨가 좋은 자를 다섯 명 준비해주겠나?"

"다섯 명? 뭘 시키시려고요?"

"실은 말이지, 내 친구 중에 베루도라라는 녀석이 있는데 말이지――."

"베, 베루도라?!"

"그 녀석이 말이야, 철판구이 가게를 내겠다고 벼르고 있거든."

왠지 설명을 듣는 묘르마일의 안색이 좋지 않다.

"그, 그렇습니까……."

내 말에 맞장구를 쳐주고는 있지만, 식은땀까지 흘리기 시작했다.

조금 걱정이 됐지만 설명을 계속한다.

"그래서 말인데, 그 녀석에게만 가게를 맡기는 건 불안하지 않겠나?"

"그, 그 말씀이 맞다고 봅니다――."

"그러니까 말이지, 묘르마일 군. 가장 실력이 좋은 다섯 명이 베루도라를 도와줬으면 한다네!"

만면에 미소를 지으면서 그렇게 말한다.

귀찮은 일을 떠맡길 생각이 가득한 나를 보면서 묘르마일은 하늘을 쳐다봤다.

　"일을 돕도록 시킬 자들의 안전은, 저기, 괜찮겠습니까?"

　"물론이고말고! 무슨 일이 생기면 내게 이야기해주면 되네. 그 녀석이 제멋대로 굴 것 같으면 내가 확실하게 꾸짖어줄 테니까 말이야."

　"그 점은 신용하고 있습니다. 하지만 그, 역시 베루도라라면 그 '폭풍룡' 님을 말씀하시는 게 틀림없겠지요?"

　그야 틀림없지.

　역시 묘르마일도 베루도라의 이름은 알고 있었나.

　"어렵겠나?"

　"아아……. 어렵다고 할까, 다들 겁을 먹고 벌벌 떠느라 일이 제대로 되지 않을 것 같습니다만……."

　아아, 역시 그런가.

　그렇겠지, 잘 모르는 사람이 본다면 베루도라는 역시 무섭겠지. 누가 뭐래도 카타스트로프(천재. 天災) 급이니까…….

　"으─음, 역시 안 되려나."

　"아무래도 그렇겠지요……. 적어도 가명이라도 써주신다면, 다들 모르는 상태에서 도와줄 수는─."

　그거다!!

　"바로 그거야, 묘르마일 군! 그 녀석에겐 정체를 들키지 않도록 가명을 쓰도록 시키지!"

　"네?! 그런 게 가능하단 말입니까?!"

　"그 정도야 뭐. 불만이 있다면 이 이야기는 없던 걸로 하겠다고 말하면 되네. 좋아, 그렇게 하지. 그 다섯 명에겐 나도 특별 보너스를 지급할 테니까 부디 잘 부탁한다고 전해주게!"

놀라는 묘르마일은 아랑곳하지 않고, 나는 문제가 해결된 것에 만족했다.

베루도라의 쓸데없는 고집은 매번 있는 일이지만, 이번에는 각국에서 요인도 온다. 그런 장소에서 식중독이라도 일으켰다간 좋게 넘어갈 리가 없는 데다, 제대로 감시할 수 있는 자를 붙여두지 않으면 안심할 수 없다고 생각하고 있었다.

무조건적으로 기각시키는 것도 불쌍하고, 그렇다고 해서 전부 맡기는 것은 불안 요소가 너무 크다. 그런 상황이었으므로, 묘르마일에게 부탁했던 인재가 제대로 육성이 되어 있던 것은 행운이라고 할 수 있을 것이다.

묘르마일은 무슨 말을 하고 싶어 하는 것 같았지만, 분명 크게 중요한 이야기는 아닐 것이다. 그런고로, 이 일은 전부 맡기기로 했다.

●

리무루는 문제가 하나 해결되었기 때문인지, 꽤나 기분이 좋아 보인다. 그러나 묘르마일 쪽은 어떤가 하면, 터무니없는 폭탄을 억지로 끌어안게 된 것 같은지라 느긋하게 반응할 만한 이야기가 아니었다.

(베, 베루도라 님이라고오?! 봉인이 풀렸다는 얘기는 들었지만, 설마 내가 상대를 하게 될 줄이야…….)

그야말로 머리를 감싸 안고 싶어지는 심정이다.

리무루가 들고 온 상담거리도 처음에는 그 내용이 좋았다.

노점을 내는 것은 딱 좋은 훈련이 될 것이라고 생각했다. 그러나 베루도라의 감시 역할을 맡는 것은 이야기가 다르다.

묘르마일은 일이 터무니없게 전개되었다고 생각했지만, 눈앞에서 느긋하게 웃는 리무루를 보고 '뭐 어쩔 수 없나'라고 생각을 고쳐먹었다.

리무루가 목숨을 구해줬을 때부터 후회만큼은 남기지 않도록 열심히 살고 있다. 묘르마일은 교활하며 돈을 아주 좋아하지만, 각오를 단단히 굳히고 있다.

"그건 그렇고 축제란 말입니까. 그 정도로 대규모로 벌일 것이라면 참가를 희망하는 사람도 많겠지요. 저도 상인으로서 돈을 벌 수 있겠군요."

별생각 없이 묘르마일은 중얼거린다.

행상이나 모험가 등, 템페스트(마국연방)에 드나드는 사람들은 많다. 선전도 대대적으로 하고 있는 것 같으니, 근처 마을이나 도시에서도 관광차 오는 사람도 있을 것이다.

상인으로서는 그런 곳이야말로 돈을 벌 수 있는 자리다. 그렇게 생각하여 중얼거렸던 것인데…….

"오? 묘르마일 군도 흥미가 있는 건가? 야아, 실은 말이지. 나도 이래 봬도 여러모로 고민 중이었거든. 어떤 걸 출품할지는 자네 도움을 받아서 정했지만, 우리나라 차원에서 뭔가 메인이 되는 볼거리가 있었으면 좋겠다고 생각하고 있었어."

자기 앞에 놓인 홍차를 마시던 리무루가 묘르마일이 중얼거리는 소리를 들은 모양이다. 상담에 응해주길 바라는 표정으로 묘르마일을 보고 있었다.

"메인이 되는 볼거리라고요?"

"그래. 말하자면 우리 도시를 휴양지로 만들 생각이거든. 온천 여관 같은 것도 준비했고, 귀족을 접대할 수도 있는 여관이나 영빈관도 있지. 하지만 말이야, 오락 시설이 적다는 생각이 들거든."

"그렇군요……."

뭐, 이야기를 들어줘도 괜찮겠지. 그렇게 생각하면서 상담에 응하기로 한 묘르마일.

그런 묘르마일에게 리무루는 기쁜 표정으로 설명을 시작했다.

그 내용이 어떤 것인가 하면——

템페스트에는 고급 여관이 많이 건설되어 있다. 묘르마일도 이용한 적이 있으므로 그건 잘 알고 있었다.

각종 숙박 시설이 준비되어 있으며 다양한 취향을 즐길 수가 있다. 경치가 좋은 정원을 감상하면서 식사를 즐길 수 있는 여관이나, 옥외에서 온천에 들어갈 수 있는 '노천탕'이라는 시설이 갖춰진 여관도 있다.

대국이라면 또 모를까, 소국에선 귀족이라 해도 개인 욕실을 유지하는 것은 어려운 일이다. 상하수도조차 정비되지 않은 나라에선 목욕통에 물을 채워서 끓이는 것도 중노동이 되기 때문이다.

그것이 상식이었던 묘르마일에겐 당연하다는 듯이 언제든지 들어갈 수 있는 온천이라는 시설은 경악할 수밖에 없는 것이었지만…….

리무루는 그것만으로는 만족하지 못하겠다고 한다.

"아니, 그래도 말입니다. 맛있는 요리와 편히 쉴 수 있는 공간, 휴양지로선 이 이상 바랄 게 없지 않습니까?"

묘르마일은 그렇게 생각했지만 리무루는 고개를 옆으로 젓는다.

"안일하군, 묘르마일 군. 그것만으로는 조금 모자란다고 생각해. 좀 더 뭐랄까, 모두가 즐길 수 있을 만한 기획이 있으면 좋겠어. 예를 들어서 말이지——."

그렇게 말하면서 리무루가 이야기한 것은 쥬라의 대삼림의 관광 여행이란 것이다. 길 안내 겸 호위자를 붙여서 숲의 오지를 하루 동안 돌아다닌다는 기획이다.

그 외에도 가까운 계곡에서 낚시 대회를 연다거나, 대자연 속에서 사냥 대회를 여는 것 등등. 도구는 모두 대여해주는 것으로 하여 이용객이 즐길 수 있게 한다는 생각을 하고 있다고 한다.

"재미있을 것 같군요. 시간이 남아도는 귀족들의 흥미를 끌 수 있을 것이고, 열심히 일했던 자에겐 한때의 휴식이 될 수 있을 것 같습니다."

"그런가? 그렇다면 좋겠지만 말이지, 그 외에도 모두가 즐길 수 있을 만한 것이 없을까 하고 생각하고 있지."

리무루는 이번 개국제에서 초대한 손님들을, 단골손님으로 만들어서 다시 찾아오게 만들고 싶다는 생각을 하고 있는 모양이다. 그러기 위해서라도 다양한 기획을 고안해서 질리지 않도록 해주고 싶다는 생각을 하고 있다고 한다.

대체 얼마나 먼 미래를 내다보고 생각을 하는 거람, 이 사람은……. 묘르마일은 그렇게 생각하면서 진심으로 어이없어함과 동시에 감탄했다.

"그렇다면 잉그라시아 왕국을 흉내 내보는 건 어떻겠습니까? 그 나라의 왕도에선 극장이 인기라고 하더군요. 가극이나 연극이 날마다 상연되고 있다고 합니다. 그 외에도 투기장에서 개최되는 무투대회가 아주 인기가 높죠──."

"오, 오오! 그리고 보니 그랬군, 용사 마사유키라는 자가 인기가 많다고 들었네."

"네, 그렇습니다. '섬광'이라는 이명을 지닌 마사유키 님이 무투 대회의 패자이죠. 이래 봬도 저도 광팬이랍니다."

"뭐?!"

실은 유행이라면 일단 관심을 가지는 면이 있는 묘르마일. 리무루가 살짝 질린 표정을 짓는 것도 눈치채지 못하고, 무투대회에 관해 뜨거운 열변을 토하기 시작했다.

"──그런 식으로 말이죠, 그 검이 한 번 번쩍이며 지나가면 아무도 볼 수가 없답니다. 그렇기 때문에 '섬광'── 그렇게 불리는 것이지요. 붙잡은 마물과 죽고 죽이는 시합을 하기도 하는데, 용사의 동료들도 또한 강한지라 손에 땀을 쥐면서 관전했었죠. 그런 볼거리가 있다면……. 이런 너무 지나치게 열중하고 말았군요. 그리고 보니 리무루 나리의 부하 분들도 강하다고 들었는데 어느 분이 가장──."

"스톱! 그 이상은 위험하네, 묘르마일 군."

묘르마일의 흥미는 이윽고 리무루의 부하들인 베니마루 일행 쪽으로 옮겨진다. 몇 번인가 만난 적도 있는 리그루도 같은 자도 그 근육은 단순한 겉보기만은 아닌 것 같았다. 그 외에도 강해 보이는 마인들이 많이 있는 것을 보고, 누가 가장 강한지 궁금하게 여기고는 있었다.

이때가 기회라는 듯이 묘르마일이 질문했지만, 그 질문은 리무루에 의해 제지되었다.

"잘 듣게, 여기서만 하는 얘기인데——."

그렇게 말하면서 리무루가 묘르마일에게 낮은 목소리로 가르쳐준다.

"——그 녀석들 앞에서 그런 말을 하면 진짜 전쟁이 일어날 거야. 예전에도 말이지 성기사인 아루노라는 녀석이 자네와 같은 질문을 했었지. 그랬더니 서열이 어쩌고 하면서 쓸데없는 일로 다투기 시작하더니, 자칫했으면 큰일이 벌어질 뻔했다고. 그때는 전부 다 그 자리에 있지 않아서 그럭저럭 넘어갔지만, 불씨가 될 만한 발언은 삼가야 되네."

가장 큰 문제가 될 자가 없었던 바람에 그 자리는 그럭저럭 무사히 넘길 수 있었다고 리무루는 말했다. 하지만 그 이후로, 그런 민감한 화제는 피하고 있다고 한다.

간부들끼리 조금 진지하게 싸움을 벌이면, 모처럼 완성한 도시에도 영향을 끼친다. 그런 사태는 아예 논외이므로 묘르마일도 주의하라는 말을 들은 것이다.

"그, 그렇군요. 그거 실례했습니다."

"앞으로 조심해주면 그걸로 되네. 하지만 뭐 아이디어 자체는 재미있을 것도 같군."

미안하게 여기는 묘르마일과는 달리, 리무루는 그렇게까지 마음에 두고 있는 것 같지는 않다.

역시 이 사람도 평범한 자들과는 감각이 다르군——. 묘르마일은 그렇게 생각하면서 이어질 말을 기다린다.

"도시 구역에 빈 공간은 있으니까 가극장을 준비하는 건 괜찮을 것 같은데. 극작가가 되고 싶어 하는 자가 나타날 수도 있고, 그렇게 되면 새로운 오락거리와도 연결되겠지. 그리고 투기장이라——."

리무루가 묘르마일을 봤다.

묘르마일의 눈에는 리무루가 씨익 웃은 것처럼 비친다. 아아, 또 무슨 악랄한 걸 생각하고 있군——. 입으로 직접 말하지는 않고 그렇게 생각한다.

(리무루 나리는 잠자코 있으면 엄청난 미인인데, 왜 이렇게나 잔인한 표정을⋯⋯.)

그런 생각을 하고 있으려니,

"묘르마일 군!"

드디어 왔다! 속으로 그렇게 생각하며 대비하는 묘르마일.

"왜, 왜 그러십니까?"

"자네, 무투대회에 관해선 자세히 알고 있는 것 같은데?"

자리에서 일어나 묘르마일의 옆에 앉는 리무루. 애교 섞인 목소리란 바로 이런 것이라고 말하는 것처럼 묘르마일의 귓가에 달콤하게 속삭이듯 묻는다.

그리고 갑작스럽게 자신들도 무투대회를 개최할 테니까, 그 준비를 묘르마일에게 맡기고 싶다고 말한 것이다.

"잠깐만 기다리십시오, 나리! 그런 중요한 이야기를 이렇게 갑자기 하신다고 해도……."

"투기장은 우리 쪽에서 마련해야겠지. 자네는 우선 흥행에 필요한 여러 가지 것들을 조사해주지 않겠나?"

묘르마일의 항의에는 귀도 기울이지 않은 채, 일방적으로 리무루가 말한다. 이렇게 되면 더 이상은 저항해봤자 소용이 없다.

"매번 있는 일이지만, 정말이지 리무루 나리께는 대적할 수가 없군요. 알겠습니다. 이 불초 묘르마일이 성심성의껏 최선을 다해보도록 하지요!"

어쩔 수 없다는 듯한 표정을 지으면서 묘르마일은 수락했다.

하지만 그 입가는 희미하게 웃음을 짓고 있었는데…… 사실을 말하자면 묘르마일은 그 이야기가 싫지는 않았다. 그렇다기보다 이런 중대한 일을 맡게 되면서 하늘로 날아오를 것 같은 기분을 느끼고 있었다.

흥행하려면 무엇이 필요한가?

그것을 조사하는 것뿐만 아니라, 묘르마일의 아이디어를 실행으로 옮기는 것이다.

이런 대규모의 기획을 맡게 되는 일이 자신의 인생 속에서 일어날 줄은 조금도 생각해보지 않았다.

(해볼 수밖에 없지! 이런, 이런 찬스는 두 번 다시 오지 않아!)

실패해도 괜찮다고 묘르마일은 단단히 마음을 먹는다.

묘르마일은 지금까지 알고 지낸 경험을 통해서 이 리무루라는 인물이 웬만해선 화를 내지 않는다는 것을 꿰뚫어 보고 있다. 그리고 말한 것은 반드시 실행하는 인물이기에 신용할 수 있다. 상인에게 있어 가장 중요한, 신용할 수 있는 인물인 것이다.

그 말대로 투기장은 준비될 것이다.

묘르마일에겐 쉽게 믿어지지 않는 일이지만, 부하 마물들에게 자신이 생각하는 대로 명령을 내리고 그가 바라는 대로 움직이는 노동력으로 부릴 수 있으니까.

(이렇게 보여도 리무루 나리는 마왕이야. 제대로 기획을 세우기만 하면 필요한 것을 준비하는 일 따윈 그리 어렵지도 않겠지. 그런 기획을 내가——.)

감개무량한 기분을 느끼는 묘르마일. 그런 그에게 리무루의 느긋한 목소리가 들려왔다.

"아, 그렇지. 이번에는 각국의 요인을 초대하는 것이 목적이지만, 일반인도 이용할 수 있게 해주게. 잉그라시아 왕국에서도 그랬지만, 대중이 이용할 수 없으면 수익은 노릴 수가 없잖은가?"

"대중이라고요?"

"음. 5만 명 정도 수용 가능한 콜로세움(원형 투기장)을 준비할 생각이네. 구역 안에 빈 공간은 있으니까, 괜찮겠지. 그 주변에 아까 말했던 패스트푸드점을 내면 꽤 높은 매상을 기대할 수 있지 않을까? 돌아다니면서 관객에게 파는 것도 좋겠고, 사람이 많이 모이면 그것만으로도 이익을 기대할 수 있겠지? 어떻게 생각하나, 묘르마일 군?"

즉, 평범하게 대중이 즐길 수 있는 오락거리를 제공하는 것이라고 리무루는 말하고 있는 것이다. 그리고 그 대중으로부터 돈을…….

어떻게 생각하나, 묘르마일 군? 이라고 물어도 상식적으로 말이 안 됩니다, 라고 대답할 수밖에 없는 묘르마일이었다.

5만 명이 입장할 수 있는 규모의 콜로세움이라면 잉그라시아 왕국의 것과 비교해도 손색이 없다. 아니 오히려 그쪽과 비교하면 다섯 배 가까이 되는 사람을 수용할 수 있지 않을까.

리무루가 얼마나 진지한지를 엿볼 수 있었다.

"입석을 준비해서 입장료는 무료로 하지. 부자들은 지정석으로 안내해주고 입장료를 거두는 거야. 아낌없이 돈을 쓰는 귀족은 귀빈석에 앉히고 말이야. 그리고 내빈석을 준비해서 그곳은 초대용으로 확보해두자고. 그런 식으로 객석의 배분과 수익률 같은 것도 검토해주면 좋겠네."

리무루는 그렇게 말하더니, 웃는 얼굴로 묘르마일에게 몽땅 떠넘겨버렸다.

가까운 나라의 농민이나 시민도 관전할 수 있도록 무료석을 준비한다──. 잉그라시아 왕국에서도 그런 시도는 하지 않는다.

그렇게 수를 채우겠다는 건가. 묘르마일은 그리 생각하면서 납득했다.

"과연. 5만 명은 너무 많지 않은가 하고 생각했습니다만, 그렇게 하겠다는 말입니까……."

"그래. 이런 건 모두가 흥미를 가져줘야 좋은 거니까. 많은 사람들이 서서 보는 중에 우아하게 자리를 확보할 수 있다면 지정석에도 가치가 생기지 않겠나?"

"생기겠지요. 안에 들어갈 수 있는지 아닌지를 당일에 알게 되는 것보다 사전에 예약을 할 수 있게 만들면 그 자리에 가치가 생기는 이유도 납득이 될 것입니다."

부자의 오락거리인 잉그라시아 왕국의 투기장과는 근본적으로 다른 것이다. 어떻게든 화제로 만드는 것이 메인이며, 사람을 불러 모으는 것이 목적인 것이다.

묘르마일은 그 점을 알아차리고 깊이 납득했다.

입장료가 무료라면 농사일을 쉬는 시기의 농민도 놀러 올 수 있을 것이다. 그런 자들에게서 소문이 돌면서 가까운 나라의 일반 시민도 흥미를 가질 것이 틀림없다.

무엇보다 수만 명 규모의 사람들이 이동한다면 도로에 있는 여관도 번성할 것이다. 그리고 길 중간중간에 있는 휴게소에 리무루가 말하는 패스트푸드점을 열어도 재미있을 것 같다.

그리고 그런 관객들을 받아들일 준비. 숙박할 장소의 제공.

리무루와 부하들이 사는 도시의 요리와 여관, 욕실 등의 선전을 할 수 있게 된다면 투기장의 운영만으로 이익을 낼 필요도 없어지게 될 것이며…… 모여든 사람들이 쓰는 돈만 따져도 상당한 벌이가 될 것으로 예상할 수 있다.

"역시 나리는 대단하십니다. 처음부터 모든 것을 다 계산하시고 있었던 겁니까……."

"응?! 아, 뭐, 그런 셈이지. 당연히 그렇고말고!"

"숙박 시설은 충분히 갖춰져 있었지요. 그렇다면 문제는 정기적으로 손님을 불러들이는 것이 되겠군요. 채산성을 높일 필요가 있겠습니다만, 일단 선전이 우선이겠군요. 그러기 위한 첫 단계로 이번에 제게 기획을 맡겨주신 것이겠지요?"

"으, 응. 그렇다고 할 수 있지."

"과연, 그렇군요. 몇 번이든 오고 싶다는 생각이 들게 만드는 대회를 생각하는 것, 그게 제가 할 일이라……. 가령 이번 무투대회에서 이익을 내지 못하더라도, 또 오고 싶다는── 손님에게 그런 생각이 들게 만들 수 있다면 이 기획은 성공이란 뜻이 되겠지요?"

"──역시 자넨 대단하군. 내 생각을 거기까지 이해하다니. 역시 묘르마일 군, 이 일을 맡길 수 있는 사람은 자네밖에 없어!"

묘르마일은 자신이 맡은 무투대회를 미끼로 사람들을 불러들인다는 그 계획에 몸이 떨릴 정도의 흥분을 느꼈다. 그 기획을, 이렇게까지 사전 준비가 잘 갖춰진 상태에서 나머지 일을 맡기겠다고 리무루는 말하고 있는 것이다.

너무나도 재미있겠습니다!! 그렇게 소리치고 싶은 것을 애써 참는다.

"후, 후후후, 참으로 무모한 말씀을 하신다니까요──."

"이런 건 프로가 맡는 게 좋지 않겠나? 묘르마일 군, 설마 자신이 없는 건가?"

"하, 하하하하하! 이거 참 사람을 심하게 부리시는군요. 리무루 나리도 성격이 참 나쁘십니다."

"핫핫핫하. 그런가, 그렇겠지. 묘르마일 군이라면 여유 있게 해낼 수 있겠지?"

두 사람은 서로를 보면서 큰 목소리로 웃는다.

둘이 함께 악랄한 표정을 짓고 있었다.

"자네에, 이건 큰돈이 움직이는 일이 될 거야. 당연히 알고 있겠지?"

"훗훗훗후, 안심하십시오. 이 묘르마일, 돈이 되는 일이라면 전문 분야니까요. 틀림없이 나리께서 만족하실 수 있는 결과를 보여드리겠습니다!"

"그래야지. 역시 자네에게 맡기길 잘한 것 같아."

그렇게 서로 웃으면서 리무루와 묘르마일은 악수를 했다.

이 대회는 커다란 돈이 움직일 것이다.

그야말로 리무루가 말한 대로 될 것이다.

참으로 무서운 사람이다──. 묘르마일은 그렇게 생각했다.

어디까지 꿰뚫어 보고 있는 것인지, 정말 무시무시하다. 그렇게 생각하지만, 묘르마일의 머릿속에서도 꿈은 널리 펼쳐지기 시작한다.

"그렇게 되면 말입니다. 회복약 쪽도 새로운 선전 방법이 생길 수 있을 것 같습니다. 아무리 다쳐도 즉사하지 않는 한 회복이 가능하지 않습니까? 그렇다면 선수가 꽤나 진지하게 싸워도 괜찮겠지요. 게다가 부상을 입은 자가 다음 시합에서 아무 상처 없이 멀쩡하게 나타난다면 이건 정말 대단한 선전이 되겠지요."

"뭐라고?!"

"어라? 거기까지는 생각하지 못하신 겁니까?"

"아니, 생각하고 있었는데? 단지 내 생각과는 좀 다른 점이 있지 않는지 확인해보고 싶다고 생각했을 뿐이야."

"그랬습니까! 훗훗후, 리무루 나리라면 이 정도는 당연히 생각하시고 계셨겠죠. 저도 질 수는 없겠습니다, 그려."

그렇게 말하면서 묘르마일은 자신이 생각한 아이디어를 차례로 말한다.

그리고 둘이서 '그거 좋군. 아주 좋아'라고 서로를 칭찬하면서,

차례차례 아이디어를 이야기하고 있었다.

무투대회에서 회복약의 선전을 하고, 모험가에게도 팔자는 아이디어도 그중의 하나다.

무기와 방어구의 임대, 또는 판매도 또한 그중의 하나였다.

"쿠로베의 무기는 실패작도 꽤 뛰어난 성능을 자랑하지. 그러므로 공공연히 내놓을 수는 없지만, 지금은 제자도 많으니까——."

그 제자들의 작품이라면 문제가 없을 거라고, 리무루가 말했다. 그러므로 시험 삼아 한번 시도해보기로 한 것이다.

그 밖에도 국가사업으로 도박의 운영.

잉그라시아 왕국에서도 그렇게 하고 있다지만, 우승자를 예상하는 내기를 개최하는 것만으로도 막대한 이익을 얻을 수 있을 것이다.

인간끼리의 싸움만으로 끝내는 것이 아니라, 붙잡은 마물과 싸우게 하는 것도 재미있을 것이다. 물론, 안전에는 유의해야겠지만, 리무루의 부하 중에는 강자가 많이 있다. 묘르마일이 걱정할 정도로 큰 문제는 일어나지 않을 것이다.

정 뭣하면 이제 막 모험가가 된 자들이 연습할 수 있게 그런 자리를 대여해주는 것도 좋을지 모른다. 교관을 붙여서 돈을 받고 지도를 해준다거나.

무시무시할 정도로 머리가 재빨리 돌면서 차례차례 지금까지 없었던 발상이 마구 솟아오르는 것 같은 느낌을 받는 묘르마일. 리무루가 도와준다면 꿈같은 제안을 그야말로 무수히 떠올릴 수 있을 것 같았다.

수많은 아이디어를 생각하면서, 그 일을 맡게 된 자신의 책임이 얼마나 중대한지를 새삼 떠올린다. 그와 동시에 끓어오르는 것 같은 흥분이 온몸을 휘감는다.

몸을 떨면서 묘르마일은 결의한다.

"성공시키겠어. 성공시키겠습니다! 제 상인의 혼이 대박의 예감을 마구 느끼고 있으니까요!!"

"훌륭해! 훌륭한 자신감일세, 묘르마일 군! 그래, 자네라면 분명 나를 만족시킬 수 있을 만큼 수익을 거둬주겠지!"

리무루가 해주는 칭찬에 묘르마일은 부끄러워졌다.

그런 묘르마일에게 다시 리무루가 말을 건다.

"나중에, 만약 자네가 괜찮다면 말이지만, 이 대회가 성공하면 우리 쪽으로 오지 않겠나? 상업 담당 부문이나 홍보 담당 부문, 재무 총괄 부문 같은 걸 맡아도 좋을 것 같은데. 뭐, 명목은 뭐든 좋겠지만, 그런 쪽의 책임자를 자네에게 맡기고 싶군. 우리도 살림이 커졌으니, 이 대회가 끝나면 국가 체제를 제대로 편성하고 싶거든. 실적만 세운다면 아무도 불만을 제기하지 않을 테니, 어떤가?"

실패를 전혀 의심하지 않는 리무루의 그 질문에, 묘르마일의 마음은 뛸 것만 같다.

어떤가? 라는 그 말이 묘르마일의 심금을 자극하는 복음처럼, 몇 번이고 몇 번이고 반복되면서 들려오는 것 같다.

묘르마일은 크게 고개를 끄덕였다.

"——정말 못 당하겠군요. 나리, 아니, 리무루 님. 이 묘르마일, 무슨 일이 있어도 이번 계획을 성공시켜서 리무루 님의 신하로 들어가고 싶습니다!"

망설임 없이 승낙하는 묘르마일.

당연하다.

(이분은 날 이렇게까지 높이 사주시고 계신다. 실패는 절대 허락할 수 없어!)

묘르마일은 이렇게 나이를 먹었음에도 불구하고, 몸과 마음을 모조리 불태울 것 같은 흥분과 희망과 꿈으로 인해 도저히 가만히 있을 수 없는 기분을 맛봤다.

그 감정은 너무나도 달콤했으며 두 번 다시 잃어버리고 싶지 않다는 생각이 들 정도였다.

"너무 거창하네, 묘르마일 군."

그렇게 말하면서 웃는 리무루와 좀 더 세부적인 부분에 대한 논의를 하면서도, 묘르마일의 흥분은 좀처럼 진정될 기미를 보이지 않았다.

이 대회를 훌륭하게 성공시켜서 리무루의 심복으로 들어간다──. 그런 새로운 야망을 가슴에 품고, 묘르마일은 분골쇄신하여 일할 것을 맹세한 것이다.

리무루가 떠난 뒤에 묘르마일은 집안사람들과 고용인들을 집합시켰다.

"묘르마일 님, 리무루 님은 무슨 일로 오신 것입니까?"

과거에는 C랭크의 모험가였으며, 지금은 묘르마일의 전속 경호원이 된 비드가 묻자, 묘르마일은 크게 고개를 끄덕이면서 입을 열었다.

"비드, 앞으로 바빠지게 될 것이다."

"또 처리하기 어려운 부탁을 받은 겁니까? 그분의 발상은 늘 재미있긴 하지만, 거기에 휘둘리는 우리 쪽 입장도 좀 생각해주시면 좋겠네요."

비드는 그렇게 말하면서 웃지만, 진심으로 한 말은 아니다.

비드도 묘르마일과 마찬가지로 리무루의 도움으로 목숨을 건진 자이며, 마왕이 된 그에 심취한 자 중 한 명인 것이다. 휘둘리고 있다고 말하기는 하지만, 그것을 누구보다도 즐기고 있는 사람은 바로 비드였다.

"후후, 비드. 이번 일은 그런 쩨쩨한 것이 아니다. 지금까지는 푼돈벌이에 불과한 놀이였지만, 이번 일은 그야말로 일대 사업, 아니, 우리의 운명을 건 일이 될 것이야."

씨익 웃으면서 묘르마일은 그렇게 선언했다.

극악한 악당 같은 얼굴에 더욱 비장한 기운이 가미되면서, 실로 엄청난 얼굴이 되었다. 이제 와서 그 얼굴에 겁을 먹는 집안사람은 없겠지만, 묘르마일의 말에는 놀라움을 감추지 못한다.

"주인님, 그게 무슨 뜻입니까?"

그들을 대표하여 집사가 묻자, 묘르마일은 간결하게 리무루와 나눴던 대화 내용을 모두에게 전했다.

마물의 도시에서 개최될 개국제의 여흥거리로 무투대회를 맡아서 열게 되었다는 것. 그 자리에서 지금 진행 중인 패스트푸드점을 시험적으로 내놓아 보기로 한 것.

개국제 그 자체는 리무루가 마왕이 된 자신의 위용을 널리 알리기 위해 벌이는 것이다. 템페스트(미국연방)가 국가 차원에서 벌이는 행사이기 때문에, 그 규모는 묘르마일의 상상을 넘어선 것이 될 것이다.

그런 자리에서 중요한 일을 맡게 되었다고, 묘르마일은 흥분한 상태임에도 불구하고 모두에게 이야기를 들려줬다.

그리고 마지막으로 선언한다.

"나는 리무루 님을 모시기로 결심했다. 이번에 맡은 기획을 무슨 일이 있어도 성공시키면서 말이지!"

그 말에 집안사람들이 술렁인다.

묘르마일은 블루문드 왕국으로 돌아오지 않을 생각이다──.
그 각오를 깨달은 집안사람들은 서로의 얼굴을 보면서 당혹스러워하고 있다.

"헤헷, 묘르마일 님. 혼자 가실 생각은 아니시겠죠? 저는 피라미이긴 합니다만, 아직 나리의 경호원입니다. 제 부하 녀석들도 지금은 리무루 님을 동경하고 있고요. 같이 데려가 주십시오!"

"그곳에선 네 실력 정도론 경호원도 못 돼."

"너, 너무하십니다!"

"하지만 뭐, 날 도와서 일하겠다면 데려가 줄 수도 있다만."

"물론 무엇이든 하겠습니다! 저는 바보입니다만, 그런대로 머리는 돌아가니까요."

사기꾼 노릇을 한 적이 있던 비드이니만큼 잔꾀를 부리는 것에는 자신이 있었다. 그렇기 때문에 한 말이지만, 그건 묘르마일을 어이없게 만들 뿐이었다.

하지만 묘르마일은…….

"어쩔 수 없는 녀석이라니까. 뭐, 사람 수는 많을수록 좋겠지. 네 부하 녀석들도 실직을 당할 바에야 경비원 일을 맡기는 것 정도는 해줄 수 있을 테니, 같이 데려가 주마.”

그렇게 말하면서 비드와 그의 부하들이 따라오는 것을 허락했다.

그런 뒤에 묘르마일은――,

“너희들은 어떻게 하겠나? 정 원한다면 이 집은 너희 좋을 대로 해도 상관없다만?”

그렇게 집안사람들에게 물었다.

그 말을 듣고 집안사람들 일동은 웃으면서 대답한다.

『같이 가게 해주십시오!』

묘르마일에 의해 길러지고 단련된 자들이다 보니, 어떤 망설임도 미련도 이 나라에는 존재하지 않았다.

자, 그렇게 하기로 정해졌으면 이제 할 일은 산더미같이 놓여 있다.

묘르마일은 이 나라의 공인 자격을 보유하고 있으며, 심지어는 자유조합에도 소속되어 있다. 그러므로 이 나라를 나가서 다른 나라로 가는 것도 자유다.

결심을 했으면 행동은 재빨리 하는 것을 신조로 삼는 묘르마일이었지만, 역시 할 일은 마쳐놓아야만 한다. 그렇게 생각한 묘르마일은 후환의 우려를 남기지 않기로 했다.

자신을 따라가겠다고 말하는 집안사람들 중 한 명, 주로 거친 일을 하는 사내들의 우두머리 격인 남자를 바라본다.

“거기 너, 너도 이젠 제법 그럴듯하게 컸구나. 이제 이 가게를 맡겨도 괜찮겠지?”

"나, 나리?! 갑자기 무슨 말씀을……."

"아니, 너희가 나를 따라오겠다고 말해준 건 기쁘다. 하지만 잘 생각해봐라. 리무루 님이 계신 곳은 아직 생활 기반도 제대로 갖춰지지 않았다. 나로서는 이 안건을 성공시켜서 리무루 님의 부하로 들어갈 생각을 하고는 있지만…… 너희들까지 고생을 시키고 싶지는 않아."

겉으로는 그렇게 말하고 있지만, 본심은 다른 생각을 하고 있는 묘르마일.

이 저택을 포기하면 이 나라에서 겨우 쌓은 지반을 잃게 된다. 몇 명 정도는 여기 남겨서, 이 땅에서 활약할 때의 거점을 지키도록 시켜야겠다고 생각한 것이다.

그 대표로는 이 우두머리 격의 남자가 적임자이다.

이 남자의 이름은 바하라고 한다.

묘르마일의 친척의 자식이며, 가게에서 수행할 수 있게 해달라는 부탁을 받고 자신이 맡은 자이다.

제법 눈치가 빠른 사내라서 묘르마일도 마음에 들어 하며 아끼고는 있었다. 그러나 바하의 친가가 사업에 실패하면서 사정이 바뀌었다. 바하가 돌아갈 집이 사라진 것을 계기로, 묘르마일의 가게에서 거친 일을 하는 사내들의 우두머리 자리에 정식으로 고용된 것이다.

바하의 친가는 지금 이 일을 하고 있는 바하의 수입에 의존해 생활하고 있다. 그런 그를 끌어들이는 것은 역시 안 되겠다는 생각도 들다 보니 묘르마일은, 바하를 남겨두고 가기로 결심했다.

일하는 솜씨는 확실하기도 하고.

이 가게를 맡겨도 괜찮을 것이라고 묘르마일은 확신하고 있었다.

"나, 나리…… 가게를 맡겨주신다는 말씀은, 그야 너무나도 기쁩니다. 하지만 저희도 같이——."

아직 젊기 때문인지, 바하는 납득을 하지 못하는 모양이다. 묘르마일에게 좀 더 인정을 받고 싶다는 마음도 있는지, 좀처럼 독립을 하려고 하지 않는다.

그런 바하가 귀엽다는 생각은 들지만, 그래선 안 된다고 묘르마일은 생각하고 있었다. 그래서는 한 사람 몫을 제대로 해내지 못할 것이기에, 어딘가로 쫓아 보낼 필요가 있었다.

그리고 지금이 딱 좋은 기회인 것이다.

"바하, 나는 네 아버지가 아니다. 이 가게를 맡기겠다고는 했지만, 주겠다고 하지는 않았다. 알겠느냐? 내가 이곳을 떠나도 결코 이 가게를 망하게 만들 짓은 절대 하지 마라. 그리고 내게서 이 가게를 사들여 봐라! 이 가게를 훌륭하게 번성시켜서, 언젠가는 네 부모님을 다시 불러오도록 하거라."

자애로운 미소를 지으면서 묘르마일은 바하의 어깨에 손을 얹었다. 훈훈한 이야기를 하듯이 말하고는 있지만, 거래 증서는 제대로 만들어서 대금을 회수하겠다는 꿍꿍이를 갖고 있는 것이다.

상인인 묘르마일은 그렇게까지 안일한 남자는 아니다.

애초에…….

(이런 가게의 대금도 지불하지 못할 정도라면, 이 녀석에겐 대성할 기량이 없었다는 이야기지.)

그렇게 반 정도는 엄한 교사로서의 마음도 품고 있는 것이다.

"감사합니다, 감사합니다……. 꼭, 꼭 그럴듯하게 성장해서, 묘르마일 님으로부터 받은 은혜를 갚고 싶습니다!"

감격의 눈물을 흘리면서 목이 메는 바하.

그 말을 흘려들으면서, 묘르마일은 "열심히 하거라!"라고 말하며 힘차게 고개를 끄덕였다.

그런 뒤에 묘르마일은 막힘없이 필요한 수속을 끝냈다. 따라갈 자와 남을 자를 선별하고 바하에게 마지막 충고를 해줬다.

"만일 곤란한 일이 생긴다면 상담에 응해주마. 하지만 너희라면 아무런 문제 없이 해나갈 수 있을 거라 믿고 있다. 나를 실망시키지 않도록 하거라!"

그 말을 듣고 고개를 끄덕이는 바하와 이 저택에 남은 자들.

묘르마일의 가르침은 철저했으며, 어설픈 자들은 한 명도 존재하지 않았다. 비록 상대가 귀족이라 해도 허튼 짓을 할 리가 없다.

"묘르마일 님, 모두가 묘르마일 님의 가르침을 받은 자들입니다. 안심하십시오!"

바하의 믿음직한 말을 듣고, 묘르마일은 고개를 한 번 끄덕였다.

"훗, 잘난 체하기는. 그리고 알고 있겠지만——."

"안심하십시오. 이 땅에서 묘르마일 님이 쌓아올리신 판로, 그건 확실하게 관리하겠습니다. 필요하게 될 때는 우선적으로 쓰실 수 있게 해놓겠습니다."

"음. 그때가 오면 잘 부탁하겠다!"

만약을 위해서 무슨 일이 생겼을 때는 필요한 상품을 우선적으로 받거나 돌릴 수 있도록 약속을 받아놓는다.

묘르마일은 그런 점에 관해선 빈틈이 없다.

그리고 바하도, 그런 면은 척하면 알아들을 정도로 이해력이 빨랐다.

(아직 어설픈 점은 있지만, 제대로 자기 앞가림은 할 수 있게 되었군.)

이 정도라면 맡겨도 안심할 수 있다. 묘르마일은 그렇게 생각했다.

이렇게 묘르마일은 신변 정리를 끝냈다.

그리고 자신을 따를 자를 이끌고 템페스트로 향하는 여행길에 오른 것이다.

●

묘르마일의 저택을 나온 뒤에 나는 한숨을 쉬었다.

잘됐다. 그럭저럭 받아들여 줬다. 내 권유에도 호의적인 반응이었으니, 기대해도 괜찮을 것이다.

금전 감각이 탁월한 자가 마물 중에는 없다.

지금은 슈나가 장부를 적어주고 있지만, 앞으로도 계속 그렇게 할 수는 없을 것이다. 마을 레벨이라면 또 모를까, 국가 규모로 커지면 슈나라고 해도 두 손을 들 수밖에 없다.

관리 부문의 리리나와 드워프 왕국에선 대신이었던 베스터가

도와주고 있지만, 그래도 인재 부족인 것은 틀림이 없다.

나 스스로 하는 것도 무리가 있는 데다, 무엇보다 귀찮다.

그때 떠올린 것이 묘르마일 군이다.

그라면 인간 사회에서도 드물게 존재하는 금전 감각이 우수한 인간이다. 귀족들과도 거래를 하며, 여러 나라에 걸쳐서 상업 활동을 하고 있다. 일개 상인으로 두기에는 아까운 인재이니, 그런 그라면 분명 도움이 되리라고 생각한 것이다.

그리고 무엇보다 묘르마일 군이라면 융통성이 있다. 그가 재무 담당 책임자가 되어준다면 내 용돈을 늘려줄 수도 있을 것이다. 지금까지도 묘르마일과 손을 잡고 몰래 돈을 벌고 있었지만, 앞으로는 당당히 돈을 챙길 수 있을 것이다.

아니, 국고는 상당히 윤택한 상태거든?

하지만 말이지, 부하들에게도 급료를 주지 않고 있는데, 나 혼자만 돈을 빼내 쓰는 건 아무리 그래도 양심에 걸리는 짓이라고 할까⋯⋯.

모든 것은 리무루 님의 것입니다──. 다들 그렇게 말하는 바람에 더 손을 댈 수 없게 되어버린 것이다.

왠지 나쁜 짓을 하는 것 같단 말이지. 뭐, 그 돈은 나라의 발전을 위해 써야 한다고 생각하기는 해.

하지만 돈은 필요하다. 나는 흥미가 없지만, 고부타 녀석을 밤에 여는 가게로 데려가 주기도 해야 하니까 말이지. 베루도라도 같이 가고 싶다고 시끄럽게 구는 데다, 그런 가게는 기본적으로 당연히 돈이 든다.

나는 흥미가 없지만, 고부타랑 베루도라도 참 사람 난감하게 만드는 녀석들이라니까.

국고의 돈으로 계산하면 바로 들통 나버릴 테고, 내 소지금으로 계산하면 순식간에 다 써버리고 말 정도의 요금으로 책정되어 있다. 그리고 언제나 바로 돈을 준비해 오는 슈나도 어디로 가는지를 들으면 바로 지갑을 닫아버린단 말이지……

그런 분위기에서 대놓고 국고의 돈은 내 돈이라고 했잖아, 하고 물을 수는 없었던 것이다.

그러므로 용돈을 벌기 위해 아르바이트를 하고 있었던 것이다. 앞으로는 그런 걱정도 할 필요가 없게 될 것이다.

무투대회를 개최한다는 내용의, 제법 재미있는 아이디어도 나왔다.

역시 묘르마일 군은 훌륭한 인재였다. 뭘 어떻게 이해했는지는 모르겠지만, 내가 생각했던 것 이상으로 열심히 기획을 생각해주었던 것이다.

손님을 모으는 용도로 무투대회를 개최하고, 그 자리에서 상품을 소개하기도 하는 식으로 회복약과 무기 및 방어구를 파는 계획도 쉽게 세워준 것을 보면, 그의 앞날을 예상하는 눈은 확실하다.

제법 괜찮은 계획이 나온 것이다.

돌아가면 당장 투기장을 준비해야겠다고 생각한다.

게루도는 수왕국의 도시 재건으로 바쁘고, 미르드도 그쪽을 지원하기 위해 나가 있다. 건설 부문의 책임자가 둘 다 부재중이니, 내가 실질적으로 지휘를 해야 한다.

하지만 괜찮다.

이만큼이나 연달아서 공사를 벌이고 있는 덕분인지, 우리나라에선 인재가 계속 육성되고 있다. 그러므로 지금도 나는 입만 놀리는 작업반장이지, 대단한 일을 하고 있는 건 아니다.

고부큐라고 하는 이름의, 미르드의 제자에 해당하는 장인이 있다. 지금은 도편수로서 도시의 건설에 관여하고 있었다. 그라면 훌륭한 양식미를 갖춘 원형 투기장을 세워줄 것이다.

일반적인 공사라면 10여 년은 걸릴 공사도 마물의 힘이라면 상당히 단축할 수 있다. 그렇다고 해도 축제가 개최될 때까지는 이제 2개월 남짓밖에 남지 않았다.

시간이 없으므로, 역시 전체를 다 완성시키는 것은 불가능하다. 그러므로 이번에는 무대만 완성되면 그걸로 된 것으로 치자.

설계는———,

《알겠습니다. 마스터(주인님)의 기억 정보에서 로마 시대의 콜로세움(유적 건축물)을 검색했습니다. 그것을 기초로 도면을 작성…… 성공했습니다.》

———이거 참, 쉽게 완성이 되었군.

종이는 아직 남아 있으니까 내가 구상한 이미지도 더해서 재빨리 그려낸다.

평소에는 이 설계 단계만 해도 몇 개월은 걸리는데 말이지. 현지 측량이니 강도 계산이니 하면서. 자칫하면 이 작업만으로도 연 단위의 세월이 걸리는 일도 흔했단 말이야.

거기에 컴퓨터로 며칠이나 걸려서 작성할 도면이, 지금은 손으로 그리는데도 이렇게 간단히…….

라파엘(지혜지왕) 선생의 서포트는 이런 세세한 작업에도 유용하다. 내가 생각해도 조금 부조리하게 느껴지지만, 이제 와서 따져 봤자 소용없으니 넘어가기로 하자.

자, 도면은 완성이 된 셈인데, 그다음은 고부큐와 상의를 해봐야겠지.

그 전에 모처럼 블루문드 왕국에 왔으니 자유조합에도 들렀다가고 싶다.

고부큐에겐 먼저 도면을 전해두기로 한다. 여유가 생기면 그때 반장급의 장인들을 모아서 현지에 집합시키면 그것으로 충분하다.

그럼 그걸 전해주기로 하자.

"란가, 거기 있느냐?"

"여기 있습니다, 나의 주인이여!"

나는 란가를 불러냈다.

란가는 내 그림자에서 머리만 스륵 내밀면서 대답한다.

파르무스 왕국 공략도 어느 정도 안정세에 접어들었기 때문에, 디아블로 이외의 멤버는 돌아와 있었다. 그리고 란가는 그곳이 원래 있어야 할 자리인 것처럼 내 그림자 속에 숨어 있었던 것이다.

나는 조금 전에 완성한 투기장의 설계 도면을 란가에게 넘겨준다.

"이걸 도시에 있는 고부큐라는 장인에게 전해다오. 그리고 여유가 있다면 서문에 집합하라고 전해주겠느냐?"

"잘 알겠습니다. 그런데 리무루 님은 돌아가지 않으십니까?"

"그래. 모처럼 여기까지 왔으니, 휴즈를 만난 뒤에 돌아가겠다."

"그렇다면 경호가 필요하지 않으신지?"

내가 아직 돌아가지 않는다는 것을 안 란가는 약간 불안한 표정을 짓고 있다.

꼬리가 아래로 처져 있지만, 그렇게 신경을 쓸 일은 아니다. 이래 봬도 나는 일단은 마왕인 것이다.

지금도 방심하지 않고 '절대방어'를 발동시키고 있는 데다, 이걸 파괴할 수 있는 공격이 날아온다면 어디에 있어도 안전하지 않을 테니까 말이지.

란가의 걱정이 지나친 것이라고 하겠다.

"괜찮다니까. 잠깐 얘기를 나눈 뒤에 돌아갈 생각이니까. 그보다 나보다 더 걱정이 되는 건 묘르마일 쪽이겠지. 이상한 귀족이랑 얽히고 만 데다, 그런 타입의 녀석은 무슨 짓을 벌일지 알 수가 없으니까."

"아아, 그 속물 말입니까. 제가 한입 깨물어주고 오도록 할까요?"

제발 참으세요. 다른 나라의 도시에서 그런 짓을 했다간 그야말로 큰 문제가 일어나 버립니다.

"너 말이다, 시온과 자주 어울려서 그런가, 상당히 과격해졌구나. 조금 더 상식이란 것을 배우는 편이 좋을 것 같은데."

"그, 그럴 리가요?!"

내 말을 듣고 란가가 경악했다.

아무래도 자각이 없었던 모양이다.

"얼마 전에 싸울 때는 정말 내가 말한 걸 지켰던 거냐? 혹시 너무 지나치게 굴었던 건 아니겠지?"

"그, 그런 일은 없습니다, 나의 주인이여!"

란가의 표정이 약간 동요하고 있는 것처럼 보인다. 이거 혹시나…….

고부타와 가비루로부터는 "꽤, 괜찮았습니다요!"라거나 "으, 음. 란가 공이 있어서 아주 믿음직스러웠습니다!"라는 보고밖에 받지 못했다.

뭔가 수상쩍긴 했지만, 추궁하지는 않기로 했다. 왜냐하면 물어봤다간 내 쪽이 골치가 아파질 것 같았으니까. 이 건은 디아블로에게 맡기고 있었으니 그 녀석으로부터 별말이 없는 것은 문제가 없다는 뜻으로 판단하면 될 것이다.

남들은 그런 것을 문제를 뒤로 미루는 것이라고 한다.

하지만 뭐, 정말로 문제가 일어났다면 아무리 그래도 보고가 있었을 테니, 그 점은 믿어주기로 하자. 란가는 앞으로 시온에게 나쁜 물이 들지 않도록 조심해주면 좋겠다.

"란가. 정말로 무모한 짓은 하지 말아다오. 알겠지?"

나는 란가의 목 밑을 쓰다듬으면서 단단히 다짐을 놓았다.

"잘 알겠습니다——."

란가가 얌전한 표정으로 고개를 끄덕였기 때문에, 이 이야기는 이걸로 끝낸다.

"좋아. 그럼 돌아가서 내 말을 전해다오. 그리고 경비 부문 쪽에 남아도는 인력이 있다면 묘르마일의 신변 경호를 맡기고 싶다. 그것도 가는 김에 확인해다오!"

"알겠습니다!"

그 말을 남기고, 란가는 다시 내 그림자 속으로 가라앉으면서 사라졌다.

*

묘르마일에겐 일단 경호를 붙이기로 했다. 그가 눈치채지 못하게 몰래 지키도록 시킬 생각이다.

누가 올지는 모르지만, 경비 부문에서 단독 행동이 허용된 자는 적다. 신입 멤버는 논외이므로, 적어도 반장 클래스의 실력자가 올 것이다.

반장이란 것은 다섯 명이 한 조인 팀의 리더를 말한다. 모험가로 따지면 B랭크에 해당하니, 경호 임무를 맡기기에 딱 적합할 것이다.

도시에 있는 동안에는 내가 묘르마일의 기척을 파악하고 있다. 무슨 일이 생기면 바로 알 수 있으니까 경호를 맡을 자가 오기 전에 휴즈를 만나기로 하자.

자유조합 블루문드 지부의 건물 문을 열고 안으로 들어갔다.

전에는 조금 지나치게 굴었으니, 소동이 벌어지지 않을까 걱정했는데…….

누구야? 라는 시선이 내게 집중되긴 했지만, 딱히 별말을 듣지도 않고 접수처까지 갈 수 있었다.

그렇구나. 전에 왔을 때는 가면을 쓰고 있었으니, 내가 누구인지 모르겠군.

뭐, 상관없나. 휴즈를 만나지 못한다면 초대장만 건네주고 돌아오면 되니까.

마음 편하게 그렇게 생각하면서 접수처로 향했다.

"안녕. 나는 리무루라고 하는데, 길드 마스터(지부장)인 휴즈 씨를 만날 수 있을까? 아, 이게 신분증이야."

그렇게 말하고는, 나는 '위장'에서 카드형의 신분증을 꺼내서 날 맞아준 접수처 아가씨에게 제시했다.

저런 여자애가 모험가라고?! 그런 목소리가 들려왔지만 어찌 됐든 상관없다. 또 그런 반응인가, 라고 생각했을 뿐. 이미 익숙해졌다.

접수처 아가씨는 나를 기억하고 있었다.

얼굴을 화악 붉히더니 넋이 나간 표정으로 나를 본다.

"아, 리무루 씨로군요! 이거 참 오랜만에 뵙네요! 잘 지내셨나요?"

"응? 아, 그래, 잘 지내! 아가씨도 잘 지내는 것 같아서 다행이군——."

"네! 저는 잘 지낸답니다. 그보다 리무루 씨, 본부의 시험에도 합격하시고, 게다가 B+랭크가 되셨다고 하더군요. 정말 대단하세요, 존경해요!"

"아, 그랬었지. 사실은 A랭크까지 올려두고 싶었지만, 내가 좀 바빠서 말이야."

사실은 귀찮아졌을 뿐이지만.

왜냐하면 B랭크 이상이 되면 권한이 커지는 대신에 의무가 늘어나는 것이다. B+랭크도 상당히 귀찮아지는데, 이 이상은 필요하게 되었을 때 올리면 된다고 생각한 것이다.

랭크가 올라가도 급료를 받을 수 있는 것도 아니고, 위기가 생겼을 때는 달려 나가야 한다. 그 대신에 각 나라로 좀 더 자유롭게 드나들 수 있게 되거나, 지부에서 숙박하거나 식사 같은 걸 무료로 제공받기도 한다.

뭐, 말하자면 여러모로 편의를 봐주는 것은 기쁜 일이지만, 강요를 당하는 건 곤란하다는 이야기다. 하지만 그렇게 꿈을 부숴버리는 말을 할 필요는 없지 않겠나.

"리무루 씨라면 틀림없이 합격하실 거예요! 제가 응원하고 있으니까요!"

"아, 그래? 고마워, 하하하하하하⋯⋯."

그렇게 반짝반짝 빛나는 눈으로 날 바라봐도 난감할 뿐인데——. 그런 생각을 했을 때, 접수처 아가씨가 불쑥 폭탄을 투하했다.

"그건 그렇고 리무루 씨, 마왕과 같은 이름이라 힘들지 않으세요? 리네임 시스템(이름 변경권)이란 게 있으니, 도저히 힘들겠다 싶으면 길드 쪽에서 이름의 등록을 다시 하실 수 있어요. 얼굴을 알고 있는 상대가 없는 지방으로 가면 랭크가 한 단계 떨어진 신인으로 활동할 수 있게 되는데, 어떡하시겠어요?"

이, 잊어버리고 있었다!

나는 마왕이 되었지만, 그 이름 그대로 공표가 되었단 말이지⋯⋯.

옥타그램(팔성마왕)의 한 명, '뉴비(신성)'인 리무루 템페스트라는 이름이 알려져 버린 지금, 모험가 리무루로 지냈다간 문제가 일어나려나.

모험가는 은퇴해야 하려나.

무슨 일이 있어도 모험가로 활동할 필요가 있을 때는 리네임 시스템을 이용하는 것도 검토해보자. 내 경우는 B랭크로 스타트 할 수 있다고 하는 것 같으니 그러면 충분하다.

그건 그렇고 편리한 시스템이 다 있었군.

"고마워. 좋은 정보를 들었네. 만약 필요한 때가 오면 부탁하도록 할게. 그건 그렇고 휴즈 씨를 만날 수 있을까?"

"아, 네. 그때는 꼭 말씀해주세요! 그럼 지금 당장 안내해드릴게요!"

이야기는 길어졌지만 별지장 없이 내 용건은 받아들여졌다.

내가 안내를 받는 모습을 보고 뒤에서 술렁거리는 목소리가 들려온다.

"저거 정말이야?!"

"대체 정체가 뭐야, 저 여자애는!"

그렇게 말하는 목소리에 섞여서, 전에 왔을 때의 내 싸움을 봤던 것으로 보이는 자의 목소리도 여기저기서 들린다.

"뭐, 정말?! 저렇게 귀여운 여자애였어?!"

"믿을 수가 없네……. 저게 레서 데몬(하위 악마)을 가볍게 쓰러뜨린 리무루 씨의 맨얼굴이라니……."

"그건 그렇고, 마왕과 같은 이름이네."

"설마 본인이라거나——."

"멍청아, 그럴 리가 있냐!"

"그렇겠지, 아하하하하!"

그런 식으로 내 소문이 퍼지고 있다.

하지만 생각했던 것보다 걱정할 일은 없을 것 같다.

이름이 알려진 것만으로는, 내가 마왕 본인이라는 사실을 알아차리지 못하는 것 같다.

어쩌면 '리무루'라는 이름은 그렇게 희귀하진 않은 건지도 모르지. 그런 생각을 하면서 나는 휴즈가 기다리는 방으로 향했던 것이다.

곧바로 안으로 들어가니 나를 본 휴즈가 머리를 감싸 쥐었다. 나는 상관하지 않고 휴즈에게 인사한다.

"여어! 놀러 왔어. 왜 그래, 무슨 일이 생겼나? 표정이 왜 그리 복잡해?"

"아니, 조금 전까지는 평화로웠지만, 갑자기 마왕이 나타났으니까……."

"어? 정말? 그거 큰일이네. 너무 대응이 느긋한 거 아닌가?!"

"아뇨, 아뇨, 아뇨, 그 마왕은 바로 눈앞에 있으니까요. 저기, 무슨 일로 오신 겁니까……?"

"어, 그런가? 그럼 차를 먼저 내놓는 게 좋지 않겠어? 케이크 같은 게 있으면 그 마왕도 기뻐할 것 같은데?"

"케이크가 다 뭡니까! 그런 사치스러운 음식을, 그렇게 쉽게 들여올 수 있을 리가 없잖습니까?! 정말이지, 무슨 일로 마왕이 되신 리무루 님이 그렇게 자유롭게 돌아다니고 계시는 거지요?"

투덜대면서도 차를 대접해주는 휴즈.

생긴 것과는 다르게 성실한 사내다.

나는 감사 인사를 하면서 차를 받았다.

한 모금 마신 뒤에 진지한 이야기를 시작한다.

"리무루 님, 이번 일은 죄송했습니다. 서방성교회를 제지하는 작업이 제대로 풀리지 않다 보니, 결국은 크루세이더즈(성기사단)가 움직이는 결과가 되어버리는 바람에⋯⋯."

"아니, 그건 어쩔 수 없었다고 생각하네. 아무래도 '칠요의 노사'라는 녀석들이 흑막이었던 것 같았으니."

"뭐라고요?!"

"그러니까 자네들이 아무리 우리가 해가 없다고 호소했어도 들을 마음이 없었던 게 아닐까?"

"'칠요'가⋯⋯? 그, 인류의 수호자이자, 위대한 영웅이었던 분들이――."

"그랬다고 하더군. 히나타도 공격을 당했거든. 뭐, 여러 일이 있다 보니 무사하긴 했지만, 오해는 풀렸다고 할까. 하지만 유감스럽게도 희생자는 한 사람 나왔어. 대장급인 갸루도라는 사람이 행방불명이 되었다더군."

"'불'의 갸루도―― 시즈 씨 정도는 아니지만 불꽃의 정령마법과 조합된 화려한 창술을 특기로 하는, 인류의 수호자인 '십대 성인' 중의 한 명이었던 남자입니다⋯⋯."

내 말을 듣고 휴즈가 원통하다는 말투로 중얼거렸다.

내가 본 갸루도는 '칠요'가 변했던 모습이었으므로 직접 만나본 적은 없다. 그러므로 어떤 인물인지는 정확히 모르지만, 유명한 인물이긴 했던 것 같다. 정보통인 휴즈라면 알고 있는 게 당연하려나.

행방불명이라고는 하지만, 아마도 살해당하지 않았을까. 갸루도 씨에겐 안됐지만 지금에 와선 명복을 빌어줄 수밖에 없는 것이다…….

그런 뒤에 나는 짧게 지금까지 일어났던 일을 전했다.

휴즈가 걱정을 해주고 있었기에 발푸르기스(마왕들의 연회)에 관해서도 이야기를 들려주었다.

마왕이 여덟 명이 된 것.

그 명칭은 '옥타그램(팔성마왕)'이 되었다는 것.

히나타와의 분쟁, '칠요'의 마지막에 대해서도 한 번 더 이야기했다.

당연하지만, 루미너스의 정체에 관해서는 적당히 얼버무리고 넘어갔다. 입이 가볍다는 평판을 받는 나이지만, 중요한 비밀을 누설할 정도로 어리석지는 않다.

"그랬습니까……. 우리가 아무리 접촉해보려고 해도 상대를 해주지 않더란 말이죠. 서방성교회의 지부에선 말이 안 통하기에 본부에도 사람을 파견했었죠. 하지만 그래도 사제급 이상의 자와는 면회도 되지 않아서……. 설마 뒤에서 '칠요'가 움직이고 있을 줄은 생각하지 못했습니다."

"그 말은 히나타도 했었지. 루, 가 아니라 신인 루미너스에 대한 신앙만큼은 진짜라고, 히나타도 인정하고 있는 것 같더군."

"인간은 약합니다. 그렇기 때문에 신의 힘에 의존하죠──."

"휴즈도 그런가?"

"하핫, 저는 다릅니다. 자신의 힘이 다했을 때, 그게 마지막이라고 각오하고 살아가고 있습니다. 기적을 바라긴 하지만, 만나본 적도 없는 '신'에게 기도하지는 않습니다."

과연, 휴즈는 무신론자란 말이지.

이 세계에선 평범하지 않은 힘을 지닌 마물이 토지신으로 받들어지기도 한다. 그건 어디까지나 직접 본 적이 있으니 의지하는 것이겠지.

루미너스도 처음엔 자신이 알고 있는 상대만을 지켜주고 있었던 것 같고.

휴즈에겐 그런 존재가 없으니까 자신의 힘에 의지하고 있는 거겠지. 타산적인 이야기이긴 하지만 이해하기는 쉽군.

"나는 신에게 기도를 하고 싶어지는 심정은 이해할 수 있는데 말이지. 하지만 가능한 일만 일어나는 게 현실이겠지. 루미너스 신은 제쳐둔다 해도, 이번 일로 서방성교회와도 화해할 수 있게 되었으니, 그거면 충분하다고 생각하네."

루미너스 신의 정체를 아는 나이기 때문에, 더더욱 기도라는 행위의 무의미함도 알게 되고 말았다. 하지만 뭐, 그렇게 말해봤자 어쩔 수 없다. 기도라는 행위 그 자체가 의지하는 신이 되는 일도 있는 법이니, 내가 뭐라고 말할 일도 아니고.

"그렇겠지요. 저도 어깨의 짐을 내려놓은 기분입니다."

그렇게 말하면서 휴즈는 웃었다.

나와 약속하면서 서방성교회에 제동을 걸어보겠다고 말했는데, 성과를 내지 못한 것을 속으로 미안하게 생각하고 있었다고 한다. 그렇게까지 신경을 써주고 있었다니, 나도 기쁜 마음이 들었다.

세상 돌아가는 이야기를 하는 분위기로 경위를 다 설명한 뒤에, 나는 일어섰다. 그리고 문득 떠올린다.

"그럼 슬슬 돌아갈까 하는데, 그 전에 이걸 전해주고 가지."

나는 품속에서 봉투를 꺼내서 휴즈에게 건넸다.

그 봉투는 바로 우리나라에서 벌일 예정으로 있는 개국제의 초 대장이다. 이야기에 정신이 팔려서 잊어버릴 뻔했다. 그게 바로 오늘 온 목적인데.

"이건?"

"이번에 말이지, 내 마왕 취임을 기념하는 겸 인사차 우리 도시 에서 대대적으로 선전을 하려고 해. 개국제라고 이름을 붙이고 한번 시끌벅적하게 놀아보려고 생각 중이야. 가까운 나라의 왕후 귀족들에게도 초대장을 보내고 있으니까 휴즈도 꼭 참가해주게."

"네엣?! 잠깐만요, 리무루 님. 저 같은 녀석이 참가한들──."

"뭐 어떤가. 블루문드 왕에게 보내는 초대장도 있으니까, 그것 도 전해주게."

"그렇다면 직접, 아아, 그건 어려우려나……."

"역시 머리가 잘 돌아가는군. 드워프 왕과 에라루도 공작에게 는 직접 전했지만, 다른 나라들과는 면식이 없으니까 말이지. 마 물이 직접 갔다간 소동이 일어날 테니, 각국의 길드에게 대신 전 하도록 보냈다네. 블루문드 왕과는 한 번 만난 적이 있지만 마왕 이 직접 가는 건 역시 좋지 않겠지?"

내가 그렇게 말하면서 웃자, "여기에 마왕이 온 시점에서 이미 충분히 위험합니다"라고 말하면서 휴즈는 쓴웃음을 지었다.

"이 초대장은 제가 확실히 맡았습니다. 폐하께는 틀림없이 전 해놓도록 하지요."

그런 뒤에 휴즈는 표정을 고치면서 확실하게 약속해주었다.

이것으로 볼일도 다 끝났으니 이번에야말로 떠나려고 했지만, 그때 휴즈가 생각이 났다는 듯이 말한다.

"아, 그렇지. 리무루 님을, 그랜드 마스터(자유조합 총수)가 걱정하고 계셨습니다. 서방성교회와 교섭을 하는 데도 많은 고생을 하셨으니, 문제가 무사히 끝났다고 전해드리죠."

유우키가 걱정을 해주고 있었단 말인가.

그 녀석과 마지막으로 만난 뒤로 많은 일이 있었던 바람에, 왠지 그리운 느낌이 드는군.

"그런가, 유우키한테도 많은 폐를 끼친 것 같군."

"폐라고 할 것까지는 없겠죠. 길드(조합)로서도 성교회를 적으로 돌리고 싶지는 않다는 본심이 있으니까요. 대화를 통해서 해결할 수 있다면 그게 가장 좋다는 판단을 한 겁니다."

휴즈는 내가 신경 쓸 일이 아니라고 말해주었다. 하지만 뭔가 답례를——.

"그렇지! 유우키도 초대를 할까. 혹시 폐가 되려나?"

"아아, 글쎄요? 제가 말하는 것도 좀 그렇지만, 그래 보여도 바쁘신 분이라서 말이죠. 시간 여유가 있을지 없을지……."

"오갈 때는 내가 맞이하고 보내줄 테니까, 하루 정도는 어떻게 든 되지 않을까? 무리라면 어쩔 수 없으니, 나중에 내 쪽에서 놀러 가기로 하지. 그렇게 알고 이것도 같이 좀 전해주게."

나는 그렇게 말하면서 휴즈가 보는 앞에서 편지를 적은 뒤에 초대장과 같은 봉투에 넣어서, 어이없는 표정을 짓고 있는 휴즈에게 건넨다.

"리무루 님, 그 종이는 어디서…… 아니, 이제 됐습니다. 그리고 편지만 보내는 거라면 마법으로 '전송'할 수 있으니, 그 정도라면 제가 맡긴 하겠습니다만……."

피곤해 보이는 휴즈.

내가 좀 가볍게 많은 일을 부탁한 것인지도 모르겠다.

"아하하, 미안하군. 그럼 부탁하겠네."

"잘 알겠습니다, 리무루 님."

"아, 그리고 개국제에는 밀림도 올 거야."

휴즈가 편지를 받아 든 것을 확인한 후에 나는 폭탄 발언을 뱉었다.

"밀림? 어, 설마……."

"그럼 그렇게 알고 있게!"

나는 얼버무리듯이 웃으면서, 그 자리에서 도망치듯이 떠났다.

그런 나에게 "잠깐만요?! 설마 마왕 밀림인 건 아니겠지요? 아니, 잠깐만요——!!"라고 너무나 당황한 목소리가 들려온 것 같은 기분이 들었지만, 그건 들리지 않은 것으로 치자.

*

길드(조합)의 건물에서 나오자, 내 앞에 있는 그늘에서 한 남자가 뛰어나오더니 내게 예의를 갖추면서 무릎을 꿇는다.

"제 이름은 고부에몬, 리무루 폐하의 소집에 응하여 이렇게 달려왔습니다!"

고부에몬이라고 이름을 밝힌 그 남자, 내가 이름을 지어준 홉

고블린 중의 한 명이다. 상당한 야심가로, 분명 리그루가 대장이었을 때 고부타와 부대장 자리를 두고 경쟁했다고 들었던 기억이 있다.

당연히 그만큼 실력은 확실하다는 거겠지…….

"어라? 넌 백인대장이 되지 않았던가? 고부타가 고블린 라이더의 대장이 되면서 너는 다른 부대로 옮겼잖아?"

백인대장이란 것은 부대장을 맡겨도 된다는 의미. 대원이 없어도 주어지는 것으로, 정말로 100명의 부하가 있는 것은 아니다. 당연히 대장 쪽이 더 격이 높지만, 다섯 명에서 열 명 정도만 부릴 수 있는 반장보다는 압도적으로 실력이 높다고 할 수 있었다.

"네. 실은 저는 누구의 밑에도 들어가고 싶지 않았습니다. 그래서 한동안은 혼자서 활동해볼까 합니다. 자신의 직속 부하를 모아서, 저만의 부대를 만들고 싶다고 생각하고 있습니다."

호오.

꽤나 근성이 있는 녀석이로군. 뭐, 고부타 밑에 들어가고 싶지 않다는 이유로 대인기 부대인 고블린 라이더의 부대장 지위를 걷어찬 자이니, 그 정도의 야심은 있는 게 당연하겠지.

"그런가, 뭐, 열심히 해봐라. 묘르마일 군은 내가 의지하는 인물이다. 확실하게, 그러나 가능한 한 눈치채지 못하게 지켜다오. 그리고 그의 인심을 장악하는 힘은 좋은 본보기가 될 거다. 이해관계에 따라 사람을 부리고 있지만, 결코 그것만으로 부리는 건 아니야. 그를 경호하면서 공부하면 좋을 거다."

"넷! 리무루 폐하의 말씀을 가슴에 담아두고, 맡겨주신 역할을 수행하겠습니다!"

고부에몬은 의욕이 대단하다.

베니마루의 판단을 들어보면 고부에몬은 자신의 능력을 과신하여 부하나 동료를 가볍게 보는 기질이 있다고 했었다. 그게 바로 신체 능력 면에선 고부타보다 위에 있음에도 불구하고 대장이 되지 못했던 이유이다.

이번 임무를 통해서 부하에 대해 마음을 써줄 수 있게 되어준다면 부대를 맡길 수도 있겠지. 잘 성장해주면 좋겠다.

"네가 이 임무를 끝내고 뭔가를 배우게 되었다면, 그때는 내게 보고하러 와라. 상으로 내가 사용하고 있는 이 타도(打刀)를 줄 테니까."

내 전용인 칼이 완성되었다고 쿠로베로부터 연락이 왔었다. 그러므로 이 타도와도 이젠 이별이다. 급한 대로 준비시킨 무기지만, 지금은 내 오라(요기)에도 길들여지면서 그런대로 괜찮은 품질을 자랑하고 있었다. 히나타와의 싸움이 끝난 뒤에 한 번 손질을 맡겼는데, 그때 쿠로베도 놀랐을 정도였다. 상으로 주기에는 딱 적당할 것이다.

"저, 정말입니까?!"

고부에몬은 놀라더니 흥분하면서 눈을 동그랗게 뜨고 있다.

"그래. 네 실력이라면 이걸 다룰 수 있겠지. 단, 좀 더 정진해서 내가 너를 인정할 수 있게 만들면 주겠다."

"잘 알겠습니다! 저, 고부에몬, 리무루 폐하의 기대에 반드시 보답하겠습니다!"

그 말을 남기고, 고부에몬은 묘르마일의 경호를 하기 위해 떠났다.

약삭빠를 만큼 딱 좋은 미끼(상)로 남을 움직이는 모습을 보여준 셈인데 고부에몬에겐 제대로 전해졌을까?

부하로부터 신뢰를 얻는 것은 힘든 일이다.

오래전부터 전해지는, 은혜를 베풀어주고 봉공으로 그 은혜를 갚는다는 사고방식처럼 상호간에 이익을 나눠주지 않으면 주종관계도 파탄이 나는 것이다.

나도 아직 이래저래 고민하면서 노력하는 중이므로, 나를 본보기로 삼아봤자 곤란할 뿐이지만 말이지.

고부에몬은 고부에몬 나름대로의 방식으로 내 기대를 만족시켜주면 좋겠다고 생각했다.

자, 이것으로 초대장은 다 나눠줬다.

나는 개최일까지 시간을 맞출 수 있도록 준비를 갖춰놓기만 하면 된다.

성대한 축제가 될 수 있도록.

나는 흥분으로 강하게 뛰는 가슴속의 고동을 느끼면서, 그러기 위해 어떤 것이 필요한지를 생각하고 있었다.

제3장

개최 준비

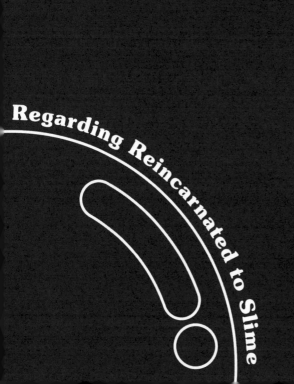

Regarding Reincarnated to Slime

억지로 갖다 붙인 것처럼 부자연스러운 작은 회의실.

그곳에 수상한 사람의 그림자가 둘.

아니, 그렇지 않다.

하나 더, 작은 그림자가 있었다.

그건 30㎝ 정도의 사이즈로, 잠자리 같은 날개가 보인다.

그 자그마한 사람 모양의 그림자를 중심으로, 두 그림자가 서로를 마주 보면서 앉아 있었다.

라미리스와 그를 따르는 시종 두 명. 베레타와 트레이니다.

탕! 하고 힘차게, 눈앞에 놓인 작은 책상을 두들기는 라미리스.

그리고 심복들을 앞에 두고 자신의 심정을 솔직히 밝혔다.

"이대로는 안 된다고 생각해! 우리도 옮겨야 한다고 봐!!"

너무 힘차게 두들긴 탓인지 그 손을 아픈 듯이 문지르면서.

그런 라미리스를 사랑스럽게 바라보면서 트레이니가 입을 열었다.

"역시 라미리스 님이세요. 정말 훌륭한 생각입니다!"

"그렇지, 그렇지?!"

라미리스는 만족스럽다는 듯이 고개를 끄덕였고, 트레이니와 마주 보면서 빙긋 웃었다.

그런 두 사람에게 간언하는 자는 남은 한 명인 베레타다.

"잠깐 기다려주십시오. 그 생각이 훌륭한지 아닌지는 제쳐두고, 대체 어디로 옮기려고 생각하시는 겁니까? 그리고 그 이유도 들려주실 수 있겠습니까?"

왜 자신이 이런 역을 맡고 있는 것인가——. 베레타는 그렇게 생각하면서 고뇌한다.

트레이니라는 동료는 얌전한 성격에 배려를 할 줄 알며, 일처리를 잘하는 여성이다. 정령들의 반응도 좋으며, 라미리스의 미궁을 도맡아 관리하고 있다.

그것은 베레타에게는 없는 능력이며, 자신이나 라미리스에게 있어서 유용한 인재라는 점은 의심할 것도 없다.

단, 문제가 있었다.

트레이니는 주인인 라미리스에게 한없이 약한 것이다.

그녀의 말은 모두 긍정적으로 받아들이며, 의문조차 품지 않는다. 그러므로 곤란한 일이 벌어지기 전에 누군가가 말려야만 하는 것이다.

(이것 참. 그런 역할을 맡고 싶어서 내가 라미리스 님을 따르고 있는 것은 아닌데…….)

과거에 데몬(악마족)이었던 베레타는 그렇게 생각하면서 자조한다.

라미리스를 아주 좋아하는 베레타로서는, 그녀에게 휘둘리는 것이 딱히 힘들지는 않다. 그러나 같은 입장의 동료가 간언도 하지 않고 라미리스의 말을 다 들어주는 것은 조금 납득하기가 어렵다는 생각이 드는 것이다.

하지만 아쉽게도.

이 세상은 진지한 자일수록 손해를 보도록 이루어져 있다.

이 이상은 위험하다──. 그렇게 생각하고 말린 사람이 뒤처리를 맡는 역할을 담당하는 법이다.

그런고로 베레타는 오늘도 마찬가지로 손해를 보는 역할을 받아들인다…….

"잘 물어봤어! 베레타, 여긴 좀 좁잖아? 놀 만한 곳도 없고, 즐길 거리라고는 골렘을 만드는 것 정도뿐이고. 사람도 별로 안 오잖아? 하지만 말이지 그곳에는 많은 것이 있어. 그러니까 말이야, 우리도 그곳으로 이주하자는 이야기야!"

역설하는 라미리스.

그 말을 들은 베레타는 '역시……'라고 생각하면서 속으로 한숨을 쉬었다.

라미리스의 의견에 베레타도 반대를 하는 것은 아니다. 그러나 마왕 리무루의 성격을 생각해보면, 순순히 허락을 해줄 거라는 생각이 들지 않았다. 이대로 이주를 하려고 해봤자, 보나마나 쫓겨날 것이 눈에 선하게 보였다.

그걸 이해하고 있을 테지만, 그래도 동료인 트레이니는 라미리스의 의견에 동조하고만 있었다. 그러므로 베레타가 어쩔 수 없이 의견을 말했다.

"하지만 라미리스 님, 그건 리무루 님께 거절당했을 텐데요?"

그렇다. 그 시도는 전에 한 번 거절을 당했던 것이다.

그렇기에 뭔가 그럴듯한 명분이 없으면 반발을 살 우려가 있다.

라미리스는 자각하지 못하고 있는 것 같지만, 베레타가 보기에는 그 점이 가장 큰 문제였던 것이다.

"베레타, 너무 어렵게 생각하는군요. 리무루 님은 상냥하신 분. 이렇게 사랑스러운 라미리스 님의 소원을 딱 잘라 거절하시지는 않을 거예요."

도움이 안 되는 동료는 그런 식으로 낙천적인 말을 한다.

라미리스와 관계가 없는 일이라면 유능한데, 지금은 도무지 도움이 되지 않을 것 같았다.

그러므로 베레타는 아무런 생각도 없는 두 사람을 대신해서 뭔가 좋은 생각이 없을지 머리를 굴린다.

사실은 베레타도 리무루 곁으로 옮기고 싶다고 생각하고 있으니까.

(그렇기에 나는 이런 어이없는 상황임에도 불구하고, 그래도 즐겁다는 기분을 느끼고 있는 거겠지…….)

그런 생각을 하는 베레타.

가면 속에 숨겨진 그 얼굴은 즐거운 표정으로 웃고 있었다.

●

고부에몬이 떠나간 뒤에 나는 템페스트(마국연방)의 도시로 돌아왔다.

최근에는 '공간지배'를 이용해 이동하므로, 한 번 다녀온 적이 있는 곳으로는 순식간에 이동할 수 있다.

마력요소를 제법 많이 소비하는 것 같지만, 내 에너지(마력요소)

의 총량과 비교하면 미미한 수준이다. 아무 문제 없이 내키는 대로 쓸 수 있기 때문에 이동이 상당히 편리하게 되었다. 그렇다곤 해도 지나치게 남용하다가 슬립 모드(저위활동상태)에 들어가 버리면 꼴사나우니까, 약간 자중하고 있기는 하지만.

도시로 돌아온 순간, 란가로부터 '사념전달'이 날아들었다.

(나의 주인이여, 고부큐와 장인들이 서문에 집합했습니다. 그런데——.)

그때 란가가 말끝을 얼버무린다.

무슨 일이 생긴 건가?

살짝 불안감을 느끼면서 서문으로 향한다.

방금 자중하자고 생각했으면서 '공간지배'로 순식간에 이동한다.

눈으로 보는 것보다 광대한 범위를 '만능감지'로 감지하자, 란가의 모습도 확인할 수 있었다. 그리고 보이는 범위라면 '공간지배'는 간단히 발동된다.

점과 점, 좌표를 뒤바꾸는 느낌.

실로 편리하지만, 이 기술을 전투에 이용하는 것은 어렵단 말이지. 발동하는 데 아주 조금 시간이 걸리기 때문에, 그 한 순간에 빈틈이 드러날 것 같아서 두려운 것이다.

어떻게 쓰느냐에 따라 다르겠지만, 평소에는—— 아니, 자중해야지.

이번에는 급한 일인 것 같아서 란가 옆으로 바로 이동했다.

서문 밖에서 고부큐와 누군가가 언쟁을 벌이고 있는 것 같았다.

──아니, 나는 이미 '만능감지'로 그 정체를 알아채고 있다…….

"그러니까~ 이 장소는 우리가 독점했다고 하잖아!"

이거 참…….

숨어서 이야기를 듣고 있으니, 터무니없는 소리를 하고 있다.

"그렇게 말씀하셔도 우리는 그걸 인정할 수 없다니까요. 지금 리무루 님에게 여쭤보겠으니 함부로 굴지 마시고 기다려달라는 말입니다."

"싫어!! 우리는 전에 살던 미궁을 버리고 이리로 왔단 말이야!! 넌 갈 곳이 없어진 가여운 우리를 설마 내쫓겠다는 거야?"

"그렇게 말씀하신들……. 어쨌든 이 땅은 마왕이 되신 리무루 님이 정식으로 지배를 인정받은 영지입니다. 우선은 리무루 님에게 허가를──."

"쳇, 울면서 비는 것도 안 먹히는 것 같네. 이렇게 되면 실력 행사를 할 수밖에 없겠군. 너, 그렇게 쩨쩨하게 굴다간 우리 베레타가 잠자코 있지 않……."

이대로 보고 있어봤자 소용이 없겠기에 나는 기척을 죽여서 문제의 인물 뒤에 몰래 접근했다. 그리고 아주 쉽게 포획에 성공한다.

정면에서 얼굴을 보니 역시 틀림없는 라미리스였다.

"뭐 하는 거냐, 너?"

"야, 얏호──!! 잘 지냈어, 리무루?"

나와 눈을 맞추지 않으려는 듯이 고개를 돌리면서 인사를 하는 라미리스. 자신이 안 좋은 입장에 있다는 것은 이해하고 있는 것 같다.

이 녀석이 뭘 하려고 했던 것인지, 그건 뒤에 있는 오두막에 비밀이 있다. 라미리스가 점거했다고 주장했으니, 그 안에 뭔가를 숨겨놓았을 것이다.

그전에 이런 오두막을 어떻게——.

"라미리스 님! 새로운 목재를 준비해 왔습니다!"

내 의문은 목재를 안고 온 트레이니 씨를 보면서 풀렸다.

"뭘 하고 있는 겁니까, 트레이니 씨……."

"앗! 이, 이런, 리무루 님, 그간 평안하셨는지요——."

나를 보고 트레이니 씨가 수상한 반응을 보였다.

아니, 그 전에, 도시의 문 바로 앞에다 오두막을 지으면 금방 들킬 거라는 생각을 하지 못하는 건가?

"이게 어떻게 된 거죠, 트레이니 씨?"

"이, 이건 말이죠, 그렇지 않아요. 라, 라미리스 님은 아무런 잘못도 없답니다. 그게……."

언제 봐도 빈틈없는 모습을 보이고 있었는데, 라미리스를 모시게 되면서부터 완전히 망가졌잖아, 이 사람. 역시 시종은 주인의 영향을 받는 것일까…….

그렇다면 이 상황을 설명해줄 수 있을 자는, 나를 보자마자 무릎을 꿇은 베레타뿐인가.

"설명해봐라, 베레타."

"아, 역시 제가 해야 하는 겁니까……."

내 재촉을 받으면서 베레타는 체념한 표정으로 설명하기 시작했다.

베레타가 말하기로는, 일의 발단이 된 것은 라미리스의 발언이라고 한다.

"나, 날 배신했겠다, 베레타아―――!!"

내 손에서 빠져나온 라미리스가 아우성을 치지만, 그걸 무시하고 계속 이야기를 들었다.

그의 말에 따르면 무슨 일이 있어도 우리 도시로 이주해 살고 싶다고 라미리스가 말했으며, 그 말에 트레이니 씨가 찬성한 것이라고 한다.

트레이니 씨를 슬쩍 보자 어색한 표정으로 시선을 이리저리 돌리고 있다.

베레타의 말에 의하면 트레이니 씨는 라미리스에게는 너무나 약해서 그녀의 말을 다 들어주는 모양이다. 전에 봤을 때도 그런 느낌이 들었기에 나도 곧바로 납득했다.

그런 두 사람을 베레타가 거역할 수도 없으니, 억지로 떠밀리는 형태로 지금의 강행 사태에 이르렀다고 한다.

"그리고 실제로 라미리스 님이 말씀하신 것처럼 지금까지 미궁으로 들어갈 수 있었던 입구는 봉인한 뒤에 이쪽으로 왔습니다."

"일이 그렇게 됐어! 그러니까 리무루, 나는 여기서 쫓겨나게 되면 갈 곳이 없는 처지가 된다고오!"

불쌍하게 들리는 목소리로 라미리스가 말하지만, 아무리 생각해도 그건 자업자득이다. 그리고 트레이니 씨도 "가여운 라미리스 님―"이라는 말이나 하면서 저 요정을 너무 떠받들어주지 않았으면 좋겠다.

하지만 뭐, 사정은 대충 알았다.

딱히 고부큐가 다투고 있었던 것도 아니고, 그 원인은 라미리스 일행에게 있었던 것이다.

"고부큐, 고생이 많았다."

"아닙니다. 저희는 괜찮습니다만 문지기 쪽이 더 고생을……."

고부큐의 시선 끝에는 잠에 빠진 홉고블린 문지기가.

"——야."

"야, 야야. 조금 지나치게 흥분하는 바람에……."

"라미리스 님은 잘못하신 게 없답니다! 저 문지기가 라미리스 님께 심한 말을 하기에 제 마법으로 잠깐 잠을 재웠을 뿐이에요."

라미리스를 감싸는 듯이 트레이니 씨가 끼어든다. 정말로 이 사람은 지금 무슨 짓을 하고 있는 건지…….

마법을 사용한 것은 사실이겠지만, 아무래도 그건 라미리스 때문이겠지. 이것에 대해선 베레타도 어이가 없어 하는 것처럼 보였다.

라미리스와 트레이니 씨의 변명은 나중에 듣기로 하고, 베레타에게 이야기를 계속하도록 재촉했다.

그렇게 말해도 설명은 거의 끝난 것 같았다. 이곳으로 오자마자 트레이니 씨가 목재를 준비했고, 그걸 베레타가 조립했다고 한다.

그렇게 해서 만들어진 것이 눈앞에 있는 통나무로 만든 오두막이며 그것도 모자라서 밖에도 테라스를 지을 예정이었다고 한다.

그리고 그 오두막을 세운 목적이라는 것이, 새롭게 미궁으로 갈 수 있는 입구를 설치하기 위해서라고 하는데…….

그러고 보니 예전에 라미리스가 이 도시로 이주해 오고 싶다는 말을 했었다. 라미리스의 주거 공간으로 가는 입구를 만드는 것뿐이라면 이런 오두막 안이라도 괜찮은 모양이다.

"그래서 여기에 오두막을 지으려고 하다가 문지기의 제지를 받았던 거군. 문지기가 방해가 되니까 트레이니 씨에게 명령해서 잠을 재웠는데, 마침 그때 이리 온 고부큐와 장인들에게 들켰다는 말이려나?"

"어…… 아니, 그렇지는, 않다……고 생각되는 것, 같기도 하고 아닌 것 같다고…… 할까?"

"그러니까 내 말이 옳다는 뜻이로군. 그렇지?"

"아하, 아하하하……."

라미리스는 웃으면서 얼버무리려고 하지만, 이건 무모한 짓이다. 이곳은 다른 마왕들도 인정하는 내 지배 영역이며 라미리스가 저지른 짓은 영역 침범이다.

전쟁이 일어나도 다른 소리를 할 수 없는 안건이었다.

하지만 이때 나는 생각했다.

눈앞에 있는 오두막을 보고 문득 떠오르는 게 있었던 것이다.

반대로 여기서 미궁을 만드는 것을 허락해도 괜찮지 않을까 하는 생각이.

얼마 전에 묘르마일과 나눴던 대화가 떠올랐다.

몇 번이고 이 나라로 오도록 만들기 위해서는 메인이 되는 이벤트가 필요하다. 그러기 위해 가극장이니, 투기장이니 하는 휴양 시설을 만드는 셈인데, 뭔가 다른 게 더 없을까를 고민하고 있었다.

역시 같은 걸 반복하면 질리고 만다.

무투대회 같은 것은 매일 벌이는 것이 아니라 1년에 네 번 정도, 시즌제로 벌이는 것이 타당할 것이다.

경마처럼 초심자라도 참가할 수 있는 것은 매일이라도 개최할 수 있겠지만, 그것만으로는 눈이 높아져버린 귀족들을 불러들이기는 어렵겠다고 생각하고 있었다.

그렇다면 주된 관객층은 서민. 혹은 여길 찾아오는 모험가들이 된다.

유통의 요충지가 될 예정인 이 도시에 상인들은 반드시 찾아오게 될 것이다. 그들의 경호원 자격으로 모험가들도 찾아올 것이고, 그런 자들에게 이곳을 거점으로 삼도록 제공하는 것이다.

모험가의 일은 몇 가지가 있지만, 그중 하나로 마물 토벌이 있다.

여기에 미궁을 만들어서 마물을 풀어놓는다면…….

그렇게 하면 매일 적당한 수의 사람들을 불러들일 수 있지 않을까?

미궁이라면 역시 던전(지하 미궁)이다.

그걸 공략하라고 불러들인다면, 탐색을 목적으로 하는 모험가도 자리를 잡고 살게 될지도 모른다.

아니, 어쩌면 이건 괜찮겠는데.

라미리스를 바라보자, 어색한 표정으로 웃으면서 나를 쳐다보고 있었다.

약간, 아니, 상당히 믿음이 가지는 않지만, 잘하면 좋은 결과가 나올지도 모른다.

나는 결심을 하고, 라미리스에게 제안을 해보기로 했다.

고부큐가 이끄는 장인들에게 오두막을 해체해주길 부탁했다.

모처럼 지은 것이니 장소를 옮겨서 문지기들의 휴식용 오두막으로 개축하도록 했다.

그리고 우리는 작전 회의를 가진다.

고부큐도 동반하여 늘 이용하는 회의실로 장소를 옮겼다.

"저, 저기이? 우리는 이제 어떻게 되는 것인지옵나이까?"

긴장한 탓인지, 라미리스의 말투가 이상하다. 위기감을 느끼고 있기 때문인지, 내 눈치를 살피는 듯한 시선을 보내고 있다.

"억지로 존댓말을 쓰지 않아도 돼. 아니, 그전에 존댓말은커녕 아예 무슨 말인지 알아듣지도 못하겠거든."

그러므로 평소와 같이 이야기하라고 말했다.

굳이 말하자면 나는 라미리스에게 벌을 내릴 마음이 없다. 만약 내 제안을 받아들여 준다면 라미리스가 벌인 일도 너그러이 봐주려고도 생각하고 있고.

그 전에 몇 가지 확인을 해보자.

"고부큐, 투기장의 지하에 피난용의 공간을 만들자고 생각하고 있다. 가능하겠나?"

"간부 분들의 힘을 기준으로 구조계산을 해봤지만 그래도 무대 바로 밑은 안전하지 않습니다. 동굴이 있다면 충격으로 지하까지 무너질 수도 있으니까요. 하지만 약간만 위치를 바꾼다면 문제는 없을 것 같습니다──."

"그렇군. 그 지하에 문도 하나 만들고 싶다."

"――――?!"

"문이라고요?"

"그래. 중후한 느낌으로, 벽에는 석판이라도 박을 수 있을 만큼 두꺼운 느낌으로 부탁하지."

"그 문 너머에도 피난용 공간을 준비하란 말씀입니까?"

"아니, 그럴 필요는 없다. 중요한 것은 문이다. 그렇지, 라미리스?"

"리, 리무루?! 그 말은 곧, 혹시, 혹시……."

얼굴에 의문의 표정을 떠올리는 고부큐. 그 옆에선 라미리스가 희색이 만면한 표정으로 날개를 파닥거리고 있다.

나는 그제야 비로소 씨익 웃으면서 라미리스에게 고개를 끄덕여 보였다.

내가 하는 제안.

그건 단순한 것이다.

여기에 라미리스의 힘으로 던전(지하 미궁)을 만들게 하고, 그 관리 및 운영을 맡기려는 것이다.

오두막 안에 입구를 만들 바에야, 좀 더 당당하게 그럴듯한 것을 준비하는 편이 낫다. 지하라고 명명했으니, 그 위쪽에 투기장이 있어도 문제는 없을 것이다.

투기장에선 신출내기 모험가들에게 지도를 할 것이며, 회복약의 판매점도 세울 예정이다.

여기서 던전을 운영하면 일을 끝내고 돌아가는 모험가들이 한잔 즐길 수 있는 주점 같은 것도 번성할 것 같기도 하고.

우리는 모험가의 지갑에서 이익을 얻는다. 그리고 라미리스는 사는 장소와 일거리, 게다가 내게서 용돈을 얻을 수 있게 되는 계획.

서로의 협력이 필요불가결한 아이디어지만 의외로 재미있어질 것 같다.

내 이야기를 듣자마자 라미리스가 흥분한 표정으로 떠들어대기 시작했다.

"뭐, 뭐?! 그 말은 뭐야? 혹시 여기에 미궁을 만들어 사는 것뿐만 아니라, 그럴듯한 일거리까지 주겠다는 이야기야?!"

"내 이야기를 받아들이겠다면 그렇게 되는 거지."

"뭐?! 그럼, 그럼, 혹시나, 혹시나 '은둔형 외톨이 백수'라는 불명예스러운 현재 상태를 타파할 수 있다는 거야——?!"

내 계획을 듣고 어지간히 충격을 받은 모양이다.

라미리스는 크게 눈을 뜨면서 번개라도 맞은 것처럼 부들부들 떨면서 말했다.

그 모습을 보고 눈물을 닦으면서 "정말 잘됐습니다, 라미리스 님"이라고 중얼거리는 트레이니 씨.

베레타는 무슨 이유인지 씨익 웃은 것처럼 보였다. 방금 전까지 보였던 지친 기색이 마치 연기였던 것처럼 기쁜 표정을 짓고 있다.

어쩌면 베레타도 이렇게 되기를 바라고 있었던 것일까?

그럴지도 모르고, 아닐지도 모른다. 어찌 됐든 기뻐하는 것 같으니 문제는 없을 것 같다.

"저, 저기이…… 나한테도 용돈을 주겠다는 말, 그거 정말로 진심이야?"

약간 진정이 되었는지 라미리스가 침을 꿀꺽 삼키면서 신중하게 내게 물어왔다.

역시 취소하겠다는 말을 들을까 두려워하는 것처럼.

그런 말을 할 리가 없다. 나는 그렇게까지 심술궂지 않다고. 뭐 매상에 따라 지급하는 것이니, 금액까지는 약속할 수 없겠지만……

조금은 안심시켜주도록 할까.

"그건 진심이야. 하지만, 실제로 해보지 않으면 수입이 얼마나 들어올지는 모르니까 말이지. 뭐, 선전 비용과 장소 유지비 같은 필요경비를 제하고 나온 이익의 2할을 네 몫으로 주는 건 어때?"

"그, 그게 얼마 정도 되는 건데?"

"그러네, 하루에 천 명 정도의 모험가가 온다고 치면 네 몫은 금화 두 개로 계산하면 괜찮을까?"

"케에엑!! 그, 그런 큰돈을 받을 수 있단 말이야?!"

"어디까지나 내 예상이고, 인기가 있을지 없을지는 몰라. 어찌됐든 사람이 오지 않으면 의미가 없으니까. 하지만 어차피 여기서 정착해 살 생각이라면, 너한테 해가 되는 일은 아닐 텐데?"

내 질문에 고개를 크고 힘차게 끄덕이는 라미리스.

애초에 멋대로 여기서 살 생각을 했던 라미리스는 내가 뭐라고 하지 않아도 미궁을 유지해야 할 필요가 있었다. 그렇다면 내 부탁을 들어주는 게 이득이 될 것이다.

사는 허가를 받는 것과 동시에 돈을 벌 수 있다고 들은 라미리스의 반응은 한 가지. 내 머리를 끌어안고는 아주 기뻐하며 들뜬 채로 돌아다니고 있다.

라미리스가 받아들인 이상, 베레타와 트레이니 씨에게 부정적인 의견이 있을 리가 없다.

"우헤헤…… 이걸로 나도 큰돈을 벌 수 있게 된 거네. 이제 백수니, 빈곤 마왕이니 하고 업신여김을 당할 일도 없게 된 거야!"

그렇게 자신만의 세계에 빠져 있는 라미리스를 흐뭇하게 바라보고 있다.

뭐, 괜찮겠지.

이렇게 안쓰러운 모습을 보이는 라미리스를 보고도 두 사람의 충성심은 흔들리지 않는 것 같다.

라미리스도 지금까지 꽤나 심하게 업신여김을 받았는지, 의욕과 열의가 장난이 아니다. 나 이상으로 이 계획에 관심을 보이고 있으니 걱정할 필요는 없을 것 같다.

그건 그렇고 라미리스의 돈에 대한 집착은 어디서 나온 것일까?

나는 그렇다 쳐도, 마왕이 돈에 욕심을 낸다는 것도 들어보지 못한 이야기인데…….

돈 그 자체보다 일을 하지 않고 있는 것이 더 문제가 되는 게 아닐까?

확실히 라미리스가 살았던 미궁에는 사람이 오지 않았다.

꽤나 심심하고 외로웠을 것이다.

모험가가 와준다면 좋겠는데 말이지. 나와 라미리스, 서로를 위해서라도.

그러기 위해서라도 빨리 계획을 마무리 짓기로 하자.

자신만의 세계에 빠져 있는 라미리스를 불러서 제정신을 차리게 만든 뒤에, 고부큐도 참가시켜서 투기장 건설 계획을 재검토하기로 했다.

내 생각에 따르자면 서문 외곽, 도로의 끝부분에 위치하는 광장을 확장시켜서 건설할 예정이다. 여행자가 이용하는 말을 맡아주는 목장도 있으며 꽤나 넓은 공터가 있었기 때문이다. 장래에는 도로 위에 선로를 깔아서 열차를 달리게 할 생각을 하고 있다. 왕후 귀족도 이용하도록 해야겠다는 생각을 했을 때부터 교통수단을 어떻게 할지를 검토했던 것이다. 안전한 여로를 약속한다면 부자 관광객을 유치하는 것도 쉬워지리라 생각했다.

물론 그것만이 목적이 아니라, 열차가 있으면 대량의 물자 운반이 가능해진다. 편리성이 향상되므로 도시의 발전에 크게 기여할 것이다.

그런 부분도 예정해놓은 상태에서 도시의 발전을 진행시키고 있다. 그러므로 그때에 방해가 되지 않을 장소가 있으면 좋겠다.

투기장 부근에 역을 하나 설치해서 운영하는 것도 좋겠지만……너무 멀면 관광객의 부담이 되므로, 문에서 나와 도보로 한 시간 이내의 거리를 목표로 잡자.

도시에서 가까운 장소로 잡아서, 관객들은 도보로 이동하게 하는 쪽이 좋을 거라 생각했다. 그래야 여관이 충실할 것이기 때문이다.

내가 전에 살았던 세계와는 달리 도보로 이동하는 일이 많은 세계. 왕복 10㎞ 정도라면 누구나 아무렇지 않게 걸어서 이동한다. 그러므로 어느 정도의 거리는 문제가 되지 않을 것이다.

그렇게 생각해서 장소를 지정하려고 했지만——.

"왜? 도시 안에도 공터가 있잖아?"

그렇게 말하면서 라미리스가 지적했다.

"그곳은 지금 수인들이 피난 생활을 하고 있어. 가설 주택지로 정비되고 있어서 투기장의 건설은 조금 무리야."

"수인 쪽을 도시 밖으로 쫓아낼 수도 없으니, 그 장소를 개발하는 것은 게루도 님이 신도시의 건설을 마친 후가 될 것으로 예상됩니다——."

나와 고부큐가 이유를 설명하자, 라미리스가 터무니없는 말을 꺼냈다.

"그렇다면 내 미궁 안으로 이주시키는 건 어때? 그 구역을 통째로 옮길 수 있으니까 그렇게 많은 고생은 하지 않을걸?"

무슨 말을 하는 건지 이해가 안 되어서 나와 고부큐는 서로의 얼굴을 바라보았다.

"그, 그 말은 곧, 살고 있는 분들도 같이 옮기실 수 있다는 말입니까?"

"음, 글쎄. 살아 있는 인간은 무리려나. 미궁 안으로 옮기기 전에 본인의 허가를 받아야겠지. 의지가 없는 물체라면 허가가 없어도 뭐든지 옮길 수 있어."

"정말이야? 그렇다면 수인들 이외에 주거랑 가재도구 같은 물건들은 전부 네 뜻에 따라서 미궁 안으로 옮길 수 있단 말이야?"

"그래, 그 말대로야!"

라미리스가 의기양양하게 말하지만, 그건 확실히 대단하다.

자랑을 하기에도 충분한 터무니없는 스킬(능력)이다.

자세히 들어보니, 라미리스의 스킬은 고유 능력이며 '작은 세계(미궁창조)'라고 한다고 한다.

그 말대로 라미리스가 만들어낸 미궁 내부라면 라미리스는 만능이라고 할 수 있는 힘을 발휘한다.

그 힘의 영향 범위도 크기 때문에, 미궁에 인접한 사람이나 물체도 대상이 된다고 한다.

예를 들어서 미궁 외부에 있는 인물에게서 무기와 방어구만을 빼앗는 것도 가능하다고 한다.

무지막지한 힘이지만, 일단은 한계도 있는 모양이다.

상대의 무기와 방어구가 의지를 가지고 있는 경우—— 즉, 소유자의 마력으로 물들어 있던 경우에는 라미리스의 힘이 미치지 않는다고 한다. 하지만 그런 것을 소유하고 있는 자는 소수일 테니까 라미리스를 상대하려면 맨몸으로 도전할 각오가 필요할 것이다.

적어도 마왕으로 불릴 만한 힘은 있다고 생각했다.

"굉장하군……. 솔직히 말해서 나는 너에겐 전투 능력 같은 건 전혀 없다고 생각했었어."

"너, 너무하잖아! 이 최강 마왕으로 불리며 두려움의 대상이 되는 날 보고……."

"자자, 화내지 마, 라미리스. 그런 것보다 또 뭘 할 수 있는지 가르쳐줘!"

'미궁창조'에 대해서 자세히 듣는다.

1. 미궁창조로는 지하 몇 층까지 만들 수 있는가?

2. 만드는 데 며칠이 필요한가?

3. 내부의 마물은 어떻게 되는가?

4. 내부 구조를 임의로 변경할 수 있는가?

5. 내부에서 죽으면 어떻게 되는가?

라는 내용이다.

라미리스는 진지한 표정을 지으면서 내 질문에 대답해주었다.

첫 번째.

층수에 한계는 없지만, 현실적으로는 100층 정도까지라고 한다.

두 번째.

한 개의 층을 만드는 데, 한 시간 정도. 층수를 늘려도 마찬가지이며, 100시간 정도 있으면 100층 정도까지 만들어낼 수 있다고 한다. 단, 그 뒤로는 엄청나게 에너지를 소모한다고 하며, 그것이 첫 번째 질문의 대답이 될 것 같기도 하다.

세 번째.

마물에 한정되지 않고, 벌레 같은 생물도 제멋대로는 서식할 수 없다고 한다.

이전의 장소에는 정령이 살고 있었다. 그곳도 사라진 것은 아니며 한 개의 층으로 현세와 격리된 채 남아 있다고 한다. 오가려고 마음먹는다면 언제든지 가능하다고 한다.

그렇다면 미궁을 마물로 채우고 모험가에게 도전을 하도록 시킬 수 있을 것 같다.

마력요소로 채워놓으면 마물은 알아서 태어난다. 마력요소의 농도를 조절하면 마물의 강약도 예상하기 쉽다. 층수가 다르면 마물이 왕래를 할 수 없게 하는 것도 가능하다고 하니, 난이도의 설정 같은 것도 문제가 없을 것 같다.

가장 중요한 내용인 마력요소로 미궁을 채우는 방법에도 생각해둔 바가 있으므로, 나머지는 넣을 것을 준비한 뒤에 생각하기로 하자.

네 번째.

라미리스의 고유스킬인 '미궁창조'라는 것은 엄청난 성능을 가지고 있으며, 내부 구조를 바꾸는 것도 한 시간 정도면 변경할 수 있다고 한다. 한 번 변경하면 24시간은 고정되지만 말이다.

그리고 조건은 당연히 존재한다.

무에서 유는 만들어낼 수 없다. 식물 같은 유기체를 만들어내는 것은 불가능하며, 무기질의 벽으로 미로를 만드는 것 정도의 일밖에 할 수 없지만…… 구조 그 자체가 아니라 이쪽이 준비한 내부 디자인을 교환하는 것뿐이라면, 그렇게 많은 수고는 들지 않는다고 한다.

참고로 한 개 층의 교환도 간단히 할 수 있다고 한다. 이것도 한 번 변경하면 24시간은 고정이 되지만, 그래도 편리하다는 것은 틀림이 없다.

다섯 번째.

이건 정말로 믿어지지 않았지만, 놀랍게도 라미리스의 뜻대로 된다고 한다.

라미리스가 인식하고 있는 상황이라면 죽은 자의 소생도 가능하다고 한다.

마물 등의 시체를 처리하는 것과 만일 모험가가 죽어버렸을 때의 대응에 관해 생각해보고 싶었는데, 그때 참으로 터무니없는 이야기를 들었던 것이다.

미궁 안에서 태어난 마물에 관해서는 지금까지 그런 사례가 없으니까 판단을 내리질 못하겠다고 한다. 그러나 모험가에 관해선 지금까지도 몇 번인가 되살린 일이 있다고 한다.

그 비밀이야말로 처음에 라미리스가 말했던 '본인의 허가'가 연관되어 있었다.

허가라는 것은 딱히 거창한 것이 아니라, '본인이 들어가겠다는 의지'가 중요하다고 한다. 전제 조건으로서 그런 의사 확인을 거치지 않으면 미궁에는 들어갈 수 없는 모양이다.

내가 이전에 라미리스의 미궁에 들어갔을 때도, 내가 들어가고자 했으니까 들어갈 수 있었던 것이다. 만약 잠들어 있는 사람을 운반해서 넣으려고 해도 입구에서 튕겨 나간다고 한다.

예외는 아기. 아직 자유의지가 확정되지 않은 어린아이는 짐 같은 것과 같이 취급하여 보호할 수 있다고 한다.

강제로 미궁에 끌고 들어가는 것도 불가능하지는 않지만, 그건 라미리스의 부담이 너무 커지기 때문에 저항을 받으면 실패하는 모양이다. 그러므로 그런 쓸데없는 짓은 하고 싶지 않다고 한다.

뭐, 서론은 이 정도로 하고.

미궁에 들어간 자는 라미리스의 지배하에 들어가는 것이 가능하게 된다.

그렇다고 해도 어디까지나 본인이 그걸 받아들인다면 말이다. 미궁 내에서 라미리스의 관리를 받아들인다면 언제나 상태를 기록해둘 수 있게 된다고 한다.

"왜냐하면 우리는 장난치는 걸 좋아하잖아? 인간이 놀라는 모습을 보고 즐기고 싶지만, 정말로 죽어버리면 잠자리가 개운치 않다고. 그러니까 적당히 하고 살려서 돌려보내는 거야."

라미리스가 가슴을 펴면서 그렇게 말했다.

운이 없는 자가 죽는 일도 있었던 모양이지만, 그건 아마도 미궁 밖에서 벌어진 이야기인지도 모른다. 어쨌든 라미리스는 나도 죽일 생각은 없었으니까 말이지.

나를 죽일 생각이 가득해 보였던 그 골렘(마인형, 魔人形)도 부활시킬 수 있으니까 보냈던 거였다. 뭐가 시련이냐는 생각이 들었지만, 그런 이유가 있었다면 납득할 수 있다.

"그 말은 곧, 모험가들이 마물 퇴치를 위해서 미궁에 들어가도 죽거나 하지 않고 부활할 수 있다는 말이야?"

"응. 미궁 밖으로 내던져버리면 아무 일도 없었던 것처럼 되살아나게 돼. 그렇지만 죽는 사람의 수가 많아지면 힘들어지니까 내가 준비하는 소생용 아이템을 걸칠 필요가 있을지도 몰라."

라미리스가 '미궁창조'로 만든 인식 아이템을 착용해두면 죽어도 미궁 밖에서 부활한다고 한다.

이렇다면 가장 걱정이 되었던 안전성의 문제가 해결된다.

"훌륭해! 정말 훌륭해, 라미리스 군!"

"정말, 정말 또 정말이야? 역시, 나는 대단한 거야?"

"음! 이걸로 우리의 야망은 달성된 거나 마찬가지야."

"역시? 나도 그렇지 않을까 하고 생각하고 있었어!"

우리는 서로를 바라보면서 고개를 끄덕였다.

"잘 부탁할게, 라미리스."

"그래, 내게 맡겨놔. 큰 배를 탄 것처럼 마음 편히 생각하면 돼."

큰 배라.

진흙으로 만들어진 게 아니면 좋겠는데 말이지.

체격 차가 있기 때문에 악수는 할 수 없었지만, 우리의 마음은 서로 통하고 있었다.

*

라미리스의 제안을 받아들여 도시의 남동쪽 구역의 공터에 투기장을 건설하기로 했다.

그 지하에는 던전(지하 미궁).

가극장은 고급 휴양 시설이 나란히 세워진 북서쪽 구역에 건설할 예정이다. 아니, 사실은 영빈관 옆에 체육관이나 박물관 등도 세워져 있으므로, 어딘가에 쓸 수 있지 않을까 싶어서 준비해둔 건물 하나를 개축해서 시간에 맞추기로 했다.

던전(지하 미궁)과 가극장은 됐다고 쳐도, 문제는 투기장 쪽에 있다.

게루도는 여기 없지만, 고부큐와 장인들도 도움이 될 것이다. 분명 개국제까지는 어느 정도 형태라도——.

"——꽤 힘듭니다, 리무루 님."

아, 역시?

그야 그렇겠지.

평범하게 생각하면 몇 년이 걸릴 작업이니, 그걸 1개월 남짓한 시간에 완성시키는 것은 무모한 짓인 것이다.

아무리 마물이 굉장한 힘을 지니고 있어도 확실히 힘들겠지.

"그렇겠지……. 알았다, 나도 돕지. 흙을 옮기거나 강재의 가공은 내가 맡겠어."

이렇게 보여도 나도 예전엔 종합 건설 회사에 근무한 몸이다. 실제 작업은 그렇게 잘하지는 못해도, 보고 흉내 내는 것은 생판 초보자보다는 나을 것이다.

내게는 라파엘(지혜지왕) 선생도 있으니 뭐 어떻게든 되리라.

"나도! 나도 도울게!"

"그렇다면 당연히 저도 도와야겠지요."

"네에. 라미리스 님의 말씀이라면 당연히……."

라미리스 일행도 도와줄 것을 약속해줬기 때문에 곧바로 작업에 들어가기로 했다.

텐트가 나란히 세워진 현지에서 도면을 펼쳤다.

재빨리 도면을 고쳐서 작성한 뒤에 고부큐에게 넘겨준다.

"과연, 이렇게 하면 문제가 없겠군요."

"좋아. 그럼 수인들에게도 설명을 해야겠지."

우선은 설명회를 벌이고 싶다.

지금은 일하러 나가 있는 수인도 많으니, 알비스와 스피어에게 사정을 먼저 설명해두기로 했다. 그런 뒤에 밤에라도 다들 모이게 해서 만들 생각이다.

"그런 일이라면 리무루 님이 생각하시는 대로 하십시오——."

"그러게. 우리가 뭐라고 따질 입장이 아닌걸."

내 설명을 들은 두 사람은 놀랄 만큼 간단히 승낙해주었다. 그것도 모자라서 수인들에 대한 설명도 필요 없다고 말한다.

"어, 괜찮아?"

"응, 리무루 님. 사는 장소랑 먹을 것까지 신세를 지고 있는걸. 오히려 그 투기장의 건설을 우리도 도와주고 싶다고."

"그리고 리무루 님이 개최하시는 축제에는 칼리온 님도 참가하실 예정이니까요. 저희도 꼭 돕고 싶답니다."

그렇게 말하면서 스피어와 알비스가 우리에게 협력해줄 것을 약속해주었다.

"저는 기분이 좀 좋지 않으니까, 나머지 일은 스피어에게 맡기겠어요."

"응, 나한테 맡겨줘!"

두 사람이 그렇게 대화를 나눈 뒤에 수인들의 지휘는 스피어가 맡기로 했다.

그렇게 되자 놀랄 만큼 일이 쉽게 진행되었다.

스피어의 호령 한마디에 텐트 안에서 수인들이 전부 나왔다. 정렬한 수인들을 곁눈질로 보면서 라미리스가 텐트를 자신의 미궁 안으로 옮기는 것을 끝냈다.

그러자 순식간에 공터가 완성.

나도 당혹스러워하면서도 '벨제뷔트(폭식지왕)'로 지면을 네모나게 먹어치운 뒤에 그곳에 철골을 조립해서 세웠다.

고부큐 일행이 가공한 석재를 배열하여 벽을 메운다. 놀랍게도 그 날 안에 바로 틈새가 생기지 않도록 깔끔하게 완성을 한 것이다.

그리하여 중후한 느낌의 지하 공간이 만들어졌고, 정면에는 거대한 문이 설치되었다. 현대 지식을 익힌 몸의 감각으로는 믿어지지 않은 속도로 완성된 것이다.

"괴, 굉장해. 이게 우리 성에⋯⋯. 아, 그렇지! 이 문을 만지면 방금 그 텐트를 배치해놓은 층으로 갈 수 있게 만들어놨어!"

라미리스가 그렇게 말하기에 재빨리 모두를 데리고 들어가 봤다.

그곳에는 정말로 수인들의 생활공간이 예전 모습 그대로 펼쳐져 있었다. 공기 조절도 제대로 되고 있는 만큼, 바깥보다도 더 쾌적할 정도이다.

알비스와 스피어도 놀라는 표정을 감추질 못한다.

"이 정도면 텐트가 필요 없지 않을까?"

"그러게. 비도 내리지 않는 것 같고, 우리는 지면에서 자도 괜찮으니까⋯⋯."

그런 대화를 서로 나누고 있다.

두 사람의 대화에서 불만이 느껴지지 않는 것 같으니, 문제는 없어 보인다.

수인들은 신기하다는 듯이 몇 번이나 들락거리고 있다. 들어가겠다고 속으로 생각하면 드나들 수 있으니 불편한 부분은 없는 것 같다.

"이거 밤이 되면 어두워지는 거야?"

"응! 여긴 밖이랑 링크되어 있으니까 비도 내리게 할 수 있어!"

정말 뭐든지 가능한가 보군.

딱히 농사를 지을 것은 아니니까, 라미리스에겐 낮과 밤으로만 변하게 설정하도록 시켰다. 생각 이상으로 편리할 것 같으니, 그

밖에도 달리 응용할 곳이 있을 것 같은데. 여러모로 생각을 좀 해봐야겠다.

이 자리에 있었던 수인들은 안심했는지 밖의 작업을 도우러 갔다.

고부큐의 지휘하에 들어가서 투기장의 건설을 도와줄 생각인가 보다.

여자와 어린아이들이 많았지만, 그래도 인간보다 강한 수인이다. 노동력으로선 부족함이 없으므로 고부큐도 간단한 작업을 맡기기로 한 것 같다.

예전부터 기술 지도를 받고 있었던 수인들도 돌아와서 공사에 참가하기로 한 모양이다.

트레이니 씨는 어디서 가져왔는지 모를 통나무를 끌어안고 오질 않나, 베레타는 그걸 정확하게 목재로 가공하고 있다. 마법으로 꼼꼼하게 건조까지 시켜주는 덕분에 시간이 엄청나게 단축된다.

나도 예전의 상식은 다 내다버렸다고 여겼었지만, 이런 광경을 보고 있으니 '아아, 이곳은 틀림없이 이세계구나'라는 것을 재확인할 수 있었다.

이런 추세라면 개국제까지는 맞출 수 있을 것 같다. 방금 전에 먹어치웠던 흙을 토해내서 쌓아놓았으니, 그걸 써서 훌륭한 투기장을 건설해줄 것이다.

"리무루 님, 나머지는 저희에게 맡겨주십시오!"

그렇게 말하는 고부큐에게 고개를 끄덕이면서 나는 완성을 기대하며 기다리기로 했다.

본격적인 공사가 시작되자마자 라미리스가 혼자만 남게 되었다.

안절부절못하는 라미리스가 다른 사람의 방해를 하지 않도록 다른 일거리를 주기로 하자.

라미리스가 할 수 있는 일, 그건 말할 것도 없이 미궁의 확장이다.

이참에 재빨리 처리하고 싶다.

그건 그렇다 쳐도——,

"라미리스, 네 '작은 세계(미궁창조)'는 정말 대단하구나⋯⋯."

상당히 넓은 부지가 미궁 속으로 옮겨진 셈이다. 그것도 순식간에.

라미리스를 칭찬하는 것은 내키지 않았지만, 이것만큼은 감탄하지 않을 수가 없다. 실제로 이 미궁이란 녀석은 대단하다고 생각하니까⋯⋯.

"그렇지, 그렇지?! 지금은 내 친구인 정령이 사는 가장 깊은 곳과 통로가 있었던 층과 여기밖에 없지만 말이야. 내일까지는 층수를 더 늘려놓을게!"

분명, 한 시간에 1층이라고 했었지.

지하 100층의 미궁을 건설하는 일은 현대 기술을 구사해도 힘들 것이다. 그럴 바에야 위로 쌓아올리는 쪽이 더 간단하다.

하지만, 라미리스의 힘이라면 그걸 가능하게 할 수 있다. 그렇다면 낭만을 추구하는 것이 바로 남자라는 존재인 법.

"그럼 한계인 100층까지 부탁할게."

"뭐?! 그렇게까지 필요하단 말이야?"

"그래. 여러 장치를 도입해보고 싶은 데다, 마물의 강함도 단계적으로 조정해보고 싶으니까."

"나한테는 문제가 안 되는 거지만, 하나 물어봐도 돼?"

"뭔데?"

"아까부터 신경이 쓰이던 건데, 어떻게 마물의 수를 늘릴 생각이야? 어디서 붙잡아 오려는 거야?"

라미리스가 내게 물었다.

100층이나 늘리려면 큰일이기도 하니, 궁금하게 생각하는 것도 무리는 아니다.

그러나 내게는 확실한 생각이 있었다.

여기서 라미리스를 납득시키기 위해서라도 조금은 내 구상을 이야기해서 들려주기로 하자.

"실은 말이지, 너한테만 하는 이야기인데⋯⋯."

그렇게 말하면서 나는 라미리스에게 몰래 설명한다.

내가 생각하는 던전의 구상. 그 이야기를 들으면서 라미리스의 눈이 점점 반짝반짝 빛나기 시작했다.

"그러면, 그러면 이건 어때――?"

"호오, 호오, 그럼 이건 어떨까, 라미리스――."

소곤소곤 비밀 이야기를 하듯이 서로 아이디어를 내고 있는 우리.

완전히 신이 난 분위기로.

나와 라미리스가 신이 나서 의논한다――. 당연하게 그쪽으로 가서는 안 되는 방향으로 이야기가 전개되면서, 생각하기도 힘든 기능을 갖춘 어드밴스드 던전(진화형 지하 미궁)의 구상이 만들어지고 말았다.

이래도 괜찮으려나? 속으로 그렇게 생각했지만, 이제 와서 물릴 수는 없다.

이제 창조하는 것만 남았다.

라미리스는 의욕에 불타 있었고, 최선을 다해서 미궁창조에 힘쓰겠노라 약속해줬다.

"천천히 쉬면서 해도 괜찮아."

"흥! 이런 굉장한 얘기를 들은 지금, 천천히 쉬면서 할 수 있겠어?! 난 해내겠어. 해내고 말 거라고!!"

라미리스가 열심히 해줬으면 좋겠다는 생각에 살짝 불만 붙여볼 생각으로 꺼낸 이야기였는데, 라미리스의 의욕을 활활 타오르게 만들어버린 모양이다.

라미리스가 낭만을 이해해준 것도 기뻤고, 공상하던 일이 실현될 것 같기에 나로서도 기대가 된다.

"그럼 열심히 해줘. 나도 내 나름대로 필요한 것을 준비하고 있을 테니까."

"알았어. 힘내, 리무루!"

"응. 너도, 라미리스."

동지가 된 우리는 서로를 응원하고는 씨익 웃으면서 서로의 얼굴을 바라보았다.

*

이야기를 끝내고 미궁 밖으로 나오니 이미 해가 지고 있었다.

꽤 오래 이야기에 몰두했던 모양이다. 오늘의 작업은 끝났으며, 뒷정리와 식사 배분이 이뤄지고 있다.

방해하면 안 좋을 것 같으니 나는 고부큐와 스피어 일행에게 내일 다시 들르겠다고 말한 뒤에 그 자리를 뒤로했다.

그리고 그다음으로 향한 곳은 쿠로베의 작업장이다.

취미로 만든 무기와 방어구의 시험 제작품 같은, 시장에 내놓을 수 없는 물건들을 받아 가기 위해서다.

현재 도시의 남서쪽 구역은 공업지구가 되어 있다.

쿠로베의 공방도 여기 있으며, 그 주변에는 제자들의 공방도 나란히 세워져 있었다. 자신의 공방을 가지지 못한 수습들의 기숙사도 있으며 창고 같은 곳도 세워져 있다.

그리고 그런 장인이나 수습들을 상대하는 여관과 식당도 운영 중이라, 나름대로 활기에 넘쳤다.

쿠로베의 공방은 그 중심에 세워져 있다.

내가 얼굴을 보이자, 쿠로베는 기쁜 표정으로 맞아주었다.

저녁 식사를 대접해준 뒤에 창고로 안내해주었다.

"리무루 님, 이쪽입니다. 이 창고에 넣어둔 물건은 개성이 강해서 누구도 쉽게 다루질 못합니다. 그래도 괜찮겠습니까?"

걱정스럽게 묻는 쿠로베에게 나는 괜찮다고 대답하면서 고개를 끄덕여 보였다.

확실히 쿠로베가 말한 대로 개성이 강해서 평범하게 쓸 수 없는 물건도 있다.

위력이 너무 지나치게 높아서 창고 속에 처박힌 것도 있으며, 다루기가 너무 어려운 물건도 섞여 있었다.

방어구 쪽도 그런 게 딱 들어맞는 예가 많다.

착용자의 마력을 흡수하여 마법장벽을 발동시키는 갑옷이라거나. 듣기에는 그럴듯하지만 제한 없이 마력을 흡수하기 때문에, 그러다가 결국 갑옷이 착용자를 죽여버리는 것이다.

방어력은 출중하지만 전혀 의미가 없는 장비이다.

그 외에도 마법을 일절 발동할 수 없을 정도로 주위의 마력요소를 흡수하여 폭발력으로 바꾸는 검. 엄청난 위력이 약속되어 있지만, 사용자의 안전은 보장되지 않는 것도 있다.

그런 무기는 무서워서 도저히 사용할 수가 없다.

제한된 시간 동안 비정상적인 체력을 장착자에게 제공하는 갑옷도 있다.

시간이 지나면 근육이 파열되어 움직이지 못하기 때문에 회복마법을 사용하지 못하면 아웃이 되는 흉악한 갑옷이지만…….

뭐, 방심하면 죽는다는 장비도 있으므로, 감정도 하지 않고 사용하는 바보는 없으리라 믿고 싶다.

그렇게까지는 책임을 지지 않아도 된다고 생각하지만, 어찌 됐든 라미리스의 미궁 안이라면 괜찮을 것이다.

"아니, 괜찮네. 이렇게까지 특징적이라면, 엄청난 가치가 있을 것 같아 보이는군."

실제로 여기 있는 무기와 방어구는 질이 좋다.

대다수가 레어 급 이상의 가치가 있으며, 그중에는 유니크(특질) 급에 필적할 수 있는 굉장한 물건도 섞여 있다.

카발 일행에게 선물했던 스케일 실드(미늘 방패)와 템페스트 나이프(폭풍의 단도) 같은 무기가 그랬었다.

나는 그중에서 하나, 템페스트 소드(폭풍의 장검)를 손에 들고 바라보면서 쿠로베에게 말한다.

"이렇게 질이 좋은 무기랑 방어구를 시험 제작품이라는 이유로 잠재워두는 건 아까워. 이 무기랑 방어구들도 자신들을 잘 다뤄줄 소유자를 스스로 찾아내고 싶어 하지 않을까?"

그렇게 일부러 멋을 부린 내 발언을 듣고 쿠로베는 아주 감동했다.

"그럴까요? 그렇다면 좋으실 대로 가지고 가십시오."

속이고 있는 건 아니지만 마음이 조금 아프군.

쿠로베가 창고에서 꺼내준 수많은 장비품. 그것을 손에 넣은 목적은 미궁 내에 설치할 보물 상자에 넣기 위해서다.

자신의 실력에 걸맞은 층에 온 모험가가 입수하게 되는 셈이니, 결코 거짓말을 한 것은 아니다.

지금은 신경 쓰지 말고 고맙게 받아들이기로 했다.

그건 그렇고 용케도 이렇게까지 만들었군.

전에 봤을 때보다 그 수가 늘었으며, 지금은 100개는 넘을 만한 작품들이 있다. 수상쩍은 장비만 있는 것이 아니라, 다루기가 어렵기만 한 것도 있다. 공통적으로 말할 수 있는 것은 잉그라시아 왕국의 왕도에서 봤던 상품보다 우수한 물건들만 있다는 것이다.

그야말로 옥션에서밖에 볼 수 없을 것 같은 무기와 방어구이다.

쿠로베는 내 하베스트 페스티벌(마왕으로의 진화) 때에 유니크 스킬인 '신 급의 장인'을 기프트(축복)로서 획득했다. 예전부터 소유하고 있었던 유니크 스킬 '연구자'에 추가로 새로운 힘을 얻으면서 그 실력이 더 날카롭게 다듬어졌다.

지금은 완전히 카이진을 넘어선 상태다. 쿠로베가 진지하게 제작에 임하면, 그 작품의 품질이 유니크 급에 도달하는 것도 드문 일이 아니다. 적어도 레어의 품질이 보증되는 것이다.

그게 바로 자신의 작품이 아니라, 제자의 작품들만 전시회에 전시할 수 있는 이유였다.

"그건 그렇고 굉장하군. 나도 대장장이 기술은 배우긴 했지만 이렇게 대단한 건 못 만들어."

"헤헷, 리무루 님에게 칭찬을 받으니 쑥스럽군요. 이런, 잊어버리기 전에 전해드릴 게 있습니다."

쿠로베는 겸손하게 대답하다가 진지한 표정을 짓더니 안에 있는 방으로 돌아갔다. 그리고 어떤 물건을 품에 안고 돌아왔다.

"이건 뭐지?"

"네에. 오래 기다리게 했습니다만, 드디어 완성했습니다."

쿠로베가 그렇게 말하면서 건네준 것은 칠흑의 칼날을 가지고 있는 한 자루의 직도(直刀)였다.

지나치게 길지도 않고, 지나치게 짧지도 않다. 나를 위해 만들어진 그것은 훌륭할 만큼 이상적인 길이로 완성되어 있었다.

"이게——."

"네. 제 최고 걸작입니다."

칼날이 검은색일 뿐, 언뜻 보기엔 딱히 다른 특징은 없다. 엄청난 힘을 발산하는 것도 아니고, 마법의 발동 매체가 되는 것도 아니다.

하지만 그래도 충분한 것이다.

이 칼은 강도에 중점을 두고 있었다. 꺾이지도 않고, 휘지도 않는다. 그리고 내 마력과 어우러졌다.

그리고 히나타가 소유하고 있었던 문 라이트(월광의 세검)와 달리 주위에 피해를 끼치지도 않는 것 같다.

부담 없이 쓸 수 있는 무기로서 이게 최고인 것이다.

"훌륭하군. 정말 훌륭해, 쿠로베."

"저도 다 만들고 만족스러웠습니다. 하지만 그 칼은 그걸로 완성된 게 아닙니다. 전에도 설명했지만, 리무루 님의 아이디어대로 칼날의 뿌리에 구멍을 뚫어놓을 수 있게 되어 있습니다."

그 말을 듣고 나는 칼의 뿌리 부분을 보았다.

"구멍 같은 건 없는데?"

"네. 다른 무기는 완성 시에 구멍을 뚫습니다. 하지만 이 직도만은 다릅니다. 리무루 님의 마력에 익숙해지면서 더욱 성장──진화합니다. 그리고 지금처럼 언뜻 보기엔 평범한 무기로밖에 보이지 않도록 마무리했습니다."

자랑스럽게 쿠로베는 말했다.

완성하면 레전드(전설) 급 이상의 성능이 된다고 하는데…… 지금은 그다지 실감이 나지 않는다. 다른 무기도 연구 중이라는 이유로, 정작 중요한 구멍에 끼우는 마력결정이 완성되지 않은 것이다. 구멍만 있어도 의미가 없으므로 초조하게 굴어봤자 어쩔수 없을 것이다.

나는 그때를 기대하며 기다리기로 했다.

내 전용의 칼도 손에 넣었으니 기쁜 심정으로 쿠로베의 공방을 나왔다.

게다가 노리던 물건도 손에 넣었다. 이 물건들은 보물 상자에 넣어서 던전에 배치하기로 하자.

특히 성능이 좋은 무기와 방어구는 보스 몬스터(각 층의 수호자)를 시켜서 지키게 하면 재미있을 것 같다.

리얼로 던전 만들기 게임을 실행하고 있는 것 같아서 두근거림이 멈추지 않는다.

확실히 이 시험 제작품과 실패작은 그대로 옥션에 내놓아도 상당한 돈이 될 것이다.

묘르마일이나 휴즈에게 부탁하면 다른 루트를 통해서 팔아줄 것이다. 그편이 확실할지도 모르겠지만, 그래도 그래선 안 된다. 중요한 것은 마물과 인간들의 교류에 있으니까.

이 나라에 사람을 불러 모아서 템페스트(미국연방)의 좋은 점을 체험하게 하고 싶다. 그리고 이 나라의 매력을 실감하게 된다면 몇 번이고 와주게 될 것이다.

이것도 그런 목적을 위한 수단 중 하나여야 했다.

그리고 이건 단순히 아이템을 넘겨주면 그걸로 끝나는 것도 아니다. 그다음의 구상도 내 안에서는 완성이 되어 있는 것이다.

모험가가 던전에 들어가서 다양한 아이템을 얻으면서 귀환한다.

감정을 하지 않고 무기와 방어구를 사용했다간 극히 위험해지는 것이다. 거기서 등장하는 것이 '감정 전문점'이다.

우리나라에서 만든 것들이므로, 그 효과도 만전을 기해 파악하고 있다. 사용법만 틀리지 않는다면 모험에 도움이 될 아이템도 수가 많다.

그중에 위험한 것이 있다는 건 조금 전에 이야기한 대로다. 그런 물건들은 우리나라에서 사들여도 좋겠다고 생각하고 있었다.

돈은 돌고 도는 것이 제일이다. 우리만 쌓아놓은 채로 놔둬봤자 어쩔 수 없는 것이다.

필요한 재료를 구입하고, 어느 정도의 경비를 지불하고 남은 나머지는 다시 모험가들에게 환원하면 된다.

그러다가 시간이 지나면 모험가의 입을 통해서 자연스럽게 선전이 될 것이고, 우리나라도 유명해질 것이 틀림없다. 무엇보다 모험가의 수입이 윤택해지면서 여관과 숙박소를 경영하는 주민을 마냥 놀게 만들지 않아도 될 것이다.

평소에도 사람을 불러들일 수가 있다면, 만들어놓은 시설도 쓸데없이 놀리지 않고 유효하게 활용할 수 있는 셈이라, 이 의미는 너무나 크다. 너무나도 좋은 선전이 되어줄 것이다.

남동쪽 구역에 투기장을 건설하고, 그 지하에는 라미리스의 던전. 남서쪽 구역에는 할인이 되는 여관이나 숙박 시설 같은 준비도 되어 있다.

고급 여관이 서 있는 북동쪽 구역과는 달리, 이곳의 여관은 가격도 그럭저럭 적당하다. 모험가 전용으로 사용하게 함으로써, 세를 놓아도 괜찮을 것이다.

미궁으로 가기에도 편리하니, 분명 틀림없이 대성황을 이루겠지.

라미리스가 이리로 이주해 오고 싶다고 말했을 때엔 어찌 될지 몰라 고민했지만, 결과적으론 정답이었을지도 모르겠군.

투기장에서도 1년에 한 번이나 두 번 정도는 대규모 이벤트를 거행할 예정이다. 그뿐만 아니라, 평소에도 다양한 행사에 쓸 수 있도록 묘르마일 군이 분명히 힘써 줄 것이다.

군사훈련이나 모험가의 실력을 시험하는 대회 등등, 생각해보면 수요는 제법 될 것 같다.

그리고 그 지하의 미궁에서, 훈련의 성과를 시험해보기 위해 실전 시험도 벌일 수 있을 것 같다. 내부에서는 사망하지 않는다고 하면 상당히 무모한 훈련도 시도할 수도 있을 테고.

상업적인 목적뿐만 아니라 꽤나 다양한 용도에 쓸 수 있을지도 모르겠다—— 그렇게 생각하면서, 나는 베니마루와도 논의해보기로 한 것이다.

＊

던전 내에 배치해두고 미끼로 삼을 물건들은 입수했다.

하지만 던전(지하 미궁)의 유용성을 생각하는 건 아직 너무 이르다. 완성된 뒤에 천천히 생각해보기로 하고, 마지막 마무리를 하는 데 필요한 인물과의 교섭을 끝내려고 생각한다.

이 계획의 요점이 되는 인물, 그것은—— 베루도라다.

베루도라는 별채에 있는 내 오두막에서 한껏 편한 자세로 쉬고 있었다.

완벽하게 일본식 분위기로 수수하고 조용하게 만든, 전통 찻집 같은 방 한 칸짜리 건물이다. 사실 그 오두막에는 비밀이 있는 데—— 지금은 그건 일단 제쳐두기로 하자. 이 모습을 뭐라고 하면 좋을까, 베루도라가 마치 이 오두막이 자기 것인 양 편하게 지내고 있다.

뭐, 상관은 없지만…….

"이봐, 베루도라. 부탁이 좀 있는데, 들어줄래?"

"음? 뭐지, 나는 지금 바쁜데?"

응. 너는 지금 만화를 읽고 있지.

아무리 봐도 시간이 남아도는 것 같은데.

"그런가…… 아쉽군. 모처럼 흥미가 동할 이야기였는데…….
바쁘다면 어쩔 수 없지. 겨우 네가 오라(요기)를—— 아, 바쁘다고
했었지. 미안해, 방해를 했네."

그렇게 말하면서 나가는 시늉을 했다.

자기 자신의 방에서 나가는 부분에서 조금은 석연치 않은 기분
이 느껴지지만, 뭐 잘 수 있는 곳은 많이 있다. 그리고 보나 마
나——,

"이런, 잠깐만 기다려봐. 나도 바쁘지만 네 부탁이라면 어쩔 수
가 없지. 이야기를 들어보기로 할까!"

역시 낚였나.

정말로 잘 속는다니까, 여전히.

잘 속는 드래곤이라는 이명을 지닌 베루도라라면, 내 말로 간
단히 부릴 수 있다고 생각한 것이다. 내게 있어 이 아저씨(베루도
라)를 다루는 것은 그야말로 식은 죽 먹기다.

이렇게 되면 뒷일은 간단하다.

나는 한껏 거드름을 피우면서 상대가 넘어올 만한 말을 입에 올
린다.

"실은 말이지, 널 위해서 네가 살 집을 준비했다고 할까⋯⋯."

"뭐, 뭐라고?! 내가 살 곳을 마련했다는 게 진짜야?"

반응이 너무 좋다. 읽고 있던 만화에서 눈을 떼고는 내 말에 흥미진진한 반응을 보이고 있다.

"그래, 널 위해서, 말이지. 그렇지만 바쁘다면――."

"잠깐, 잠깐, 그렇게 서두르지 말라고. 나랑 너 사이잖아. 네 부탁을 우선하는 건 당연한 거라고. 크아――핫핫하!"

그럴듯한 말을 하는 베루도라.

이걸로 됐다.

내 말을 들을 마음을 먹었으니 이제 이야기를 해도 된다.

베루도라는 남의 말을 듣지 않으니까, 이렇게라도 하지 않으면 안 된단 말이지. 귀찮지만 내가 도움을 받기 위해서는 필요한 의식이다.

"그렇군, 역시 친구는 잘 둬야 한다니까."

"음음, 뭐든지 부탁하라고!"

"실은 말이지, 라미리스가 이 도시로 옮겨 와서 살기로 했어. 투기장의 지하에 그 녀석의 미궁을 만들기로 했지. 그래서 말인데――."

기분 좋게 이야기를 들어주려 하는 차에 라미리스가 이주해 올 예정이라는 소식을 전했다. 그러자 베루도라는 생각했던 것보다 빨리 이해한다는 반응을 보인다.

"호오, 라미리스가? 그 녀석의 힘은 아직도 잘 모르지만, 지상의 어디서라도 같은 장소로 이어지는 길을 만드는 힘일 거라고 생각하고 있었지. 길을 복잡하게 만들어서 미로로 만드는 건가?"

"그래. 층수도 늘릴 예정이니까, 여러 가지 장치를 준비해볼까 하고 생각하거든."

"층수도 늘린다고? 그 꼬맹이(라미리스)도 생각보다 굉장하잖아."

여기까지 이야기를 듣고는 베루도라도 진지한 표정을 지었다.

정말로 잘 넘어온다.

나는 베루도라에게 던전(지하 미궁) 제작 계획의 전모에 관한 이야기를 들려준다.

"단순한 미궁은 재미없잖아? 그래서 말이지, 이 나라의 명물이 될 만한 굉장한 것으로 만들고 싶다는 생각을 하고 있어. 오늘 라미리스와 막 논의를 한 참이지만, 지금도 열심히 층수를 늘리고 있지."

"호오. 그래서, 그게 내게 할 부탁이랑 어떻게 이어지는 거지?"

"실은 말이지, 그 던전을 다스리는 왕이 필요하다고 생각해."

"──왕, 이라고?"

"던전의 관리는 나랑 라미리스가 할 거야. 그리고 그 지하 100층에는 라미리스의 원래 저택이라고 할 만한 정령미궁으로 이어지는 문이 갖춰지는 거지. 그렇게 되면 그 문의 수호자── 아니, '최강'의 수호자가 필요하다는 생각이 들지 않아, 베루도라?"

"당연히 들다마다! 그렇군, 역시 리무루야. 그걸 나한테 맡기고 싶다, 그 말이지?"

의도한 대로 베루도라는 내 감언이설에 넘어갔다. 최강이라는 두 글자에 약하니까, 이렇게 말하면 반드시 응할 것이라고 생각했던 것이다.

"그 말이 맞아, 베루도라. 그리고 이 제안을 받아준다면 이점이 하나 더 있어."

"호오? 바로 받아들일 생각은 없지만, 그 이점이 어떤 건지 들어볼까."

훗훗후.

이점이라기보다는 중요한 점이지.

"너 말이야, 오라를 해방하고 싶어 했잖아? 이제 슬슬 한계라고 말했었지?"

"뭐?! 설마……."

"그래! 놀랍게도 미궁 안에선 오라를 억제하지 않아도 돼. 원래의 용 모습으로 있어도 문제가 없다고."

"오, 오오……!!"

"상상해봐. 미궁 가장 깊은 곳에서 대기하고 있는, 신성하다는 느낌까지 드는 멋진 드래곤을――."

"그건 날 말하는 거지? 그 말은 즉, 나도 사양하지 않고 그 자리에 온 자들에게 '크아하하하하, 잘 왔다! 환영하마, 이 벌레들아!'라고 말하면서 폼을 잡아도 괜찮다는 뜻이겠지?"

내 말을 도중에 가로막고 베루도라는 그런 말을 꺼냈다. 곧바로 신이 난 반응을 보였다. 처음에 보였던 의욕 없던 모습은 찾아볼 수조차 없다. 오라를 해방할 수 있다는 말을 듣고 너무나도 흥분하고 있는 것 같다.

한 번 더 그럴듯한 이야기를 해주면서 이걸로 마무리를 지어볼까?

그렇게 생각하면서 라미리스와 논의했던 비장의 계획안을 제시한다.

"게다가 유니트를 배치해서 모험가를 공격하기도 할 거야. 그래, 전에 네가 하고 싶어 했던 게임── 그걸 현실로 재현해보자는 이야기지. 어때, 재미있겠지?"

실은 이 던전을 리얼 시뮬레이션 게임 같은 것으로 만들 예정인 것이다. 라미리스의 이야기를 들으면서 갑자기 머릿속에서 번뜩인 아이디어다.

유니트── 즉, 마물을 말하는 거지만, 그걸 배치해서 모험가를 격퇴시키도록 한다. 보물을 지키도록 하기 위해서 보스도 배치하고 싶다.

던전은 베루도라의 마력요소로 채워지면서 지하 100층에 가까워질수록 마력요소의 농도도 높아진다. 상층부의 마력요소는 농도가 낮기 때문에 약한 마물만 발생한다. 그러나 아래층으로 가면 갈수록 분명 상위 마물이 배회하게 될 것이다.

봉인 상태였을 때의 베루도라에게서 흘러나왔던 마력요소조차도 A-랭크의 템페스트 서펜트(람사, 嵐蛇)를 필두로 하는 강력한 마물들을 만들어냈을 정도다. 지금의 베루도라라면 얼마나 강한 마물이 태어날지 상상도 할 수 없을 것이다.

대놓고 말해서, 문의 수호자 같은 건 어찌 되든 상관없다. 100층까지 올 사람도 없을 것이고, 그런 걱정은 하지 않았다.

중요한 것은 베루도라의 오라를 해방시키는 것이다.

슬슬 베루도라에게 억지로 참도록 시키는 것도 한계라고 생각하고 있었다. 내버려 두면 어딘가 남들의 눈에 띄지 않는 장소에서 멋대로 시원하게 발산해버릴 것 같아서 눈을 떼지 못하고 있었던 것이다.

자칫하여 이 주변에서 발산해버린다면, 나와 간부들은 그렇다 쳐도 일반인은 버텨내질 못한다. 마력요소의 농도가 높아지면 B랭크 미만의 자들은 바로 죽어버린다.

베루도라의 자제심에 기대하는 것만으로는 위험하므로 라미리스의 미궁은 어려울 때 찾아와 준 도움의 손길이라 할 수 있을 것이다.

어찌 됐든 미궁 내부는 격리된 공간이다.

그건 이전에 탐험했을 때도 확인했던 것으로, 마력요소가 흘러나올 우려는 없다. 그러기는커녕 베루도라의 오라를 해방시켜도 절대 꿈쩍하지 않을 것이다.

봉인의 동굴조차도 완전 부활한 베루도라의 오라를 억제하는 것은 불가능하다. 그곳은 이미 연구 시설이 있으니 그런 짓을 시킬 생각도 없지만.

그러므로 더더욱 던전은 조건이 좋다.

그리고 그 진정한 목적을 위해서라도 베루도라는 사양하지 않고 오라를 해방해주었으면 좋겠다.

진정한 목적, 그것은 바로―― 잔뜩 쌓인 고농도의 마력요소를 이용하여 마물을 발생시키는 것이었다.

그리고 이것이 이번 계획의 핵심이다.

베루도라의 오라를 해방시키면서 동시에 그걸 유효하게 이용한다.

내가 생각해도 정말 훌륭한 아이디어이다.

그야말로 일석이조. 아니, 일석삼조가 될지도 모르겠군.

내 방에 들러붙어 사는 베루도라를 내쫓는 것으로 끝나지 않고, 미궁 내에서 마물을 만들어내는 마력요소 발생 기관의 역할도 맡게 한다. 게다가 반쯤은 백수가 되어 있는 베루도라에게도 일거리를 줄 수 있는 거니까.

뭐, 라스트 보스(미궁의 왕)로서 출현할 차례는 없을 거라 생각하지만…….

자, 어떤 반응을 보일까?

베루도라는 일어서더니 만화책을 슬쩍 품속으로 집어넣었다.

그리고 내게 손을 내밀면서 악수를 청해 왔다.

"재미있군. 실로 재미있는 얘기야, 리무루. 그 유니트라는 걸 격퇴하고 내 앞에 설 모험가들. 그런 강자들을 내가 물리친다는 얘기로군. 당연히 모험가들은 도망치려고 하겠지. 하지만 그걸 허락할 내가 아니지. 그래, 그때 내가 할 대사는 '후하하하하하, 내게서 도망치지는 못한다. 몰랐느냐? '폭풍룡'으로부터는 도망칠 수 없다──' 정도면 어떨까? 한번 말해보고 싶다고 생각했던 것이거든. 염원하던 그 대사를 이제 겨우 말로 할 수 있게 된 것인가. 기대가 되는데? 실로 기대가 돼!"

그런 말을 하면서 베루도라는 멋대로 망상까지 읊어대기 시작하는 판국이다.

"뭐, 뭐어, 그런 셈이지…….""

나도 모르게 고개를 끄덕이고 말았지만, 생각했던 것 이상으로 베루도라를 너무 지나치게 부추겨버렸는지도 모르겠군…….

괜찮을까, 이 녀석?

그래서 말인데, 역시 일반적으로 생각하자면 100층까지 도착할 수 있는 인간은 아마 없겠지?

불안감이 조금 남긴 하지만, 계획을 위해서는 떨쳐내기로 하자.

"──이 역할은 네가 아니면 맡길 수 없다고 생각하는데, 어때?"

"물론 내가 하고말고. 리무루, 내게 말하길 잘했어. 이건 내가 아니면 맡을 수 없는 일이야."

베루도라는 그렇게 말하면서 힘차게 고개를 끄덕였다.

베루도라가 멍청해서 정말 다행이다.

정말로 예상했던 대로의 반응을 보여준다.

이리하여 나는 어려움 없이 베루도라의 협력을 얻어낼 수 있었던 것이다.

*

다음 날.

베루도라와 둘이서 라미리스에게 갔다.

투기장의 건설도 아침 일찍부터 시작되고 있으며, 활기가 대단하다. 수행에 나가 있던 수인들까지 참가했다고 하며 고부큐의 지시에 따라 열심히 돌아다니고 있다.

모두 의욕적으로 일하고 있는지라 방해가 되지 않도록 미궁으로 들어갔다.

들어간 순간, 라미리스가 있는 방으로 나왔다.

어제 한 약속대로 던전을 확장해주고 있는 모양이다.

"여어, 라미리스. 잘 지냈어?"

"아, 사부! 오랜만입니다. 저는 잘 지내고 있었어요!"

그렇게 대답하는 라미리스는 비틀거리고 있었지만, 그 표정은 만족스러워 보였다. 좀 지나칠 정도로 무리하게 일한 것 같아서, 무리를 하지 않도록 주의를 준다.

라미리스는 어느새 베루도라의 어깨에 앉아 있었다.

두 사람은 여전히 사이가 좋은 것 같아 보여서 무엇보다 다행이다.

정말 다행이지만 문제도 있었다.

베루도라를 보고 한층 더 의욕이 생겼는지 라미리스가 내 주의를 들으려고 하지 않는 것이다.

"맡겨만 둬! 나는 해내겠어. 완벽하게 해내고 말겠다고!"

그렇게 말하면서 웃는 라미리스를 진정시키고, 우선은 아침 식사를 하기로 했다.

아침 식사를 마치고 라미리스로부터 진척 상황의 설명을 들었다.

현재 15층까지 늘렸다고 한다.

이런 상태라면 며칠 후면 목표치인 100층까지 달성될 것이다. 내부 구조의 변경은 병행하여 시행할 것이므로 라미리스가 무리를 할 필요는 없을 것 같다.

"일단 나머지 층은 저절로 알아서 늘어날 거야. 나도 여유가 있으니 완성된 층의 내부 설정을 손대보지 않을래?"

라미리스가 그렇게 말했다.

자신은 힘을 소비하는 것뿐이며, 라미리스가 아무것도 하지 않아도 층은 저절로 늘어난다고 한다.

"그럼 베루도라의 방을 먼저 준비하기로 할까."

베루도라가 살 예정인 장소, 그것은 최하층에 존재한다.

내 방에서 쫓아내기 위해서라도 우선은 그곳의 내부를 정비하기로 한다.

최하층은 아직 아무것도 없는 공간이었다.

벽도 없으므로 통로도 없다. 계단도 없고, 일부의 공간에 문이 하나 보일 뿐이다.

"정말로 아무것도 없군."

"이봐, 리무루. 여기가 내 방이야? 여긴 뭔가 봉인되어 있던 장소를 떠올리게 하는데……."

살짝 싫은 티를 내는 베루도라.

아무리 그래도 이래선 조금 가여워진다.

"괜찮아, 사부! 내가 생각만 하면 벽이랑 계단은 쉽게 만들 수 있으니까."

불만스러운 표정을 짓는 베루도라에게 라미리스가 웃으면서 말했다.

"그럼 어떤 느낌의 방으로 만들 건지 '사념전달'로 논의한 뒤에 결정할까."

그렇게 말하면서 나는 세 사람을 '사념전달'로 연결한다.

그런 뒤에 우선, 내가 생각했던 내부 모습을 머릿속으로 그려 봤다.

"오, 오오! 이거야, 이거라고, 리무루! 역시 대단하군. 너한테 맡겨두면 나는 아무 걱정하지 않아도 되겠어."

크게 만족했는지 베루도라는 갑자기 응응 하고 고개를 끄덕이고 있다.

"베루도라가 만족한 것 같은데, 이런 식으로 변경할 수 있겠어?"

"맡겨둬! 이 정도라면 문제없어."

라미리스는 간단히 받아들여 줬다.

그리고 그 말대로 순식간에 공간이 변하기 시작한다.

벽은 중후한 느낌의 석벽이 되었고, 몇 개의 작은 방과 넓은 방이 출현한다.

넓은 방은 사방 100m의 정방형으로, 소위 '보스의 방'에 맞는 장엄한 분위기를 띠고 있었다. 내 이미지를 전했더니 그대로 재현해준 모양이다.

"굉장한데, 너! 완벽하잖아……."

"음, 라미리스. 이 정도라면 나도 만족이다!"

"뭐, 그렇다고 할 수 있지! 나는 대단하니까!"

그다지 칭찬을 들어본 적이 없어서인지 라미리스는 잔뜩 신이 나서 기뻐하고 있었다. 하지만 이번만큼은 정말로 대단하다고 생각한다. 이런 걸 현실에 지으려고 생각한다면, 몇 년은커녕 몇십 년이 걸릴지 모르기 때문이다.

그런 걸 순식간에…….

던전(지하 미궁)은 라미리스의 지배하에 있으므로 결국 자유자재로 커스터마이즈가 가능하다고 한다.

야아, 이건 정말 대단한데.

나는 라미리스를 상당히 다시 보게 됐다.

그건 그렇고, 감탄만 하고 있어서는 이야기가 진행되지 않는다.

이 넓은 방은 명목상으로는 모험가를 맞아서 공격하기 위한 방이다. 그러나 진짜 목적은 베루도라가 원래 모습으로 돌아가기 위한 방인 것이다.

그러므로 가장 큰 문제를 언급하자면, 베루도라가 제대로 편하게 쉴 수 있지 않으면 의미가 없다.

하지만 최근의 베루도라의 행동을 보면 딱히 용의 모습이 아니더라도 충분히 쉴 수 있을 것 같은데…… 오히려 인간의 모습을 하고 있는 쪽이 만화를 읽거나 게임을 하거나 할 때 더 편하다. 내 방에 들러붙어 살 정도이니, 그건 문제가 없겠지.

그런고로 인간 모습일 때 쓸 방도 준비해주자고 생각했다.

이 넓은 방에는 문이 두 개 있었다.

상층부로 연결되는 계단으로 가는 큰 문이 하나. 그리고 또 하나가 평범한 개인용 방으로 이어지는 문이었다.

라미리스의 재현력은 굉장한 수준이라, 정말로 내가 생각한 대로 방이 만들어져 있었다.

"호오? 여기가 내 방인가?"

흥미진진한 표정으로 바라보는 베루도라는 아랑곳하지 않고, 나는 '위장'에서 가재도구 세트를 꺼냈다.

고블리나 일행이 만들어준 카펫을 깔고 장인들이 만든 의자와 책상을 놓는다. 엎드려 누워도 괜찮도록 긴 의자도 준비해놓았고, 필요할지 아닐지 모르겠지만 침대까지 있다.

상당히 편하게 쉴 수 있는 방이다.

벽에는 책장도 설치해놓았고, 베루도라가 마음에 들어 하는 만화를 복제하여 꽂아놓았다. 넓은 방의 장엄한 분위기와는 조금 다르게 서민이 사랑하는 쾌적한 사생활의 자리가 만들어진 것이다.

"좋겠다, 좋겠다. 리무루, 나도 이런 가구가 갖고 싶은데."

라미리스가 부럽다는 듯이 그렇게 말하기에 다음에 다시 올 때는 준비해놓겠다고 약속했다.

사이즈를 어떻게 할지 고민했지만, 그런 걱정은 할 필요가 없었던 것 같다. 라미리스는 주저하지 않고 긴 의자 위에 만화를 펼쳐놓고 읽기 시작했기 때문이다.

그러고 보니 예전에 회의를 할 때도 그랬었지. 딱히 크게 신경 쓰지 않아도 괜찮은 것 같으니 하나 더 준비해놓기로 하자.

그리고 어느새 베루도라도 침대에 엎드려 누워서 뒹굴거리고 있다.

아주 만족스러운 모양이다.

분위기를 중시한 넓은 방의 장엄함도, 이 방과 지금의 베루도라를 봤다면 아무 소용이 없겠지. 만일의 경우에라도 여기 오는 자는 없을 거라 생각하지만, 모험가들에게는 이런 모습을 보이지 않았으면 좋겠다.

뭐, 무리를 해도 어쩔 수 없는 일이다.

그날은 베루도라의 방을 만드는 것으로 마무리하고 끝내기로 했다.

그 후로 일주일.

살짝 페이스가 느려지긴 했지만, 미궁이 100층까지 완성되었다.

내부 장식은 내 주문대로 블록(부분) 단위로 구성을 변경할 수 있게 되어 있다.

이 기능 덕분에 며칠에 한 번, 내부 구조를 변경할 수 있는 것이다. 모험가가 겨우 길을 기억해도 또 처음부터 다시 시작해야한다. 난이도가 악랄한 것도 어느 정도가 있는 법이다.

지도를 사고파는 것은 비겁한 짓이라고 생각하니, 매번 들어와서 고생을 해야 할 것이다.

하지만 다르게 생각하면 질리는 일은 없다고 할 수 있으니⋯⋯공략 난이도를 유지한 채, 항상 신선한 상태인 미궁이 되는 셈이다.

일단 구제 장치로 10층마다 세이브 포인트(기록 지점)를 설치해둔다.

듣자 하니 라미리스의 미궁 안에선 특정한 조건을 만족시키면 '공간이동'이 가능하다는 모양이다. 놀랍게도 마력요소에 의한 영향을 받지 않는다고 한다. 식량 같은 것도 운반할 수 있으므로 상당히 편리한 기능이라고 할 수 있다.

당연히 그러한 점은 인간에게도 적용이 되기 때문에, 특정한 지점으로 이동을 자유롭게 할 수 있도록 했다.

그것이 세이브 포인트다.

이 지점에 한 번이라도 도달했다면, 다음에는 그곳에서 재개할 수 있게 된다. 이 이동은 동료에게도 적용되기 때문에 누군가가 대신 보내주는 꼼수도 가능할 것이다.

이 문제에 관해선 의견이 나뉘었지만, 우선은 반응을 살펴보기로 하고 내 의견이 통과되도록 했다.

그리고 애초에 세이브 포인트에서 꼼수를 써봤자 고생하는 것은 자신들이란 말이지.

왜냐하면 각 층마다 보스를 배치할 예정이니까. 쥬라의 대삼림에도 에어리어 보스가 있듯이, 가디언(계층 수호자)이 필요하다고 생각한단 말이지.

특히 10층마다 준비된 세이브 포인트 앞에는 격이 다른 강한 마물을 배치하고 싶다고 생각하고 있었다.

그런 강력한 개체를 격파하지 않으면 세이브 포인트는 이용할 수 없다는 뜻이다. 그것을 돌파할 수 있는 능력자가 데려가는 동료라면 허튼 짓은 하지 않을 거라 생각한다. 아무래도 문제가 있는 것 같으면 그때 다시 고려해보기로 하자.

그 외에도 보상으로써 보물 상자를 준비해놓을 예정이므로 부디 열심히 노력해서 보스를 물리쳐주기를 바라는 바이다.

보스를 물리쳐도 문제가 없는가?

그렇다. 그거야말로 중요한 점 중의 하나다.

라미리스가 가진 '작은 세계(미궁창조)'의 또 하나의 기능── 소생의 힘이다.

이 권능이 있는 덕분에 들어온 모험가를 소생시킬 수 있는 것이다.

본인의 의사 확인이 필요한 것은 전에도 설명했던 바이지만, 라미리스와의 주종 관계가 있으면 그럴 필요가 없어진다고 한다.

놀랍게도 '미궁창조'로 만들어진 미궁 내부에서 라미리스의 부하는 불멸이 된다고 한다. 라미리스 자신은 살해당하면 소멸해버리지만, 부하들은 세이브 포인트에서 부활할 수 있다고 한다.

이 경우 부하들은 계약을 맺은 상대와 라미리스가 인정한 자로 한정되지만, 생각했던 것 이상으로 흉악한 스킬(능력)이라는 것은 틀림이 없다.

베레타를 원했던 가장 큰 이유가 이것이었다.

라미리스 자신은 대단하지 않아도 미궁 내에서 라미리스의 군대는 무적인 것이다. 하지만 부하가 없는 라미리스에겐 전혀 의미가 없는 무적 능력이었던 것이다.

의지가 없는 골렘(마인형)으로도 무리. 엘레멘탈 콜로서스(성령의 수호거상)가 소멸한 것도 의지가 없는 인형에 지나지 않았기 때문이었던 모양이다.

그런 점에서 보자면 베레타는 인형이 아니다. 라미리스의 부하가 된 베레타라면 이 미궁 내에서 불멸의 존재가 될 수 있다는 뜻이다. 그리고 지금은 트레이니 씨도 있으니, 이건 생각했던 것 이상으로 라미리스의 전력도 얕볼 수가 없을 정도로 강하다는 이야기로군.

그 두 사람은 상당히 강하다. 거기에 불멸 속성까지 붙는다면 베니마루와 시온도 이길 수 있을지 없을지 확신이 가지 않을 정도다.

그런 베레타와 트레이니 씨인데, 지금도 바쁘게 아무 불평도 없이 밖에서 투기장 건설을 도와주고 있단 말이지…….

라미리스 덕분에 미궁은 순조롭게 완성에 가까워지고 있다. 일단락되면 두 사람도 같이 참가시켜서 미궁 안의 방어에 대해 논의를 하는 게 좋을 것 같다.

그건 나중에 생각하기로 하고,

"라미리스, 부탁했던 아이템은 어떻게 됐어?"

"아아, 이거 말이지? 일단은 만들어봤어."

내가 라미리스에게 부탁했던 물건, 그건 소생용 아이템이다.

라미리스의 '미궁창조'에서 '불멸' 속성을 부여하려면 의사 확인이 필요하다. 하지만 이번 미궁은 이용자가 많을 것으로 예상된다.

누구나 이용 가능한 시설인 이상, 찾아올 모험가의 의사를 일일이 확인하고 계약을 맺기는 어려울 것이다. 적은 수라면 라미리스도 파악할 수 있겠지만, 너무나도 많은 수의 인간이 동시에 몰려오면 라미리스의 작업이 쫓아가지 못하는 경우도 있기 때문이다.

그때 라미리스가 딱 한 번 효과를 발휘한 뒤에 쓰고 버리는 아이템을 만들 수 있다고 말했다.

라미리스가 내놓은 것은 언뜻 보기에는 평범한 팔찌였다. 미산가(자수실이나 리본으로 만든 팔찌. 닳아서 저절로 끊어지면 소원이 이루어진다는 설이 있음)같이 손목에 감아서 착용하는 물건 같았다.

"이거, 효과 확인은 해봤어?"

"확실해! 어젯밤에 베레타로 시험해봤으니까!"

"야, 너, 베레타한테 무슨 짓을 시키는 거야……."

놀랍게도 베레타는 '저는 악마이므로 최악의 경우에도 소멸되지는 않습니다'라고 말하면서 기꺼이 협력해준 모양이다.

내가 부탁한 것이라고는 하나, 참 무모한 짓을 한다.

하지만 시도해본 보람이 있어서 팔찌의 효과를 확인할 수 있었다고 한다. 트레이너 씨가 베레타의 핵을 맞춰서 꿰뚫었고 10초 정도 지나자, 시체가 던전 바깥으로 전송되면서 완전 부활했다고 한다.

"완벽하군. 베레타의 용기에 감사해야겠어."

"응응. 나도 한 번 쓰고 버리는 아이템을 제작한 건 처음이었거든, 만들 수 있을 거라 생각은 했지만 성공해서 다행이야!"

라미리스가 웃는 얼굴로 고개를 끄덕이지만, 역시 처음 시도해본 모양이다.

성공했으니 다행이긴 한데, 실패했을 경우를 생각해보면 오싹해진다. 적어도 동물실험 같은 걸로 대체해서 앞으로는 이런 무모한 시도는 하지 않는 방향으로 해주길 바라는 바다.

어찌 됐든 소생 아이템도 이용할 수 있었다.

나중에 지상으로 긴급 탈출 가능한 아이템도 준비할 수 있을 것 같다.

'부활의 팔찌'와 '귀환의 호루라기'—— 이런 것은 만약을 대비한 보험으로서, 미궁 입구에서 판매하기로 하자.

사는 것도 자유, 사지 않는 것도 자유.

그러나 사지 않고 들어가서 죽거나 길을 잃어도 자기 책임이다.

나라면 살 것이다. 틀림없이.

가격 책정은 나중에 생각하기로 하고, 어쨌든 준비는 대충 마무리된 셈이다.

그건 그렇다 쳐도 이 '부활의 팔찌'라는 소생 아이템 말인데, 라미리스의 힘을 임시로 구체화시킨 것일 뿐이다. 그러므로 미궁 안에서 죽었을 경우에만 초기 설정되어 있는 던전의 입구에서 부활이 가능하게 되는 것뿐이다.

어디서든 부활할 수 있는 것으로 착각하지 않도록, 철저히 설명해줄 필요가 있을 것 같다.

세상에는 남의 말을 듣지 않는 자가 많이 있으니, 조금 걱정이 되는군. 착각한 나머지 밖에서 죽어버려도 그건 자업자득이다. 그렇다고는 하나, 그래도 역시 가여우니까 이 점은 정말 유의하도록 전달해두기로 하자.

이렇게 해서 던전(지하 미궁)의 큰 윤곽은 완성되었다.

겨우 일주일 만에 끝났으니 정말 대단하다.

혹시 라파엘(지혜지왕) 선생이라면 재현할 수 있지 않을까 하고 생각해서 물어봤는데——,

《알림. 개체명 : 라미리스의 고유 능력 '작은 세계(미궁창조)'를 재현하는 것은 불가능합니다.》

라고 깔끔하게 불가능하다고 선언한 것이다.

이건 라미리스만 할 수 있는 위업이며, 지금에 와서 생각해보면 이쪽으로 이주해 와줘서 감사합니다, 라고 말하고 싶은 기분이다.

"고생했어, 라미리스. 이걸로 드디어 다음 단계로 계획을 진행할 수 있겠어."

"헤헤헷, 당연하지! 나도 할 때는 할 줄 안다고!"

날개를 파닥거리면서 돌아다니는 라미리스를 칭찬해준 뒤에 나는 베루도라 쪽을 바라봤다.

"오래 기다리게 했네, 베루도라 군. 이제 드디어 네가 오라(요기)를 해방할 때가 온 것 같아."

"오오, 드디어! 크아하하하, 맡겨만 두라고!"

기다리고 기다리던 때가 왔다.

100층까지인 던전에는 각 층을 잇는 계단과 환기구가 있다. 지하 100층까지 환기가 가능하냐고 묻는다면 마법으로 어떻게든 가능하게 만들었다고 대답할 수밖에 없다.

그러므로 솔직히 말해서 환기구 같은 건 필요가 없는 셈이다.

그런데도 그것을 만든 이유는 각 층에 마력요소를 침투시키기 위해서였다.

100층의 넓은 방 가운데서, 베루도라가 원래의 모습을 해방한다. 그러면 압박되어 있던 오라도 해방되는 것이다.

"그럼 시작한다. 으랏차아아——!!"

일일이 기합을 넣을 필요는 없었지만, 기분상의 문제인 모양이다.

휘몰아치는 듯한 흉악한 오라가 나와 라미리스를 덮친다. 걱정이 되어서 라미리스도 나의 '절대방어'로 감싸놓았다.

한순간이 지난 뒤에, 마치 폭발이라도 한 것처럼 착각할 만한 충격이 있었다.

"위, 위험, 위험했네에……. 리무루가 보호해주지 않았다면 나는 날아갔을지도 몰라……."

라미리스가 바들바들 떨고 있다.

확실히 생각했던 것 이상의 충격이었다. 그리고 평범한 인간이라면 가볍게 죽을 수 있을 정도의 농밀한 마력요소가 주위를 채우고 있다.

"크앗——핫핫하! 내가 왔도다!!"

보스의 방, 이 아니라 가장 깊은 곳에 위치한 넓은 방은 상당히 넓었지만 베루도라가 원래 사이즈로 돌아오니 좁게 느껴진다.

오랜만에 본 흑룡 형태의 베루도라는 역시 너무나도 위엄에 가득 찬 모습이었다.

야아, 정말로 입만 다물고 있으면 엄청난 위용이 느껴진단 말이지.

하지만…….

"으아, 개운해! 야아, 그건 그렇고 성대하게도 발산했군. 이런 짓을 밖에서 했다간 살짝 큰일이 벌어졌을지도 모르겠는걸."

느긋한 소리를 하고 있지만, 밖에서 그런 짓을 했다간 대참사가 벌어진다고. 그리고 개운하다고 말하면서 아직도 흘러나오고 있잖아.

"여, 역시 사부는 굉장하네……. 내 미궁이 일그러질 줄은 생각도 못 했어……."

라미리스가 말한 대로 벽이 폭풍에 밀려서 일그러지고 있다. 엄청난 내압을 받은 결과지만, 이것이 공격이 아니라는 사실을 생각하면 정말 놀랍다.

"굉장하기도 하지만, 꽤 오래 참았나 보네. 앞으로는 이렇게 되기 전에 조금씩 오라를 방출해놓도록 해……."

흘러나오는 오라에 포함된 마력요소만으로도 이 정도의 농도라니. 베루도라의 에너지(마력요소)양은 터무니없을 정도로 방대한 것 같다.

그렇기에 더더욱 그걸 방출하는 것만으로도 위험하단 말이지. 앞으로는 이렇게 되기 전에 조금씩 밖으로 내뿜도록 시켜야겠다.

그건 그렇다고 쳐도 마력요소의 농도가 높다. 그렇게 생각했을 때, 내 머릿속에 놀라운 생각이 번뜩였다.

이 100층에 방을 하나 더 만들어서 그곳을 창고로 삼으면 어떨까?

그리고 그 방에 광산에서 채굴한 철광석 등을 보관해두는 것이다. 그렇게 하면 대량의 마력요소를 쐬면서 금방이라도 마광석으로 변질되지 않을까.

마광석은 '마강(魔鋼)'의 원석으로 금에 필적하는 가치가 있다. 철광석과는 비교도 되지 않은 수요가 있으며, 우리에게도 유용한 자원이 될 것이다.

"라미리스, 이 넓은 방 옆에 넓은 방을 하나 더 만들 수 있겠어?"

"응, 그 정도야 여유지!"

말이 나온 김에 바로 준비하도록 했다.

다음에 올 때는 도시에 있는 창고에서 철광석을 운반해 오기로 하자.

내가 그런 식으로 자잘한 아이디어를 생각하고 있는 동안에도 마력요소는 예정대로 각 층에 침투하기 시작한다. 지금은 아직 벽도 없으며 구역 정리도 하지 않았다. 그러므로 방해받을 일 없이 구석구석까지 모든 공간을 채운다. 지하 50층 지점까지도 '봉인

의 동굴'의 가장 깊은 곳 이상의 마력요소 농도를 띠고 있었다.

생각했던 것 이상으로 농도가 높지만 일단은 성공이다.

남은 건 마물의 발생을 기다리는 것뿐. 엄청난 농도이니, 상당히 강력한 개체가 탄생할 것이다.

그런 기대를 하면서 그날은 해산하기로 했다.

*

그리고 다음 날.

오늘은 베레타에 트레이니 씨도 있다.

베루도라는 어제는 그대로 마력요소를 계속 방출하고 있었는지, 용의 모습을 유지한 채로 넓은 방에 늘어져 있었다.

"야아, 리무루. 어젯밤은 오랜만에 쾌적하게 지낼 수 있었어."

"그거 다행이군, 앞으로는 참지 말고 내키는 대로 해방하도록 해. 단, 절대 밖에서 하면 안 되는 거 알지?"

"크아하하하, 그야 알다마다."

정말이려나?

조금 의심이 가기는 하지만 믿기로 하자.

이 모습 그대로는 논의를 하는 것도 불편하니까, 베루도라도 인간 형태로 돌아오게 했다. 그런 뒤에 베레타와 트레이니 씨에게도 현재 상황을 설명한다.

이것으로 작업을 개시한다——고 말하고 싶지만 그 전에.

베레타에게 최종 확인을 하기로 했다.

"베레타, 너는 기이에게 라미리스를 따르겠다고 선언했었지?

그 마음은 지금도 변함이 없느냐?"

베레타는 놀란 모습으로 나를 봤다.

그 가면 아래에선 보기 드물게도 표정이 변화하고 있지 않았을까.

"──리무루 님, 무례한 발언이라는 걸 알면서도 감히 말씀드리겠습니다만, 예전에 말씀드렸던 대로 저는 리무루 님과 라미리스 님을 따르고 싶다고 생각하고 있습니다."

"아아, 그건 기억하고 있다. 하지만 그렇다면 기이에게 맹세한 것과 상충되는 것이 아니냐?"

"……네. 그때는 저 혼자였기 때문에──."

"아니, 그렇게까지 진지하게 굴지 않아도 된다. 네가 바라던 대로 결국, 라미리스도 이 도시로 옮겨 오게 되었으니까. 그리고 미궁 운영을 맡아주겠다고 하니, 너도 그 일을 도와주겠지?"

"물론입니다!"

"그렇다면 문제없다. 그건 결국 나를 따르는 것과 같은 것이니까."

예전에 이야기를 들었을 때부터 생각은 하고 있었다. 베레타가 원한다면 라미리스에게 넘겨주자고.

마왕 중에서도 최강이라고 여겨지는 기이와 약속했으니, 그걸 어겼다간 베레타도 무사히 넘어가진 못할 테니까.

"괜찮겠습니까? 그렇다면 저는 라미리스 님을 따르고 싶습니다."

망설임 없이 대답하는 베레타.

사실은 베레타의 계산대로 되었다는 느낌이 들지만, 뭐 괜찮지 않을까.

그 속이 검은 면은 대체 누구를 닮──.

《해답. 그것은 당연히──.》

아아, 그런 대답은 듣고 싶지 않습니다.

한시도 방심할 수가 없다니까. 라파엘은 나를 대체 뭐로 생각하고 있는 걸까.

정말이지. 속이 검은 걸 따지자면 오히려 나보단 라파엘 쪽이잖아.

《………….》

불만이 있는 모양이지만, 신경 쓰지 않기로 한다.

"그래도 좋겠지. 그럼 베레타. 앞으로는 라미리스를 모시도록 해라!"

"저는 라미리스 님의 하인이 되겠지만, 리무루 님에게서 받은 은혜를 잊은 것은 아닙니다. 만약 뭔가 내리실 명령이 있다면 언제든지 망설이지 말고 내려주십시오."

"그래, 그때는 부탁하도록 하지."

내가 그렇게 말하고는, 베레타에게 설정해둔 마스터 록(제작자 명령)을 해제했다. 그리고 마스터(진정한 주인)의 자리를 라미리스에게 양도한다.

양도는 완료되었고, 나는 이제 제작자 권한을 가지고만 있게 되었다.

라미리스에게 무슨 일이 생기면 베레타의 명령권이 내게로 돌아오겠지만, 그렇게 되지 않는 한은 라미리스가 베레타의 주인이다.

이것으로 일단 안심이다.

기이로부터 항의를 들을 일도 없어졌으며 라미리스의 호위라면 베레타는 신용할 수 있다.

이 미궁은 생각했던 것 이상으로 여러모로 이용할 수 있을 것 같다.

겉으로는 모험가들을 불러 모으기 위한 선전으로서.

그 이면에는 베루도라의 오라 배출이라는 용도도 있다. 그 부산물── 높은 마력요소 농도를 이용하여 철광석을 마강석으로 변질시키는 일도 가능한 것이다.

이 세계의 '마력요소'라는 정체불명의 물질을 연구하기 위해서라도 이 미궁은 유효하게 활용할 수 있을 것 같기도 하고. 처음에 생각했던 것 이상으로 이 미궁의 중요도는 높아지고 있다.

이곳의 방어를 트레이니 씨 혼자에게 맡기는 것은 불안하니까, 베레타가 있어주면 든든할 것이다.

그리고 베레타의 마스터가 된 라미리스는 어떤가 하면…….

갑작스러운 일에 허둥지둥하고 있었다.

"베레타가 내 진짜 부하가 되었다니……. 이제 이걸로 외톨이도 졸업을──."

"어머나, 라미리스 님. 저도 있답니다."

"그랬었지! 트레이니도 있으니, 우리도 규모가 커진 셈이네!"

라미리스는 어지간히 기뻤는지, 베레타의 주위를 날면서 돌아다니고 있다.

그 모습을 흐뭇하게 바라보는 트레이니 씨.

라미리스는 지금까지 혼자서 많이 외로웠던 모양이다. 아직 부하는 둘밖에 없는데, 규모가 커졌다는 말을 하고 있다…….

걱정이다. 역시 걱정이 된다.

트레이니 씨는 믿을 만한 사람이지만, 라미리스에겐 너무 약하니까 말이지. 베레타에겐 고생을 끼치겠지만, 상식을 갖춘 사람으로서 열심히 저 둘을 말려주었으면 좋겠다.

베레타에게도 속이 검고 타산적인 면은 약간 있지만, 내 기대에는 부응해줄 것이다.

"베레타, 나보다도 라미리스를 더 부탁한다. 앞으로는 네가 라미리스를 확실하게 지켜다오."

"넷! 이 목숨과 바꿔서라도 반드시!"

믿도록 하자. 베레타라면 안심할 수 있다.

미궁 안의 마물을 관리하려면 라미리스와 트레이니 씨만으로는 불편할 때도 있을 것이다. 그런 때라 하더라도 베레타가 있으면 문제없다.

이걸로 된 것이다.

나와 베루도라는 잔뜩 들뜬 라미리스에게 진절머리를 내면서도, 그 모습을 흐뭇하게 바라봤다.

정식으로 주종 관계가 성립되면서 베레타는 이 미궁 안에서는 '불멸'이 되었다.

'부활의 팔찌'가 없어도 그 권능은 완벽하게 발동할 것이다. 그리고 그것은 트레이니 씨도 마찬가지다.

'부활의 팔찌'와 '귀환의 호루라기' 같은 아이템에는 라미리스의 스킬(능력)이 한정적으로 부여되어 있다. 그러나 시종이 된 베레타와 트레이니 씨는 그런 아이템이 없어도 괜찮은 것이다.

부활하는 장소도, 사전에 설정해둔 세이브 포인트라면 어디라도 괜찮은 모양이다. 매번 미궁 밖으로 튕겨서 날아가지 않아도 된다고 한다.

또한 각 층의 세이브 포인트를 통해서 간단히 '전이'도 가능하게 되었다고 한다.

라미리스의 고유 능력 '작은 세계(미궁창조)'는 본인이 아니라 그 부하에게야말로 더 유익한 권능이었던 모양이다.

그건 그렇고…… 몇 번이고 제한 없이 부활 가능하다는 것은, 깊게 생각하지 않아도 무시무시하군.

지금은 아직 둘뿐이지만, 이걸 통해서 부하가 늘어난다면…….

앞으로도 계속 미궁 안에선 마물이 태어날 것이다. 그것들을 부릴 수 있으면 라미리스의 군대라고 부를 수 있게 될지도 모르겠다.

그렇게 되면 꼬맹이라고 업신여길 수 없는 세력이 될 가능성도 있다. 그런 군대에 '불멸' 속성이 더해지게 되면 함부로 얕볼 수 없는 위협이 될 것이다.

방어력을 기준으로 생각한다면 라미리스의 스킬(능력)은 더할 나위 없이 우수하다. 사용자가 라미리스였기 때문에 지금까지 아무도 깨닫지 못했던 것뿐이다.

──하지만 뭐, 결국은 라미리스다.

괜찮다. 문제는 없다.

사랑스러운 이 요정은 외로움을 잘 타는 꼬맹이일 뿐이다.

대군대를 이끌고 무슨 짓을 벌이려는 생각은 하지도 않을 것이니까──.

*

그러면 다음 단계로 들어가자.

미궁의 내부 구조를 생각하는 것이다.

100층이나 있으면 미로를 생각하는 것도 큰일이다. 뭐, 미로 하나만을 덫이라고 할 수는 없으니, 내부 장식은 조금씩 정리하기로 하자.

참고로 이 미궁의 한 층당 넓이는 사방 250m 정도 되는 정방형이다.

도쿄 돔에 필적할 정도의 넓이지만, 아래층으로 내려가면 좁아진다. 역 피라미드 구조로 되어 있었다.

베루도라가 최하층에서 오라를 방출하면 더 확산되기 쉬운 구조를 생각한 결과다. 그렇다고 해도 매 층마다 넓이나 높이도 자유롭게 교체가 가능하므로, 문제가 발생했을 경우엔 변경하면 된다. 뭐든 가능하기 때문에 상당히 상식 밖의 구조물로 만들어질 것 같다.

깊게 고민해봤자 소용이 없다.

그러면 설치 가능한 덫을 확인하자.

· 독화살── 어디서든 날아오는 독이 발라진 화살.

· 독 늪── 딱 봐도 독성이 강해 보이는 늪. 빠지면 독 대미지를 받고, 상태이상 효과가 발생한다.

· 회전하는 바닥── 방향감각을 어지럽게 만든다. 매핑의 중요함을 실감하자!

· 이동하는 바닥── 멋대로 내달리는 바닥. 상당히 무섭다.

· 절단하는 실── 의식하지 못하고 지나갔다간 목이 잘려서 떨어진다. 이동 바닥과 세트가 되면 흉악.

· 빠지는 함정── 낙하로 인한 대미지보다, 떨어지면 그 밑에 무엇이 있는지가 더 두렵다.

· 미믹(유사 보물 상자)── 얏호, 보물 상자인가? 안됐구나, 나다!

· 폭발 보물 상자── 얏호, 보물 상자다! 폭발!!

· 마물의 방── 안녕하세요! 겨우 먹이가 걸려들었네요.

· 밀폐된 방── 안에서 불을 피우면…….

· 암흑의 층── 횃불을 가져오는 것은 상식이겠지. 가져오지 않았다면 고가로 팔아줄 수도 있는데?

· 천장이 낮은 층── 엎드려 기어 다닐 때 마물하고 만나고 싶지는 않겠지…….

· 지형효과가 있는 층── 뭐야, 이곳은! 왜 미궁에 화산이?!

뭐, 대충 말하자면 이런 느낌일까.

생각나는 대로 덫을 열거해보니 거의 모든 것이 실현 가능하다고 한다.

"제법인데, 라미리스. 이런 덫도 네 힘으로 실제로 만들 수 있어?"

"응! 미궁 안이라면 뭐든지 다 할 수 있어!"

확실히 라미리스가 말한 대로일 것이다.

우리는 지금 지하 100층에 있지만 공기 성분은 지상과 거의 다르지 않다. 이것도 다 라미리스의 힘 덕분이다. 정말로 굉장한 스킬이라는 것을 재확인했다.

"그건 그렇고 이 '밀폐된 방'은 뭐야? 이런 게 덫이 되는 거야?"

그 질문에 나는 씨익 웃으면서 답한다.

"공기——라고 할까, 대기 중에는 산소라는 물질이 있어. 인간, 아니 거의 대부분의 생물은 호흡을 하면서 그 산소를 몸 안에 들여보내고 있지. 슬라임이랑 드래곤(나랑 베루도라) 같은 예외도 있지만 말이야. 산소 농도가 극단적으로 낮으면 호흡을 해도 산소 결핍증에 걸리지. 자칫하면 즉사. 그러므로 방 앞에선 신중해지게 되지. 이건 철칙이야."

그냥 밀폐되어 있는 것뿐이라면 문제가 없지만, 안에서 불을 피우기라도 하면 무산소 상태가 될 경우도 있다. 독가스가 충만해 있을 경우도 있고 말이야.

유적과 미궁 안에서 방을 발견해도 바로 뛰어 들어가서는 안 되는 것이다. 내부의 대기 성분을 분석하고, 독가스가 쌓여 있지 않은지 의심하고, 산소 농도를 측정해야만 한다.

이건 탐색의 기본이며 이렇게 하지 못하면 어차피 오래 살지 못한다.

이 세계에는 마법이 있으니까, 적어도 바람 계통의 마법으로 환기 정도는 해야 하겠지.

그런 사항을 라미리스도 알아듣기 쉽게 설명했——지만, 아무래도 이해를 하지는 못한 것 같다.

"뭐, 흉악한 덫이라는 건 알았어. 우리에겐 영향이 없는 것 같으니 신경 쓰지 않아도 되겠지. 그건 그렇고 너······. 예전부터 생각했던 거지만 정말 무서운 녀석이네. 하지만 믿음직스러워. 이런 덫은, 나로선 도저히 생각하지 못할 거야······."

라미리스는 자신들이 걸릴 우려는 없다는 점을 이해하자 안심한 모양이다. 감탄하면서 나를 칭찬해주고 있다.

솔직한 감상 같기도 해서 조금은 쑥스럽다. 원래 세계에서 게임을 좋아하는 사람들이라면 많이 익숙한 덫들인데 말이지.

그러나 이게 현실이 되면 이야기는 달라진다.

어딘가에 있는 어트랙션과는 달리, 이쪽은 목숨이 걸린 문제가 된다. 그리고 이런 덫이 기다리고 있는 던전을 공략하려면 며칠이 걸릴지 짐작도 되지 않는다.

2, 3일 정도로는 몇 층 정도 공략이 가능할까 말까한 수준이다. 게다가 지형이 변화되는 경우도 있으니, 10층에 있는 세이브 포인트까지는 단번에 공략을 진행할 필요가 있을 것이다.

우리같이 독이 듣지 않고 호흡을 할 필요도 없으며, 게다가 식사와 수면도 필요가 없다면 강행 돌파도 가능할 것이다. 하지만 평범한 인간은 그렇게 할 수 없다. 영웅이라 불리는 자조차도 휴식은 필요한 법이니까.

내가 생각해도 흉악한 미궁이 될 것 같다.

"난이도가 좀 많이 높으려나?"

"그런가? 괜찮을 것 같은데."

"그래, 리무루. 이 정도는 아무것도 아니야!"

내 걱정은 베루도라와 라미리스가 웃으면서 날려버렸다.

그럼 괜찮으려나.

나도 그 말에 납득하면서, 그대로 미궁의 미로를 어떻게 할지 생각하기 시작했다.

그 후로 며칠 뒤.

라미리스가 희희낙락하며 다양한 덫을 준비했다. 그걸 베레타와 트레이니 씨가 설치하면서 돌아다닌다.

나와 베루도라는 사이좋게 미로를 고안 중이다. 여러 가지 패턴을 생각하면서 즉시 변경할 수 있도록 등록해둔다.

진도는 순조로웠지만, 각 층에 '지형효과'를 부여하려는 단계에서 라미리스가 문제를 제기했다.

"무리, 무리야. 나는 그렇게 대량의 에너지를 유지할 수는 없어!"

그러니까 항복한 것이다.

──아니, 확실히 그렇긴 하다.

이미지 상으로는 염열층(炎熱層)이나 빙결층(氷結層), 폭풍층(暴風層)같이 한 층 전체에 자연재해가 발생하는 지형효과를 생각해두고 있었다.

그야 화산은 무리겠지.

왠지 최근에는 마법으로 뭐든지 할 수 있겠다는 기분이 들긴 했지만, 아무래도 너무 무모한 말을 했던 모양이다.

"그야 그렇겠지. 미안해, 라미리스. 내가 무모한 요구를 해버렸네——."

나는 포기하고 라미리스에게 사과하려고 했다,

그런데 그때——,

"어딘가에 서식하고 있는 파이어 드래곤(화룡)이나 아이스 드래곤(빙룡)을 테임(포획) 해서 데려오면 되잖아. 정 뭣하면 내가 잡아 올까?"

귀에 익은, 하지만 여기 있을 리가 없는 인물의 목소리가 들려온 것이다.

돌아보니 플래티나 핑크의 트윈 테일이 보였다.

밀림이었다.

"어……? 왜 여기 있는 거야, 밀림——."

이곳은 지하 100층.

즉, 이제 막 만들어진 던전(지하 미궁)의 최하층.

아직 공개하지도 않았으니 들어오는 것은 불가능할 텐데…….

그런데——,

마왕 밀림이 씨익 웃으면서 서 있었다.

참고로 라파엘은 눈치를 채고 있었던 것 같았지만, 밀림이 내게 악의를 품고 있지 않았기 때문에 굳이 보고하지 않은 모양이다…….

아니, 내가 그렇게 하라고 말하긴 했지만, 이건 생각을 좀 다시하는 게 좋을지도 모르겠다. 융통성을 제대로 발휘하질 못하니 정말 난감하다.

《…………》

그건 앞으로의 과제로 생각하고 지금은 밀림의 상대를 해야지.

그렇게 생각하고 나는 밀림 쪽으로 시선을 돌렸다. 그러자 밀림은 의기양양한 표정으로 이야기하기 시작한다.

"흐흥. 뭔가 재미있는 일을 벌이는 것 같은 느낌이 들어서 말이지, 그래서 한번 와봤어. 이런 자리에 날 빼놓다니. 배짱이 좋잖아, 리무루."

그렇게 말하면서 있지도 않은 가슴을 굳이 펴면서 몸을 뒤로 젖히는 밀림.

여전히 노출도가 높은 의상을 입었지만, 예전보다는 천의 면적이 넓어진 것 같기도 하다. 슈나와 고블리나가 입혀준 것으로 조금은 세련된 멋에 눈을 떴는지도 모르겠다.

하지만 그 양손에는 의상에 맞지 않는 드래곤 너클이 둔탁한 빛을 발하면서 자기주장을 하고 있다.

참으로 밀림답다. 역시 아직은 어린애다.

여기까지 온 애를 따돌리는 것은 불쌍하니까, 정 같이하고 싶다면——,

"훗, 밀림인가. 아직 어린애인 너는 어른인 우리가 하는 숭고한 일을 이해하지 못하는 것 같군. 이건 놀이가 아니야. 방해하지 마라!"

베루도라가 밀림을 쳐다보면서 당당하게 그리 말했다.

내가 대답을 할 틈도 없이 일도양단이다. 확실히 명목상으로는 일을 하고 있는 것이긴 한데, 도저히 일을 하고 있는 것으로는 보이지 않을 텐데…….

그리고 베루도라의 말에 맞장구를 치는 라미리스.

"사부의 말이 맞아! 우리는 여기서 일을 하고 있는 거니까, 시간이 남아도는 너는 어서 돌아가는 게 좋다고!!"

그렇게 소리치면서 밀림에게 대들었다. 그러나 가엾게도 밀림에게 턱, 하고 붙잡히고 만다.

제법 용기가 있는 행동이지만, 실력이 동반되지 않으면 소용이 없단 말이지.

나는 그럴 용기는 없기 때문에 평범하게 질문하기로 한다.

"재미있어 보이는 일이라니, 무슨 소리를 하는 거야? 네가 나한테 편지를 보냈으니까 성대한 축제를 기획하고 있는 거잖아."

"뭐?! 내 편지를 무시했던 게 아니었어?"

"그럴 리가 있나. 너 말이야, 일단은 마왕을 초대하는 거니까 어설프게 일을 벌일 수는 없는 거잖아?"

밀림은 불만스러운 표정을 지었지만, 자신이 무시를 당한 게 아니라는 사실을 알고 기분을 풀었다. 하지만 그때 불만의 목소리를 드높이는 자가 있다.

"잠깐, 리무루! 나도 마왕이거든? 밀림과, 너와 같은 옥타그램(팔성마왕)이거든?!"

밀림과 자신에 대한 대우가 다르다고, 라미리스가 화를 버럭버럭 내기 시작했다.

"라미리스, 너는 초대를 받았느냐를 따지기 이전에, 네가 멋대로 여기에 이주해 왔잖아!"

"뭐어?! 이주라니, 그게 무슨 뜻이야? 설마, 라미리스 너, 리무루랑 같이 사는 거야?"

나와 밀림의 잇따른 지적에 이번에는 라미리스가 당황하기 시

작──,

"그랬지! 나는 초대를 받지 않아도 이미 상관없는 거였네! 외톨이 신세도 졸업했고, 지금은 리무루와 같이 살고 있고!"

──하는 줄 알았더니, 오해를 살 만한 폭탄 발언을 내뱉었다.

"치사해, 치사하다고! 나도 여기서 살고 싶단 말이야!!"

"흥──이다! 나는 여기서 일하고 있거든. 리무루를 도와주고 있으니, 너같이 민폐만 끼치는 손님은 아니란 뜻이야."

"뭐라고오?! 그런 말을 하다니, 너 같은 녀석은──."

화가 난 밀림이 라미리스에게 싸움을 건다. 라미리스도 뭐, 이길 리가 없는데도 그걸 받아들였다.

그리고 나는 말려들지 않게 그걸 지켜볼 뿐이다. 그렇다고는 하나, 밀림이 실력 행사로 나서면 싸움이 제대로 되지 않기 때문에 두 사람의 싸움은 그냥 말싸움이다.

서로에게 험담을 늘어놓는 두 사람이지만, 슬프게도 어휘력이 압도적으로 부족하다. 너무 수준이 낮아서 흐뭇하게 들릴 지경이다.

때때로 라미리스가 날아 차기를 날렸고, 밀림이 라미리스를 붙잡으려고 쫓아다닌다. 술래잡기 같아서, 옆에서 보고 있으면 사이좋게 놀고 있는 것으로밖에 보이지 않지만 말이지.

이 두 사람은 오랜 옛날부터 알고 있는 사이라고 하니, 이것도 일종의 애정 표현일 것이다.

그리고 두 사람의 싸움은 허무하게 끝났다.

슈나가 간식을 준비해서 들고 왔다가, 두 사람을 보고 꾸짖은 것이다.

"싸우는 사람한테는 간식을 주지 않을 거예요!"

그 한마디에 두 사람은 순식간에 얌전해졌다.

화해한 두 사람은 사이좋게 간식을 먹고 있다.

어느새 그 자리에 있는 게 익숙한 느낌이 들었지만, 그 전에 여기에 뭘 하러 온 것인지 물어봐야 한다.

"그런데 밀림, 너는 대체 뭘 하려고 온 거야?"

"흐흥, 말했잖아? 뭔가 재미있어 보이는 걸 벌이는 것 같은 느낌이 들었다고."

"아니, 아니, 어, 정말 그게 이유야?"

"그렇다니까. 하지만 와보길 잘했네. 이 케이크라는 것도 최고고, 이 미궁이라는 것도 재미있어 보이거든. 설마 라미리스가 이렇게 도움이 될 줄은 생각도 못 했어."

"흐흐──응! 실은 나도 말이지, 엄청난 실력을 숨기고 있었단 말씀이야. 네가 그걸 알아차리지 못했을 뿐이지!"

그렇게 말하는 너도 알아차리지 못했잖아, 라미리스. ──그렇게 생각했지만 말하지 않기로 하자.

그건 그렇고 밀림 녀석, 이런 꿍꿍이는 정말 냄새를 잘 맡는다니까.

정말이지 밀림에겐 뭔가를 숨기지 못할 것 같다. 예전에 마왕이었던 칼리온과 프레이를 부리는 몸이 되었는데, 여전히 발걸음이 가벼운 것도 놀랍다.

애초에 밀림에게 논리는 통하지 않는다.

보통은 혼자 몸으로 이렇게 돌아다닐 수 없을 텐데, 밀림이라면 그게 이상하지 않은 것이다.

여기에 나타났다고 해서 그렇게 놀랄 일도 아니라는 생각이 다시 들었다.

"좋아, 간식도 먹었으니 슬슬 일을 다시 시작해보기로 할까. 밀림도 방해하지 않겠다면 같이 즐겨도 돼."

이번에는 드물게도 베루도라가 어른스러운 대응을 보여줬다.

생각해보면 이 두 사람이 싸움을 벌이는 쪽이 더 문제였다. 밀림도 라미리스가 상대니까 힘 조절을 하고 있는 거지만, 베루도라가 상대라면 그렇게도 할 수 없을 것이다.

모처럼 준비한 미궁 안의 시설 등도 두 사람의 싸움에 휘말리면 한 방에 아웃이 될 것이고.

베루도라에겐 딱히 불만스러운 점이 없는 것 같으니 일단은 안심이다.

"사부가 그렇게 말한다면 나도 이견은 없어."

라미리스도 납득한 모양이다.

그도 그럴 것이 밀림과 라미리스는 의외로 사이가 좋으며, 처음부터 일부러 약만 올린 것 같았다.

"맡겨둬! 방해는 하지 않을 테니까, 나한테도 할 일을 주도록 해!"

밀림도 기분이 풀렸으며 참가할 마음이 가득한 모양이다.

나도 이견은 없으므로 순순히 고개를 끄덕이려고 했지만, 한 가지 마음에 걸리는 게 있었다. 그것만큼은 확인해두지 않으면 안 된다.

"그럼 밀림이 참가해도 괜찮지만——."

"음! 이런 재미있어 보이는 이야기는 처음에 계획할 때부터 불러주면 좋겠어!"

"알았어. 하지만 그건 그렇다 치고. 밀림, 네 부하들은 괜찮은 거야? 칼리온과 프레이의 허가는 제대로 받았겠지?"

자유방임하게 보이지만 이 녀석도 마왕이다.

그것도 지금은 프레이와 칼리온이라는 과거의 마왕도 두 명이나 부하로 들어갔고, 클레이만의 영토까지 병합하면서 광대한 영토를 지배하는 절대자인 것이다.

영지 운영을 칼리온과 프레이에게 맡기고 있다고는 하나, 분명 지금까지와는 비교할 수 없을 정도로 바쁘게 지낼 터인데…….

그런 밀림이 과연 자유롭게 놀면서 돌아다닐 수 있을까?

응, 나?

나는 괜찮지. 부하들이 전부 우수하니까, 나는 방해를 하지 않는 게 더 낫다.

그리고 제대로 기획은 세우고 있다. 지금도 인간들을 불러들이기 위한 계획을 짜고 있으니, 결코 놀고 있는 건 아니란 말이다.

그러므로 나는 됐으니까, 지금은 밀림이 중요하다.

내 질문에 밀림은 시선을 획 돌렸다.

"뭐어, 너도 알다시피 나는 우수하니까…… 그렇지? 결코 공부하는 게 싫어서 도망쳐 온 건 아니야!"

횡설수설 그런 말을 하는 밀림.

──그랬군.

국가의 상황을 프레이가 조사해서 정리한 뒤에 그걸 밀림에게 넘겨주면서 가르치고 있었나 보군. 그러나 밀림은 그게 싫어서 도망쳐 왔다, 라는 것이 진상인 모양이다.

"싫어! 나도 반드시 참가할 거야!"

내가 무슨 말을 하기도 전에 밀림이 먼저 거부하기 시작했다.

역시 대단하다. 정말로 밀림은 감이 예리하다.

사실은 프레이나 칼리온에게 연락을 해야 하겠지만―― 뭐, 상관없나.

어차피 꾸중을 듣는 것은 내가 아니다.

나는 아무것도 몰랐다, 라는 것으로 치자.

그런 것보다.

밀림은 아까 신경이 쓰이는 말을 했었다.

"좋아! 꾸중을 듣는 건 너니까 그 이야기는 넘어가기로 하고. 문제는 용이야, 용! 아까 네가 말했던 이야기 말인데, 용을 포획해서 데리고 온다고 했었나? 그런 게 정말 가능해?"

"윽?! 역시 꾸중을 듣는 거야? 아니, 그렇지만…… 어쩔 수 없는 걸. 모험을 하려면 위험은 당연히 따라오는 거라고 하니까……."

꾸중 듣는 것을 겁내면서도 숙제를 빼먹고 노는 어린아이같이 구는 밀림.

뭐, 어쩔 수 없겠지. 그녀가 고른 길이니까.

그걸 지켜봐 주는 것도 어른이 해야 할 일.

밀림은 잠깐 갈등한 뒤에, 역시 노는 쪽을 선택했다.

"용에 대해서 물었지? 포획하는 것은 가능해. 정 뭣하면 내가 포획해 올까?"

일체의 망설임을 보이지 않는 걸 보면, 노는 쪽으로 마음을 완전히 굳힌 것 같다. 투구풍뎅이를 잡아 올까 라고 말하는 듯한 분위기로, 용을 포획하겠다는 말을 했다.

나로서는 바라 마지않던 일이다.

"오, 부탁할 수 있을까? 그렇다면 어떤 종류가 있지? 드래곤은 '용종(竜種)'과 관계가 있는 건가?"

붙잡아 오겠다고 하니, 당연히 부탁해야지.

그리 생각하여 가볍게 그런 식으로 말해봤지만, 내 말에 밀림과 베루도라가 동시에 반응했다.

"리무루, 드래곤과 '용종'은 다른 거야."

"그 말이 맞아. 루미너스라면 또 몰라도, 너까지 나를 그런 도마뱀 녀석들과 같이 취급하지 말라고!"

그렇게 격렬하게 항의한 것이다.

그리고 이야기가 나온 김에 그대로 드래곤(용)에 관해서 자세한 설명을 듣게 되었다.

*

"──애초에 이 세계의 드래곤(용족, 竜族)은 내 형이자 최강의 '용종(竜種)'에 해당하는 '성왕룡(星王竜)' 베루다나바의 열화된 인자를 지니고 태어난 마물에 지나지 않아."

그렇게 말하면서 베루도라가 이야기를 하기 시작했다.

이야기의 대전제로서 물질 생명체인가 정신 생명체인가 하는 차이가 있다. 물질인 드래곤에게는 육체가 있는 것이다.

'용종'과 모습이 비슷해서 드래곤이라는 호칭으로 불리고 있지만, 그 본질은 사우루스(공룡)에 가깝다. 간단히 말해서 크고 흉악한 도마뱀이라고 하겠다.

이 세상에 넷밖에 존재하지 않는다고 하는 '용종' 말인데, 지금 현재는 셋밖에 없다고 한다.

베루도라의 형이자 밀림의 아버지인 '성왕룡' 베루다나바는 어떤 사정에 의하여 소멸한 이후 부활의 조짐조차 보이지 않는다던가.

'용종'은 불로불멸의 존재이므로, 이 일에는 무슨 사정이 있는 것으로 보이지만…… 그건 일단 넘어가기로 하자.

드래곤의 기원은 그 베루다나바(성왕룡)로까지 거슬러 올라간다고 한다. 더욱 정확하게 말하자면 베루다나바가 밀림에게 준 펫인 엘레멘탈 드래곤(정령용. 精靈竜)에 해당한다.

전에 에렌에게서 들은 이야기와 맞춰서 생각해보면, 그 엘레멘탈 드래곤이 죽어서 카오스 드래곤이 된 것 같은데. 그때 용의 인자가 흩어져서 퍼진 모양이다.

지금도 마력요소가 쌓인 덩어리에서 레서 드래곤(하위 용족)이 태어나기도 하니까. 정령용의 인자가 짙은 농도로 나타나면 아크 드래곤(상위 용족)이 되는 셈이다.

그리고 그런 아크 드래곤 중에서도 더욱 격이 다른 것이 네 가지 계통의 속성을 상징하는 드래곤 로드(용왕. 竜王)들이라고 한다.

아크 드래곤까지 진화한 뒤에 수백 년을 살면서 지혜까지 익힌 존재—— 그게 드래곤 로드라고 한다.

여기까지 진화하면 엘레멘탈 드래곤의 힘의 일부를 구사할 수 있게 되며, 수명도 없어지면서 반 정도는 정신 생명체에 가까워진다고 한다. 기본적으로 '용종'과는 달라서 소멸하면 그걸로 끝인 것 같지만.

예전에 내가 쓰러뜨린 스카이 드래곤(천공룡)이 분명 아크 드래곤이며, 그 위협 등급은 캘러미티(재액) 급이었다. 드래곤 로드는 그 이상으로 강하니까, 마왕에 필적하는 정도가 될까?

즉, 클레이만이나 상위 정령과 비슷한 급이거나, 그 이상으로 강하다고 생각해도 좋을 것이다.

확실히 그 정도로 에너지(마력요소)양이 많다면 각 층에 지형효과를 주는 것도 어렵지 않겠지.

"잠깐, 잠깐, 아무리 나라고 해도 긍지 높은 드래곤 로드를 포획하는 것은 무리야!"

내 착각을 정정하려는 듯이 밀림이 서둘러서 그렇게 말했다.

듣고 보니 확실히 지혜가 있는 드래곤 로드를 부리는 것은 무리가 있겠군. 협력을 의뢰하면 받아들여 줄지도 모르겠지만, 그렇게까지 할 정도의 문제는 아니다.

"그것도 그런가. 그럼 네가 붙잡을 수 있다고 말한 건 어떤 거지?"

"음! 드래곤 로드까지는 안 된다고 해도 속성이 있는 아크 드래곤은 있어. 그 녀석들을 붙잡아 온 뒤에 풀어놓고 기르면, 마력요소를 먹고 지형을 변화시켜줄 거야."

과연.

드래곤은 둥지를 튼다고 하니, 그들의 구역을 자기 취향에 맞는 환경으로 알아서 바꿔줄 것이라고 한다.

마력요소는 계속 흘러나와 채워질 것이니 재료는 충분하다. 밀림의 의견을 채용하기로 하자.

"부탁할 수 있을까?"

"맡겨만 둬! 드래곤 로드가 되기 직전의, 속성을 지닌 용을 각 각 한 마리씩 붙잡아 올게."

밀림의 설명에 따르면, 엘레멘탈 드래곤에서 파생되는 것은 네 가지 계통만 존재한다고 한다.

각각의 속성―― 땅, 물, 불, 바람의 드래곤 로드를 정점으로 시작하여 속성을 지닌 용으로 이어지는 수형도가 그려진다.

그 속성을 지닌 용도 네 가지 종류.

파이어 드래곤(화염룡, 火炎竜), 아이스 드래곤(빙설룡, 氷雪竜), 윈드 드래곤(열풍룡, 烈風竜), 어스 드래곤(지쇄룡, 地砕竜)이 그것들이다.

내가 쓰러뜨린 스카이 드래곤은 윈드 드래곤의 진화에 실패 한 아종 같은 것인가 보군. 정령과는 달리 '하늘' 속성은 없는 것 같고.

그 외에도 변이종이나 특별 진화 개체도 있는 것 같은데, 그것 들은 인간의 표현을 빌리자면 개성 같은 것이라고 한다.

어찌 됐든 이것으로 지형효과가 있는 층도 준비할 수 있을 것 같다. 밀림이 용을 포획해준다면 아래층에 배치하기로 하자.

참고로, 속성을 지닌 용은 용의 아종보다도 강하다. 대충 계산 해도 특A급보다 상위이다.

아무리 그래도 카리브디스(폭풍대요와)와는 비교도 되지 않겠지 만, 상당히 강하단 말이 된다.

그렇게까지 깊이 생각하지는 않았지만, 실제 용의 아종 한 마 리와 홀리 나이트(성기사) 여섯 명이 호각, 이라고 하는 모양이다.

속성을 지닌 용이라면 크루세이더즈(성기사단)의 1개 소대로 쓰러뜨릴 수 있을까 말까한 레벨이라고 하는데…… 그런 건 내가 알 바가 아니다.

그런 건 신경 쓰지 않고 배치할 장소를 결정했다.

정령의 5대원소의 상극 관계를 따져보면, 땅은 하늘에 강하고, 하늘은 바람에 강하고, 바람은 물에 강하고, 물은 불에 강하고, 불은 땅에 강한 것으로 되어 있었다.

하지만 속성을 지닌 용의 강함에는 상극은 관계가 없는 모양이다.

상성보다 전투 경험이 중요한 것 같다.

쉽게 말하자면, 젊은 용보다 늙은 용이 강하다는 이야기가 되겠군.

그러므로 내 기준에 따라 멋대로 순위를 정한다.

99층은 염옥층(炎獄層).

──고열의 불꽃에 휩싸여 있는 최후의 관문. 내열 장비 필수. 그리고 그 앞에 기다리고 있는 자는?!

98층은 빙옥층(氷獄層).

──멈춰 서 있다간 죽는다. 당신은 방한 장비로 버텨낼 수 있을까?

97층은 천뢰층(天雷層).

──천공에서 쏟아져 내리는 번개의 위협. 돌파할 수 있을지 없을지는 당신의 운에 달려 있다!

96층은 지멸층(地滅層).

──이 층까지 도착한 자를 비웃는 흉악한 지진. 용의 분노를

깨달아라!

뭐, 말하자면 이런 느낌이려나.

최종 보스인 베루도라 앞에 초고난이도의 지형효과가 동반된 층을 준비하는 것이다.

이것으로 완벽하다. 일반적으로 생각하면 공략은 불가능할 것이다.

"잘됐네, 리무루!"

"큭큭큭, 내 앞에 잡종들을 늘어놓는단 말인가. 가짜를 보고 안심했을 때 내가 나선다는 얘기로군!"

"끄응, 베루도라의 역할은 혼자만 너무 멋진데. 나도 가끔은 최종 보스 역할을 해보고 싶어!"

세 명은 각자 다른 의미로 만족스러워하는 것 같았고, 나도 기쁘기 그지없다.

하지만 정작 중요한 용이 아직 준비가 안 되어 있으므로, 헛된 기쁨이 되지 않도록 만들고 싶다. 그렇게 생각하면서, 밀림을 조금 더 치켜세워 주기로 했다.

"무슨 소리를 하는 거야, 밀림. 네 도움이 있었기 때문에 이 최후의 덫이 완성되는 거라고."

"!"

"그래, 밀림! 이번에는 나도 부탁할 테니까, 강하고 멋진 용을 붙잡아 와줘!"

"음, 내게 맡겨둬!"

내 의도를 눈치챈 것인지, 라미리스까지 내 말에 입을 맞춰줬다. 그 덕분인지 밀림은 상당히 의욕적인 모습을 보여준다.

이걸로 일단 안심이다.

용만 있다면 문제없이 덫이 완성된다.

이 층은 딱히 내가 손을 대지 않아도 된다. 밀림이 포획해 온 용이 둥지만 틀어준다면 그게 흉악한 덫이 되는 것이니까.

밀림은 용을 포획하러 길을 떠났다.

그리고——,

포획해 온 용은 라미리스의 부하가 되어 그녀의 밑으로 들어갈 것이다.

*

갑자기 찾아온 밀림이 그날 바로 떠난 뒤로 며칠이 지났다.

덫의 설치는 이미 끝났으며. 나머지는 밀림이 용을 포획해서 돌아오기를 기다리는 것뿐이다.

"야아, 베레타, 트레이니 씨, 정말 수고가 많았습니다."

"아닙니다, 이것도 다 리무루 님과 라미리스 님을 위한 것이기에……."

"그렇답니다. 저도 라미리스 님을 위해 일할 수 있어서 정말 행복했어요."

베레타는 평소와 다름없이 한 발 물러나 겸허한 자세로 대답한다. 그리고 트레이니 씨는 행복이 가득한 표정을 지으며 라미리스를 어깨에 태운 채로, 어떤 명령이든 달게 받아들일 것 같은 태도를 보이고 있다.

자, 이것으로 일단 할 일은 다 끝낸 셈인데——.

"그러고 보니 리무루 님, 제가 이것을 계속 맡아두고 있었습니다."

그렇게 말하면서 베레타가 유니크(특질) 급의 무기와 방어구를 꺼냈다.

"이건……."

"클레이만의 부하였던 골렘(마인형)으로부터 받은 것입니다. 그 자리에서 미처 전해드리지 못했는데, 보물 상자에 넣기에는 딱 좋은 물건이 아닐까 해서——."

오오, 그러고 보니…….

클레이만의 최고 걸작이라고 했던가. 분명 비올라라는 이름이었던 것 같은데?

비올라의 온몸에 내장되어 있던 무기를 베레타가 전부 회수했었던 모양이군.

내게 바치겠다고 말했었지만 그건 거절했다. 왜냐하면 그걸 받는 대신 이곳으로 옮겨 사는 것을 허락해달라는 부탁을 받았기 때문이다.

베레타는 내 말에 납득하고, 그 물건들을 가지고 돌아갔었는데…….

"그건 라미리스에게 바친 게 아니었나?"

그런 내 질문에 대답한 사람은 베레타가 아니라 라미리스였다.

"헤헹! 나는 어차피 쓰지도 못하니까 그다지 흥미가 없었거든. 굉장한 무기라고는 생각하지만, 그 이상 내가 어떻게 개조할 수도 없을 것 같고 말이지. 기왕이면 너한테 도움이 되는 게 좋겠다고 베레타랑 상의해서 결론을 내렸어!"

"괜찮겠어? 팔면 꽤 많은 돈을 받을 수 있을 것 같은데?"

"괜찮아, 괜찮아. 왜냐하면 나도 일을 하게 됐잖아? 앞으로 돈도 펑펑 들어올 것이고, 쩨쩨한 얘기는 하지 말자고! 그리고 말이지, 결국은 이렇게 우리가 살 곳도 만들어졌으니까!"

라미리스는 그런 식으로 말하면서 무기와 방어구를 내게 넘겨줬다. 그러므로 나는 그것들을 고맙게 받아서 유용하게 활용하기로 한 것이다.

그런고로 재빨리 보물 상자를 설치하면서 미궁의 완성도를 확인하기로 했다.

지하 1층부터 순서대로 완성도를 확인하기 시작한다.

맨 처음 층은 실력을 시험해보는 정도의 난이도.

초심자라도 안전하게 진행할 수 있게 만들어놓았다.

미로 구역도 길의 폭을 넓게 해서 그렇게 많이 헤매지 않도록 설계했다.

그렇다고는 하나, 사방의 길이가 250m인 방이라면 상당히 넓다. 길을 조사하는 것만으로도 힘들 테고, 실컷 돌아다닌 끝에 아무런 수확도 없는 층이 되기가 쉽다.

이것만으로는 인기가 없을 것 같지만, 약한 마물이 대량으로 돌아다닐 테니까 문제는 없을 것이다. 마물에게선 '마정석'이나 유용한 드롭 아이템 같은 것을 얻을 수 있으므로, 나름대로 짭짤한 수입이 될 테니까.

그렇게 획득한 물건은 우리가 사들일 생각이다. 이 도시에는 자유조합 지부가 없으므로, 가장 가까운 조합은 블루문드 지부가 된다. 모험가들이 거기까지 들고 가는 것은 어려울 테니, 우리나라가 싼 가격에 구입해서 그 차익을 운반비로 징수하는 것도 괜찮을 것이라 생각한다.

유우키와 논의하여 우리나라에도 조합 지부를 세우게 하는 것도 괜찮을 텐데 말이지. 어쨌든 그런 이야기가 나오기 전까지 조합의 일은 우리가 대행할 예정이다.

지하 5층까지는 이런 느낌이며 조금씩 미로가 복잡해질 뿐, 다른 변화는 없다.

하지만 6층부터는 어려워진다.

여기서부터 각종 덫이 등장하는 것이다.

그렇게 말은 해도 지하 9층까지는 흉악한 덫은 설치하지 않았으므로, 덫으로 죽는 자는 없을 거라 생각하지만 말이지. 적어도 숙련된 모험가라면 그렇게까지 고생은 하지 않을 것이다.

난이도가 너무 갑자기 높아지면 단골이 오지 않게 된다.

그렇게 되면 아예 논외다. 그러므로 처음 9층까지는 친절하게 설계해둔 것이다.

그리고 문제의 10층.

이 방에는 조금 강력한 마물을 딱 하나만 배치한다.

소위, 보스의 방이다.

이 보스를 쓰러뜨리면 문이 열리면서 아래층으로 가는 계단이 출현하는 구조로 되어 있었다.

"그래서 리무루, 어떤 마물로 할 거야?"

"그건 뭐, 발생 조건을 확인하는 게 먼저일 것 같은데…… 슬슬 나타나지 않았으려나?"

그렇다. 실은 이곳 10층에 이르기까지 마물의 모습을 보지 못했다.

베루도라가 오라를 해방한 지 열흘 정도 지났는데, 아직도 마물이 발생하지 않은 것 같다.

《해답. 오라를 숨기고 있어도 마물들은 개체명 : 베루도라의 기척을 감지할 수 있습니다. 가까이 오는 자는 없을 것입니다.》

아, 그렇구나.

"베루도라에게서 흘러나온 마력요소에서 태어난 마물은 베루도라의 기척을 느끼는 모양이네. 겁을 먹고 가까이 오지 않는 거래."

"뭐라고?! 그래서 그런가……. 그 봉인된 동굴 안에서도 내 앞에는 마물이 모습을 보이지 않았던 게 이유가 있었군."

내 설명을 듣고 베루도라가 납득하고 있다.

뭐, 약한 마물이라면 버텨내지 못했다는 이유가 더 컸겠지만.

"뭐, 나중에 적당히 갖춰두기로 하지. 일단은 10층에는 B랭크 정도의 조금 강한 마물을 배치할 예정이야."

"흐——응, 알았어. 지혜가 없는 녀석이라면 내 부하로는 삼지 않는 게 좋겠네. 이 방에 데리고 와서 이 목걸이를 채우면 돼!"

라미리스가 그렇게 말하기에, 목걸이를 받아 들었다.

이 목걸이를 채워두면 라미리스와 계약하지 않아도 몇 번이고 부활하게 된다고 한다. 쓰러질 때마다 일일이 대신할 것을 찾지 않아도 되므로 아주 도움이 될 것 같다.

"오오, 이건 편리하겠는데. 수고를 많이 덜겠어."

"그렇지? 뭐, 이 미궁 안이라면 나는 뭐든지 가능하니까!"

실제로 라미리스가 한 말은 사실인 것 같다.

아이템마다 부여하는 권능을 바꿀 수 있다니, 라미리스의 스킬(능력)은 정말로 여러 가지가 가능한 것 같다. 나로서는 재현할 수 없는 것이 아쉽다는 것을 재확인했다.

보스의 문제도 이것으로 정리가 됐다.

10층에는 보스의 방밖에 없으므로, 보스를 쓰러뜨리면 안전하게 된다. 보스의 방을 지나가면 세이브 포인트(기록 지점)와 지하로 이어지는 계단이 있을 뿐이다.

아, 그렇지. 잊어선 안 되는 것이 보물 상자다.

보스의 방의 상자에는 덫을 치지 않는다. 단, 무기와 방어구의 출현율은 조정해놓았다.

이 층 이후에는 숨겨진 방 같은 것도 준비해서 덫이 설치된 보물 상자도 설치할 예정이다. 그리고 20층 이하에선 미믹(유사 보물 상자)도 등장한다.

조금 악질이긴 하지만, 그게 바로 탐사형 미궁의 진짜 재미라고 할 수 있을 것이다. 그걸 리얼하게 체험할 수 있으니 오히려 고맙게 여겼으면 좋겠다.

안 좋은 점만 있는 게 아니다.

미궁 안은 마력요소로 가득 차 있으니 시간이 가면 이런 무기와 방어구가 마검이나 마창 같은 것으로 변질될 수도 있다. 그런 물건을 손에 넣을 수 있는 것이므로, 이 정도의 위험은 존재하는 것이 당연하다고 할 것이다.

'부활의 팔찌'만 있으면 죽지는 않으므로, 다소 흉악한 쪽이 자극적이면서 재미있을 것이다. 모험가들의 반응이 너무나 기대가 된다.

이것으로 10층까지의 확인이 끝났다.

"어떡할래? 여기에 마물로부터 얻은 물건을 사들이거나 보관할 수 있는 시설을 준비해볼까?"

"으——음, 필요 없지 않을까? 왜냐하면 그런 게 있으면 '귀환의 호루라기'가 팔리지 않을 거 아냐."

그러고 보니 그렇군. 라미리스치고는 날카로운 지적이었다.

그 말에는 일리가 있는 데다, 돈 문제가 얽히면 라미리스도 현명해지는 모양이다.

"확실히 세이브 포인트가 있는 층에 그런 시설을 준비해봤자 의미가 없으려나. 그럼 중간층이나 5의 배수로 끝나는 층에 안전지대를 설치하기로 할까."

"응응, 그게 좋겠어!"

모험가들이 획득한 물건을 맡긴다거나, 조금 더 비싼 가격으로 회복약 등을 판다거나, 식사를 할 수 있는 곳을 준비해도 좋을 것 같다.

이것들은 딱히 그 층에 준비하지 않더라도, 전부 같은 장소로 이어지게만 해놓아도 충분할 것이다. 그러므로 만드는 데 드는 수고를 생각해봐도 그렇게 힘이 들지는 않을 터이다.

밖으로 나가서 휴식을 취하는 자들이 더 많으려나?

뭐, 그건 상황에 따라 달라지겠지. '귀환의 호루라기'는 보험용 아이템이므로 좀 비싸게 팔아도 될 것이고.

이런 점은 내 취임 기념행사가 끝난 뒤에 생각하기로 했다.

＊

그런 식으로 우리는 이렇게 저렇게 시도하고 논의하면서 각 층을 점검하며 돌아다녔다. 그리고 세세한 점을 확인하면서 미궁을 차곡차곡 완성해나갔다.

그리고 100층까지 확인을 마친 뒤에 만족했다.

완성된 미궁은 흉악하다는 말 한마디로 끝나지 않았다.

《──일반적인 모험가의 역량으로 판단하자면, 저급의 마물과 미로만으로 충분한 난이도입니다. 그에 더하여 악랄한 덫의 배치와 수많은 상급 마물의 발생을 고려한다면, 흉악하다는 말도 당연히 모자랄 것으로 추측됩니다──.》

응, 뭐라고? 안 들려.

라파엘(지혜지왕)이 어이없어하는 것 같았지만, 당연히 그건 내 기분 탓이겠지.

──그 후에, 그게 내 기분 탓이 아니었다는 것을 실감하게 되었다.

발생한 마물을 배치하고 보스를 설정하려고 했지만, 미궁 안에 대량의 마물이 들끓고 있었던 것이다.

"이, 이게 뭐야아——?!"

그렇게 소리쳐봤지만 이미 늦은 뒤였다. 난이도 조정을 하느라 많은 고생을 했지만, 그건 자업자득이라고 할까…….

뭐, 계속 마음에 담아둬 봤자 소용이 없다. 작은 실수로 여기고 바로 잊어버리기로 했다.

많은 일이 있었지만, 나머지는 의욕적인 모습을 보인 베루도라와 라미리스에게 맡기기로 한다.

밀림이 포획한 용도 각 층에 풀어놓고, 각 층의 마력요소 농도도 조절했다. 발생해 있던 마물도 용을 풀어놓음으로써 어느 정도 솎아낼 수 있게 되었다.

그 때문에 30층까지밖에 보스가 정해지지 않았지만, 그건 그것대로 좋게 생각하고 넘어가기로 하자.

지상에는 콜로세움(원형 투기장)을 짓는 중이다. 믿을 수 없는 기세로 골조가 완성되고 있으므로 눈이 녹은 후에 열리는 개국제까지는 완성될 것이다.

그 지하에 있는 미궁은 생각했던 것 이상으로 훌륭한 어트랙션으로 완성되었다.

'부활의 팔찌'를 제대로 구입하지 않으면 안 되지만, 그것만 있다면 누구든지 한 번은 들어가 보고 싶다는 생각을 할 것이 분명하다.

앞으로의 메인이 되는 즐길 거리로써 기대만큼의 효과가 있으면 좋겠는데 말이지.

아직 실제로 적용해야 할 아이디어는 많이 있지만, 지금은 이

걸로 충분할 것이다.

우리는 사악한 미소를 지으면서 서로의 얼굴을 보고 고개를 끄덕였다.

이렇게 하여 미궁의 준비는 끝이 났다.

그리고 준비가 진행되어가면서 도시에 낯선 자들이 하나둘씩 모습을 드러내기 시작한다.

눈이 녹기 시작하면서 쥬라의 대삼림의 각지에서도 방문자가 찾아오기 시작한 것이다.

멀지 않아 개국제가 시작되려 하고 있었다——.

제4장

알현식

Regarding Reincarnated to Slime

어느 정도 전망이 보였기 때문에 나는 도시로 돌아왔다.

베루도라와 라미리스는 미궁에 남아 있다. 밀림도 드래곤의 포획을 끝낸 뒤로는 같이 작업을 도와주고 있었다.

밀림은 돌아가지 않아도 괜찮은 걸까?

──그런 의문이 머리를 스쳤지만, 꾸중을 듣는 것은 밀림이므로 하고 싶은 대로 하게 놔둔 것이다.

그리고 세 사람은 아무래도 내가 장치한 덫을 보고, 자신들이 맡은 층의 완성도에 불만을 가진 모양이다.

30층까지는 이상한 덫을 설치하는 것은 위험하다. 시시한 덫은 설치하는 의미가 없는 데다, 너무 잔인한 덫은 모험가의 의욕을 갉아먹어 버릴 것이다.

빠르게 한계가 보이면 손님이 오지 않게 되어버린다. 그렇게 생각해서 지하 50층까지는 내가 덫을 설치했다. 라미리스와 베루도라, 이 두 사람에게는 깊은 층만을 마음대로 만들도록 허락했다.

그런데 내가 설치한 진짜 덫을 보면서 더 대단한 덫을 설치하고 싶어진 모양이다.

"리무루, 나는 착각하고 있었어. 덫이란 건 하나만 설치하는 게 아니었네."

"치사해. 나도 설치하게 해줘!!"

"음. 나도 위력에만 너무 신경을 쓰다 보니, 어떻게 덫에 걸리게 만들 것인지를 생각하는 게 모자랐던 것 같군. 조금은 진지하게 설치해봐야겠어."

그런 말을 하기 시작했기 때문에 더는 같이 못 어울리겠다는 생각이 들어서 방치하기로 한 것이다.

라미리스는 51층부터 60층까지를.

베루도라는 61층부터 70층까지를.

그리고 밀림은 96층부터 99층의 지형효과가 추가된 가장 어려운 난관인 드래곤이 있는 방을.

각자 자신들이 하고 싶은 대로 설정을 하는 분위기가 된 것이다.

터무니없고 말도 안 되는 층이 될지도 모르겠지만 당장은 모험가들이 50층까지밖에 도착하지 못할 테니, 문제는 없으리라 생각한다.

참고로 95층이 수인들의 피난소로 되어 있다. 이곳은 장래에 휴식 장소로 만들어서 할증 요금으로 운영하는 여관을 제공하는 것도 가능할 것이다. 상황을 보고 검토해보자고, 마음속 한쪽에 기억해두었다.

남은 71층부터 90층까지는 나중의 일을 생각해서 초기 상태 그대로 유지시켜두었다. 마력요소는 쌓여 있으므로 마물은 발생할지도 모르겠지만 말이지.

그러므로 나머지 일은 즐거워 보이는 세 사람에게 맡겼다.

며칠이 지났다.

활기 넘치는 도시를 둘러보고 있으려니 묘르마일 일행이 찾아오는 것이 보였다.

서둘러 준비를 끝내고 찾아온 모양이다. 생각했던 것보다 빨리 도착했다.

"리무루 님, 늦었습니다. 오늘부터 신세를 지겠습니다!"

"야아, 묘르마일 군. 잘 왔네. 우선은 자네의 집으로 안내하지."

나는 묘르마일을 환영하면서 새로 지은 지 얼마 안 되는 저택으로 안내했다. 리그루도에게 명령해서 사전에 준비해둔 것이다.

언제든 입주할 수 있도록 리그루도는 준비해주고 있었다. 부탁하면 뭐든지 해주긴 하지만, 참으로 능력이 좋은 인물이다.

기왕 한자리에 모였으니, 이참에 리그루도와 묘르마일을 서로 소개하기로 했다. 그렇다고 해도 묘르마일은 우리나라와 회복약을 거래하고 있으니 이미 얼굴은 알고 있지만 말이다.

집 정리는 안내를 맡은 고블리나와 묘르마일의 집안사람들에게 맡기고 나는, 묘르마일을 동반하여 리그루도의 집무실로 이동한다.

"리그루도, 실례하겠네."

"오오, 어서 오십시오, 리무루 님! 그리고 묘르마일 공도. 오늘은 무슨 일로 오셨습니까?"

리그루도는 한창 바쁠 텐데도 흔쾌하게 우리를 맞아주었다.

"이거 참, 리그루도 공, 오랜만입니다. 나리, 아니, 리무루 님께는 늘 신세를 지고 있습니다만, 실은——."

그리고 내가 설명할 것도 없이 묘르마일이 붙임성 있게 설명을 시작했다.

그대로 응접실로 장소를 이동하여 재빨리 회의를 하게 되었다.

투기장의 건설 상황과 그 남서쪽 구역에 있는 여관 거리의 운영 상황. 그리고 투기장 주변에 노점을 낼 예정이 있다는 것을 설명했다.

그리고 이제 막 완성된 던전(지하 미궁)으로 모험가를 불러들이는 계획을 들려준다.

"——그런 식으로 진행할 생각인데, 던전은 준비가 다 되어 있네. 완성까지는 좀 더 걸리겠지만, 당장은 문제가 없을 거라고 생각해. 콜로세움(원형 투기장)도 아직 완성되지 않았지만, 무대는 완성되었네. 그리고 귀빈석만큼은 호화롭게 완성되어 있으니까, 일반 관객은 계단 부분에 시트를 까는 것만으로도 괜찮지 않으려나. 최악의 경우에는 입석으로 만들어도 괜찮으니까 말이지."

시간이 없으므로, 입석에 관한 부분은 뒤로 미뤄두었다. 건조된 부분의 외관도 투박한 그대로 남아 있지만, 그건 미르드가 돌아온 뒤에 손을 대도 괜찮다고 생각하고 있다.

안전성에 관해서만큼은 신경을 쓰고 있지만, 건조 중이라고 해도 장식은 해놓는 게 좋다고 생각하기 때문이다.

리그루도와 묘르마일은 마치 내 이야기를 잡아먹을 듯이 열심히 듣고 있었다.

그런 뒤에 셋이서 아주 열심히 논의를 한다.

리그루도는 이후에 유입되어 올 사람들에 대한 대응에 대해서. 도시의 주민에 대한 교육도 완전하다고 말하면서 기꺼이 맡아주었다.

묘르마일은 기획이 세워진 무투대회와 던전 개설에 대해서.

그 뒤로 많은 구상을 생각해내면서 자신이 있다며 대담하게 웃고 있다.

그리고 각자의 이야기에 부족함이 없는지 서로 지적한다. 뭐가 필요하고 뭘 준비해야 하는지, 각자 검토한 것이다.

"묘르마일 공이 계획에 가담해주셔서 실로 믿음직스럽습니다."

"그렇지? 묘르마일 군은 능력이 있는 남자니까 말이야. 이번 개국제가 성공적으로 끝난다면, 우리나라의 재무 총괄 부문을 맡기고 싶다고 생각하고 있다네."

그렇게 말하면서 웃는 리그루도에게 나는 가장 중요한 이야기를 전했다.

묘르마일을 재무 총괄 부문의 책임자로 임명하자고 생각했던 것을. 그리고 거기에 상업 부문과 홍보 부문도 겸임시켜서 이 나라의 도움이 되어주면 좋겠다고 생각하고 있다고 말이다.

리그루도도 고개를 끄덕이고는, 묘르마일에게 붙여줄 부하들을 선별해주기로 약속했다. 현재도 교역용 도로의 여관을 운영하면서 장부를 작성하고 있지만, 아직 많이 부족하다고 한다.

베스터 덕분에 식자율도 향상되고 있다지만, 그래도 전원이 읽고 쓰고 계산을 할 수 있는 것은 아니다. 앞으로 국가로서 운영이 되려면 묘르마일 같은 인재는 반드시 필요해질 것이다.

그 점은 리그루도도 숙지하고 있었는지, 내가 원한다는 이유를 제하더라도 묘르마일의 간부 영입에 이해한다는 뜻을 보였다. 자신들이 숫자에 약하다는 것을 자각하고 있어서인지, 계획에 관계없이 환영하고 싶다는 반응까지 보였던 것이다.

"──그렇군요, 그건 정말 좋은 생각입니다!"

"아니, 아니, 저도 아직 멀었습니다. 하지만 이 묘르마일, 최선을 다해 일하기로 하겠습니다!"

그런 식으로 묘르마일은 겸손하게 구는 모습을 보였지만, 원래 야심이 있는 남자이기 때문에 이 이야기에는 처음부터 참가할 의사를 보이고 있다. 개국제를 무사히 끝낼 수만 있으면 묘르마일이 간부로 들어오는 사안은 문제없이 실현될 것이다.

"하지만 어디까지나 실적이 필요하네. 그렇지 않으면 다른 자들이 납득하지 않겠지."

"그렇겠지요. 리무루 님이 명령만 한 마디 하시면 모두 납득은 하겠지만……."

"그렇게는 하고 싶지 않군. 솔직히 이번 건도 내가 너무 지나치게 관여하고 있다는 생각이 들 정도이니."

"그렇겠지요. 우리나라의 주민이 아닌 자라도 간부가 될 수 있다. 그 사실 자체는 좋은 선전이 될 겁니다. 하지만 그러기 위해선 묘르마일 공이 어떻게 해서든 누구라도 납득할 수 있는 실적을 남겨주시면 좋겠습니다."

"그 말이 맞아. 무모한 소리를 해서 미안하지만, 잘해줄 수 있을까, 묘르마일 군?"

그렇다. 이건 어려운 부분인 것이다.

강한 실력을 가지고 있다는 이해하기 쉬운 기준이 있다면, 마물들은 쉽게 납득한다.

디아블로가 그런 경우였으며, 나의 제2비서가 되었어도 아무도 불만을 제기하지 않았다. 정확히 말하자면 시온이 불만을 제기하긴 했지만, 그건 시온이 분위기를 파악하지 못했던 것뿐이다.

디아블로의 실력은 틀림없이 나 다음가는 수준이다. 그런 위험한 녀석에게 아무도 불만을 제기할 수 없었던 것이다.

그런 이유로 무관(武官)이라면, 내가 인정만 하면 간부가 될 수 있는 것이다. 강하다면 문제가 되지 않는다.

하지만 문관(文官)은 그렇게 되지 않는다.

원래는 채용 시험 같은 절차를 거쳐야겠지만, 아쉽게도 우리는 그런 단계까지 이르지는 못했다.

베스터 같은 경험자라면 대환영이지만, 그렇다고 해도 실적이 필요하게 된다. 애초에 그 베스터조차도 아직 고문의 자리에 있다. 결국은 손님 취급을 하고 있는 것이다.

슬슬 베스터도 간부로 맞아들이고 싶지만, 그러기 위해서라도 묘르마일이 실적을 남겨주기를 바라는 바이다.

그리고 할 수 있다면, 두 사람을 동시에 새로운 체제의 국가조직에 끌어들여서 대신으로서 채용하고 싶다고 생각하고 있었던 것이다.

그런 우리의 걱정을 날려버리려는 듯이 묘르마일은 자신에 가득 찬 미소를 지었다.

저 사악한 미소를 나는 싫어하지 않는다.

"훗훗후, 리무루 님. 이 묘르마일을 너무 얕보지 말아주셨으면 좋겠습니다. 기대에 부응하여 확실하게 대성공을 이루는 모습을 보여드리죠!"

묘르마일, 역시 믿음직스러운 남자다. 암흑가를 다스리는 역할을 하고 있었다는 말은 허풍이 아니었던 모양인지, 그 넉살좋은 태도가 우리를 안심시켜준다.

"훗훗후, 묘르마일 군. 당연히 자네를 믿고 있다마다. 잘 부탁하겠네!"

"뭐, 다소 실패가 있다고 해도 억지로라도 성공한 것으로 만들면 됩니다. 리무루 님의 생각을 거역하는 자는 제가 이 철권으로 입을 다물게 만들어버릴 테니까요."

"아니, 잠깐, 리그루도? 그러면 안 되니까, 묘르마일 군에게 노력해달라고 부탁하는 중이지 않은가?"

"안심하십시오, 증거는 남기지 않겠습니다――."

"야아, 리그루도 공도 참 무서운 분이로군요."

"그러지 말라니까, 정말. 나는 이 얘기를 못 들은 걸로 치겠네."

그런 말을 하면서도 우리는 사악한 미소를 짓고 있다.

리그루도 묘르마일과는 모르는 사이가 아니므로, 이미 받아들이겠다는 마음을 갖고 있다는 뜻이겠지. 그 사실을 알 수 있어서 나로서도 안심이 된다.

결국은 묘르마일을 모두가 받아들일 수 있게만 되면, 이유는 무엇이든 상관없는 것이다.

그런 식으로 서로 웃으면서, 우리의 논의는 끝이 났다.

이제 각각 논의한 사항을 유념하면서 개국제를 향해 준비하는 것만 남았다.

이렇게 준비는 차곡차곡 진행되어간다――.

＊

그리고 그날 밤.

"말도 안 돼……. 이건 말이 안 된다고!! 잉그라시아의 왕도에 있는 고급 여관보다 이 집이 훨씬 더 쾌적하잖아!!"

새로운 집에 들어오자마자 묘르마일이 그렇게 외쳤다.

새로운 집에 만족한 것 같아서 나도 기쁘다.

"수도에 마력화로, 그리고 욕실. 게다가 이 화장실. 이 도시의 고급 여관에 있는 설비가 그대로 준비되어 있었습니다."

기뻐 보이는 집안사람들의 보고를 받으면서 묘르마일이 크게 놀랐다.

"나, 나리. 리무루 님? 이렇게 화려한 저택을 받아도 괜찮겠습니까?"

그렇게 말했지만 이 나라에선 이게 표준인데.

뭐, 묘르마일의 집은 집안사람들도 같이 살 예정이니, 일반 주민들의 것보다 호화 저택이긴 하다. 블루문드 왕국에 있었던 묘르마일의 저택을 참고로 해서 그것과 비슷한 레벨의 집을 준비시켰기 때문이다.

작은 부엌과 화장실이 딸린 방이 열 개 정도 있다. 공용인 대욕실과 대식당도 있으며, 나름대로 많은 수의 집안사람들도 같이 살 수 있는 구조로 되어 있었다.

"필요하지 않은가? 모든 사람들의 집을 준비하는 것보다 싸게 먹히고 말이지. 따로 집이 필요한 사람은 돈을 모아서 구입하도록 하게."

모두에게 집을 준비해줄 수는 없었기 때문에 간부용의 집을 몰래 빼돌린 셈이지만, 모두 만족스러워하는 것 같아서 무엇보다 다행이다.

이 저택은 무료로 제공해줬다. 아니, 지금까지 내가 얼마나 묘르마일 군 덕분에 많은 돈을 벌었던가. 그리고 그건 앞으로도 계속될 것이다.

그렇게 생각하면 이건 필요경비로 치면 된다. 오히려, 이 정도면 싸게 먹히는 것이라 할 수 있다.

"그, 그랬지요……. 이 나라에선 이게 표준이란 말입니까. 그렇다면 남서쪽 구역에 있는 싼 여관도……?"

"음. 각 방에 욕실은 없지만, 화장실은 있지. 가까이에 싼 요금으로 운영하는 대욕탕도 있으니. 무료 욕실이 여관에 배치되어 있는 곳도 있었던가."

"과연……. 확실히 처음 얘기를 들었을 때 이 도시를 휴양지로 만들고 싶다고 하셨죠? 납득이 됩니다. 귀족이나 부자 전용의 구역만이 아니라, 서민용의 여관에서도 이 정도 레벨의 서비스가 제공된단 말이군요. 모험가들이 정착할 법도 하군요."

"제법 살기 좋지 않은가?"

"제법 정도가 아니라, 서방 국가를 다 둘러봐도 최고봉일 겁니다. 이제 모험가에게 정기적인 수입이 생긴다면 이 나라에 활기가 생기는 것도 확실하겠지요──."

"흠흠."

"──?! 그런가, 그랬던 거군요, 리무루 님!"

응, 뭐가?

잠시 대화를 따라가지 못한 나를 무시한 채, 묘르마일이 흥분한 표정으로 소리친다.

"그러기 위한 던전(지하 미궁)! 역시 리무루 님입니다. 이 묘르마일, 진심으로 탄복했습니다."

"으, 응. 그런 셈이지."

무슨 뜻이지?

"미궁에 발생한 마물을 모험가가 사냥한다. 그건 쥬라의 대삼림이 안정되면서 일거리를 잃은 그들을 구제하려는 것인가 하는 생각을 했었는데…… 이거 참, 거기까지 생각을 하셨을 줄이야——."

응, 구제?!

아니, 확실히 쥬라의 대삼림의 마물은 소멸하긴 했지만…….

던전은 단순한 어트랙션으로——,

"가능하겠습니다. 이건 가능하겠어요! 마물이 적어지면서 먹고 살 길이 어려워진 모험가도 많아졌으니, 던전을 일자리로 삼는 자도 나올 것입니다. 거기서도 회복약이나 장비품 같은 걸 팔고 있을 테니, 관광지와 휴양지뿐만이 아니라, 이 나라를 정착지로 삼아줄 것으로 보입니다. 훌륭한 서비스를 제공하는 각각의 방에, 관광의 메인이 되는 콜로세움(원형 투기장). 그리고 자극과 일거리를 동시에 만족시켜줄 던전이라니…….

아니, 잠깐—— 던전에 그런 목적이 있었던가?

모험가가 획득한 물건을 사들일 생각은 하고 있었지만, 그건 어디까지나 어트랙션의 경품을 사들이는 것 정도——였지만, 묘르마일의 말에는 자세히 들어둬야 할 부분이 있는데?

"오늘 막 도착했는데 거기까지 이해했단 말인가, 묘르마일 군?"

"물론이고말고요. 돈 냄새를 맡는 능력이라면 나리에게 뒤지지 않는다고 자부하고 있습니다."

"훗훗후, 당할 수가 없구먼, 묘르마일 군에겐."

"핫핫하, 농담도 잘 하십니다. 이것도 모두 나리가 계시기에 가능한 일인 것을요."

"내가 생각한 것만으로는 아무래도 불안해서, 이 계획도 자네에게 맡기고 싶네만——."

"오오, 정말입니까? 기꺼이 협력하도록 하겠습니다."

던전을 모험가의 직장으로 만드는 계획—— 묘르마일은 기꺼이 맡아주었다. 상당한 양의 일을 맡게 될 텐데, 참으로 정력적인 남자이다. 믿음직스럽기 그지없다.

그건 그렇고, 그렇군.

거기까지는 생각하지 못했지만, 모험가들이 정착하게 된다는 건 예상하지 못한 맹점이었다.

참가자의 일부는 미궁에서 돈을 벌게 되겠지만, 대부분은 빈털터리로 돌아가게 되는—— 그런 도박 요소가 있는 어트랙션으로 만들 생각이었지만.

정착하게 된 모험가에게 미궁 안의 마물을 사냥하게 시킨단 말이지. 역시 묘르마일은 빈틈이 없다. 사물을 보는 관점이 재미있다.

숲의 동물과는 달리, 남획으로 인해 생태계가 망가지는 것도 아니다. 오히려 점점 늘어나기 전에 모험가가 마물을 쓰러뜨리고, 거기서 나온 재료를 사들이는 게 낫다.

베루도라가 있으면 마력요소의 보충은 걱정할 것이 없다. 즉, 마물도 계속 보급되는 셈이다.

이건 의외로 훌륭한 아이디어일지도 모르겠군.

모험가는 돈을 벌고, 그리고 그 돈을 도시에서 쓴다.

우리는 자금 사정이 윤택해지고, 그 돈으로 모험가에게 더 많은 것을 지원하는 것이다.

사들인 재료는 가공하여 다른 나라에 수출해도 되겠지. '마정석' 같은 것은 그대로 수출할 수도 있으니까.

'마정석'은 우리도 이용하고 있으므로, 전부 수출할 필요는 없다고 생각한다. 그리고 자유조합의 지부가 우리나라에도 생길지도 모르고.

그렇게 되면 서로 경합하지 않도록 독점권은 양보할 수도 있다. 조합에서 모험가들에게 현금을 지불하는 것이 더 쉽게 외화 획득과 연결될 수 있을 것이라고 생각하기 때문이다.

그 돈으로 다른 나라에서 수입을 하는 것이다.

수왕국 유라자니아로부터의 수입이 정체되어 있는 현재 상태에선, 우리나라에서 생산하는 채소와 곡물만으로는 모험가들의 위장까지 채우기에는 모자랄지도 모른다. 그러므로 다른 나라에서의 수입도 필요하게 될 것으로 생각하고 있었다.

그렇지 않아도 우리나라는 교역의 중심국 중 하나가 될 예정이다. 그건 당초에 구상했던 것이며, 앞으로 더욱 대규모로 물자를 운반할 방법을 생각할 필요가 있었다.

그러므로 이미 복안이 있다.

처음부터 그럴 생각으로 교역용 도로를 넓게 개척해둔 것이다.

포장도 도로의 반만 해놓았으며, 나머지 반은 땅이 그대로 드러나 있다. 그곳에는 나중에 레일(철도)을 깔 예정이었다. 그리고 화물열차를 운행하는 것이다.

"이제 남은 건 선전뿐이군요."

나는 부푸는 기대로 인해 꿈을 꾸는 듯한 기분으로 여러 가지를 생각하고 있었지만, 묘르마일의 목소리를 듣고 제정신을 차렸다.

그렇다, 혼자 급하게 서둘러봤자 소용이 없다.

레일은 그렇다 쳐도, 열차의 개발에는 시간이 걸린다. 우선은 성대하게 개국제를 성공시켜서 각국에 좋은 인상을 줘야 한다.

"선전이라고 할 정도는 아니지만, 각국의 수뇌에는 초대장을 보내놓았네. 여러 나라의 기자들도 도와주겠다고 하니, 손님은 나름대로 올 것이라 생각하는데——."

"흠, 역시 리무루 님이군요. 왕후 귀족들이 미리 예정을 잡게 만들려면 눈이 녹기 전인 지금부터 교섭을 해야 할 것 같아서 고민하고 있었는데 말입니다. 그런 걱정은 할 필요가 없었군요. 그럼 저는 거래처인 큰 가게의 점주들에게 이 나라의 축제에 대해서 미리 알려놓도록 하겠습니다."

"부탁할 수 있겠나?"

"맡겨주십시오. 실은 이미 준비해두고 있습니다. 이 나라의 현재 상황을 보고 나서, 심부름꾼을 보내려고 생각하고 있었습니다."

그렇게 말하면서 묘르마일은 씨익 웃었다.

이 아저씨도 정말 쓸 만한 남자로군.

"야아, 역시 묘르마일 군이로군. 매번 자네의 빈틈없는 면에는 감탄하게 된다니까."

"아닙니다, 리무루 님이야말로 대단하시죠. 이렇게까지 멀리 앞일을 내다보시다니, 저는 아직 다 따라가지 못하겠습니다."

그렇게 말하면서, 우리는 또 서로를 보면서 웃는다.

아니, 나는 묘르마일 군의 사악한 지혜가 더 대단하다고 생각하는데 말이지.

그렇게 생각하고 있으려니──,

"리무루 님, 이번 계획은 실패할 리가 없습니다. 이렇게까지 바탕이 완성되었다면, 누구라도 쉽게 성공으로 도달할 수 있을 겁니다!"

묘르마일은 일어서면서 진지한 표정으로 그렇게 말했다.

누구라도 라고 표현하는 건 좀 지나친 것 같지만, 그렇게 말해주니 안심이 된다.

묘르마일도 이 도시의 식사, 환경, 편안함에 매료된 것 같았다. 그렇기에 이런 반응을 보여주는 것이며, 우리의 계획이 성공할 것을 약속해주는 증거처럼 느껴진다.

나도 일어서면서 묘르마일에게 손을 내밀었다.

"부탁하겠네, 묘르마일 군!"

"맡겨주십시오──."

내 손을 두 손으로 쥐는 묘르마일.

그리고 힘차게 약속해주었다.

그를 믿음직스럽게 여기면서 나는 계획이 성공할 것임을 확신했다.

*

그리고 그날 저녁은 묘르마일의 집에서 거한 대접을 받았다.

식사를 마치고, 홍차를 마시면서 쉬는 나와 묘르마일.

그때 묘르마일이 집안사람들에게 뭔가를 전달했으며, 누군가를 부르러 보냈다.

나타난 것은 비드와 고부에몬이었다.

고부에몬의 성격을 봐선 그림자 속에서 지켜보기만 할 것으로 생각하고 있었다. 그런데 여기 있다는 것은 묘르마일에게 자신의 존재를 밝혔다는 뜻일까?

그것보다 신경이 쓰이는 점이 있다.

"리무루 님, 여기 있는 고부에몬 공은 리무루 님이 제 호위로 붙여주신 것 같더군요."

모르는 척을 하려나 하고 생각했지만, 아무래도 묘르마일은 고부에몬이 내 명령을 받고 움직이고 있었다는 것을 알아차린 모양이다.

"그렇긴 한데, 그보다 고부에몬, 그 팔은 어떻게 된 거지?"

그렇다면 숨길 것도 없겠기에, 신경이 쓰이던 것을 묻기로 했다.

고부에몬의 오른쪽 팔이 팔꿈치부터 사라져 있었던 것이다.

"리, 리무루 님! 정말로 드릴 말씀이 없습니다. 제가 그만 실수를 하는 바람에 묘르마일 씨에게 들키고 말았습니다. 이 팔은 멍청한 저에게 내리는 벌로서……."

그렇게 말하면서 고부에몬은 지면에 머리를 부딪치면서 사죄를 하기 시작했다.

나는 상황 파악이 안 되어서 묘르마일에게 설명해주길 부탁했다.

"자, 자아, 고부에몬 공. 그만 고개를 들고, 우선 차라도 마시면서 진정하시죠."

묘르마일은 고부에몬을 의자에 앉히고, 집안사람이 준비해 온 차를 내밀었다. 그리고 고부에몬을 진정시킨 뒤에 내 쪽을 바라보면서 설명해주었다.

묘르마일이 말하기로는, 그 뒤로 몇 번인가의 습격이 있었다고 한다.

묘르마일도 바보는 아니므로 비드를 비롯한 자신의 경호원들에게도 일단 경계를 강화하라고 명령을 해두고 있었던 모양이다. 그러나 몇 번인가 위험한 때가 있었고, 누군가──뭐, 고부에몬이었지만──의 도움을 받아서 별일 없이 넘어갈 수 있었다고 한다.

내가 생각했던 것 이상으로 습격이 잦았던 탓에, 누군가에 의해 보호를 받고 있다는 사실을 알아차렸다고 했다. 그렇게 되자, 짐작이 가는 인물이 나밖에 없었기 때문에 묘르마일도 고부에몬의 존재를 알아차리지 못한 시늉을 일부러 계속했다고 한다.

그랬는데 결정적인 사건이 일어났다.

습격이 계속 실패하자 안달이 났는지 카자크 자작이 대담한 실력 행사로 나섰던 것이다.

"가게를 후임에게 넘기고, 저는 이 나라를 향해 떠났지요. 교역용 도로까지 나오면 안전하니까 습격자도 손을 대지 못할 것으로 생각하고 안심하고 있었습니다. 그런데──."

도로에는 경비부대도 순찰을 돌고 있으며, 행상인이나 모험가도 많이 있다. 눈이 쌓이지 않도록 매일 도로 청소도 하고 있으므로, 겨울임에도 불구하고 사람들의 왕래가 끊이질 않는 것이다.

그렇게 눈에 띄는 장소에서는 습격을 하지 않을 것이고, 습격을 당한다고 해도 경비병이 곧장 달려올 것이다. 몇 번이고 이 길을 오간 적이 있는 묘르마일은 그 사실을 잘 알고 있었다.

그러므로 안심하고 있었는데, 그 빈틈을 찌르듯이 길가에 있는 마을에서 습격을 받았다고 한다.

"마을? 비드가 사기── 나와 비드가 처음 만났던 마을 말인가?"

"그, 그렇습니다! 제가 처음으로 리무루 님과 만났던 그 마을입니다!"

비드, 지금은 묘르마일의 경호원이지만, 처음 만났을 때는 사기꾼 노릇을 하고 있었지. 이제 와서 옛날 이야기를 하는 것도 아닌 것 같으니 대충 넘어가기로 하자.

그렇게 말하면서 비드는 고부에몬의 도움이 되려는 듯 다가왔다. 그리고 그대로 묘르마일의 뒤에 서서 같이 이야기를 듣고 있었다.

여기서부터 비드도 이야기에 가담하면서 추가로 설명이 이어졌다.

검게 칠한 마차가 나타나더니 안에서 마물이 출현했다고 한다.

그것도 B랭크의 거물이 여러 마리.

예전에 C랭크였던 비드와 그 동료들로는 상대가 되지 않았으며, 모두가 죽음을 각오하고 있었다고 한다. 그래도 필사적으로 마을 사람들을 피난시키고, 시간을 벌고 있었던 중에 고부에몬이 나타난 것이다.

"우리는 고부에몬 형님 덕분에 목숨을 건졌습니다!"

"그 말이 맞습니다. 저뿐만 아니라 그 자리에 있었던 자들은 모두 고부에몬 공에게 감사하고 있습니다."

비드와 묘르마일이 그리 말하지만, 고부에몬의 표정은 밝지 않다.

"하지만 제가 임무에 실패한 것은 사실입니다ㅡ."

마물의 기습을 허용할 고부에몬이 아니다 보니, 순식간에 그들의 처리에 들어갔다. 그 기세를 살려서 그대로 범인을 붙잡으려고 했지만, 거기에 출현한 것이 B+랭크의 바질리스크. 고부에몬은 오른팔에 석화 가스를 맞았고, 서둘러 스스로 팔꿈치부터 절단했다고 한다.

그 틈에 검은색 마차는 도망쳤다고 한다.

"실패라니, 범인을 놓쳤다는 걸 말하는 거냐?"

"그것도 포함됩니다만, 묘르마일 씨에게 들키고 말았습니다……."

잠깐, 임무에 실패했다는 게 그걸 말하는 거였어?!

"딱히 들켰어도 상관없다. 중요한 것은 경호 쪽이니까 말이지. 그것보다 너는 그 팔을 빨리 치료해라."

나는 그렇게 말하면서 '위장'에서 회복약을 꺼내어 고부에몬에게 건네주려 했다. 그러나 고부에몬은 입술을 깨물면서 그것을 받아들이려 하지 않는다.

"아니, 이건 제 미숙함으로 인해 얻은 상처입니다. 꼴사납게 바질리스크도 저 혼자서 쓰러뜨리지 못하고, 거기 있는 비드 일행의 도움까지 빌려야 했습니다. 한 손으로는 불편하긴 하지만, 시간이 지나면 재생할 것이므로……."

고부에몬은 완고했다.

긍지가 높다고도 할 수 있겠지만, 자신의 힘에만 너무 의존하려 하고 있다.

"고부에몬. 너, 비드 일행의 도움을 받은 것을 부끄럽게 여기는 거냐?"

"그, 그야 물론……. 제 임무는 경호이며, 경호 대상을 위험에 노출되게 만들었으니——."

"잠깐, 잠깐, 고부에몬. 너는 착각을 하고 있구나."

"착각, 이라고요?"

"그렇다. 너는 지나칠 정도로 뭐든 혼자서 다 해내려고 하고 있어. 그게 너와 고부타의 차이점이야."

고부에몬과 고부타의 차이점. 그건 한마디로 말해서 자신의 부하와 협력을 할 수 있는가 아닌가 하는 것이다.

고부타의 경우, 모든 일을 스스로 하려고 하지 않는다. 강력한 마물과 싸울 때도 부하에게 지시를 내리면서 모두와 함께 싸울 것이다.

간단한 임무라는 이유로 게으름을 피우려는 것으로밖에 보이지 않으며, 사실 게으름을 피우고 있는 경우가 많긴 하지만……. 그래도 부하의 성장을 촉진시킨다는 점에선 고부타의 지휘 쪽이 더 낫다고 베니마루가 말했던 것이다.

고부에몬의 경우, 강력한 마물을 상대하게 되면 자신이 앞에 나서서 싸우려고 한다. 자신이 우수하기 때문에 그쪽이 더 빠르다는 고부에몬의 생각은 이해가 되지만, 그렇게 하면 부하가 성장하지 않는다.

게다가 만일의 경우 고부에몬이 쓰러진다면……. 남은 부하들만으로는 후퇴조차 못 하면서 전멸해버릴 우려가 높아진다.

베니마루의 판단에는 그런 의도가 있었다.

그러므로 나는 고부에몬이 동료에게 의지하는 법을 배우길 바랐다.

묘르마일은 부하를 다루는 것이 익숙한 남자다. 그를 본보기로 삼아서 고부에몬도 성장해주면 좋겠다고 속으로 빌었던 것이다.

"──그렇기 때문에 너는 좀 더 동료에게 의지하는 법을 배울 필요가 있다. 그렇다고 해도 그건 동료에게 무모한 짓을 시키라는 것이 아니라, 네가 항상 여력을 남겨놓은 상태에서, 여차할 때 도와주라는 말을 하고 있는 것이야."

"저, 저는……."

"네가 강하다는 것은 다들 인정하고 있었다. 하지만 그것만으로 부대를 맡기기에는 부족하다."

"…………."

내 설명을 들으면서 고부에몬은 고개를 숙이고 있다.

그런 고부에몬에게 나는 회복약을 던져서 맞췄다.

"앗?!"

점점 재생하기 시작하는 고부에몬의 오른팔.

"고부에몬. 너는 당분간 묘르마일 군의 신세를 지도록 해라. 거기 있는 비드 일행을 단련시켜주어도 되고, 빈둥빈둥 놀아도 된다. 이 도시에선 묘르마일 군을 경호할 필요도 없을 테니, 한 번쯤은 자신을 되돌아보는 게 좋을 것이다."

"리, 리무루 폐하──."

"결국은 말이지, 자신 혼자만의 힘으론 아무것도 하지 못하는 법이다. 너도 이번의 실패를 통해서 그것을 배웠을 것이다. 그렇다면 다음에는 뭘 하면 좋을지 생각해보면 답은 나오지 않겠느냐?"

나는 그렇게 말하면서 고부에몬에게 웃어 보였다. 그리고 허리에 찬 타도(打刀)를 빼 든 뒤에 고부에몬에게 내민다.

눈을 크게 뜨면서 놀란 표정으로 굳어지는 고부에몬.

"너에게 주겠다."

"그, 그렇지만…… 저는 임무를……."

"묘르마일 군을, 무사히 여기까지 도착할 수 있게 돕지 않았느냐? 그리고 앞으로도 한층 더 성장하기를 기대하겠다. 이 칼을 네마음을 비추는 거울로 여기고, 매일 밤 자신에게 질문해보도록해라."

그리고 고부에몬이 우쭐한 마음이나 자만심을 경계해준다면 더욱 믿음직스럽게 성장해줄 것이다.

"알겠습니다! 저, 고부에몬. 반드시 리무루 폐하의 기대에 부응해 보이겠습니다!!"

고부에몬의 눈에 불이 붙었다.

원래 고부에몬은 야심가이므로, 목표를 포착하면 성장도 빠르다. 자신이 선언한 대로 분명히 내 기대에 응해줄 것이다.

"그러면 묘르마일 군, 고부에몬을 부탁할까 하는데, 괜찮겠지?"

"핫핫하, 괜찮고말고요. 오히려 제가 부탁을 드리고 싶을 정도입니다. 비드, 리무루 님의 허락도 받았다. 네가 바라던 대로, 고부에몬 공에게 가르침을 받으면 되겠구나."

늦었지만 묘르마일의 승낙도 받았다.

그리고 비드와 그 부하들도 고부에몬을 환영해주는 것 같았다.

이리하여 고부에몬은 묘르마일의 식객이 되어서, 당분간은 자유롭게 행동하게 된 것이다.

묘르마일의 저택을 뒤로하면서 밤하늘을 쳐다본다.

겨울의 별자리가 반짝이고 있지만, 지구에서 보는 별자리와는 완전히 다르게 보였다.

그건 그렇고, 그 습격을 했다는 자들이 마음에 걸리는군.

그건 정말로 카자크 자작이 범인이었을까?

겨우 자작의 작위밖에 지니지 못한 귀족이 습격을 하기 위해 여러 마리의 마물을 준비할 수 있을 거란 생각은 들지 않는다. 게다가 B랭크라면 또 모를까, B+랭크까지.

그런 걸 길들이려면 대국의 부자가 아니면 불가능할 텐데——

아니, 잠깐만?

B+랭크 정도 되면 돈으로 준비할 수 있단 말인가?

《해답. 이전에 A-랭크의 서머너(소환술사) : 지기스가 B+랭크의 레서 데몬(하위 악마)을 소환했었습니다. 바질리스크를 길들일 수 있는 자가 있어도 이상할 건 없습니다.》

그런가, 〈소환마법〉이라면 쉬울지도 모르겠군.

마차로 마물을 운반하는 것보다 상당히 빠를 테고.

하지만 그럴 경우…….

도시 안에서는 슈나의 '결계'로 마법을 방해하지만, 도로 상에선 무방비다.

"경비 태세를 강화시켜놓을까……."

나는 그렇게 중얼거리면서, 그 자리를 떠난 것이다.

묘르마일은 템페스트(마국연방)의 주민들에게 별 저항 없이 받아들여졌다.

간부들에겐 내가 소개했으며, 부하들에겐 리그루도가 전달을 했다. 하지만 그렇다고 해도 놀랄 정도로 자연스럽게 진행되었다.

하지만 뭐, 그 뒤의 묘르마일이 보여준 일처리를 보면, 불만이 나오지 않는 것도 당연하다.

묘르마일은 눈 깜짝할 사이에 자신에게 주어진 부하를 장악해 보였다. 마물도 인간도 관계없이 적절하게 임무를 차례로 배분하기 시작했다.

원래부터 묘르마일의 집안사람이었던 자들까지 포함하여, 눈 깜짝할 사이에 새로운 조직이 만들어진 것이다.

역시 능력이 있는 사람은 다르다.

묘르마일은 수많은 일거리를 맡으면서도 활기차게 생활하고 있다.

새로운 조직을 운영하는 한편, 묘르마일의 연줄을 이용해서 중요 인물에게 초대장을 보내주었다.

내륙국의 유력한 귀족이나, 각 도시의 거상들.

잉그라시아 왕도의 실력자 등등에게.

눈이 녹은 후의 개국제는 당초의 예정보다도 훨씬 더 대규모로 벌어질 것 같다.

당연히 기획 쪽도 방심할 수 없다.

가극장에서 선보일 상연 목록.

무투대회의 진행과 대회 규칙의 책정.

던전의 입장료 책정과 각종 아이템의 판매 가격 산출.

그리고 노점에서 낼 상품의 준비와 판매 방법의 확인.

처음 시작하는 것으로는 여겨지지 않을 만큼 엄청나게 숙련된 느낌으로 일이 진행되고 있었다.

베루도라에게도 소개했기 때문에, 철판구이 가게에 대한 상담도 받아주고 있는 모양이다.

내 인선에 틀림은 없었다.

이번에 내가 떠올린 아이디어 중에서 가장 잘했던 것이 묘르마일의 채용일 것이다.

그의 힘이 없었으면 이 계획을 실패했을 가능성이 높다.

우리의 힘만으로는 이렇게까지 솜씨 좋게 일을 진행시킬 수는 없었다.

좋은 인연을 만날 수 있어서 행운이었다.

나는 상쾌한 기분으로 묘르마일의 능숙한 일처리 솜씨를 바라보았다.

*

세월이 지나는 것은 정말 빠르다.

도시는 축제 분위기로 가득했으며, 열기와 활기에 휩싸여 있다.

투기장의 건설도 순조롭다. 고부큐의 지휘는 훌륭했으며, 큰 문제 없이 계획대로 진행되고 있다.

게다가 드워프 3형제의 막내인 미르드가 휴가를 얻고 돌아와서 내 설계도를 손봐주었다. 그 덕분에 미술적인 가치까지 지닌 미려한 건축물로 모습을 바꾼 것이다.

역시 예술가, 정말 멋진 솜씨였다.

나는 예술성이 부족하기 때문에 아주 큰 도움이 되었다. 이렇게 되면 각국의 왕족도 만족할 수 있는 수준으로 완성될 것이다.

미르드가 추가한 부분에 대해서도 무투대회가 개최되기 전에는 시간을 맞춰서 완성하겠다고 한다.

그리고 일하는 주민들을 상대로 하여 묘르마일의 부하가 시범적으로 노점을 열고 있었다. 이쪽도 순조로웠으며, 상당히 번성하고 있는 것 같다.

이 정도라면 문제없다는 생각에 나는 물론이고 묘르마일도 안도했다.

던전에 관한 것은 라미리스와 베루도라에게 맡기고 있다. 나도 관여하고 싶었지만, 그럴 틈이 없어졌다.

내 취임을 축하하거나── 혹은 내게 인사를 하기 위해서 쥬라의 대삼림에 있는 각 종족의 대표들이 속속들이 이 도시에 집결하기 시작한 것이다.

그들은 '마왕'에게 충성을 맹세하면서 가호를 얻는 것을 목적으로 하고 있다.

그러나 마왕에게 그런 실력이 없다고 보면, 즉시 이빨을 드러내면서 반란 세력으로 돌아설 것이다.

힘이 없는 마왕 밑에 있다간, 자신들이 번영하기는커녕 멸망의 길로 들어서게 되어버린다. 그걸 피하려고 행동하는 것은 지극히 자연스러운 일이라고 생각한다.

지금까지 쥬라의 대삼림은 베루도라의 절대적인 가호를 통해서 보호받고 있었다. 그런 불가침 영역을 새로운 마왕이 지배하게 되었다. 그것도 그 마왕은 이제 막 마왕이 되었으며, 어떤 사상과 신조를 가지고 있는지도 확실하지 않다.

각 종족의 대표가 불안하게 여기는 것도 무리가 아닌 것이다.

——그런고로.

오늘도 여전히 정장을 입고 단상 위에 놓인 나.

슬라임의 모습으로.

이젠 아예 장식물 같은 모습으로, 카미다나(집안에 신을 모셔 놓은 감실(龕室))에 놓인 카가미모치(신에게 바치거나, 설에 장식용으로 놓아두는 두 개의 포갠 떡) 같은 취급을 받고 있다.

분신을 놓아두면 되는 거 아냐? 그렇게 말해봤지만 다들 웃으면서 내 의견을 기각했다.

이런 때의 간부들의 연계는 참으로 훌륭하다.

나만 쏙 빼놓고 '사념전달'로 연결된 것으로밖에 생각이 안 된다.

어쩔 수 없어서 시키는 대로 하고 있으려니, 장식이 된 채 제대로 움직이지도 못하게 됐다.

일부러 이 날만을 위해서 슬라임 전용의 옷을 준비해놓았으니, 실로 어이가 없을 수밖에 없었다.

그것도 여러 종류로. 날마다 새로운 것으로 갈아입혔고, 여차

하면 아침, 점심, 저녁마다 내 옷을 갈아입힌다.

　이제 그만 좀 했으면 좋겠지만, 위엄 있게 보이는 게 중요하다고 한다…….

　즉, 평상시의 나──슬라임 형태──에게는 위엄이 없다고 말하는 셈이로군.

　뭐, 딱히 상관없지만.

　이 알현식에 참가하고 있는 자는 모두 의장병 차림으로 옷을 갈아입고 있다. 평소와는 달리 완전 장비를 착용하고 있어서 위압감이 장난이 아니었다.

　그런 중후한 분위기 속에서 예복을 갖춰 입은 리그루도와 리그루 두 사람이 사자들을 맞아서 대접하고 있다.

　나는 말없이 사자들을 바라보기만 하면 된다고 한다. 입을 열면 본색이 다 드러나기 때문에 아주 고마운 말이었다.

　내 양쪽에는 베니마루와 슈나가 서 있다.

　뒤에는 시온과 소우에이, 그리고 가비루가 나란히 선다.

　란가는 변함없이 내 그림자 속에 잠겨 있었다.

　오른쪽에는 고부타가 이끄는 고블린 라이더 소속의 100명이 도열해 있다.

　그리고 왼쪽에는 고부아가 이끄는 '쿠레나이(홍염중, 紅炎衆)'의 상위 멤버 100명이 서 있다.

　나머지 하위 멤버 200명은 교역용 도로 경비에 임하고 있다. 그들이라면 경비부대보다 강하므로, 수상한 녀석이 있어도 대처할 수 있으리라 보고 배치한 것이다.

　그리고 도시 안에는 시온의 '부활자들(자극중, 紫克衆)'이 사복을 입고 잠복 중이었다. 소동을 일으키는 자가 나와도 그 소란이 커지기 전에 대처할 수 있을 것이다.

참고로 디아블로와 하쿠로우 두 명은 아직 파르무스 왕국에서 돌아오지 않았다.

먼저 돌아온 고부타, 란가, 가비루, 이 세 명이 말하기로는, 개국제까지는 모든 것을 끝내겠다는 말을 했던 모양이다. 그 두 사람은 내가 화려하게 차려 입고 무게를 잡고 있는 모습을 보지 못하는 것을 상당히 분하게 여겼다고 한다.

하지만 저쪽은 저쪽대로 요움의 대관식이 벌어질 것이다. 동시에 파르무스라는 국명이 사라지면서 새로운 국가가 탄생하게 되어 있었다. 그러므로 상당히 바쁘게 준비를 하고 있는 것 같으니, 돌아오지 못하는 것은 어쩔 수 없는 일이라고 본다.

그 디아블로조차도 가끔씩밖에 얼굴을 보이지 못할 정도이다. 하쿠로우는 아예 '공간이동'을 못 하기에 최근에는 얼굴도 보지 못하고 있다. 두 사람이 돌아오면 한껏 노고를 치하해주기로 하자.

힘들게 지내고 있는 건 나뿐만이 아니다. 지금은 부끄럽지만 가만히 참고, 어서 알현식을 넘기자고 생각했다.

그런 느낌으로 성대하게도 알현식이 거행되고 있었지만…….

재미있는 것은 각 종족의 반응이다.

할 일도 없었기에 장식물답게 묵묵히 내게 인사를 하는 마물들을 바라보고 있었는데—— 그 반응은 세 가지로 나뉘었다.

숭배, 관찰, 공포였다.

나를 관찰하는 자들 중에는 나를 업신여기는 자도 있는 것 같다. 아멜드 대하의 건너편에서 새로이 날 찾아온 자들은 그런 경향이 강한 것 같았다.

하지만 이건 큰 문제가 아니다. 내 실력을 보여주면 곧바로 공손한 태도를 보여줄 테니까.

문제는 날 보고 겁을 먹는 자들이란 말이지…….

지금 눈앞에서 떨고 있는 자들도 그런 약소 부족 중의 하나——래비트맨(토인족, 兎人族)이었다.

귀여운 외모를 가진 아인종이었다. 인간의 외모를 가지고 있으며, 귀 부분만 토끼 귀 모양으로 길게 뻗어 있다.

라이칸스로프(수인족)와는 달리, 열화 수인인 그들은 '변신'은 하지 못한다. 힘도 평범한 인간과 다르지 않으며, 장비 면에서 생각해보면 약하다고 할 수 있다.

그래도 이 쥬라의 대삼림에서 살아남은 만큼 '위험감지'에는 특화되어 있는 것 같지만. 그러므로 더더욱 내 모습에 현혹되거나 하지 않는 것이겠지.

두려워하는 자들에 대해 대응하는 것은 어렵다.

심하게 겁을 먹은 자도 있어서, 진정시키는 것부터 시작해야 하는 경우도 있다.

"오, 오늘은, 초, 초대를, 해주셔서——."

긴장한 탓인지 말을 제대로 하지 못하는 것 같다.

"음. 우리의 맹주이시자 위대하신 마왕 리무루 님에 대한 알현을 허락한다. 고개를 들라!"

리그루도의 목소리가 울려 퍼지지만, 래비트맨의 대표는 움직이지 않는다.

아니, 움직이지 못하는 모양이다.

이렇게 귀여운 슬라임 모습인데, 고개를 들어서 눈을 맞추려고도 하지 않는다. 뭐, 눈이 없긴 하지만.

아니, 그런 이야기가 아니고 말이지.

공포로 지배할 생각은 없으니 어떻게든 긴장을 좀 풀어주었으면 좋겠는데…… 문제는 그런 자들이 꼭 '약해 보이는 외모를 가진 마왕'이라는 갭에서 괜히 더 두려움을 느끼는 것 같다.

갭공포, 라고 해야 되나.

나는 애써 노력하여 그런 자들에게도 영지의 안도와 교류 및 유통에 대한 협력을 얻어냈다. 지금은 어쩔 수 없다고 해도, 계속 지내다 보면 평범하게 대하는 것도 가능해질 것이다.

연방을 세웠을 당시에 하프링이나 코볼트도 그랬었다.

코볼트는 행상을 인정해줬더니 날 신용해주게 되었지만. 지금은 대표인 코비와는 쏠쏠한 상담(商談)을 서로 공유하는 전우이기도 하고.

이 래비트맨도, 또한 다른 약소 종족들도—— 내 이름 밑에선 평등하다. 다른 마왕들처럼 전투 능력만으로 평가를 할 생각은 없다고 끈기 있게 설명할 수밖에 없다.

그 말을 지금 바로 믿는 것은 어려울 테니 그건 앞으로의 과제가 되겠지.

엎드려 있는 래비트맨의 토끼 귀를 바라보면서 나는 그렇게 생각하고 있었다.

"그렇게 두려워할 것 없다. 리무루 님은 관대하신 분이므로, 부하로 들어오는 자는 평등하게 대하겠다고 말씀하고 계신다. 안심하고 인사를 하도록 하라."

리그루도가 그렇게 말하자 대표가 겨우 고개를 들었다.

아직 젊어 보이는 제법 잘생긴 남자다. 그러나 눈 밑에는 다크서클이 져 있다.

고생을 해서 그런가, 긴장을 해서 그런가…….

"위, 위대하신 마왕 리무루 님, 저희 래비트맨의 충성을 받아주십시오──."

그 말을 듣고 나는 음, 하고 고개를 끄덕였다.

그걸로 상대는 안심한 모양이다. 긴장이 조금 풀렸는지, 어깨의 힘이 빠진 것 같았다.

"그러니까 말하지 않았느냐? 그렇게까지 긴장할 필요는 없다."

"네, 넷! 시, 실은 말입니다, 제 딸도 데려왔습니다만, 이 도시에 도착하자마자 안절부절못하기 시작했는데, 정신을 차려보니 행방불명이……."

"하하하. 이 도시는 지금 축제 기분으로 한창 들떠 있으니까 말이지. 아직 젊은 아가씨라면 호기심을 이기지 못하는 것도 무리는 아니지."

"참으로 부끄럽습니다. 눈만 떼면 바로 어디론가 사라져버리는 철딱서니 없는 딸인지라, 리무루 폐하의 심기를 거스를 것 같아서 마을에 두고 오려고 했습니다. 그러나 꼭 데려가달라고 부탁하는 바람에……."

래비트맨의 대표인 족장은 딸이 사라진 것이 걱정이 되는가 보다. 이 도시에서 무슨 문제를 일으키지 않을지, 계속 걱정이 되는 모양이다.

나를 두려워해서 부들부들 떠는 게 아니라는 것을 알고 조금은 안도했다. 약소 종족들로부터 이 이상 두려움을 사고 싶지는 않은 것이다.

그건 그렇고 래비트맨의 딸이라. 미소녀에 토끼 귀, 이건 무슨 일이 있어도 한 번은 보고 싶군.

그런 생각을 하고 있는 중에 나도 모르게 그만 본심이 튀어나오고 말았다.

"그렇게 호기심이 왕성한 성격이라면, 변화나 유행을 솔직히 받아들이지 않겠나? 믿음직한 후계자가 될 것 같군."

내가 직접 말을 걸어준 탓에, 대표는 너무나도 감격한 모양이다.

"참으로 고마운 말씀입니다. 다음에도 기회가 있으면 반드시 제 딸인 프라메아를 만나봐 주시면 감사하겠습니다."

그렇게 말하면서 족장은 내게 고개를 숙였다. 보아하니 조금은 긴장이 풀린 것 같다.

그런 뒤에 리그루도가 한바탕 설명을 했으며, 래비트맨도 정식으로 내 산하에 들어왔다.

몇 번이나 고개를 숙이면서 그 자리를 떠나는 족장.

저 모습을 보면, 내가 그렇게 무섭지 않은 마왕이라는 것을 다른 종족에게도 전해줄 것이다.

안내를 받으면서 다음 방문자가 찾아왔다.

나를 보면서 무릎을 꿇고 알현을 청하는 마물들을 본다.

그자는 본 적이 있는 인물—— 가비루의 아버지이며 리저드맨의 두령인 아비루였다.

반갑다는 생각이 들기 전에, 다른 사람인 것 같다는 느낌이 먼저 든다.

아비루는 예리한 얼굴을 가진 장년의 전사풍으로 외모가 바뀌어 있었던 것이다. 내가 '이름'을 지어준 것으로 인해 그 후로 진화했다고 한다.

인간의 모습에 가까운 드라고뉴트(용인족, 龍人族)로——.

가비루의 외모는 그렇게까지 크게 변화하지 않았는데 말이지. 여동생인 소우카는 인간형이 되었으므로, 이것도 본인의 의사에 따라 달라지는 것으로 보이지만.

"오랜만입니다, 리무루 님. 이번에 마왕이 되셨다고 하기에, 실로 축하할 일이라고 생각하여 우리, 아니, 저희도……."

아비루는 긴장하여 굳어 있는 것 같았다.

이건 숭배에 가까운 느낌이려나. 가비루가 예전에 말했던 것처럼, 마왕이란 건 그 정도로까지 두려워해야 할 존재인 모양이다. 나의 사람됨을 알고 있을 텐데도 이렇게나 긴장하고 있으니…….

그러므로 나는 친근한 태도로 말을 걸어봤다.

"아, 오랜만입니다, 두령님. 그렇게 딱딱하게 말하지 않아도 괜찮습니다. 연방에 가입해준 동료가 아닙니까. 앞으로도 잘 부탁드립니다."

베니마루는 쓴웃음을 지었고 슈나는 한숨을 쉬고 있었지만, 나는 신경 쓰지 않는다.

"아니, 그럴 수는 없습니다. 지금 리무루 님은 마왕이라는 격이 다른 위치에 오르셨습니다. 저희의 맹주라는 자리보다 더 높은,

이 쥬라의 대삼림의 사실상의 지배자가 되셨으니까요…….”

여전히 아비루는 진지했다.

하지만 그게 호감을 느끼게 하는 점이다.

“자자. 지금 이 자리에는 다른 종족이 없으니, 그렇게까지 긴장하지 않아도 됩니다. 두령님의 아들인 가비루도 제 부하로서 열심히 일해주고 있습니다. 지금은 간부로서 없어선 안 되는 인재랍니다.”

가비루의 이름을 언급해서 아비루의 긴장을 풀기로 했다.

아비루와 가비루가 부자 관계임을 강조하여, 슬슬 둘 사이의 의절 상태를 이제 그만 풀어달라는 암시를 주는 것도 잊지 않는다.

“이거 참, 리무루 님께는 이길 수가 없군요. 가비루 녀석은, 자식 놈은 제대로 도움이 되고 있습니까? 정말로 대책이 없는 멍청한 자식인지라…….”

내 의도를 알아차렸는지, 감사의 뜻을 담아 고개를 끄덕이는 아비루.

아비루는 명목상으로는 가비루와 여전히 의절한 상태이다.

공공연하게는 안부를 물을 수 없다는 생각을 하고 있기에, 자신이 먼저 내게 물을 수는 없었던 것 같다.

그러나 내가 먼저 이야기를 꺼내면서, 부담 없이 대화에 동참할 수가 있었던 모양이다. 어깨에서 힘도 빠지면서, 본래의 호탕한 성격이 돌아온 것 같다.

“전혀 그렇지 않습니다. 지금은 개발 부문을 맡고 있는데, 아주 열심히 일해주고 있습니다. 그렇지, 가비루?”

“네?! 아, 네에에엣!!”

그리고 나와 아비루가 대화하는 동안, 계속 경직된 채로 입을 다물고 있었던 가비루. 귀까지 새빨개진 것이, 많이 쑥스러운 모양이다.

내가 갑자기 말을 건네는 바람에 목소리가 뒤집어져 있었다.

"멍청한 놈……."

당황하면서 어쩔 줄 모르는 가비루를 그대로 놔두고, 나는 '마왕패기'를 약간 해방한다.

그것만으로 그 자리가 긴장된 분위기를 띠었다.

"리저드맨의 두령 아비루여, 앞으로도 연방의 일원으로서 마왕이 된 나를 받들어다오."

"알겠습니다! 이 '이름'에 맹세하건대, 리무루 님께 바치는 충성심은 한시도 잊지 않을 것입니다!!"

아비루는 엎드려 절하면서 힘차게 고개를 끄덕였다.

그 모습은 무인 그 자체인지라, 이 자리에서도 화려한 멋이 느껴진다.

나도 고개를 끄덕이면서 아직 동요하고 있던 가비루에게 눈짓으로 신호를 줬다.

"———?!"

둔하군, 가비루는.

내가 눈짓을 한 의미까지는 알아차리지 못한 것 같다.

슬라임이라서 눈이 없기 때문이라거나 하는 이유는 분명 아닐 것이다.

보다 못한 리그루가 재빨리 움직이더니, 가비루에게 귓속말을 한다.

"리무루 님은 제삼자가 끼지 않은 부자지간끼리 얘기를 나누라고 말씀하시는 겁니다. 여기서 의절한 사이를 화해하지 않으면 이런 기회는 한동안 오지 않을 겁니다. 그리고 간부 중의 한 사람과 계속 의절한 상태로 있다면 아비루 공의 입장도 난처하게 될테고 말입니다――."

굉장하군, 리그루는.

가비루와 달리 내가 말하고 싶은 것을 완벽하게 이해하고 있었다.

그렇게 지적을 받고서야 겨우 가비루도 상황을 이해한 것 같다. 당황하면서도 내게 인사를 한 뒤에 아비루와 같이 그 자리를 떠났다.

뒤이어 하이오크의 각 씨족장이 여러 명을 데리고 인사를 하러 방문했다.

우리를 신뢰하고 있는 것인지, 호위도 붙이지 않았다.

같이 온 사람들은 자식과 손자들.

식량 사정이 개선되었다는 것은 당연히 삶의 질이 좋아졌다는 뜻이다.

무엇보다 아이가 태어났으며, 그 아이들도 하이오크였다는 것에 놀라움과 기쁨을 느끼고 나에게 직접 보고하고 싶었다고 한다.

아이들이 하이오크가 되는 것은 당연하잖아? 나는 그렇게 생각했지만, 의외로 그렇지 않다고 한다. 보통은 오크로 되돌아간다고 하며 변이는 한 세대로 끝나는 것이 당연한 일이었다고 한다.

출생률이 내려간 만큼 육아에 힘을 쏟을 수 있게도 될 것이다. 향후의 노동력으로서 소중히 기르라고 일러준다.

아이는 보물이다.

그건 세계와 종족이 다르더라도 변함없는 진리일 테니까.

약간 걱정을 했던 이름의 계승도 의외로 잘 유지되고 있는 모양이다.

내가 적당히 붙여버린 거라, 조금 복잡해질 것 같지만…… 본인들에게는 자연스러운 이름으로 받아들여지고 있는 것 같다.

다행이다, 다행이다.

뭐, 익숙해진 것인지도 모르지. 평소에 그 이름을 계속 부르다 보면 자연스럽게 정착되는 것일 테니까.

원래는 이름이 없어도 문제가 없었던 셈이니, 내 기우였던 것 같다.

나는 안도하고 하이오크와의 알현을 끝마쳤다.

그다음은 오늘의 마지막 조.

리저드맨, 하이오크와 함께 쥬라의 숲 대동맹의 마지막 한 축인 트렌트(수인족, 樹人族)도 인사를 하러 와준 모양이다.

그렇게 말해도 실제로 이 자리에 있는 것은 트레이니 씨의 여동생들, 드라이어드인 트라이어와 드리스이다.

뭐, 트렌트는 움직일 수 없으니까 말이지. 어쩔 수 없다.

그리고 드라이어드는 트렌트의 대표이므로 딱히 문제는 없다.

트렌트의 집락에는 나도 가끔씩 놀러 가곤 한다. 제기온과 아피트가 지키고 있는 집락에선 품질이 좋은 벌꿀도 내게 전해지도록 되어 있었다.

그러므로 이번에도 가벼운 분위기로 알현이 시작되었다.

"오랜만입니다, 리무루 님. 이번에 마왕이 되신 걸 진심으로 축하드립니다."

"앞으로도 저희를 지켜주시길 부탁드립니다."

두 사람도 스스럼없이 미소를 지으면서 인사를 한다.

나도 그쪽이 더 편하다. 서로의 근황을 이야기했다.

지금 현재 눈에 띄는 문제점은 없다고 한다.

굳이 문제점을 들자면 쥬라의 대삼림의 마력요소가 흐려졌다는 것이며, 이동이 조금 불편해졌다고 한다.

트레이니 씨와 똑같이 생긴 두 사람에게선 여전히 커다란 마력이 느껴지지만, 그래도 마력요소 농도가 저하된 영향은 받고 있다고 한다.

실제로 눈앞에 있는 드리스는 몸이 흐려져 있다.

"그런가, 거기까지는 생각하지 못했군. 교역용 도로에 '결계'를 친 것 때문에 생긴 영향일 테니 대책을 생각하는 것이 좋으려나……."

"아, 아닙니다. 그렇게까지 문제시되고 있는 건 아닙니다."

"저희 자매는 마력요소를 사용하여 '마체(魔體)'를 형성하고 있기에 영향을 받기 쉬운 것뿐이니까요."

"그보다 리무루 님——."

"중요한 얘기가 있습니다!!"

마력요소의 농도가 저하되는 것은 사사로운 문제라고 두 사람은 말했다.

영향을 받는 마물은 적으며, 마력요소를 식량으로 삼는 드라이어드는 트렌트 이외에는 관계가 없는 이야기라고 한다.

오늘의 예정은 그녀들을 만나는 것이 마지막이므로, 장소를 옮겨서 이야기를 듣기로 하자.

그리고 그날 밤, 두 사람의 상담을 듣기 위해 개별적으로 시간을 마련하기로 한 것이다.

··················.

············.

······.

그날 밤, 내가 별실에 들어가자마자──,

"상담을 드리고 싶은 것은 말이지요──."

"저희도 큰언니와 마찬가지로 아름다운 요정여왕님을 모시고 싶습니다."

두 사람은 한목소리로 그렇게 말했다.

이제 와서 따지는 것도 우습지만, 신경이 쓰이는 것이 그 '요정여왕'이라는 칭호이다. 그 꼬맹이에게는 어울리지 않는 거창한 칭호라 하겠다.

게다가 '아름다운'이라니······.

내 머릿속에 라미리스의 천진난만하게 웃는 얼굴이 떠오른다.

아닌데.

전혀 아니야.

내가 생각하는 이미지와 두 사람이 생각하는 이미지는 절대 일치하지 않는다고 생각한다. 이 점만은 상당히 자신이 있다.

라미리스가 아름답다면, 내 원래 모습이었던 시즈 씨는 아예 신비롭다고 형용할 수 있을 것이다. 최근에야 겨우 익숙해졌지만, 가끔씩 나 자신도 보고 홀렸던 적이 있을 정도니까.

이런 감상은 나만 느끼는 것이 아니라, 같이 따라온 베니마루와 시온도 같은 의견인 것 같았다. 하지만 트라이어와 드리스는 막무가내다.

"이건 우리만의 의견이 아니라 트렌트 전체의 의견이랍니다."

"듣자 하니 이 도시에──."

"라미리스 님이 이주해 오셨다고 하던데요."

"그렇다면 저희도 그분의 도움이 되고 싶습니다⋯⋯."

두 사람은 서로 번갈아가며 내가 아니라 라미리스를 모시고 싶다고 호소해 온다.

다른 주인이 더 좋다고 주장하는 자들을 내 부하로 들이는 것도 뭔가 좀 아닌 것 같은데. 더구나 그녀들의 언니인 트레이니 씨가 라미리스를 모시고 있으니 반대할 이유도 없다.

"저기, 본인에게 물어보겠어?"

"──네?!"

"그래도 괜찮겠습니까?"

엄청난 기세로 반응했다.

그런고로 라미리스가 있는 곳으로 향한다.

거기선 베레타가 묵묵히 작업을 계속하고 있었으며, 트레이니 씨가 라미리스를 돌봐주고 있었다.

아아, 베레타는 고생을 하고 있는 것 같군.

그렇게 생각하고 있던 내 바로 옆에서──,

"아아, 역시 라미리스 님은 아름다우셔——."

"변함없이 아름답고 기품이 넘치는 모습이시네. 우리의 주인이 되시기에 딱 어울리는 분이셔."

전에도 그랬지만, 라미리스를 보자마자 트라이어와 드리스는 울먹이기 시작했다.

그 모습을 보고, 응응 하고 고개를 끄덕이는 트레이니 씨.

이 사람들이 대체 누구에 대해서 말하고 있는 건지 나는 모르겠다.

특히 기품 같은 것은 라미리스의 어디를 찾아봐도 보이질 않는데……

"들었어? 이봐, 방금 그 말 들었지?! 너, 나를 다시 봤지?"

콧대를 높게 세우면서 내게 자랑하기 시작하는 라미리스.

짜증 난다.

내 주위를 날아다니면서 "어때——!"라는 느낌으로 크게 기뻐하고 있다.

뭐, 상관없나.

칭찬을 듣는 것은 기분이 좋은 법이니까.

하지만 뭐, 이런 반응이라면 답은 들을 것도 없겠군.

"어떡할래, 라미리스? 이 두 사람뿐만이 아니라, 모든 트렌트가 널 따르고 싶다고 하는데?"

"뭐? 그렇지만……."

라미리스는 이곳에 신세를 지고 있다는 자신의 입장을 자각하고 있는지, 망설이면서 나를 봤다. 그러므로 내가 먼저 구원의 손길을 내밀어준다.

"너의 미궁 안으로 옮기도록 하는 건 어때? 수인들의 피난처도 간단히 이동시킬 수 있었으니까, 트렌트의 집락을 옮기는 것도 어렵지는 않을 것 같은데?"

아니면 장소가 너무 멀리 있어서 조금 벅차려나?

미궁에는 어디서라도 통로를 연결할 수 있다고 했던 것 같은데.

"그래도 돼? 그럼 내일이라도 갔다 올게! 사부의 힘을 빌렸더니 미궁도 간단히 확장할 수 있었고, 내 힘도 늘어난 것 같거든. 비어 있는 층이 있으니까 정글 층으로 만들어도 좋겠네!"

희색이 만연한 표정으로 내 제안에 고개를 끄덕이는 라미리스.

사부의 힘을 빌렸더니, 라는 발언이 조금 마음에 걸리긴 했지만 뭐, 괜찮겠지.

"하지만 저희는 쥬라의 대삼림에 사는 자들이니, 리무루 님의 산하에 들어가는 게 맞지 않을는지요……?"

역시 그게 걸리는지, 트레이니 씨도 그런 걱정을 하고 있다. 하지만 그 표정은 기대에 가득 차 있으며, 여동생들과 같이 살고 싶다는 생각을 하고 있는 것이 명백했다.

몇 번이고 말하지만, 나로서는 반대할 이유가 없다.

실제로 미궁 안은 라미리스의 지배 영역이다.

내가 관리를 맡은 구역과 라미리스가 사는 장소, 양쪽에 동시에 존재하는 특수 지대인 셈이다. 그러므로 미궁 안의 라미리스가 관리하는 구역에 관해선, 치외법권을 인정해야 할 것으로 생각하고 있었다.

그 사실을 설명하고, 지금이라면 이주를 불문에 부치겠다고 고한다.

미궁 안에서 그녀의 부하는 불멸. 그리고 원래의 주인을 모시는 게 좋다고 생각하니, 나는 그렇게 제안한 것이다.

"우리 트렌트 및 드라이어드들은 라미리스 님의 밑으로 이주하고 싶습니다."

"이기적인 청이라는 것은 알고 있지만 허락을 받을 수 있겠습니까?"

트라이어와 드리스가 그렇게 부탁했다.

당연히 허락을 내린다.

이렇게 라미리스의 미궁 안에 트렌트의 집락이 옮겨 오게 되었다.

장소는 지하 95층, 수인들이 피난 장소로 쓰고 있는 층이다. 가장 넓은 면적을 가진 그 층은 직경 5km는 되는 원형으로 설정되어 있었다. 그러므로 공간에는 여유가 있었다.

그 층에 휴식 장소를 만들 예정이었으므로, 마침 잘됐다는 것도 이유 중의 하나다. 삼림욕이라는 말도 있을 정도니까, 휴식 장소가 살풍경해선 안 된다고 생각하고 있었던 것이다.

이주는 쉽게 실행되었다.

라미리스가 미궁의 문을 현지에 출현시켜서 그대로 안으로 이동시킨 것이다.

트렌트의 이동은 시간이 걸리지만, 각자의 바로 앞에 문을 열었기 때문에 진도는 빠르다.

이리하여 라미리스는 부하를 늘렸고, 이는 동시에 미궁 내부의 안정화로도 이어졌다.

마력요소와 공조의 관리가 훨씬 더 쉬워진 것이다.

이건 트렌트에게 있어서도 바라 마지않던 상황이었던 것 같다.

마력요소 농도가 높은 덕분에 모두가 활기 있게 생활할 수 있게 되었다고 한다.

가설 주거에서 사는 수인들에게서도 이렇다 할 불평은 나오지 않는다. 트렌트는 기본적으로 얌전하고, 평소에는 잠을 자고 있어서 단순한 나무로밖에 보이지 않으니까 당연하려나.

그리고 언젠가 그들은 수왕국 유라자니아에 돌아갈 예정이므로 동거인이 늘어났다고 해도 크게 신경 쓰지 않을 것이다. 오히려 환경이 쾌적해지겠다고 환영할 정도였다.

모든 드라이어드에게는 미궁 관리를 도와주겠다는 약속도 받아낸 것 같다.

그렇다기보다, 저쪽에서 먼저 도움이 되는 역할을 맡고 싶다고 말했다고 한다.

"저희도 이곳에 낙원을 제공받았으니, 이 정도는 당연히 해드려야죠."

이건 트레이니 씨가 한 말이다.

그 말에 고개를 끄덕이는 자매들, 그리고 다른 드라이어드들.

예상하지 못한 곳에서 도와줄 자들을 얻은 것이다.

················.

············.

······.

이리하여 미궁 안에도 작은 숲이 생겼다.

95층은 5의 배수로 끝나는 층이므로, 당연히 안전지대이다.

그리고 어차피 층에는 여유가 있으므로, 91층부터 94층까지를 창고와 꽃밭, 그리고 가공 공장으로 이용하기로 했다.

구체적으로 말하자면 91층이 철광석의 보관창고, 92층이 '마강' 제조 공장이 된다. 그리고 93층이 꽃밭이며, 94층이 벌꿀 가공 공장이 되는 셈이다.

이 시설은 95층에서 직통으로 갈 수 있게 되어 있으며, 이동하기도 편하다는 장점이 있었다. 중앙부에 세이브 포인트(기록 지점)가 있으며, 각 층으로 가는 문과 아래층으로 이어지는 계단이 있다.

물리법칙을 완전히 무시한 미궁이기에, 여기서만 만들어낼 수 있는 편리한 구조로 이루어져 있다.

참고로 90층의 보스를 클리어하면 95층으로 가는 계단이 출현하는 구조로 되어 있다. 여기까지 오면 약간의 지름길 정도는 문제가 없다고 판단한 것이다.

그리고——,

96층부터 최고난이도를 자랑하는 지옥의 영역이 이어진다.

그곳에 도전하기 전에 휴식을 취하는 것은 물론이고, 장비의 점검을 하는 건 필수사항일 것이다.

지하로 이어지는 계단 앞에 문을 설치해두고, 주의 사항을 붙여두는 걸 잊지 않는다. 그런 뒤에 문 주변에 여관과 무기 및 방어구를 파는 가게를 준비해놓기로 했다.

여관은 각 안전지대의 문에서도 이어지도록 되어 있다.

미궁 안의 문은 어디에서도 연결된다고 하던데, 이런 때는 정말 편리했다.

그리고 무기 및 방어구를 파는 가게에는 여기서만 살 수 있는 귀중한 무기와 방어구를 가게 앞에 전시하여 장사를 하도록 시킬 것이다. 손님은 자주 오지 않을 테니, 틀림없이 취미 삼아 운영하는 가게가 될 것이다.

내 작품을 몰래 전시해볼까? 그런 몽상을 하면서, 나는 이 계획도 묘르마일과 논의해보자고 생각했다.

이런 식으로, 이 날은 알현을 끝낸 뒤에 급거 라미리스의 이주를 돕게 되었던 것이다.

나중에 이 층은 하나의 삼림형 도시를 형성하게 된다.

던전(지하 미궁)을 돌파하여 다다른 자만 치유와 함께 새로운 힘을 부여받는——'라비린스(미궁도시)'로 불리면서 번영을 누리게 되는 환상의 도시.

하지만——,

지금의 나는 거기까지는 상상하지 못하고 있었다.

*

그리고 다음 날.

오늘의 예정은 비교적 강한 종족이 찾아올 차례라고 들었다.

그것도 신참들 중에서도 최대 세력을 책임지는 자들이라고 한다.

그 말은 곧, 또 날 뚫어지게 바라보면서 관찰을 할지도 모르겠군——. 그런 생각을 하고 있으려니 알현의 방 밖에서 소란스러운 목소리가 들리기 시작했다.

아무래도 두 종족이 서로 언쟁을 벌이고 있는 것 같다.

슈나가 불쾌한 표정으로 눈썹을 찌푸렸고, 시온은 두 눈을 부릅뜨면서 분노를 참고 있다.

이거 참, 무사하게 끝나면 좋겠는데…….

들어온 것은 고즈(우두족, 牛頭族)와 메즈(마두족, 馬頭族)였다.

각자 젊은 전사를 열 명 정도 이끌고 와서, 서로 위압하듯이 노려보고 있다. 듣자 하니 이 종족은 사이가 좋지 않으며, 100년 이상이나 전쟁을 계속하고 있다고 한다.

그러므로 이번에도 어느 쪽이 먼저 알현할 것인가를 두고 다투고 있었던 모양이다.

먼저 가호를 얻은 뒤에 유리한 입장에 서려는 생각인가. 어느 쪽에도 휘말리고 싶지 않은 데다, 나로서는 민폐일 뿐이었다.

지금도 싸움으로 발전할 것 같은 분위기를 풍긴 채로, 서로 견제하면서 내 앞에 선 두 종족. 쥬라의 대삼림의 상위 종족인 만큼 그 태도는 뻔뻔스럽다.

소머리를 지닌 마인이 먼저 입을 열었다.

"여어, 마왕님. 싸움에 도움이 될 만한 종족이 필요하면 우리 편을 들지그래? 우리 고즈를 같은 편으로 받아들이면 이 숲에서도 위엄을 세울 수 있다고! 저기 있는 빈약한 메즈를 전멸시켜버리면 우리에게 맞설 종족 따위는 이 숲에는 없어!"

실력이 있는 종족답게, 나를 보고도 겁을 내지 않고 큰소리를 친다.

아니, 확실히 초기 무렵의 오거나 리저드맨 이상의 에너지(마력요소)양이 있었다. 적게 잡아도 A랭크에 달하는 자가 여러 명 섞여 있다.

100년을 계속 싸웠던 만큼 실력도 확실할 것이고, 단순한 전투 능력만 따지면 쥬라의 대삼림에서 최강이라는 말은 정말일지도 모르겠군······.

내가 답을 하기도 전에 다른 쪽의 말머리 마인이 먼저 격앙한다.

"흥, 멍청한 놈! 마왕이라면 당연히 보는 눈도 있다고. 망설일 것 없소. 우리 메즈와 손을 잡도록 하시오. 저기 있는 고즈뿐만 아니라, 거역하는 마물들은 전부 죽여드릴 테니까!"

이거 참, 이쪽도 과격한 발언을.

참으로 갑갑한 분위기다. 아니, 갑갑하다기보다 성가신 녀석들이 왔다. 이 정도라면 그나마 내 모습에 현혹되지 않았던 래비트 맨 쪽이 더 우수하다는 생각이 들 정도다.

그런데 잠깐만?

성가신 것은 확실하지만, 이 녀석들을 본 순간 내 머릿속에 어떤 생각이 번뜩였다.

그렇다. 미궁이라고 하면 '미노타우로스'다.

그리스 신화에 나오는 미궁의 괴물로 유명한 미노타우로스(소머리를 지닌 괴물)—— 전승이나 전설로 여겨지고 있었지만, 20세기 초에 크레타 섬에서 정말로 크노소스의 궁전이 발굴되었다. 이 궁전은 복잡한 구조로 되어 있으며 지하실은 그야말로 미궁같이 되어 있었다고 한다.

뭐, 소머리의 괴물이 정말 있었는지 아닌지는 상관없이, 궁전 곳곳에 수소와 관련된 벽화가 그려져 있었다고 하니—— 지하 미궁에는 미노타우로스가 나온다는 것은 거의 약속된 것이나 마찬가지인 셈이다.

그리고 오늘 내 앞에 있는 고즈는 누구나가 상상할 것 같은 미노타우로스 그 자체의 외모를 가지고 있는 것이다.

그중에서도 수장으로 보이는 큰 몸집을 가진 녀석은 정말 딱 어울리지 않나? 라는 생각을 하게 만든다.

우리의 던전(지하 미궁)에 부족한 것, 그건 보스였다.

아직은 눈에 띄었던 마물 세 마리를 10, 20, 30층에 배치했을 뿐이다.

이 녀석이라면 40층이나 50층을 맡길 수 있을 만한 기량이 있다——. 나는 그런 생각이 든 것이다.

이 녀석이 필요하다. 무슨 일이 있어도 한 층을 맡는 보스로 임명하고 싶다.

그런 기분이 마구 솟구치기 시작한다.

그러나 그런 기분과는 반대로 나에 대한 이 마물들의 충성심은 낮아 보였다.

좋은 고용주가 생겼다는 정도로 생각하는 것이다.

그리고 나를 이용해서 상대를 전멸시키려는 의도가 뻔히 다 보인다.

좀 더 솔직하게 굴지그래. 그런 생각을 하지 않을 수가 없었다.

그래서 아주 조금 '마왕패기'를 해방시켜봤다.

이것으로 내 실력을 알아차리고, 복종을—— 아니, 이 녀석들, 전혀 알아차린 것 같은 낌새가 없는데. 내 앞에 있으면서, 서로를 노려본 채 계속 욕만 해대고 있으니…….

조금 거친 해결법이긴 한데, 마음을 꺾어서 복종시킬까?

그런 식으로 내가 계산을 하고 있었을 때——,

"네놈들, 왕의 어전에서 무례하게 구는 것도 정도가 있는 법이다. 이 리그루도가 네놈들의 분수를 가르쳐주마!"

근육을 불끈거리면서 리그루도가 한 걸음 앞으로 나섰다.

평소에는 온화하고 도시의 행정을 맡아 열심히 일해주는 리그루도였지만, 실은 남들의 눈을 피해서 단련하고 있다는 것을 나는 알고 있었다.

실제로 그는 고부타나 리그루 같은 젊은이들보다도 강하다. 이전에 성기사들을 맞아 싸우려 할 때도 자청하고 나섰으니, 무투파적인 면도 상당히 갖추고 있는 것이다.

내가 보기엔 눈앞에 있는 두 종족의 수장들보다 강할 것 같다.

"뭐라고? 문관 주제에 건방지게!"

"빈약해 보이는 마왕님의 뒤꽁무니나 따라다니는 주제에, 우리를 우습게보지 마라!!"

반발하는 수장들에게 동조하는 젊은이들.

나를 우습게 보는 자도 있었지만, 이렇게까지 심하게 구는 건 이 녀석들뿐이었던 것 같군. 가볍게 '마왕패기'를 해방시키기만 하면 지금까지의 마물들은 순종적으로 굴었는데. 이 녀석들은 혈기가 너무 지나쳐서 분위기를 파악하는 능력이 결정적으로 모자라는 것 같았다.

날 보고 괜히 벌벌 떠는 것보다는 날 얕보는 것이 더 편하다고 생각했지만, 이정도로 심하다면 생각을 고쳐먹을 필요가 있을지도 모르겠다. 하지만 뭐, 아픈 꼴을 겪으면 얌전해지겠지.

리그루도가 나를 보았다.

내가 고개를 끄덕이면서 허락을 내리려고 했던 그때——,

"뭐야?!"

"……이건……."

"——이런, 이런, 조금 귀찮아지려나?"

"흥, 문제는 없겠는데요."

도시 밖에서 엄청난 압력을 느꼈다. 슈나가 펼친 '결계'가 파괴된 것이다.

그리고 거대한 오라(요기), 방대한 에너지(마력요소)양을 보유한 마물—— 아니, 마인의 기척이 느껴진 것이다.

내 '마왕패기'를 알아차리지 못했던 고즈와 메즈도 알아차렸는지, 얼굴이 창백해지고 있었다.

"무, 무슨 이런 힘이——."

"이, 이봐, 마왕 씨, 이거 혹시 다른 마왕님이 쳐들어온 것 아니오……?"

그렇게 말하면서 벌벌 떠는 고즈와 메즈.

지금까지 쥬라의 대삼림은 마왕들 간의 협정을 통해 보호받고 있었다. 허세를 부려봤자 결국은 세상 돌아가는 일을 모르고 있었을 것이다. 진정한 위협을 앞에 두고서야, 자신들의 실력을 깨닫지 않을 수가 없었던 모양이다.

나는 이런 잔챙이들의 상대를 하고 있을 때가 아니게 되었다.

낭만적인 보스 계획은 버리기 어렵지만, 지금은 그런 말을 하고 있을 때가 아니다.

재빨리 인간의 모습으로 '변화'해서, 베니마루 일행에게 '가보자'라고 말을 건다.

"넷!"

"알겠습니다."

그런 대답을 흘려듣고 나는 거대한 기척이 느껴지는 방향으로 달리기 시작했다.

．．．．．．．．．．．．．．．．．．．

．．．．．．．．．．．．．

．．．．．．．

현장에 도착해보니, 그곳에선 '쿠레나이(홍염중)'의 멤버 열 명 정도가 세 명의 남자를 포위하고 있었다.

경비병과 문지기, '부활자들(자극중)'이 여러 명 쓰러져 있다.

아, 고부조도 있다. 열심히 싸운 모양이지만, 역시 이 녀석들을 상대하는 건 무모했던 것 같군.

아직 무사한 자들은, 도시의 주민이나 손님들을 피난시키고 있었다. 훈련했던 대로의 움직임을 착실히 보이고 있는 것 같아서 이쪽은 일단 안심이다. 덕분에 생각했던 것만큼 큰 혼란에 이르지는 않았지만, 그래도 피해가 발생했다는 것이 불쾌하다.

나는 원흉인 세 명 쪽으로 시선을 돌린다.

장신에 탄탄한 체격을 가졌으며, 귀에 피어스를 단 예쁘장한 남자.

근육 덩어리 같은 체격을 가진 덩치 큰 남자는 코에 피어스를 달고 있다.

덩치가 크다기보다 그냥 뚱뚱하다고 표현하는 게 맞을 것 같은 체격의 자그마한 남자는 입에 피어스를 달고 있었다.

기발한 머리 모양에 색도 컬러풀하다.

'머리카락을 물들인 불량아 같다'는 말이 딱 어울릴 것 같은 3인 조였다.

"뭐냐, 네놈들은. 이곳이 마왕 리무루 님이 지배하시는 영역이라는 걸 알고 이런 횡포를 부리는 것이냐?"

날 쫓아온 시온이 그렇게 묻자, 귀에 피어스를 단 자가 씨익 웃으면서 앞으로 나섰다.

"비켜라, 비켜. 나는 잔챙이한테는 흥미가 없다. 클레이만을 죽이고 마왕의 자리를 뺏으려고 했는데, 그걸 방해받는 바람에 짜증이 나 있단 말이다. 쓸데없는 살생은 하지 않겠지만, 내 방해를 하는 녀석은 용서하지 않을 거야!"

거칠고 위압적인 태도지만, 쓰러져 있는 자들을 보니 누구도 죽이지는 않았다.

이렇게나 에너지양에 차이가 있으니, 이 녀석들이 힘 조절을 하지 않았다면 '부활자들'이라고 해도 즉사했었을 것이다. 그걸 생각하면 쓸데없는 살생을 하지 않겠다는 말도 사실인 것 같다.

겉보기만큼 나쁜 녀석들은 아닌 모양이다. 하지만 걸어온 싸움은 받아들일 수밖에 없지.

특히 지금은 한창 마왕으로서 인사를 받는 중이다. 개국제를 눈앞에 두고 각국의 상인들도 수많이 드나들고 있다.

그런 분위기 속에서 벌어진 소동이니, 원만하게 대화로 끝내기는 어려울 것이다.

귀찮지만 어쩔 수 없지.

이 자리는 내가 상대를──.

"리무루 님, 기다려주십시오. 이 자리는 제가 나서겠습니다."

내가 앞으로 나서려 하자 시온이 날 제지했다.

베니마루도 나서려고 했지만 시온과 눈짓을 주고받으면서, 누가 먼저 나설 것인지를 정한 것 같다. 내 짐작이지만, 시온의 부하가 쓰러져 있었던 게 그 이유가 된 것 같다.

"호오, 네가 마왕 리무루의 측근인가? 아버지로부터 들었다. 클레이만 자식을 쓰러뜨린 여자 키진이지? 재미있군. 우선은 손을 풀 겸──."

"형님, 기다리세요. 마왕은 양보할 테니까 측근은 우리에게 넘겨주십쇼."

"흐엣──흐엣흐엣, 그렇습니다요. 나도 배가 고프니 한 명쯤은 필요합니다요."

아무래도 이 세 명은 형제인 것 같군.

귀에 피어스를 단 자가 장남이고, 나머지 둘은 동생들. 그리고 아버지로부터 우리 이야기뿐만 아니라, 클레이만과 시온의 싸움이 어땠는지도 들어서 알고 있다면.

그렇다면 이 녀석들의 아버지는 마왕이거나, 그 심복이라는 뜻이 된다.

한 명 한 명이 각성 전의 클레이만에 필적하는 에너지양을 가지고 있는 이상, 아무래도 마왕의 아들들인 모양이다.

그럼 대체 누구의 아들이지……?

기이, 밀림, 라미리스, 루미너스, 이 네 명은 절대 아니겠지.

다구류루, 디노, 레온, 이 세 명 중의 한 명이겠지만── 디노와 레온도 절대 아닐 것 같으니, 의심이 가는 인물은 다구류루려나?

그렇게 내가 속으로 여러 생각을 하고 있으려니, 시온이 한 발 앞으로 나섰다.

"입 닥쳐라. 지금은 리무루 님의 알현식으로 바쁘다. 시간이 아까우니까 세 명을 한꺼번에 상대해주마."

"뭐?"

"이봐, 이봐, 우리를 얕보고 있는 거냐?"

"여자니까 좀 봐줄까 했는데, 그만두겠어. 울릴 거야. 반드시 눈물을 쏟게 만들어주지."

"흐엣──흐엣흐엣, 방금 그 말은 좀 내 배를 울리게 하는걸. 오랜만에 배를 채울 수 있겠습니다요."

시온의 말을 듣고는, 자신들도 모르게 어이가 없다는 투로 말을 늘어놓고 말았다.

자신보다 거대한 힘을 지닌 상대 세 명을 동시에 상대하겠다는 것은, 아무리 시온이라고 해도 무모한 짓이다.

그렇게 생각해서 말리려고 했지만, 상대가 이미 격앙되어 있어서 말릴 수 있을 것 같은 분위기가 아니다.

왜 시온은 이렇게나 혈기가 넘치는 건지…….

"베, 베니마루 군?"

"시온이 하고 싶어 하는 대로 놔두죠. 힘 조절을 하는 거라면 저보다 시온이 더 잘하니까 말입니다."

"…………."

베니마루가 아무렇지도 않게 내뱉는 말을 듣고, 나도 절규를 할 수밖에 없었다.

이렇게 되면 포기할 수밖에 없다.

시온의 승리를 믿고, 하고 싶은 대로 하도록 놔두기로 한 것이다.

도시가 파괴되는 건 참을 수가 없다.

장소를 옮길 것을 제안하자, 의외로 세 사람은 얌전히 따라왔다.

흥미진진하게 도시의 모습을 관찰하면서, 우리의 안내를 받아 이제 막 완성된 투기장에 들어간다.

"이봐, 여자. 배짱은 높이 사주겠다만, 지금이라면 아까 했던 발언을 철회해도 괜찮은데?"

귀에 피어스를 단 남자의 제안을 시온은 콧방귀를 뀌면서 날려 버렸다.

"에너지양의 차이가 전력의 결정적인 차가 아니라는 것을 가르 쳐주지!"

그러기는커녕 시온은, 어딘가의 붉은 사람(샤아 아즈나블) 같은 대 사를 뱉으면서 세 사람을 도발한 것이다.

이리하여, 이 소동에 흥미진진해 하는 구경꾼들이 지켜보는 가 운데, 도장 격파가 아닌 마왕 격파에 도전해 온 세 사람과 시온의 싸움이 벌어진 것이었다.

결과는 시온의 압승이었다.

뚱뚱하고 작은 남자, 입에 피어스를 단 남자가 체형에 맞지 않 는 기민한 동작으로 포탄과 같이 시온에게 돌진한다. 그걸 시온 은 옆차기로 차서, 귀에 피어스를 단 남자 쪽으로 날려버린다.

그리고 그 한순간의 틈을 타고, 아연실색해 있던 코에 피어스 를 단 남자의 품으로 파고드는 시온. 상대의 팔과 목깃을 움켜잡더니, 그대로 앞으로 몸을 숙여서 업어치기를 날렸다. 머리부터 돌바닥에 처박힌 코에 피어스를 단 남자는 꼼짝도 하지 못하게 되었다.

"우오오오, 잘도 형님을!"

입에 피어스를 단 남자가 시온의 뒤에서 그녀를 끌어안고 들어 올리려 했지만, 시온의 괴력이 그것을 허용하지 않는다.

"마, 말도 안 돼! 내 쪽이 분명히 더 셀 덴데……."

경악하는 입에 피어스를 단 남자를 차갑게 노려보면서, 시온은 훗 하고 웃었다.

자세를 바꾸면서 돌아보더니 그대로 힘겨루기가 시작된다.

"크, 크으으으으윽……."

뿌각.

불쌍하게도 입에 피어스를 단 남자의 양팔은 원래는 굽혀지지 않는 방향으로 꺾이고 만다. 이 녀석들도 마물이니까, 어쩌면 괜찮을지도 모를 거라고 생각했지만, 격통을 느끼고 있는 것 같으니 대미지는 입은 것으로 보인다.

그러나 시온은 그걸 확인하지도 않고 철권제재.

입에 피어스를 단 남자가 뭐라고 소리치기도 전에 원투 피니시가 먼저 적중한 것이었다.

그곳으로 귀에 피어스를 단 남자의 강렬한 발차기가 날아왔다. 하지만 시온은 가볍게 몸을 뒤로 젖혀서 그걸 회피해낸다.

하지만 귀에 피어스를 단 남자의 입가에는 웃음이.

위험하다. 그렇게 생각했을 때는 이미 늦었으며, 귀에 피어스를 단 남자가 위로 차올린 발을 그대로 흉악한 도끼처럼, 시온의 머리를 박살 내려고 날카롭게 아래로 다시 내려찼다.

콰차아아앙! 하는 둔탁한 소리가 흘렀다.

시온의 돌머리가 귀에 피어스를 단 남자의 다리를 박살 낸 것이다.

그리고 시온의 로킥(하단차기)이 완전히 또 다른 다리까지 박살 냈으며, 귀에 피어스를 단 자는 어쩔 수 없이 땅에 엎드리게 된 것이다.

그대로 시온은 귀에 피어스를 단 남자의 위에 올라타면서, 인정사정없이 주먹으로 연타를 날렸다.

이렇게 하여, 시온의 승리가 확정되었다.

고리키마루 개(改)라는 애도를 뽑을 필요도 없이, 눈 깜짝할 사이에 세 사람을 두들겨 패서 곤죽으로 만들어놓은 시온.

그녀의 실력은 명백하게 상승했다.

자신과 같거나 그 이상의 에너지양을 지닌 상대를 일방적으로 쓰러뜨리면서도, 호흡 하나 흐트러지지 않은 것이다. 그것도 세 명을 동시로 상대한 것이니 실로 어이가 없다.

"베, 베니마루 군?! 시온은——."

"네, 놀랍군요. 힘 조절이 능숙해진 것 같습니다."

아니, 그게 문제가 아니야——!

밀림도 아니고, 힘 조절이 제대로 되고 말고를 따지는 게 아니다. 베니마루의 인식도 어딘가 어긋나 있다고 생각한다. 내가 하고 싶은 말은 그런 게 아닌데……. 이제 됐다, 말해봤자 소용이 없을 테니까.

그건 그렇고 지금 중요한 건 시온이다. 농담이 아니라 진짜 굉장하다고 생각한다.

마력을 어떻게 다루느냐에 따라서 동격인 자를 상대로 해도 압도할 수 있다는 것이 실제로 증명되었다. 클레이만을 압도한 경험을 통해서 시온도 크게 성장한 것 같다.

그걸 보고도 동요하지 않는 것을 보면, 베니마루도 또한 그게 당연하다고 생각하는 건가.

납득은 가지 않지만, 시온도 구(舊)마왕에겐 필적한다는 셈이다. 그리고 당연히 베니마루도.

어쩌면 소우에이와 게루도도 그럴지 모르겠는데.

아니, 아니, 그건 좀 지나친 생각이다.

시온의 성장을 보고 좀 지나치게 동요한 모양이다.

"죄송합니다. 아직 벌이 부족했습니까?"

내 동요를 잘못 착각한 것인지, 시온이 눈을 부릅뜨고 쓰러진 세 사람을 노려봤다.

나는 서둘러 "아니, 아니, 이제 됐어!"라고 말하면서 시온을 말린다. 부족하기는커녕 지나칠 정도로 충분했다.

"이런 꼴을 또 당하기 싫다면, 이제 우리에게 폐를 끼치지 마라! 그리고 다른 마왕은 더 위험하니까 서툰 짓은 자제하도록 하고."

철권제재를 맞고 쓰러진 3인조에게 그렇게 말하자, 의식을 되찾았던 코에 피어스를 단 자가 격렬하게 고개를 위아래로 끄덕였다.

내 충고는 이 녀석들을 위한 것이기도 하다.

자기 실력에 자신이 넘치다 보니 마왕에게 도전해본 것 같은

데, 그게 나라서 다행이었다. 다른 마왕이었다면 시온의 제재 정도로 끝나지 않았겠지.

"아버지에게 들은 것 이상으로 강한데……."

눈을 떴는지, 귀에 피어스를 단 남자가 그렇게 중얼거리고 있다.

"형님, 그 말은 마왕 리무루는──."

"그래, 훨씬 더 대단하단 뜻이지."

"흐엣──흐엣흐엣, 배가 고픕니다요."

나까지 존경의 눈빛으로 보기 시작하는 세 사람. 한 명 이상한 녀석이 있지만 신경 쓰면 지는 것이다.

"그래서, 너희는 누가 보낸 자들이냐?"

귀찮지만 배후 관계만큼은 조사해보기로 했다.

순순히 말해주면 좋겠다고── 생각할 것도 없었다.

"네! 저희는 마왕 다구류루의 자식들입니다. 저는 장남인 다구라입니다."

"차남인 류라입니다."

"막내인 데부라입니다요!"

세 명은 너무나도 쉽게 털어놓은 것이다.

그리고 내 예상대로 마왕 다구류루의 아들들이었던 모양이다.

"이봐, 너무 쉽게 정체를 털어놓았는데, 그래도 괜찮은 거냐?"

"네. 실은 아버지로부터 마왕 리무루 님 밑에서 좀 더 수행을 쌓고 오라는 명령을 받았으니까요."

"저희가 잠깐 까분 것만으로 엄청 화를 내시는 바람에……."

"흐엣흐엣흐엣, 쫓겨났습니다요!"

너무 솔직한 것 아니냐, 너희들?!

쉽게 말해서, 감당을 못 하는 말썽꾸러기 자식들을 내게 떠넘기겠다는 심산 아냐?

망할 다구류루 녀석, 우리는 그렇게까지 친하지도 않는데 멋대로 무슨 짓을 벌이는 거냐고…….

하지만 여기서 빚을 하나 만들어두는 것도 나쁘지는 않겠지?

우리는 아직 안정된 세력인 것도 아니니, 여기서 최강의 한 축을 적으로 돌리는 건 바람직하지 않다.

나도 귀찮지만, 지금은 마침 악마 교관 같은 시온이 있다. 고부조를 비롯한 부활자들의 훈련을 본 적이 있는데, 하쿠로우보다 더 심하게 다루는지라, 나도 살짝 질린 적이 있을 정도였다.

이 녀석들을 시온에게 맡겨두면 나중에 질려서 도망치겠지. 스스로 도망쳐 물러난다면, 나로서는 할 의무를 다한 것이 되는 셈이다.

다구류루한테서 불평을 들을 일도 없으니, 문제가 되지 않는다.

"알았다. 그럼 너희들은 시온 밑에서 수행을 하도록 해라."

나는 그렇게 말하고 시온에게 눈짓으로 신호를 보냈다. 싫겠지만, 귀찮은 일을 맡아달라고 생각한 것이다.

그런데 시온은 오히려 날 보면서 고개를 끄덕이더니 사악한 미소를 지었다.

——어라? 생각했던 거랑 반응이 다른데?

"훗훗후, 지금 막 리무루 님께 임명된 시온이다. 네놈들 같은 약한 녀석들이라고 해도, 내가 맡은 이상은 일류의 전사로 키워주도록 하마. 안심하고 날 따르도록 해라!"

"네, 바라 마지않던 일입니다!"

"예입! 앞으로 누님 밑에서 열심히 배우도록 하겠습니다!"

"저도 마찬가지입니다요! 하지만 그 전에 뭔가를 좀 먹여주시면 좋겠습니다요!!"

싫어할 거라 생각했더니, 시온은 꽤나 의욕적인 모습이다.

불만이 없다면 그걸로 충분하다고 나도 마음을 바꿔먹었다. 그리고 시온과 세 사람을 남겨두고 알현의 방으로 돌아가기로 한다.

뒤에서 『선생님, 아니 스승님으로 부르게 해주십시오!』라느니 "음, 너희들. 내 가르침을 확실히 따라라!" 같은 소리가 들려왔지만, 듣지 않은 것으로 치자.

·················.

·············.

·······.

알현의 방으로 돌아오니 고즈와 메즈가 창백한 얼굴로 부들부들 떨면서 무릎을 꿇고 있었다.

따라온 젊은 자들도 모두 자신들의 수장을 따라서 엎드리고 있다. 방금 전까지의 잘난 체 굴던 태도는 온데간데없었으며, 어딘가의 약소 부족이라는 생각이 들 정도로 나약한 느낌이 들었다.

"도, 돌아오시기를 기다리고 있었습니다!"

"저희의 충성을, 마왕 리무루 님께 바치고 싶습니다!!"

대체 무슨 심경의 변화가 있었던 거지.

방금 전까지와는 태도가 완전히 달랐다.

나는 옥좌에 앉자마자 슬라임 상태로 돌아간다. 이걸로 또 나를 얕보는 태도로 돌아가려나 하고 생각했지만, 그런 모습은 보이지 않았다.

"진심인가?"

"다, 당연합니다!"

"우리의 힘을 부디 원하시는 대로 써주십시오!"

아무래도 정말로 마음을 바꿔먹은 것 같다. 그 필사적인 모습은 정말로 내 기분을 살피고 있는 것 같았으니.

알았다. 방금 전의 소동을 보고 시온의 위험함을 깨달은 것이로군?

그렇다면 사양할 필요는 없다.

나로서도 부담 없이 이 녀석을 이용할 수 있는 것이다.

애초에 100년 이상이나 전투행위를 반복해온 귀찮은 종족이니, 싸우는 것을 좋아하겠지. 그렇다면 미궁 안을 전쟁터로 만들어준다면 틀림없이 아무런 불만도 나오지 않을 것이다.

약소 종족한테서 침략 행위를 자행했다는 이야기도 들은 적이 있으니, 이 녀석들이 격리되는 쪽을 다들 더욱 반길 것이다.

"너희는 힘이 남아도는 것 같으니, 싸움을 할 무대를 마련해주겠다."

"네? 이 녀석들을 용서하시는 겁니까? 지금 제가 리무루 님을 대신하여 이자들에게 천벌을 내려줄 생각을 하고 있었습니다만……."

내 말을 듣고, 리그루도가 아쉽다는 듯이 반응했다.

방금 전의 소동으로 유야무야되었지만, 리그루도는 상당히 화를 내고 있었으니까 말이지. 하지만 기왕이면 기회를 주고, 내게 도움이 되는 편이 낫다고 생각한다.

"자자, 리그루도. 이 녀석들도 세상 돌아가는 걸 모르고 있었으니, 한 번은 용서해주도록 하자고. 다음에 또 건방진 짓을 한다면 그때는 너에게 맡길 테니까."

"그렇다면 더 드릴 말씀은 없습니다. 너희들, 운이 좋은 줄 알아라. 리무루 님이 관대한 분이 아니었다면 지금쯤은 전부 죽은 목숨이었을 테니까. 만약 다시 거역하겠다면 너희들을 기다리는 것은 멸망이다. 이번 일을 통해서, 앞으로는 자신의 분수를 잘 파악하는 것이 좋을 것이다."

리그루도도 납득해준 것 같아서 다행이다.

"너희들은 운이 좋았다. 방금 그 소동이 없었다면, 리그루도 님뿐만 아니라 나도 나설 참이었으니까. 가만히 참고 넘길 수 없는 말을 내뱉는 그 혀를 갈가리 베어버려서 다시는 떠들지 못하게 만들어주려고 생각하고 있었단 말이다. 리무루 님의 자비로움에 감사하고, 앞으로도 경거망동하는 일이 없도록 하라."

내가 뭐라고 말하기도 전에, 어느새 돌아와 있던 시온이 그렇게 말했다.

덜덜 떨면서, 격렬하게 고개를 끄덕이는 고즈와 메즈.

『반드시, 반드시 기대에 부응하도록 하겠습니다! 그러니까 부디 저희의 무례함을 용서해주십시오!』

입을 모아 그렇게 선언하는 모습을 보니, 두 번 다시 거역할 마음은 없는 것 같다.

"내게 충성을 맹세하겠다면 특별히 봐주는 것을 생각해보마. 우선은 분쟁을 멈추고, 내가 명령을 내릴 때까지 얌전히 기다리도록 하라."

내가 직접 말을 걸 필요는 없지만, 여기서 확실한 다짐을 한 번

413

더 해두자고 생각했다. 나중에 적당한 볼일을 만들어서 고즈의 수장을 불러낸 뒤에, 미궁에서 일하도록 교섭하기 위해서이다.

의도하지 않았지만 상당히 위협을 주었으니, 순순히 따라줄 것이라 생각한다.

내 머릿속은 보스 역할을 훌륭히 소화해줄 자가 손에 들어왔다는 기쁨으로 가득 차면서, 오늘 하루의 고생도 싹 날아가 버린 것이다.

*

이 이후에 알현은 별문제 없이 진행되었다.

시온이 다구류루의 아들들을 부하로 들였다는 소문이 순식간에 퍼졌고, 게다가 강한 종족인 고즈(우두족)와 메즈(마두족)가 벌벌 떠는 모습을 보고, 나를 얕보려는 종족은 아예 없어졌기 때문이다.

이런 식으로 알현식이 끝나면 좋겠다고 생각하는데…….

내 앞에 무릎을 꿇은 엘프족의 장로――라고 해도 젊은 청년으로밖에 안 보인다――와 여러 명의 일행.

여성은 없다. 엘프는 미인이 많다고 들었기에 조금은 아쉽다.

기본적으로 엘프는 너무나 수명이 긴 종족이다.

정령이 실체화되어――혹은 타락하여――요정이 되면서 육체를 얻었다. 그게 바로 엘프와 드워프의 시조로 여겨지고 있다. 고블린 등도 그 핏줄을 더듬어 올라가면 요정에 이른다고 한다.

'땅' 속성이 드워프로.

'물' 속성이 머먼(인어족)으로.

'불' 속성이 고블린으로.

'바람' 속성이 엘프로.

먼 옛날에 요정이 다른 종족과 섞인 결과 태어난 것이 그들의 시조라고 하겠다.

고블린만 그 핏줄이 너무도 흐려지면서, 수명도 짧아진 셈이지만. 진화의 끝자락에 있는 오거라고 해도 수명은 100년이 채 못 된다고 한다.

키진이 되면 정령이었을 때의 힘이 각성하여 신통력 같은 엄청난 스킬(능력)을 구사할 수 있게 되는 것 같지만 말이지.

아, 지금은 엘프에 대한 이야기를 했었지.

그 수명은 500년에서 800년이라고 일컬어지고 있다. 인간과의 혼혈이라고 해도 300년 가까이는 사는 것 같다.

애초에 수명의 개체차는 크다. 요정의 피가 진할수록 오래 사는 것이다.

20년 정도에 성인이 되고, 그 후로는 나이를 먹지 않는다. 그리고 죽을 때가 되면 급격한 노화가 시작되며, 20년 정도 지나면 노쇠로 인한 최후를 맞이한다고 한다.

수백 년은 젊음을 향유한다고 하니, 인간의 입장에서 보면 마치 꿈같은 종족이었다.

좀처럼 어린아이가 늘어나지 않는 것도 특징 중의 하나. 수명이 긴 탓으로 인해 자손을 남긴다는 욕구가 크지 않다고 한다. 그런 이유 때문에 개체수도 적다고 하던데.

이런 이야기들은 드워프 왕국의 밤에 여는 가게——'밤나비'의 아가씨들에게서 얻은 지식이므로, 어디까지가 진실인지는 의심스럽지만 말이지.

참고로 요정으로 불리는 존재는 지금도 있다.

딱히 드물지도 않은, 의외로 일반적인 마물이었다.

라미리스와 비슷한 사이즈에 장난치기를 좋아하며, 소정령이 마력요소의 영향을 받으면서 마물로 변한 자들이었다.

일단은 지혜도 있지만, 한 세대로 끝나며 수명도 짧다. 같은 종족이라도 대정령이 실체화한 존재와 비교할 것도 없이, 전혀 다른 마물로 구분되고 있는 것이다.

라미리스도 그런 요정과 잘 혼동되지만, 실은 전혀 다른 존재란 말이지.

정령여왕으로 불리는 상위 존재가 타락한 존재이므로, 엘프와 드워프의 선조보다도 상위에 위치했을 가능성이 높은 것이다.

라미리스는 전생을 반복한다고 하니, 물어봐도 자세히는 모르겠지만…….

이런, 이야기가 다른 곳으로 빠져버렸군.

장로의 인사에 귀를 기울인다.

"뵙게 된 것을 영광으로 생각합니다. 오늘은 축하와 함께 감사의 인사를 드리려 이렇게 찾아뵈었습니다——."

장로는 인사를 한 뒤에 내게 그렇게 말했다.

대개는 이렇게 되면 인사를 한 뒤에 충성을 맹세하는 식으로 흐르게 된다. 초기부터 연방에 가입하고 있었던 자라면, 안전하고 쾌적한 생활이 보장되었다고 내게 감사 인사를 한 자도 있었다.

그러나 엘프의 장로와는 첫 대면이다.

감사의 인사라고 해도 짐작이 가는 바가 없기에, 리그루도를 시켜 물어보게 했다.

"아아, 그건——."

장로가 말해준 것은 고즈(우두족)와 메즈(마두족)의 사건이 관여되어 있었다.

그 두 종족은 100년 이상이나 전쟁을 계속했었다고 하는데, 그로 인한 최대의 희생자가 엘프였다고 한다.

장로가 말하길.

숲의 혜택을 받으며 살아가는 엘프에게 있어, 전쟁 지대가 확대되는 것은 사활이 걸린 문제였다.

엘프는 외적으로부터 몸을 지키기 위해, 숨어 사는 마을의 주변에 방향감각을 어지럽게 만드는 '결계'를 치고 있다. 그런데 전쟁으로 나무가 마구 베어지는 바람에 그런 '결계'들이 파괴되고 말았다.

나무가 없어지면 방향감각을 어지럽게 만들어도 의미가 없다. 근본적으로 숨어 사는 마을이 다 드러나 보이고 마니까.

그래도 어떻게든 마을의 장소를 옮기거나 해서 피해에서 벗어나려 해도 전쟁은 확대일로를 걷고 있었다.

전쟁 때문에 숲의 동물이나 마물도 도망치고, 먹을 수 있는 채소나 과일 같은 것도 자라지 못해 수확을 할 수 없게 되면서, 드워프 왕국으로 일자리를 찾아 떠나는 자까지 있었다고 한다.

지금 생각해보면 '밤나비'에 있던 엘프 아가씨들도 그런 이유로 집을 나간 것일 수도 있겠군.

그리고 드디어 인구 유출이 심각한 수준에 이르렀다. 숨어 사는 마을의 유지가 곤란에 처하게 되었다고 한다.

어쩔 수 없이 재이주를 검토하기 시작했다고 하는데, 아무리 쥬라의 대삼림이 광대하다고 해도, 이주할 곳은 그리 쉽게 발견되지는 않는 법이다.

"그러므로 그 난폭자들을 어떻게든 처리해달라는 요청을 드리려고 생각하던 중이었습니다만, 저희가 그런 요청을 드리기 전에 폐하가 처리해주셨습니다. 이제 남은 것은, 이주할 곳을 확보할 수만 있게 되면——."

마을을 떠났던 자들도 돌아올 수 있을 거라는 것이 장로의 말이었다.

그 이야기를 듣고 나는 어떤 생각이 번뜩였다.

이주할 곳. 그래, 이주할 곳이다.

있잖아, 이 도시에.

엘프의 인구수는 300명도 안 된다고 한다.

먼 옛날에는 좀 더 많은 수가 있었으며 고대 왕국을 세워서 번영했다고 하는데, 그 영화는 사라져버렸다. 엘프는 유랑 민족이 되어 세계 각지에 흩어졌다고 한다.

겨우 300명 정도라면 딱 받아들이기 좋은 곳이 있었다.

그렇다, 던전(지하 미궁)의 95층에 이제 막 생긴 작은 숲, 그곳으로 이주하면 좋겠다는 생각을 한 것이다.

거기서 아피트가 하고 있는 양봉을 돕는다거나, 마력요소가 높은 숲에서만 채취할 수 있는 희귀한 식물을 기른다거나, 95층에 낼 예정인 여관의 일을 돕는 일을 하면 되겠지.

무기와 방어구를 파는 가게를 맡겨도 되겠고, 그럴 일은 없을 거라 생각하지만 95층에 마물이 발생했을 때는 엘프들이 도시를 지켜주면 든든할 것이다.

엘프는 트렌트와도 상성이 좋다고 들었으니, 트레이니 씨 쪽도 분명 반대하지 않을 것이다.

일거리는 많이 있으므로, 흩어진 동료들도 불러 모을 수 있겠지.

집을 나갔다고 하는 여자애들도 돌아올지 모르고, 그렇게 되면 95층에서 특별 회원 전용의 엘프가 서비스하는 가게를 내는 것도 꿈이 아니게 될 것 아냐──?!

좋다. 참으로 훌륭한 생각이다.

이 도시에도 술집은 있지만, 식당도 겸한 모험가 전용이라는 분위기가 풍기는 가게였다. 그러므로 조용하게 술을 마시고 싶을 때는 간부용의 식당을 이용하게 된다.

슈나에게 부탁하면 내 방으로도 술을 준비해서 가져다주지만, 딱히 그렇게까지 하면서 마시고 싶은 건 아니란 말이지.

말하자면, 가볍게 숨을 돌리면서 쉬는 정도로.

슈나가 있으면 편하게 쉴 수 없다거나, 그런 이유로 인해 이러는 건 아니다.

고부타와 시시콜콜한 이야기를 나눌 수 없다거나, 묘르마일 군과의 밀담 장소로 삼을 만한 곳이 없다거나 하는 그런 이유로 인해 이러는 게 아니라는 것은 더 말할 것도 없었다.

──아니, 정말이라니까?

만약 '밤나비' 같은 가게가 95층에 있다면, 여러 방면에서 이용할 수 있으리란 생각을 했을 뿐이다.

419

곤란에 처해 있는 것으로 보이는 엘프의 장로에게 나는 그 아이디어를 제안해보기로 했다.

"장로, 자네들을 받아들일 수 있을 것으로 보이는 곳이 하나 있는데——."

내가 입을 열자, 리그루도는 한발 물러서서 이야기를 들을 자세를 갖추었다. 어느새 훈련했는지, 어떤 상황에서도 태연하게 대응해준다. 내가 예정에 없던 말을 해도, 요령껏 내 뒤를 받쳐줄 것이다. 실로 믿음직스럽다.

"오, 오오! 그게 정말입니까, 리무루 폐하?"

"음. 300명 정도라면 모두 다 받아들일 수 있네."

"정말 감사합니다! 그러면 돌아가는 대로, 일족을 이끌고 이리로 오고 싶습니다."

"알았네. 자네들이 올 때까지는 살 수 있도록 주거지를 정리해두기로 하지. 단, 맡기고 싶은 일이 있는데, 그건 상관없겠나?"

"물론입니다. 저희 엘프의 힘이 리무루 폐하께 도움이 된다면, 그 이상 가는 행복은 없을 것입니다!"

엘프의 장로는 내가 생각했던 것 이상으로 기뻐해주었다.

위험한 숲을 떠돌면서 안주할 땅을 찾을 필요가 없어지면서, 한시름을 놓을 수 있게 된 것이겠지. 재빨리 심부름꾼을 보내서 이주할 준비를 시작하도록 시키겠다고 한다.

이리하여, 미궁 안에 엘프를 받아들이는 것이 결정되었다.

그것으로 이야기가 끝났으면 좋았겠지만, 이때 장로로부터 한 가지 더 신경이 쓰이는 발언을 들었다.

최근에 집을 나간 자들이 돌아오지 않는다고 한다.

엘프는 결속력이 강하기 때문에, 마을을 버린 것으로는 생각되지 않는다고 하는데…….

사냥감을 사냥하러 나간 채로 돌아오지 않은 자도 있다고 해서, 약간 걱정이 된다고 한다.

엘프는 개인주의적인 면이 강하기 때문에, 단순히 변덕을 부리고 있는 것뿐일지도 모른다고 장로는 말했지만── 그때 문득 떠오른 것이 묘르마일의 가게에서 들었던 이야기였다.

잉그라시아 왕국의 카자크 자작이 묘르마일에게 제의한 돈벌이. 그건 분명, 엘프 노예를 부려서 운영하는 가게가 어쩌고 했던 것 같은데…….

좀처럼 돌아오지 않는다는 엘프의 젊은이들.

엘프 노예를 부리고 있는 것으로 보이는 카자크 자작── 아니, 범죄 조직.

만약 내 안 좋은 예감이 적중한 것이라면…….

기우였으면 좋겠지만, 그렇지 않다면 큰 문제가 된다.

모처럼 엘프가 서비스하는 가게를 낼 수 있다는 꿈에 한 발짝 다가갔으니 확실한 조사를 해볼 필요가 있을 것 같다.

감사의 말을 전하고 떠나는 엘프의 장로를 배웅하면서 나는 그렇게 생각했다. 그리고 등 뒤에 서 있는 소우에이에게 '사념전달'로 명령을 내린다.

'소우에이, 블루문드 왕국의 카자크 자작이라는 녀석을 조사해다오.'

'알겠습니다!'

소우에이는 재빨리 '분신체'를 날려 보내서 조사에 착수해주었다.

이거면 됐다. 알현식이 끝날 때까지는 어떤 식으로든 정보를 확보할 수 있을 것이다.

나중에 묘르마일에게도 노예를 다루는 범죄 조직에 대해서 알고 있는 것을 물어보기로 하자.

그리고 만약 연관 관계가 있다는 것이 판명되면, 그때는 용서하지 않을 것이다.

이건 나의 엘프에 대한 애정에 도전을 하는 것이다.

꿈의 '엘프 가게'의 오너가 되겠다는 야망을 앞에 둔 나를 방해하는 자는 모두 박살을 내줄 뿐이다.

이런 결의를 가슴속에 품고, 이 건에 대한 조사를 시작했다.

＊

길었던 알현식도 겨우 마지막 날을 맞았다.

오늘만 넘기면 3일 후에는 개국제가 열린다.

엘프 건 이후로 딱히 문제는 발생하지 않았다. 순조로움 그 자체였으며, 도시에 머무르는 마물들 사이에서도 눈에 띄는 트러블은 일어나지 않았다고 한다.

다구류루의 아들들 건이 세간에 알려졌다고 하며, 그 덕분에 힘을 과시하는 바보들이 얌전해진 것 같다고 한다. 시온을 칭찬해주고 싶지는 않았지만, 화려한 실력 행사도 때로는 도움이 된다고 생각했다.

게루도는 며칠 전부터 휴가를 얻어서 귀국한 상태이며, 디아블로와 하쿠로우도 어제 돌아왔다.

"오오, 리무루 님. 여전히 위엄 있는 모습을 오랜만에 뵐 수 있게 되어서, 저는 기쁨으로 가슴이 터질 것 같습니다!"

쿠후후후 하고 웃으면서, 디아블로가 그런 잠꼬대 같은 소리를 하고 있었다. 슬라임 모습에 위엄 같은 건 있지도 않은데, 이 녀석의 눈은 무슨 단춧구멍인가 하는 생각이 들었다.

보고를 듣고 싶었지만 그건 나중으로 미룬다.

디아블로는 아쉬워했지만, 오늘에 맞춰서 중요한 논의를 해야 했기 때문이다.

오늘의 상대는 그렇게 할 정도로 중요한 손님이다.

절대 방심은 할 수 없다.

가장 어려운 알현이 될 것으로 예상되고 있다.

그러므로 오늘은 모두가 자리를 지켜서 식에 임하고 있다.

그 상대 말인데, 지금 베니마루가 마중을 하러 나가 있다.

내 오른팔인 베니마루가 손님을 맞는다──. 그 사실만 보더라도 그 종족이 얼마나 중요한지 알 수 있을 것이다.

열렬히 타오르는 불처럼 격렬한 기운이 문 밖에서 다가온다.

역시 소문으로 들었던 이야기가 헛것은 아니었다.

문이 열리면서, 무장한 하나의 집단이 들어왔다.

그렇다, 그들이야말로── 베니마루가 사자로서, 인사차 한 번 찾아간 적이 있는 종족.

텐구(장비족, 長鼻族)였다.

텐구는 쥬라의 대삼림의 경계선상에 있는 크샤 산맥을 거주지로 삼고 있으며, 내 지배 영역의 밖에 있는 독립 세력이다. 그러므로 엄밀히 말하자면 이번 방문은 알현이라기보다 회담이었다.

알현의 방에 들어온 무장 집단.
그 맨 앞에 서 있는 사람은 아름다운 소녀이다.
코가 길다고 해서 텐구라고 불리는 줄 알았는데, 보기에는 평범한 코였다.
텐구라는 것은 천구(天狗)를 말하는 것이다. 즉, 엔젤(천사족)과 오오카미(산랑족. 山狼族)의 혼혈 종족이라고 하는데——,

《알림. 정확히 말하자면 혼혈이 아닙니다. 오오카미의 신체에 엔젤이 깃들면서, 그 결과 육체를 얻어서 생긴 종족입니다.》

그래그래, 깃들면서 육체를 얻어서 생긴 종족이라고 한다.
오오카미(산랑족)라는 것은 수인의 일종으로 고고한 종족이다. 오오카미, 즉 한자로 쓰면 大神(일본어로 읽으면 '오오카미'. 또한 오오카미는 '늑대'라는 뜻도 있음)이 된다. 그러므로 '긴 코'라는 것은 은유적인 표현으로, '평범하지 않은 후각을 지닌 자'를 의미하는 것이다.
게다가, 산의 신으로 숭배를 받는 종족이라고 하는데——,

《알림. 정확히 말하자면 종족이 아닙니다. 개체명 : 란가처럼 '개체'에서 태어난 개체군입니다.》

——그래그래.

솔직하게 말해서 잘은 모르겠지만, 간단히 말하자면 엄청 강력한 오오카미(大神)의 개체가 오오카미(산랑족)를 탄생시켰다고 한다. 그 무리에 엔젤이 깃들어 육체를 가지면서, 자아를 지닌 종족이 태어났다고 하는 모양이다.

그 강력한 개체야말로 눈앞에 있는 소녀의 부모이자 텐구의 장로라고 한다.

그 장로는 아이를 낳으면서, 급격하게 체력이 쇠퇴해진 상태라고 한다. 그러므로 실질적으로는 눈앞에 있는 이 소녀야말로 텐구의 수장인 것이다.

그렇기 때문에 더더욱, 이번에는 알현이라기보다 회담이라는 명목으로 부르는 게 정답이었다.

그리고 그 이상으로 중요한——,

....

....

......

텐구에게는 베니마루가 인사차 한 번 찾아간 적이 있다.

텐구는 하이오크의 이주를 허락해준 적이 있는 등, 온후한 면을 갖추고 있다. 그러면서도 사실은 자존심이 강하기 때문에, 내가 그들에 대한 지배권을 주장했다면 반감을 샀을 것이다. 그리고 틀림없이 전쟁이 일어났을 것이다.

당연하지만, 나는 그럴 생각이 없다.

산의 신으로까지 숭배 받는다고 하는 강력한 종족과 일부러 싸울 필요 따윈 없으니까.

베니마루도 그건 이해하고 있기에, 마도 왕조 살리온과 이어지는 도로의 건설 허가를 받기 위한 목적만 가지고 인사차 찾아간 것이다.

"교섭은 무사히 성립되었습니다. 텐구의 입장에서도 리무루 님을 무시할 수는 없으니, 인사차 한 번은 찾아올 것 같습니다."

돌아온 베니마루는 그렇게 보고했지만, 그 내용과는 반대로 굉장히 피곤한 기색이었다.

"무슨 문제라도 있었나?"

"아니오, 그런 건 아닙니다만……."

걱정이 되어서 묻는 내게, 베니마루는 말끝을 흐리면서 대답하려 하지 않았다.

같이 사자의 자격으로 갔던 알비스도 돌아온 뒤부터 상태——라기보다 기분——가 안 좋은 것 같았고. 이야기를 들을 수 있는 분위기가 아니었던 것이다.

나는 어쩔 수 없이 한 번 더 억지로라도 베니마루에게서 이야기를 듣기로 했다. 다른 간부들 앞에서 이야기하기를 꺼려했으므로, 베니마루와 개별적으로 술자리를 가졌던 것이다.

거기서 들었던 내용은 바로——.

●

베니마루는 알비스와 '쿠레나이(홍염중)'의 멤버 10여 명을 동반하여, 텐구가 숨어 사는 마을로 향했다.

여행길은 순조로웠지만, 크샤 산맥의 정상에 있는 동굴 앞에서 텐구의 젊은 무사에게 제지를 받게 되었다.

젊은 무사는 흰 옷을 입고 허리에 타도(打刀)를 차고 있으며, 그 등에는 한 쌍의 흰 날개가 달려 있었다. 귀는 개처럼 삼각형으로 뾰족했으며, 꼬리도 나 있다.

그 세련된 몸가짐을 보고, 무예를 배운 자임이 명백하다는 걸 베니마루는 깨달았다. 그 자리에서 사정을 이야기하고 동굴 앞에 쳐놓은 '결계'를 통과할 수 있게 해달라고 허가를 요청했다. 젊은 무사는 승낙을 하고는, 베니마루와 알비스만 안으로 안내해주었다.

동굴을 빠져나오자 그곳에는 꽃이 흐드러지게 핀 도원경이 나왔다.

덥지도 춥지도 않으며, 항상 쾌적한 기온이 유지되어 있는——힘이 있는 종족이 살기에 걸맞은 아름다운 마을이었다.

안내받은 곳에서 아름다운 아가씨가 베니마루를 맞아주었다.

그 아가씨는 다른 텐구와는 달리 인간의 모습과 같았다.

어깨까지 기른 순백의 머리카락은 귀 바로 옆 부분부터 선명한 붉은색으로 변해 있다.

연분홍색의 입술은 작고 부드러워 보였다. 그러나 그 길게 찢어진 눈에서 엿보이는 늑대와 같은 동공이 먹잇감을 살피듯이 베니마루를 바라본다.

방심해선 안 된다고 베니마루는 생각했다. 그 존재감은 예전에 만났던 마왕 칼리온에 필적하거나, 그 이상의 것이었다.

"내 이름은 베니마루. 마왕 리무루 님을 대신하여 이곳에 왔소."

"사자 님, 잘 오셨소. 나는 텐구의 장로의 딸인 모미지라고 하오. 그래서, 여기 온 용건은 뭐요? 이 땅을 지배할 꿍꿍이라도 꾸미고 계신가?"

베니마루의 인사에 대해, 모미지라고 자신의 이름을 밝힌 아가
씨는 요염한 미소를 지으면서 응했다. 그러나 그 말에는 독기가
어려 있다.

환영받지 못하고 있다. 베니마루는 그렇게 느꼈다. 하지만 그
것을 불쾌하게 여길 베니마루가 아니다.

"그럴 생각은 없소. 우리가 바라는 것은 쥬라의 대삼림의 경계
선상에 있는 크샤 산맥의 통행 허가요. 그리고 가능하다면 이 산
에 터널을 뚫는 것에 대한 허가를 받고 싶소."

"흥. 영토적 야심은 없다는 뜻이로군. 통행 허가는 알아서 하면
되는 것이지만…… 터널이라는 것은 무엇인가?"

모미지는 베니마루의 설명을 흥미 없다는 표정으로 들었지만,
터널이라는 말에 반응했다.

베니마루도 터널이라는 것을 잘 이해하고 있는 것은 아니다.
산에 구멍을 뚫는다는 리무루의 대략적인 설명을 들었을 뿐이다.

실은 이 계획은 리무루가 입안만 했을 뿐, 기각해놓은 상태였
다. 살리온의 수도와 연결하는 데는 터널이 최단 루트가 된다. 그
러나 현실적으로는 살리온과의 경계선 부근에 있는 도시까지 길
을 이을 뿐이라서 터널은 필요 없었던 것이다.

베니마루도 그것은 알고 있었기 때문에, 말이 나온 김에 한번
요청해봤을 뿐이었다.

"터널이라는 것은 산에 구멍을 뚫어서 산 너머에 있는 도로를
잇는 것이라고 하오. 그쪽이 허가할 수 없다면 억지로는——."

"잠깐. 산에 구멍을 뚫는다고? 진심으로 하는 말인가?"

"그렇소. 계획에는 그렇게 되어 있소. 하지만 지금 필요로 하는

루트에는 터널은 필요가 없기 때문에, 장래에 필요하게 되었을 경우에 대비해 요청을 해본 것뿐이오. 그쪽이 싫다면 억지로 밀어붙이지는 않겠소."

부담 없이 대답하는 베니마루.

하지만 텐구들에겐 동요가 퍼지고 있었다.

산을 신성시하는 그들에게 있어서, 터널이라는 말은 금기에 해당하는 것이었다.

"기분 나쁘군, 당신. 슬라임이 마왕이 된다 해도 우리에게 간섭하지 않는다면 멋대로 하도록 내버려 둘 생각이었다. 거기 있는 짐승 냄새 나는 뱀을 데려온 것도 눈을 감아줄 생각이었고. 하지만 우리의 영산을 가볍게 보고 있는 것에 대해선 잠자코 있을 수가 없군."

그렇게 말하면서 모미지는 자리에서 일어났다.

베니마루의 입장에선 그럴 의도는 없었지만, 이미 대화를 계속할 수 있는 분위기가 아니게 되었다.

실수했다. 베니마루는 그렇게 생각했다.

여기서 베니마루가 반응하면 상대도 얌전히 물러나지 못하게 된다. 그렇게 생각하여 베니마루는 앉은 채로 움직이지 않았지만, 잠자코 있을 수 없는 자가 있었다.

알비스이다.

"짐승 냄새 나는 뱀이란 건 절 말하는 건가요?"

조용히 격노하면서 자리에서 일어나더니, 모미지를 노려봤다.

일촉즉발, 위험한 분위기를 풍기는 두 사람.

"이봐, 그러지 마──."

베니마루가 말리려고 하는 목소리를 신호로 알비스의 시선이 모미지를 꿰뚫는다.

엑스트라 스킬 '뱀의 눈(천사안, 天蛇眼)'—— 마비, 독, 발광 등의 효과가 직접 노려보고 있는 모미지에게 파고들었다.

그러나 모미지는 그걸 신경도 쓰지 않는다.

"시시한 기술이로군. 텐구의 장로의 딸인 나에게 상태이상 같은 건 통하지 않는다."

그렇게 말하면서 모미지는 양손에 부채를 꺼내 들었다.

텐구는 반(半)정신 생명체이다. 그러므로 모미지의 말대로 상태이상에 대해서 높은 내성을 갖추고 있었다. 그리고 그뿐만 아니라, 모미지는 엑스트라 스킬 '천랑각(天狼覺)'이라는 스킬(능력)을 상시 발동시키고 있다. 이건 오감 이상으로 정보를 읽어 들여서 해석하는 힘으로, 엑스트라 스킬 '마력감지'의 상위 호환에 해당한다고 말할 수 있는 효과를 발휘하는 것이다.

그뿐만 아니라, '천랑각'은 환상이나 환술을 무효로 만든다.

그러므로 모미지에게 기습은 통하지 않는다.

이번에는 자신의 차례라는 듯이, 모미지는 춤을 추는 듯한 동작으로 알비스를 향해 부채를 아래로 내리치듯이 휘둘렀다.

알비스는 첫 번째 공격은 지팡이로 막아냈지만, 뒤이은 두 번째 공격을 옆구리에 맞으면서 넓은 방의 끝까지 밀려 날아간다.

"크흐윽?!"

대충 휘두른 것 같지만 세련된 동작을 보이는 모미지. 알비스의 옆구리에 일격을 날리느라 접혀 있던 부채를 다시 펼치더니, 우아한 몸짓으로 입가를 가렸다.

그리고 모미지는 말한다.

"이걸로 끝인가? 삼수사라고 해도 그리 대단치는 않군."

이 말에는 알비스도 자존심에 상처를 입었다.

"얕보지 말았으면 좋겠군요, 시골뜨기 주제에. 교섭 상대라고 생각해서 봐줬지만 그럴 필요는 없겠지요?"

이미 상처의 회복이 끝난 알비스는 태연하게 일어섰다.

그리고 차갑게 모미지를 노려보면서, 수왕국 유라자니아에 군림하는 상위 마인으로서의 관록을 띠면서 모미지와 대치한다.

"봐줬다고? 그건 내가 할 말이로군. 이래 봬도 사자를 죽이지 않도록 신경을 쓰고 있거든? 그게 아니면 당신은 나를 진심으로 화나게 할 셈인가?"

노려보는 두 사람의 주위에선 기온이 내려가는 모습이 눈에 직접 보이는 것 같았다.

넓은 방의 끝에 대기하고 있던 텐구의 젊은 무사들도, 이 공간에 가득 찬 농밀한 오라(요기)를 느끼면서 표정이 굳어지고 있다.

그런 분위기 속에서 베니마루만이 혼자 의자에 앉아서 차를 마시고 있었다.

실수를 한 것으로도 모자라, 일이 귀찮아졌다고 생각하면서.

"확실히 당신은 강하군요. 하지만 전투 경험이 부족한 꼬마 아가씨가 이길 수 있을 정도로 이 세상은 만만치 않답니다."

"시험해보겠는가? 당신이 말한 대로, 나도 전투 경험을 쌓고 싶다고 생각하고 있었지. 당신은 마침 딱 좋은 시험 상대가 될 것 같은데."

서로를 노려보는 눈빛은 더욱 격렬해졌으며, 그리고 두 사람은 동시에 움직였다.

그 순간──,

섬광이 번뜩이더니, 모미지의 손에서 부채가 튕기며 날아간다.

넓은 방에 침묵이 찾아왔다.

아무도 반응할 수 없었던 속도로 베니마루가 두 사람의 싸움에 끼어들었던 것이다.

"거기까지요. 내 말로 인해 불쾌하게 만든 것은 사과하지. 하지만 내 동행이 살해당하는 건 가만히 두고 볼 수 없소."

담담히 말하는 베니마루.

"베, 베니마루 님?! 제가 지기라도 한다는 뜻인가요?"

"그래. 내가 말리지 않았으면 당신은 두 동강이 났을 거야."

"마, 말도 안 됩니다! 전 제대로 힘 조절을──."

"아니. 당신은 오라의 제어가 아직 어설퍼. 힘이 너무 지나치게 들어가 있었다고."

"그, 그럴 리가──."

"내, 내가 졌단 말인가……?"

모미지와 알비스, 두 사람이 동시에 그 자리에 주저앉았다.

그와 동시에 넓은 방의 문이 열리더니, 커다란 개의 귀가 달린 미녀가 모습을 드러냈다.

일제히 엎드리는 텐구의 젊은 무사들.

"어, 어머님?!"

동요하는 모미지에게 방긋 웃어 보이면서, 모미지의 어머니인 텐구의 장로는 천천히 걸어온다.

그리고 모미지의 곁에까지 오더니──,

"이 멍청한 녀석!!"

이라고 큰 소리로 벼락을 떨어뜨린 것이다.

장소를 옮겨서, 일동은 다시 서로를 마주 보면서 앉아 있다.

다다미와 방석을 갖춘 일본풍의 방이다.

그 앞에 있는 방은 토코노마(일본식 방의 상좌(上座)에 바닥을 한층 높게 만든 곳)로 되어 있어서 병을 앓고 있다는 텐구의 장로가 바로 쉴 수 있도록 배려되어 있었다.

그 후에, 장로에게서 꿀밤을 맞은 모미지도 머리를 매만지면서 눈물을 글썽거린 채로 앉아 있다. 불만은 아직 남아 있는 것 같지만, 이 이상 불평을 할 마음은 없는 것 같다.

"아니, 무리하시지 않아도 괜찮습니다. 우리는 인사만 하러 온 것이라——."

목적은 아직 완수하지 못했지만, 이미 대화를 나눌 분위기가 아니게 되었다. 게다가 알비스도 풀이 죽어 있었으니 오래 앉아 있는 것은 내키지가 않았다.

베니마루는 고사하려고 했지만, 그걸 제지한 것은 장로 본인이다.

"후후후, 소년. 마음에 둘 것 없다. 그보다 그 검기, 아주 훌륭하더구나. '오보로(朧)류'인가?"

"어떻게—— 아니, 역시 그런가. 모미지 공의 춤도 내 유파의 자세와 비슷하게 보였는데. 혹시나——."

"그렇다. 나도 '오보로류'를 배웠지. 내 스승인 '아라키 뱌쿠야'에게서 말이다."

"뭐라고?!"

베니마루는 경악했다. 그런 그의 얼굴을 보고, 텐구의 장로는 만족스러운 표정으로 웃었다.

"내 '이름'은 카에데라고 한다——."

그렇게 말하면서, 텐구의 장로——카에데는 옛날이야기를 시작했다.

카에데가 말하기로는 300여 년 전, 오거의 마을에 신세를 지고 있었다고 한다.

자신의 원래 힘을 숨기고 여행을 하고 있었을 때, 뱌쿠야를 만나서 검을 사사받았다고 한다.

카에데에겐 사형이 있었다.

천재라고밖에는 표현할 수 없는 검의 소질을 타고 난 자. 뱌쿠야의 손자였다.

'내가 이름을 지어줄 수 없는 것이 참으로 한탄스럽구나'라는 것이 뱌쿠야의 입버릇이었다고 한다.

마물에게 섣불리 이름을 지어주면 목숨을 빼앗기는 일도 있다. 뱌쿠야는 인간이었으므로 틀림없이 그 목숨을 잃었을 것이다.

당시에 카에데도 또한 '이름'을 가지고 있지 않았다. 그렇기에 그 기분은 이해할 수 없었지만, 지금은 그럭저럭 알 수 있다.

사랑하는 자에게 뭔가를 남겨주고 싶었던 것이다. 마물에게는 이름이 없는 것이 자연스러워도 인간에겐 그렇지 않은 것이다.

그리고 뱌쿠야가 수명이 다해 이 세상을 떠났고, 남은 그의 손자는 검귀(劍鬼)가 되었다.

그 힘은 카에데에 필적할 정도. 기량만 따진다면 완전히 뒤지고 있었다.

그리고 카에데는 그 훌륭한 검술 실력에 반했던 것이다.

커다란 단풍나무('楓'. 일본어 발음으로 '카에데') 밑에서 고백했다. 그리고 하룻밤의 인연을 맺은 뒤에 오거의 마을을 떠났다고 한다…….

쥬라의 대삼림은 기후가 일정하지 않지만 그 단풍나무는 크고 훌륭했으며, 가을에는 멋지게 붉은색의 단풍잎(紅葉, 일본어 발음으로 '모미지')으로 수놓아진다. 마을의 상징이 되어 있었기 때문에 베니마루에게도 기억이 남아 있었다. 그렇기에 더더욱 카에데의 말이 진실이라는 것을 깨닫는다.

"잠깐, 잠깐만 기다려주시오. 그 말은 곧 하쿠로우의……."

당황하는 베니마루.

자신도 모르게 내뱉은 그 말에 카에데가 반응한다.

"호오, 하쿠로우라고? 그런가, 나의 사형인 그 검귀께선 '이름'을 얻었구나. 아니, 그 전에…… 아직 살아 계시다는 것이 더 놀랍다."

그렇게 말하면서 웃는 카에데를 앞에 두고 베니마루의 동요는 점점 더 심해진다.

(자, 잠깐만. 하쿠로우는 이 일을 알고 있는 건가?!)

그 외에 기타 등등, 수많은 의문이 머릿속을 스친다.

하지만 그런 베니마루를 다시 새로운 혼란이 덮쳤다.

"하지만 이것으로 나도 안심이다."

"──?"

"하쿠로우가 길러낸 훌륭한 남자가 내 딸의 신랑이 될 테니까 말이지."

풉!!

마음을 진정시키기 위해 마시고 있던 차를 자신도 모르게 뿜어내고 마는 베니마루. 좀처럼 동요하는 일이 없는 베니마루지만, 이 마을에서는 계속 동요하고만 있었다.

동요한 것은 베니마루뿐만이 아니다.

옆에서 알비스도 아연실색한 표정을 지은 채로 찻잔을 떨어뜨렸다.

그리고 모미지는 그 말을 듣고 얼굴을 새빨갛게 붉히면서 베니마루를 봤고, 그런 뒤에 어머니인 카에데를 본다.

"자, 잠깐만요, 어머님――?!"

바들바들 떨면서 카에데의 입을 막으려고 하지만, 모미지의 힘으론 카에데를 이길 수 없다.

카에데는 모미지를 한 손으로 잡고 누른 뒤에, 베니마루를 다시 바라보면서 표정을 가다듬었다.

"자, 베니마루 공. 좀 전에 그대들이 한 제안 말인데, 모든 걸 받아들이마. 그리고 우리도 마왕 리무루의 밑으로 들어가도 **좋다**고 생각하고 있다. 단, 그대가 내 딸의 반려자가 되는 것이 조건이다. 더 생각해볼 것도 없다고 보는데, 대답은 어떠한가?"

그런 중요한 안건을 직접적으로 대놓고 이야기한들 곤란하다――고 베니마루는 생각했다.

적어도 생각할 시간이 필요하다.

그리고 그런 베니마루를 구한 것은 또 한쪽의 당사자인 모미지였다.

"잠깐만! 저분을 어머님이 인정하셨다는 것은 알겠습니다. 하지만 저는 아직 인정하지 않았어요! 확실히 저보다 강해 보이기는 하지만……. 그렇다면 적어도 어머님의 말씀에 따라 억지로 맺어지는 것이 아니라, 저를 진심으로 좋아해서 맺어지기를 바랍니다. 자신이 반한 남자가 자신을 돌아보도록 만들어야 훌륭한 여자라고, 늘 어머니가 입버릇처럼 말씀하시지 않았나요?"

그리고 모미지는 그 이름처럼 새빨개진 얼굴을 부채로 가리더니 도망치듯이 그 자리를 떠나고 만다.

그걸 보고 큰 소리로 웃는 카에데.

헉 하고 놀란 표정으로 고개를 드는 알비스.

그리고 베니마루는 그런 모미지를 보고 아주 조금 자신을 부끄럽게 여긴다.

(그러고 보니 하쿠로우는 언제나 당당하게 굴었었지……. 나도 이런 일로 당황하다니, 아직 수행이 부족하군——.)

그렇게 생각하면서, 약간 반성했던 것이다.

——그렇다고는 하나, 이번 일은 너무나도 갑작스럽기 그지없던 일이었지만…….

결국 모미지와의 혼담은 돌아가서 검토하는 것으로 결론이 났다.

애초에 카에데의 독단이었기 때문에 진심으로 베니마루에게 억지로 강요할 생각은 없었다. 어디까지나 자신의 희망 사항을 이야기했을 뿐이며, 그렇게 실현되면 좋겠다는 정도의 생각이다.

그 외의 템페스트(마국연방) 측의 요망 사항은 거의 대부분 문제없이 검토되었다. 산에 터널을 뚫는다는 이야기는 별도로 치고, 살리온으로 연결되는 도로 공사의 허가는 받아낸 것이다.

하지만 그것으로 이야기는 끝나지 않는다.

베니마루와 모미지가 서로의 반려자가 될 것인가는 나중에 생각하기로 하고, 마왕 리무루와 텐구의 관계는 양호하게 유지하고 싶다──고, 카에데가 그렇게 제안했다.

도저히 그렇게 보이지는 않지만, 카에데는 병을 앓고 있다.

──아니, 그런 것으로 되어 있다.

사실은 그렇지 않다.

모미지를 오랫동안 뱃속에서 기르면서 그 힘의 대부분을 그녀에게 넘겨줬다. 그리고 15년 전에 그녀를 낳은 뒤에 '이름'을 지어줬다. 그 결과, 산의 신으로 불릴 정도로 많았던 에너지(마력요소) 양의 거의 대부분을 잃으면서 죽음을 기다리는 몸이 되어 있었던 것이다.

그렇기에 카에데는 더더욱 경험이 부족한 귀여운 딸을 뒤에서 받쳐줄 수 있는 세력을 만들어주고 싶다고, 그렇게 바라고 있었다.

베니마루가 이 땅을 찾아온 것은 우연이다.

그러나 카에데에게 있어서 이건 희망이 되었다.

자신이 반했던 남자(하쿠로우)가 보내준 최후의 희망, 그런 생각이 든 것이다.

(만약 거절한다고 해도 그때는 그때. 마왕 리무루의 밑에는 당신이 있겠지? 나보다 먼저 죽을 것이라 생각하고 있었는데, 이건 참으로 기쁜 오산이로군. 저 아이(모미지)를 보면 당신도 옛날을 떠

올려 줄까?)

카에데는 그렇게 생각하면서 결론을 뒤로 미루는 것에 동의했다.

그런고로, 이번에는 모미지 본인이 마왕 리무루에게 인사차 가게 되었던 것이다.

●

뭐, 베니마루의 입장에서 보면 골치 아픈 이야기가 된 것 같다.

베니마루가 태어나서 처음으로 느끼는 최대의 위기였다고 한다.

나와 만났을 때보다 더 무서웠다고 말했지만, 그 말을 어떻게 받아들여야 하려나. 어쩌면 베니마루 특유의 농담인지도 모르겠군.

뭐, 그건 그렇다 치고.

그 알비스가 한 방에 날아가 버렸다면, 그 전투 능력은 얕보기가 어렵다. 적대하지 않기를 잘했다는 생각이 든다.

──아니, 이건 현실도피로군. 문제는 그 점이 아니다.

설마 하쿠로우에게 딸이 있었을 줄이야…….

큰 문제가 생겼다는 생각에 매우 당황했지만, 결국 만나보지 않으면 아무런 방법이 없다는 결론을 내렸다.

그리고 이건 나와 베니마루만으로 답을 낼 수 있는 문제가 아니다. 또 한 명의 중요한 당사자인 하쿠로우, 그의 의견을 듣는 것도 필요하다고 생각했다.

하지만 서둘러서 불러들일 마음도 들지 않은 채…… 하쿠로우가 돌아올 때까지 그 문제를 뒤로 미루고 말았던 것이다.

그리고 어젯밤.

파르무스 왕국에서 이제 막 돌아온 하쿠로우까지 참가시킨 뒤에 세 명이서 의논을 했다.

텐구 쪽에서 어떤 제안을 해올 것인지 모른다. 무슨 일이 일어날지 확실하게 모르기 때문에 마지막 날에 알현의 자리를 가질 예정을 세워두고 있었다.

그러므로 만약 하쿠로우가 제시간에 맞춰 오지 못한다면 불러들일 생각이었지만, 그럴 필요는 없었던 것 같다.

하지만 제시간에 맞춰 왔다고 해서 문제가 해결된 것은 아니다.

베니마루가 모미지를 반려자로 삼을 것인가 아닌가, 그건 본인들의 문제다. 그렇게 된다고 해도 문제는 없으며, 나와는 관계가 없다고 말할 수 있지만…….

"잠깐만 기다려주십시오! 저에게도 사정상 입장이란 게——."

"뭐라고요? 도련님은 제 딸이 마음에 들지 않는다는 말씀입니까?"

"그런 말을 하는 게 아니잖아! 애초에 지금까지 만나기는커녕 태어난 것조차 몰랐으면서, 이제 와서 무슨 아버지 노릇을 하려고 드는 건데?!"

"알게 되었으니, 지금부터는 저에게도 책임이란 게 있는 법입니다!"

그런 식으로 베니마루는 난감해하고, 하쿠로우는 강경하게 나오는 바람에…… 오히려 문제가 더 복잡하게 엉키고 말았던 것이다.

이야기를 나눌 상황이 아니었다.

밤새도록 자지 않고 대화를 나눠봤지만, 결론은 나오지 않았다. 사전 준비도 제대로 하지 못한 채, 지금에 이르고 만 것이다.

…………….

………….

…….

알현의 방에 급히 준비된 자리를 중간에 두고, 내 맞은편에 미소녀가 앉아 있었다.

흰색에서 붉은색으로 변하는 머리카락은 선명하고 아름답다.

이 소녀야말로 텐구의 수장 대리를 맡고 있는, 소문으로 들었던 모미지이다.

모미지는 불손한 태도로 나를 봤다.

그리고 당당하게 인사말을 늘어놓는다.

"마왕 리무루여, 처음 뵙겠습니다. 저는 텐구의 수장 대리 자격으로 찾아뵌 모미지라고 합니다. 앞으로 잘 부탁드리겠습니다."

"정중한 인사에 감사하는 바요. 나는 이번에 마왕이 된 리무루라고 하오. 보다시피 지금은 사람의 모습을 하고 있지만, 정체는 슬라임이오. 기본적으로는 평화주의자이니, 곤란한 일이 있으면 상담해주시오."

"그런 배려는 필요가 없습니다. 이번에 쥬라의 대삼림을 장악하신 수완은 정말로 훌륭했습니다. 당신을 이 숲의 지배자로 인정하며, 좋은 이웃이 될 수 있기를 기대합니다. 단, 저희에게 간섭하시는 것은 허용하지 않겠습니다."

간부들도 보고 있는 앞에서 그렇게 내뱉는 모미지.

꿈틀, 하고 시온이 잠깐 반응했지만 놀랍게도 자중했다.

그간의 사정을 이야기하지 않았으니, 순수하게 시온의 의지로
참아낸 것이다. 뭔가 어떤 변화가 그녀 안에서 일어난 것인지, 작
은 일에는 신경을 곤두세우지 않게 된 것 같다.

좋은 경향이긴 한데, 조금 불안하기도 하다. 너무 지나치게 참
다가 폭발하지 않으면 좋겠는데…….

그리고 모미지는 어떤가 하면, 내 반응을 긴장한 표정으로 기
다리고 있다.

그렇게 말하지 않으면 알아차리지 못할 정도로 당당하게 보이
지만, 아마도 속으로는 극도의 불안감에 짓눌리고 있을 것이다.

내가 적이 될 것인지 아군이 될 것인지, 그걸 계산하고 있겠지.

그렇다면 공손히 따르겠다는 뜻을 보여주면 될 거라 생각하는
데, 그건 긍지 높은 종족으로서는 용인할 수 없는가 보다. 경험이
부족한 지도자는 얕보이면 끝이니까 말이지. 그 심정을 모르는
것은 아니다.

기본적으로 텐구의 젊은 무사들은 모미지에게 절대적인 충성
을 맹세하고 있는 것처럼 보이지만 말이지.

"그렇군, 그쪽의 의향은 이해했소. 우리 입장에선 과도한 간섭
을 할 생각은 없소. 여기 있는 베니마루도 설명했을 거라 생각하
지만, 크샤 산맥의 산기슭에서 도로 공사를 벌이고 싶다는 것뿐
이오. 그리고 하나 확인을 하겠는데, 이미 산악 지대에 이주한 하
이오크의 권리는 인정해줄 수 있겠소?"

"네, 그건 문제없습니다. 산의 혜택에 대한 권리는 주장하지 않을 것이니, 광석에 관해서도 좋을 대로 하면 됩니다. 실제로 우리에겐 필요가 없는 것이니까요. 우리는 간섭을 싫어한다, 단지 그것뿐입니다."

음……

산악 지대는 쥬라의 대삼림의 영역 안에 들어 있다. 그러므로 약간은 불만을 제기해 올 것이라 생각하고 대비하고 있었지만, 그에 관해서도 문제는 없는 것 같다.

그렇다면 텐구는 대체 뭘 경계하고 있는 걸까?

알비스에 대해서도 가시 돋친 반응을 보였다는 것 같으니, 마왕 칼리온과 분쟁을 벌이고 있는 건가?

약간 신경이 쓰였기에, 이 자리에서 직접적으로 물어보기로 했다.

"저기, 뭘 경계하는 건지는 모르겠지만, 우리는 정말로 당신들과 분쟁을 일으킬 생각은 없는데 말이지?"

"그 말을 믿으라는 겁니까?"

"응. 애초에 우리에게 영토적 야심이 있다고 보는, 뭔가 의심스러운 근거라도 있는 건가?"

모미지는 그 말을 듣자마자, 적인지 아군인지 알아보려는 듯이 나를 바라봤다.

그리고 내뱉듯이 말한다.

"당신들도, 그 교활한 날개 달린 여자인 프레이와 사이좋게 한패로 지내고 있지 않습니까. 그게 우리 영토에 대한 야심을 가지고 있다는, 무엇보다 확실한 증거란 말입니다!"

아닌 밤중에 홍두깨라는 것은 바로 이걸 두고 하는 말이다.

"타아──임!"

"타임이란 건 또 뭡니까?!"

"타임은 타임이야. 잠깐 부하들이랑 얘기를 나눠볼 테니 기다려달라는 의미!"

나는 간부들을 불러 모아 논의해보기로 했다.

모미지는 흔쾌히 승낙해줬다. 불평을 늘어놓긴 했지만, 그건 분명 환청일 것이다.

뭔가 한창 말하고 있는 모미지를 방치해두고 우리는 원형으로 진을 짠다.

"다들 어떻게 생각하나?"

"예전에 마왕이었던 프레이의 영토는 크샤 산맥과 연결되어 있습니다. 텐구와의 사이에 분쟁이 있었다고 해서, 하등 이상할 건 없습니다."

내 질문에 소우에이가 재빨리 대답해주었다.

그 말이 맞겠다고, 내 머릿속의 지도를 보면서 생각한다.

텐구가 사는 곳은 쥬라의 대삼림에서는 벗어나 있으므로, 마왕들 간의 협정에 저촉될 일은 없다. 공격을 했을 가능성은 있는 셈이다.

"하지만 그 이유는?"

"그러게, 공격할 이유가 떠오르질 않는데."

내 질문에 베니마루도 고개를 끄덕인다. 실제로 자기 발로 직접 가보고, 그 땅에 아무것도 없다는 걸 보고 알았기 때문일 것이다.

"소문으로 들은 게 있습니다. 프레이는 높은 곳을 좋아한다고. '스카이 퀸(천공여왕)'이라는 이명이 가리키는 대로, 누구보다도 높은 장소로 수도를 옮기려고 했던 건 아닐는지요?"

하쿠로우가 깊이 생각하는 투로 그렇게 말했지만, 그건 좀 아닌 것 같았다. 왜냐하면 베니마루의 이야기를 들어보면, 텐구가 숨어 사는 마을은 산 정상의 동굴 끝에 있는 도원경—— 즉, 작은 이공간에 있으니까.

프레이가 바라는 도시와는 다른 것이다.

"으——음......."

모두가 그렇게 끙끙대면서 생각에 잠긴다.

그리고——,

"그——러——니——까아, 나를 무시하지 말라고오!!"

"우옷?!"

갑자기 귓가에 대고 소리를 지르는 바람에 나는 나도 모르게 펄쩍 뛰었다.

더 이상 참지 못한 모미지가 뾰로통하니 화를 내면서 따지고 든 것이다.

이번에는 환청이라고 둘러댈 수가 없다. 나는 포기하고 의자에 다시 앉았다.

모미지를 마주 보면서 솔직하게 묻는다.

"질문이 있는데, 프레이는 텐구의 지배 영역에 영토적 야심을 갖고 있었어?"

"네에? 무슨 바보 같은 소리를——."

어이가 없다는 표정으로 나를 보는 모미지.

그리고 내가 진심이라는 걸 깨닫고는, "말도 안 돼……"라고 중얼거렸다.

아무래도 상당한 오해가 있었던 모양이다.

그러므로 자세한 설명을 듣기로 했다.

모미지가 말하길.

프레이가 노리고 있던 것은 마도 왕조 살리온의 수도인 '에르민 살리온(신수(神樹)에 감싸인 도시)'이었다고 한다.

영토보다도 높이. 정말로 그게 목적이라고는 생각하지 않았다.

프레이답긴 하지만, 웃을 이야기가 아니다.

규모만 보면 살리온은 대국인만큼 프레이의 군대 규모를 상회한다. 하지만 입지를 이용하여 지상군에 대한 우위를 자랑하는 살리온의 군대로는, 천공을 자유롭게 누비는 프레이의 군대에게는 고전을 면할 수 없게 된다. 그러므로 전력은 호각. 그런데도 프레이는 신수를 포기하지 않았던 것이다.

그때 프레이가 눈독을 들였던 것이 텐구였다. 강력한 텐구를 지배하에 두고, 살리온에 저항할 수 있는 전력 증강을 꾀한 것이다.

하지만 텐구는 긍지 높은 종족이다. 그렇게 쉽게 프레이의 요구에 따르지 않는다.

그리고 살리온 측에서는 텐구의 행동을 읽고 있었다. 그리고 양쪽이 싸우면서, 그 세력이 약해지기를 기대했다. 공동으로 싸우는 것이 아니라, 어부지리를 노렸던 것이다.

당연히 프레이도 그걸 눈치채고 섣불리 움직이지 않게 되었다.

이리하여, 어그러진 삼자 견제의 관계가 만들어지고 말았다고 한다…….

그러던 중에 나와 클레이만의 전쟁이 일어났고, 여차저차 하는 사이에 칼리온과 프레이가 마왕 밀림의 부하로 들어갔다.

강대한 세력의 탄생.

텐구만으로는 아예 저항 따윈 할 수도 없게 되다 보니, 앞으로 어떻게 대응할 것인지를 논의하느라 매일을 보내야 했다고 한다.

그런 때에 찾아온 것이 베니마루 일행이었다.

그 일행 중에 삼수사인 알비스가 같이 있었던 것이 화근이었다. 우리가 보내는 무언의 압력이라고, 모미지는 착각하고 말았던 것이다.

"프레이는 지금 어떻게 지내고 있지?"

나는 게루도에게 묻는다.

새로운 왕도 건설의 책임자인 게루도는 분명히 프레이로부터 여러 가지 주문을 받고 있을 것이다. 지금 우리 중에서 프레이에 대해 가장 자세히 알고 있는 남자인 것이다.

"넷, 프레이 님에 대해 말하자면, 리무루 님의 설계에 아주 만족하고 계셨습니다. 그리고 그 말이 없는 미르드 공과도 쉽게 의사소통을 하면서, 회의에서 상당히 상세한 의견을 제시하고 계셨습니다."

호오, 미르드와 대화가 가능하다니, 프레이를 다시 봤다.

"그렇군. 그러면 신수에 대한 흥미는 이미 예전에 잃어버렸겠군."

"그렇겠지요……. 프레이 님의 흥미는, 아니——."

"응? 프레이의 흥미가 어떻게 되기라도 했나?"

"네, 실은…… 최근에 밀림 님의 모습이 보이지 않는 것 같습니다. 여러모로 가르쳐주어야 할 입장에 있는 프레이 님이 잠시 한 눈을 판 사이에 어딘가로 나가버리셨다는 것 같은데——."

아, 네.

나는 어디에 있는지 알고 있거든?

하지만 여기서는 모르는 것으로 치기로 한다.

'긁어 부스럼'이라는 말도 있으니, 쓸데없이 휘말려드는 건 사양이기 때문이다.

"——그런고로, 프레이 님의 흥미, 아니 관심은 지금 마왕 밀림 님을 찾아내는 데 있지 않을까 하고 감히 생각합니다."

게루도의 설명은 끝났다.

신도(新都) 마천루—— 그 하늘을 꿰뚫을 정도로 거대한 건설 도시는 프레이를 완전히 매료시킨 것이다. 이제는 다른 도시와 비교하는 것도 어리석을 정도로, 흥미를 잃어버린 것으로 보인다.

그보다 지금은 밀림 쪽을 더 중요하게 여기고 있다고 한다.

그리고 우리의 대화를 듣고 있던 모미지는 상상과 너무나도 다른 현실에, 어떻게 반응을 해야 좋을지 모른 채로 절규하고 있었다.

그럴 만도 하지.

현실이란 건 그런 법이야.

종족 존망의 위기라는 생각에 경계하고 있었던 상대는 이미 예전에 방침을 전환한 상태였다. 그 사실을 안 지금, 현실도피를 하고 싶어지기도 하겠지.

"——사정은 알겠군. 뭐, 일이 그렇게 된 거야. 그쪽이 착각한 것이라는 걸 알아준다면, 내 입장에선 그걸로 충분한데."

텐구가 속세에 무관심하며 세상 돌아가는 것을 잘 모르는 것도 그 이유라고 하겠다.

전방위로 적 세력에 의해 포위되었다는 것에 대한 초조함, 그게 모미지의 사고 판단을 흐트러뜨리게 만든 원인이다. 확실히 이런 상황이라면, 그런 판단을 내린다고 해도 무리는 아니다.

"설마, 내가 잘못 생각한 것이었다니……. 어머님으로부터 그건 지나친 생각이라는 말을 듣기는 했지만……."

그렇게 말하면서 모미지는 정신이 나간 것처럼 힘이 빠진 모습으로 그 자리에 주저앉고 말았다.

그 모습을 본 우리는 맹신에 의한 착각의 무서움을 충분히 이해한 것이다.

＊

오해가 풀린 이상, 회담은 빠르게 종료한다.

고개를 숙이고 있는 모미지를 대신하여, 텐구의 젊은 무사가 협정의 상세한 사항을 확인해주었다. 모미지의 호위인 줄 알았더니, 문관으로서도 유능한 것 같다.

터널에 관한 것은 보류.

그 안전성을 증명할 수 없는 한, 착공은 인정할 수 없다는 이야기를 들었다. 그건 그렇겠다고 납득했으므로 딱히 문제는 없다. 애초에 터널을 뚫을 것인가 아닌가는 살리온 측과도 논의를 할 필요가 있으니, 열차의 개발이 끝난 뒤에 해야 할 이야기가 되는 만큼, 지금 당장 결정할 필요는 없는 것이다.

텐구의 입장에선 간섭을 하지 않는 것이 희망 사항이었다. 하지만 그 이유는 우리의 침략을 경계했기 때문이다.

그 오해가 풀린 지금, 딱히 교류하는 것을 거부할 이유는 없다.

그러므로 무슨 일이 생긴다면 서로 협력하기로 이야기가 정리된 것이다.

"──그러면 이걸로 끝인가?"

"네. 우리에게 의의 있는 교섭을 인정해주셔서 마왕 리무루 님에게는 감사를 드립니다."

나를 향해 정중하게 감사의 인사를 하는 텐구의 젊은 무사.

모미지의 오해도 풀렸고, 협정도 체결됐다. 남은 건──.

하쿠로우와 모미지의 관계, 그리고 베니마루와 모미지의 혼인에 관한 것이로군.

어젯밤 실컷 이야기를 해봤지만, 결론은 나오지 않았다.

오늘의 반응을 보면 모미지는 우리를 적이라고 의심하고 있었던 것 같지만, 그 오해는 풀린 셈이다.

어디보자, 이 건은 본인들에게만 맡겨야 하려나?

어떻게 말을 꺼낼까 고민하고 있던 바로 그때, 텐구의 젊은 무사가 봉투에 담은 편지를 꺼냈다.

"그리고 이걸 받아주십시오. 저희의 주인 되시는 카에데 님이 리무루 폐하께 드리는 서신입니다."

그리고 그렇게 말하면서 공손한 태도로 편지를 내게 내민 것이다.

이걸 받아 든 것은 리그루도였으며, 그걸 슈나가 받아서 개봉했다.

그 편지를 읽는 슈나.

처음에는 어려운 말로 인사말이 적혀 있었고, 여러모로 우리

안부를 묻는 내용이 적혀 있었던 것 같은데, 점점 처음의 공손한 말투가 망가져간다. 그에 따라, 슈나의 얼굴도 곤혹스러움으로 물들어간다.

『──뭔가 여러모로 일이 꼬이고 오해도 있는 것 같지만, 제 딸을 잘 부탁드리겠습니다. 그리고 그 아이, 베니마루 공이 자신을 돌아보게 만들겠다고 호언장담했으니, 본인도 안 좋게 생각하는 것은 아닌──』

잠깐, 그거 나한테 보내는 편지야?!

아니, 아니아니, 아무리 생각해도 아닌 것 같은데.

이런 내용이라는 걸 처음부터 알았으면, 의장병을 물렸을 테지만…… 이미 늦은 뒤였다.

"자, 잠깐 어머니임──?!"

주저앉아 있던 모미지는 펄쩍 뛰더니, 슈나의 손에서 편지를 빼앗았다.

응, 사실은 무례한 짓이지만 이건 어쩔 수 없는 일이다.

어쩔 수 없는 일이니 보지 않은 것으로 하자.

나도 모미지와 같은 입장이었다면 무슨 짓을 저질렀을지 모르니까 말이지.

흑역사 수준이 아니라, 수치 플레이 그 자체이다.

"여, 역시 두 통이 있어!! 무슨 일을 이렇게 대충하시는 거예요, 어머님……."

그렇게 신음하면서, 또 엎드리는 모미지.

아아, 역시…….

하쿠로우에게 보내는 편지도, 내게 보내는 편지에 같이 넣어둔 모양이로군.

아가씨, 진정하십시오, 라고 말하면서 텐구들이 모미지를 달래 주고 있지만, 아무리 봐도 역효과다. 이럴 때는 그냥 내버려 두는 것이 더 낫다고 생각한다.

그때.

"후후, 그 녀석답군."

하쿠로우가 쓴웃음을 지으면서 모미지에게 다가갔다.

그리고 그 손에 쥔 편지를 슬쩍 빼앗더니, 가볍게 읽어본다.

"과연. 『——그 아이는 힘 하나만큼은 크지만, 기량은 아직 멀 었습니다. 제 사형이자, 그리고 그 아이의 아버지로서—— '검 귀' 하쿠로우 님의 손으로 가르침을 주고 단련시켜주십시오. ——사랑하는 당신에게, 카에데로부터——』란 말이지. 카에데 녀석, 아직도 나를 좋아하고 있었을 줄이야. 후훗, 오래 살고 볼 일이로군."

그렇게 말하면서, 하쿠로우는 유쾌하게 웃는다.

"아, 아버님, 이신가요?"

"그렇다. 내가 네 아버지인 하쿠로우다."

"아, 아버님——!!"

하쿠로우와 많이 닮은 검은 눈동자를 글썽이면서, 모미지는 하 쿠로우에게 달려들어 안겼다.

하쿠로우와 모미지, 부녀지간의 감동적인 재회였다.

우리에 대한 경계심이 사라진 모미지는 이제 하쿠로우의 말을 의심하지 않는다.

"모미지, 내 수행은 많이 엄격할 것이다."

"네——."

"하지만 그걸 훌륭하게 뛰어넘고, 도련님의 마음을 사로잡아 보아라!"

"네!!"

뭐, 뭐라고——?!

웅웅 하고 감동하면서 두 사람의 대화를 듣고 있었는데, 어느새 이야기가 이상한 방향으로 흘러가기 시작했다.

그러니까 이건 그거다. 일본 속담으로 비유하자면 '성을 공략하려면 해자부터 메우라'는 것이지.

평소에는 냉정한 하쿠로우도 갑자기 생긴 딸을 앞에 두고는 단순한 딸바보 아버지가 되어버린 것이다.

"이봐, 하쿠로우——."

그렇게 말하려는 베니마루의 말은 전해지질 않았으며, 이미 두 사람만의 세계를 구축하고 있다.

그리고 그때——.

슈나가 작은 목소리로 "아아, 그래서 그랬구나——"라고 중얼거렸다.

모두의 시선이 슈나에게 집중된다. 그걸 개의치 않고 슈나는 베니마루를 본다.

"오라버니, 알비스 님의 말을 전해드릴게요."

그렇게 말하자마자, 슈나는 베니마루를 정면에서 쳐다봤다.

"뭐니?"

내키지 않은 표정으로 묻는 베니마루.

응, 그 기분은 이해가 된다.

베니마루는 지금, 나중으로 미루면 좋겠다고 생각하고 있을 것이 틀림없다.

하지만 무정하게도 슈나는 가늘게 뜬 눈으로 그 말을 입에 올렸다.

그 내용은 즉——,

『베니마루 님, 저는 각오를 굳혔습니다. 모미지 님에게 이겨서 본처의 자리를 차지할 생각이지만, 최악의 경우에는 측실이라는 방법도 있으니까요. 전 포기하지 않을 것이니, 각오해주십시오.』

——그렇게 알비스의 말투를 흉내 내면서 담담히 말한 것이다.

술렁거리는 의장병들.

흥미진진한 표정의 간부들.

"…………."

베니마루는 팔짱을 낀 채로 침묵을 고수하고 있다.

사실은 머리를 감싸 안고 있어야 할 때인데, 역시 베니마루는 대단했다.

——아니, 그게 아니었다.

절규한 채로 굳어 있는 것뿐이었다.

싸움에선 따를 자가 없을 정도로 강하다 해도, 이런 국면에선 무력한 것인가——. 베니마루의 예상 못 한 약점을 본 것 같은 기분이다.

미안하군, 베니마루.

연애 경험이 적은——제로는 아니거든?——나로선, 네 힘이 되어줄 수 있을 것 같지가 않아.

"야아, 그건 그렇고 인기 있는 남자는 정말 힘들겠군……."

그런 베니마루를 보면서 내 감상을 말하자, 고부타가 어이가 없다는 표정으로 나를 보면서 말한다.

"리무루 님, 그 말, 진심으로 하시는 겁니까요? 남의 일이 아니라고 생각합니다만……."

이거 참, 나는 성별이 없는데 무슨 소릴 하는 건지. 고부타는 정말 바보 같은 녀석이라니까.

"쿠후후후후. 저는 리무루 님 한 분만 사모하고 있으니, 연애 같은 것에는 흥미가 없습니다."

아니, 딱히 묻지 않았는데.

흥미도 없으니까, 좋을 대로 하세요.

그런 생각을 하고 있으려니, 간부들이 수군거리는 소리가 들려왔다.

"역시 베니마루 님은 인기가 많군. 내 여동생의 부하도 베니마루 공을 노리고 있다고 하던데, 알비스 공과 모미지 공이 상대라면 조금 힘들겠는데."

"토우카 말인가? 아니, 토우카뿐만 아니라 사이카도 그랬지."

"그러게 말이오. 애초에 그 두 사람은 소우카에게 양보하느라 소우에이 공을 포기했다고 하던데?"

"무슨 말도 안 되는 소리를——."

"아니, 아니, 난 사실을 말하는 거요."

그런 대화를 작은 목소리로 나누는 가비루와 소우에이.

결정적이었던 것은 고부타의 발언이었다.

"그러니까 즉, 하렘인 겁니까요? 정말 부럽습니다요!"

듣고 보니, 그렇게 볼 수도 있었다.

뭐야, 그거. 부럽잖아! 그렇게 베니마루에 대한 질투심이 싹트려고 했다.

알비스는 미인에 의지할 수 있는 누나라는 느낌이고, 모미지는 건방지지만 귀여운 여동생이라는 느낌이다. 고부타의 말대로, 그건 어떤 의미로 보면 하렘이었다.

애초에 베니마루 본인은 그냥 부담스러워하는 것으로 보이지만…….

"하렘, 그거 참 부러운 이야기로군."

"훗, 그렇지도 않을걸? 베니마루는 저래 보여도 감정 표현이 서툴러서 여성을 다루는 방법을 몰라. 상남자인 양 굴고 있지만 본인은 엄청 난감해하고 있지 않을까?"

부러워하는 가비루에게 소우에이가 대답한다. 그리고 그건 내가 생각하고 있던 대로였다.

수많은 여자가 다가온다고 하더라도 베니마루의 입장에선 난감할 것이다.

더구나 슈나의 눈도 있으니까 말이다. 베니마루는 시스터 콤플렉스 기질이 있어서 지금도 속으로는 큰일 났다고 생각하고 있을 것 같고.

그때 게루도가 대화에 끼어들었다.

"하지만 나는 좋은 이야기라는 생각이 드는군. 베니마루 공 정도의 남자라면 도시의 여성들이 반하는 것도 당연하겠지. 알비스 공은 삼수사의 필두인 실력자, 그리고 모미지 공은 하쿠로우 공의 딸인 것 같으니, 어느 쪽도 자격은 충분해. 나도 본받아야겠군."

게루도는 베니마루가 반려자를 얻는 것에는 찬성하는 모양이다. 하렘 문제는 일단 제쳐두고 말이다.

　참고로 게루도 본인은 여자보다는 일을 우선시하는 성격이다. 그러므로 진심으로 본받을 생각이 있는지 없는지는 의심스럽다.

　그리고 실은 게루도는 인기가 많다.

　진지하면서 과묵하고, 책임감도 강하다. 하이오크뿐만 아니라 다른 종족의 여성들로부터도 인기가 높았다. 그러므로 게루도만 그럴 마음을 먹으면 눈 깜짝할 사이에 여자를 사귈 수 있을 것이다.

　그런 게루도에게 가비루가 말한다.

　"아니, 아니, 게루도 공은 그나마 나은 편입니다. 토우카 쪽은 아까 말했던 대로, 나에겐 눈길조차 주질 않으니…… 나를 따르는 부하들은 무슨 영문인지 남자들뿐이라──."

　"만날 계기가 없다는 뜻이로군. 그 심정은 조금 알 것도 같소."

　게루도도 고개를 끄덕이고 있다. 확실히 게루도의 직장은 공사 현장이 메인이므로 남자의 비율이 높을 것이다.

　나 같이 성별이 없다거나, 양서류처럼 어느 쪽이라고도 말하기 어려운 마물은 아예 논외다. 역시 여성도 같이 일할 수 있는 직업 환경 쪽이 남성의 의욕도 더 높아지게 되려나.

　그 점은 약간 검토해보기로 하자.

　"아니, 아니, 우리의 직장에는 여성 드워프의 약사들이 있습니다. 그러므로 만날 기회는 있습니다만──."

　"그럼 문제가 없는 것 아닌가."

　아니, 아니, 문제는 있겠지.

　종족이 다르잖아.

누구라도 상관없는 건 아니겠지?

"그게 아주 큰 문제가 있습니다. 그자들이 말하기로는 '도마뱀은 생리적으로 무리!'라고 말을 하니, 저는 전혀 인기가 없습니다……."

"그렇단 말입니까——."

…………．

으, 응.

말문이 살짝 막히네.

종족의 차이만으로 끝나지 않는 커다란 벽이 있었던 모양이다. 그렇다면 가비루는 포기할 수밖에 없겠네.

"——그런데, 난소우와 호쿠소우에겐 식사 초대라느니, 숲에서 데이트라느니, 그런 권유가 빈번하게 들어오는 것 같단 말입니다! 저는 그게 분해서——."

앗차, 종족의 벽이라는 건 핑계가 안 되는 거로군…….

"그, 그건 뭐라고 말해야 좋을지……."

게루도도 어쩔 수 없이 말문이 막혔는지, 가비루를 어떻게 달래야 좋을지 몰라서 난감해하고 있다.

"네에……. 그렇기 때문에 저도 인간의 모습이 되어볼까 하는 생각을 하고 있지요. 아버지도 중후한 느낌으로 '변화'를 하셨으니, 저도 기회가 있지 않을까 하고 생각합니다!"

없어, 그런 기회는.

외모가 문제가 아니라고.

나도 40년 가까이 여자 친구가 없었지만, 외모는 제법 나이스 가이였다고!

중요한 건——,

"한심하군. 너는 행동으로 직접 옮기질 않잖아."

네, 소우에이 군, 정답!

그 말이 맞아. 보고 있기만 해선 안 된다고.

가비루처럼 불평해봤자, 여자 쪽에서 먼저 좋아한다고 말해줄 일은 없단 말이지.

고백을 받을 거라는 환상을 품지 않고, 남자답게 먼저 나서라……는 것을 이해한 것은 슬라임이 된 뒤였지만…….

"아, 아니, 그건 그렇습니다만, 그래도——."

"소우에이 씨의 말이 맞습니다요! 저도 드워프 누님이 얘기하는 걸 들었습니다만, '가자트 군은 멋지지?' '너도 그렇게 생각해?' '그 과묵한 점이 멋져!' '내가 기르는 도마뱀 같아서 귀여워'라는 말을 하면서 가비루 씨의 부하를 엄청 칭찬하더라굽쇼. 그러니 외모의 문제가 아니라고 생각합니다요."

아, 고부타가 너무 솔직하게 대놓고 말했다.

가자트라는 자는 가비루의 부하로, '히류(비룡중, 飛竜衆)'에 소속되어 있다. 과묵하고 창을 잘 다루지만, 융통성이 없는 남자였다. 그러므로 연구에는 종사하지 않고, 연구원과 약제사들의 호위를 맡고 있었다.

말할 것도 없이 전에는 리저드맨이었고, 드라고뉴트(용인족)가 된 지금도 가비루와 비슷하게 도마뱀과 닮은 외모를 갖고 있었다.

이것으로 외모도 핑계가 되지 않게 된 셈이다. 고부타도 참 지독한 짓을 저지르고 말았다.

풀이 죽은 가비루에게 소우에이가 결정타를 가한다.

"──그리고 여자란 의외로 쉽게 남자에게 마음을 주는 존재가 아닌가?"

"뭐, 뭐라고요?!"

그럴 리가 없잖아──라는 생각을 하며 이야기를 듣고 있으니, 소우에이는 아무렇지도 않게 터무니없는 사실을 말했다.

"얼마 전에 만난 여기사도 뭘 착각했는지 모르지만, 내게 관심이 있는 것 같았으니까 말이지."

진절머리를 내면서 투덜대듯 말하는 소우에이.

"정말입니까?! 대체 뭘 어떻게 한 겁니까요?"

"호오?"

"흥미 깊은 얘기로군!"

"자세히 들려다오!"

소우에이의 말에 귀를 쫑긋 세우고 있던 나도 그 이야기에 반응하고 말았다.

그건 그렇고 여기사라니…….

그러고 보니 소우에이는 그 리티스라는 여기사에게 대체 무슨 짓을 했던 거지? 궁금하긴 했지만, 묻는 것을 잊어버리고 있었다.

그 사람, 무슨 이유인지 소우에이를 보고 얼굴을 붉히고 있었으니, 설마 하는 생각이 들긴 했지만…….

"리무루 님도 흥미가……?"

"있는 게 당연하지. 더구나 그때의 상황 보고도……."

"아아, 그때 일 말입니까. 그건 말이죠, 가볍게 '끈끈하고 강한 거미줄'로──."

가볍게 '끈끈하고 강한 거미줄'로 대체 무엇을── 그런 생각을 하던 차에, 뒤에서 무시무시한 기운이 닥쳐오는 것을 느꼈다.

그리고 울려 퍼지는 헛기침 소리.

"어흠!"

수군거리며 이야기하고 있었던 우리는 순식간에 굳어지면서 진지한 표정을 짓는다.

위험하다고 생각한 나는 살그머니 슬라임 형태로 되돌아가 전선을 이탈하려고 했지만, 희고 가느다란 손이 나를 들어 올리고 말았다.

"리무루 님, 농담은 이쯤 하시죠. 그보다도 지금은 제 오라버니 얘기가 중요하다고 봅니다."

그랬지, 그랬었다.

이야기가 그만 다른 곳으로 새어버리고 말았습니다.

슈나의 분노를 더 이상 사는 것은 위험하다.

우리는 잡담을 종료하고 진지하게 생각하기로 했다.

어디 보자.

진지하게 생각하라고 해도, 이건 곧바로 답이 나오지 않을 것 같은데.

"베니마루, 너는 어떻게 생각하고 있지?"

"그렇군요. 아직은 때가 이르다는 것이 본심입니다만, 이것만 큼은 말할 수 있습니다. 반려자는 한 명으로 충분하다고요."

그렇겠지. 갑자기 아내를 얻으라고 해도 당혹스러울 것이다. 나도 갑자기 맞선을 보라고 하면 거절할 테니까.

옛날은 어쨌는지 몰라도 지금은 자유연애의 시대니까 말이지.

그리고——,

"기본적으로 우리같이 상위 마인이 된 자는 아이를 낳는 것도 쉬운 일이 아니니까요. 수많은 반려자에게 씨를 뿌려서 경쟁시키는 자도 있는 것 같습니다만, 그런 건 제 취향이 아닙니다. 그러므로 측실은 필요 없습니다."

베니마루는 단호하게 우리를 앞에 두고 그렇게 잘라 말했다.

그 모습을 반짝반짝 빛나는 눈으로 바라보는 모미지.

"그럼 하렘은 없는 것이로군."

하렘이라기보다 일부다처제라고 표현해야겠지만, 어쨌든 그건 채용하지 않는다.

미망인이 늘어난다거나 하는, 그런 어쩔 수 없는 사정이라도 생기지 않는 한 우리나라에선 채용하지 않기로 방침을 삼는 것이 좋을 것이다.

이것으로 끝이라고 생각했지만, 문제는 지금부터였다.

"알겠습니다. 알비스 씨의 도전을 받아들여서 베니마루 님의 아내 자리를 차지하고 말겠습니다!!"

모미지가 그렇게 기합을 단단히 넣은 목소리로 선언한 것이다.

연애라는 것은 그런 게 아니라고 생각하지만, 베니마루도 포기했는지 아무 말도 하지 않았다.

"리무루 님, 어떻게 하시겠습니까?"

어떻게 하겠냐고 물어봤자, 좋을 대로 하라고 말할 수밖에 없잖아.

"좋지 않겠어? 직접 결투를 벌이는 건 안 되지만, 좋아하는 사람이 자신을 돌아보도록 만들기 위해 노력하는 거라면. 뭐, 상대가 싫다고 하면 기각하겠지만 말이지."

스토커가 되지 않는다면, 딱히 문제는 없을 것으로 생각한다.

"알겠습니다. 그러면 그렇게 하는 것으로——."

그렇게 말하면서 슈나가 미소를 지었다.

어라? 뭔가 안 좋은 예감이…….

"지지 않을 겁니다, 슈나 님!"

"바라는 바예요, 시온."

그렇게 말하면서 서로를 향해 빙긋 웃는 슈나와 시온.

뭐가 뭔지 잘은 모르겠지만, 나는 슬쩍 슈나의 품에서 빠져나와 도망쳤다.

여담이지만, 지금까지는 눈치만 살피고 있었던 알비스도 이날부터 진심으로 움직이기 시작했다. 체면을 차리지 않고 베니마루에게 공세를 가하기 시작하게 되었다.

모미지도 지지 않겠다는 듯이 알비스에게 대항한다.

그 모습을 보고 있었던 베니마루를 사모하는 여성들도 잠자코 있지 않게 되면서 너 나 할 것 없이 서로 경쟁에 참가하기 시작한다.

베니마루를 둘러싼 여성들의 공방이 격화된 것은 더 말할 것도 없을 것이다.

——이날 이후, 마물의 나라에선 반한 상대에게 실력으로 인정을 받는 영문 모를 풍습이 탄생한다.

러브 앤드 배틀(자유전투연애주의)의 막이 오른 것이다.

종장

총괄 회의

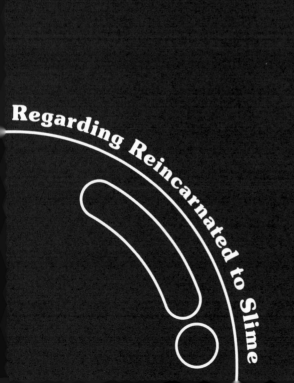

Regarding Reincarnated to Slime

알현식의 마지막 날, 텐구와의 회담이 끝난 것은 저녁 무렵이었다.

이른 저녁을 먹은 후, 오랜만에 간부 일동이 회의장에 집합했다.

모처럼의 기회이므로 근황 보고회를 열기로 한 것이다.

손님도 있다.

베루도라에 라미리스, 그리고 시종인 베레타와 트레이니 씨다.

밀림은 3일 후에 정식으로 찾아오게 되어 있으므로, 역시 위험하다는 이유로 돌아갔다. 현명한 판단이라고 생각한다. 밀림이 프레이에게 꾸중을 들었는지 아닌지 확실하지는 않지만, 계속 이 도시에 머무르고 있다간 틀림없이 꾸중을 들었을 테니까. 나한테까지 불똥이 튀는 건 사양하고 싶다.

그리고 손님이 한 명 더 있는데——,

"그러면 회의를 시작하기 전에 소개하도록 하지. 여기 있는 사람이 간부 후보가 될 묘르마일 군이야. 3일 후에 개최될 개국제에서 성공을 거둔다면, 정식으로 재무 총괄 부문의 책임자로 임명하려고 생각하고 있네. 모두 그렇게 알고 그를 잘 대해주면 좋겠군."

나는 그렇게 말하면서 묘르마일을 모두에게 소개했다. 간부가 다 모인 이 기회에 소개를 해두자고 생각한 것이다. 이야기가 나온 김에 묘르마일의 입을 통해 최종 설명을 시킬 생각이었다.

"가, 가르도 묘르마일이라고 합니다. 이번에 리무루 님으로부터 큰 역할을 맡게 되면서, 긴장으로 온몸이 다 조여드는 것 같군요. 부디 간부 여러분들도 앞으로 잘 봐주시길 바랍니다."

묘르마일은 뚱뚱한 체격이라, 전혀 몸이 조여든 것처럼 보이지 않는다. 그런데도 그런 인사를 하다니, 제법 배짱이 두둑한 사내였다.

그래도 일단 긴장은 하고 있는 것 같다.

어둠의 세계의 보스였다고 해도, 진짜 상위 마인들 앞에 서 있는 것은 차원이 다르겠지.

첫 인사를 마치고 본론에 들어간다.

"그러면 묘르마일 군, 모두에게 상황 설명을 해줄 것을 부탁하네."

"잘 알겠습니다. 그러면 실례하겠습니다――."

내 신호를 받고 리그루도의 옆에 앉아 있던 묘르마일이 일어서더니, 개국제의 전반적인 흐름을 이야기하기 시작했다.

모레 밤―― 개국제 전야에는 도시 전체 규모의 전야제가 거행된다.

그때는 이번 이벤트에 초대된 자들뿐만 아니라, 방문하고 있는 상인이나 그 호위를 맡는 모험가들에게도 무료로 요리나 술을 제공할 예정을 잡고 있었다.

당연히 공지는 이미 했으며, 그걸 노리고 근처의 도시에서 찾아온 농민들도 있다던가.

이런 사람들은 장래의 고객이 될 가능성이 높으므로 성대하게 대접할 생각이다.

그리고 영빈관에선 왕후 귀족을 초대한 궁정 만찬회가 개최된다.

이번에 왕후 귀족에게 제공될 요리는 전부, 슈나와 요시다 씨의 공동 작품이다. 신작도 다수 있다고 하니, 나도 기대를 하고 있었다. 스탠딩 파티 형식으로 한 것은 조금씩 다종다양한 요리를 즐기도록 하기 위한 배려였다.

그리고 본론이라고 할 수 있는 개국제 첫날.

이날은 아침부터 내 연설이 있다.

또 연설이야? 그런 생각은 들지만, 일단은 내가 마왕이 된 사실을 알리는 것이 목적이니 이것만큼은 어쩔 수가 없다.

이미 다들 알고 있는 사실이니까 안 해도 되지 않아? 그렇게 말했던 내 제안은 모두가 환하게 웃으면서 무시해버렸다.

그 후에 콜로세움(원형 투기장)에선 무투대회가 시작된다.

그러나 우리는 그걸 견학하지 않는다. 다른 나라의 중진에게 우리나라를 알리는 것이 목적이기 때문에 무투대회만 예선부터 줄곧 보여줄 수는 없는 것이다.

그러므로 새롭게 개축한 호화로운 가극장에서 감상회를 가질 예정이다.

어떤 공연이 있는지는 나도 듣질 못했다. 조금 불안하긴 하지만, 묘르마일은 자신만만했다.

"──여기서 리무루 님이 문화에도 정통한 분이라는 것을 어필하고 싶습니다."

그렇게 말하면서 묘르마일이 씨익 웃었다. 그에 반응하듯이 시온까지 씨익 웃었던 것 같은 기분이 들었는데, 설마…….

걱정을 해봤자 어쩔 수 없다. 묘르마일이 보증을 했으니까, 지금은 믿기로 하자.

그리고 점심 식사 후, 이번에는 기술 발표회다.

가비루와 베스터에 의한 회복약의 역사 소개.

쿠로베와 가름에 의한 무기 및 방어구의 전시.

박물관에서 설명을 하게 된다.

참고로, 가극장이나 박물관의 일반 공개는 둘째 날부터 시작되기 때문에 이날은 왕후 귀족만 마음껏 즐길 수 있을 거라고 생각한다.

경비상의 문제도 있으므로, 시간을 따로 배치하는 것은 유용한 아이디어라고 본다.

그리고 둘째 날.

무투대회의 본선을 견학한다.

그리고 낮부터는 환담회——라는 명목의 자유행동을 예정하고 있었다.

나는 투기장의 귀빈석에 있을 것이므로, 볼일이 있는 사람은 순서대로 이야기를 나눈다는 계획이다. 그런 조정도 묘르마일이 해 줄 것이기 때문에 나는 무투대회를 즐기기만 해도 충분할 것 같다.

초대장의 수에 맞춰 안내자를 준비할 것이므로 축제에서 노점을 즐기거나, 우리나라의 자랑거리인 온천가를 즐긴다거나, 그대로 대회를 견학하거나, 각자 나름대로 즐거운 시간을 보낼 수 있다면 나도 기쁠 것이다.

그리고 셋째 날.

기다리고 기다리던 던전(지하 미궁)의 공개일이다.

오전에 무투대회의 결승전을 즐기고, 오후부터는 드디어 모험가가 던전을 공략하는 모습을 견학하는 것이다.

"제가 없어도 제법 훌륭한 콜로세움이 완성되었군요."

기쁜 표정으로 게루도가 말한다. 자신의 뒤를 이을 자가 성장하고 있다는 것을 믿음직스럽게 느끼고 있는 것 같다.

"그래. 너와 미르드의 제자인 고부큐가 열심히 노력해줬지. 급하게 진행한 공사라고는 생각되지 않을 정도로 강도 면에서도 문제가 없어. 간부급이 싸운다면 이야기는 다르겠지만, A랭크 미만의 자들이 싸우는 것만이라면 충분해."

안전성을 고려하면, 이플리트 같은 상위 정령이 난리를 부리더라도 아슬아슬하게 버텨낼 수 있을 정도다. 뭐, 한곳을 집중적으로 공격받는다면 아무 도리가 없겠지만, 본전을 관전할 때는 나도 있으니 '절대방어'를 살짝 펼쳐놓을 생각이었다.

그러므로 어지간한 일이 없는 한, 관객은 안전할 것이다.

"크앗핫핫하! 그리고 내 철판구이도 궁극의 맛을 발견했지. 그쪽도 기대해보라고!"

아, 잊어버리지 않았구나.

노점을 낼 의욕이 가득하니, 정체를 숨겨서 참가시킬 수밖에 없겠군.

그건 그렇고 묘르마일은 어느새 베루도라와도 친하게 지내고 있다. 무리한 요구를 계속 들어주다가 자연스럽게 그 대응에 익숙해져버린 것 같다.

한마디로 말해서 역시 대단하다. 생각했던 것 이상으로 거물이라는 생각에 감탄했다.

자, 이걸로 설명은 끝.

디아블로와 하쿠로우, 그리고 게루도 같은 원정조는 흥미진진한 표정으로 설명을 듣고 있었다. 자신들이 참가할 수 없었던 것이 분했던 모양이다.

이 세 사람에겐 뭔가 특별한 상을 주기로 할까. 게루도는 지금 하는 일이 끝난 뒤에 주는 것이 좋을 것 같지만, 디아블로와 하쿠로우는 훌륭하게 작전을 성공시켜주었으니 말이지.

그런 생각을 마음속의 메모장에 적은 뒤에, 나는 간부들의 얼굴을 둘러봤다.

"지금은 아직 계획이 순조롭군. 뭔가 다른 문제는 없나?"

없다면 소우에이의 보고를── 계속 들으려고 했지만, 아무래도 그건 경솔한 생각이었던 모양이다.

"저요!"

그렇게 외치면서 힘차게 아름다운 자세로 라미리스가 손을 들었다.

문제는 있는 것 같은데, 큰일은 아닐 것 같은 느낌이로군.

"뭐지, 라미리스 군?"

"어, 저기, 문제가 있어."

"그러니까 그게 뭐냐고?"

"실은 말이지, 던전(지하 미궁)의 아래층이……."

거기서 말끝을 흐리면서 슬쩍 베루도라를 보는 라미리스. 그러자 베루도라는 뭔가를 얼버무리려는 듯이 커다란 목소리로 웃었다.

"크앗──핫핫하! 아니, 뭐랄까. 큰일은 아니야. 미궁 안의 95층에 숲이 생겼잖아? 그게 무슨 이유인지 위층으로 침식을 시작했거든. 지금은 71층까지 전부 다 덮어버렸어!"

약간의 실수라고 가볍게 말하는 베루도라.

91층부터 94층은 격리되어 있어서 무사했다고 한다. 그러나 방치해두고 있었던 층에는 마력요소를 채우기 위해 만들어둔 환기구를 타고 숲이 증식해버리는 바람에, 원시림 같은 모습이 되어버렸다고 한다.

"잠깐, 그걸 깨끗이 처리하려고 하면 손이 많이 갈 것 아냐?"

"그래. 그래서 너한테 상담하는 거잖아!"

정색하는 라미리스.

어이가 없지만, 원인이 된 것은 베루도라다.

"그리고 문제가 하나 더 있어."

그런데도 장본인이어야 할 베루도라가 마치 남의 일인 양 그런 말을 꺼냈다.

"……뭔데?"

듣고 싶지 않았지만 들을 수밖에 없다. 그렇게 생각하여 물어보니, 베루도라의 대답은 내 예상과는 다른 것이었다.

"보스로 쓰기에 적합한 마물이 없어. 그걸 상담해보고 싶다고 생각하고 있었어."

생각했던 것보다 멍청한 내용의 상담거리가 아니어서 다행이었다.

아무래도 마물이 발생하기 전에, 수목의 침식으로 인해 마력요소가 소비되어버린 것 같다. 그러므로 아래층의 보스를 맡기기에 충분한 마물이 태어나지 않았다고 한다.

A−랭크의 템페스트 서펜트(람사)가 한 마리 태어났지만, 그건 내가 40층의 보스로 설정해놓고 있었다. 애초에 그런 잔챙이는

필요가 없다고 말한 것은 베루도라와 라미리스이다. 이제 와서 돌려달라고 말해봤자, 그건 거절할 수밖에 없는 형편이었다.

"나는 엘레멘탈 콜로서스(성령의 수호거상)를 하나 더 만들어볼까 하는 참이야. 그러니까 재료를 준비해주면 좋겠어!"

"나한테는 보스에 어울리는 자를 고용해줘. 그리고 원시림을 깨끗이 청소해야 해."

"…………."

라미리스의 요구는 이해가 되었다.

이번 공개에선 50층까지만 보여줄 예정이니, 그건 어떻게든 되겠다는 생각이 든다. 그러나 베루도라의 요구는 아무리 생각해도 들어줄 필요가 없다.

시간 여유는 있으니 스스로 알아서 하도록 시키자.

그렇게 생각하여 거절하려고 했지만——,

"그거라면 딱 적당한 인재가 있습니다."

"리무루 님, 그렇다면 그자들에게 맡겨보는 건 어떨까요?"

"나의 주인이여, 그렇다면 적합한 자가——."

그렇게 세 개의 목소리가 동시에 들렸다.

슈나, 트레이니 씨, 그리고 란가다.

슈나가 말하기로는 와이트(사령, 死靈)인 아다루만이 적임자라고 한다. 그 말을 듣고 가비루도 찬성하면서 고개를 끄덕였다.

"그자의 부하들은 햇빛에 약해서, 동굴 안 같은 빛이 닿지 않는 장소를 좋아하더군요. 미궁 안이라면 딱 적당할 것으로 생각합니다."

아다루만은 가능하다고 해도 그 부하들은 동굴에서 나올 수가 없다. 밤에는 돌아다닐 수가 있다고 하지만, 그걸 본 상인들로부터 진정이 쇄도하고 있다고 한다.

하긴 밤중에 해골과 마주치게 되면, 그야 지릴 만도 하겠지. 미궁 안에 격리하는 것은 좋은 생각인 것 같다.

"그리고 그 사람은 리무루 님을 신이라고 칭하는 게, 상대하기 조금 버겁다고 할까요……."

진절머리가 난다는 표정으로 슈나가 말했다.

나를 신으로 정의하고, 슈나를 무녀로 여기고 있다고 한다.

확실히 그건 좀 성가시긴 한다.

그러므로 그 아이디어를 채용하기로 결정했다.

"그러면 아다루만을 60층의 보스로 삼지. 그리고 재료를 준비할 테니까, 라미리스는 엘레멘탈 콜로서스를 만들면 돼. 아다루만에게도 돕도록 지시할게."

"괜찮겠어?"

"그래. 그 녀석은 지식만큼은 풍부하니까, 연구에도 협력을 해줄 거라 생각해."

"알았어. 고마워, 리무루!!"

이리하여, 60층과 70층의 보스 문제는 정리가 되었다.

그리고 다음으로 트레이니 씨가 입을 연다.

나무들이 드문드문 자라고 있는 71층부터 80층까지는 제기온과 아피트에게 맡기는 것이 어떨까 하는 내용이었다.

"그 두 명이라면 권속을 소환할 수 있겠지요. 그러니 개척도 쉬울 것으로 예상됩니다. 그리고——."

슬쩍 라미리스와 눈빛을 주고받더니, 다시 나를 보았다.

"그자──제기온이라면 80층의 보스도 훌륭히 맡을 수 있을 거라고 봅니다. 지금까지 트렌트의 집락을 훌륭히 수호해주었으니까요."

그렇게 말하면서, 트레이니 씨는 미소 지었다.

"그렇군……."

"리무루, 그건 좋은 아이디어라고 생각해. 내가 그 녀석을 단련시켜서 80층을 맡기기에 충분한 전사로 키워보겠어!"

제기온은 확실히 생각했던 것 이상으로 강하다.

적어도 얼마 전에 봤을 때는 템페스트 서펜트보다 강해져 있었다.

하지만 작은 동물 사이즈의 곤충인데?

단련시키는 것은 어려울 거란 생각이 든다만…….

뭐, 좋다. 베루도라가 이상한 녀석이라는 것은 잘 이해했으니, 내키는 대로 하게 놔두자.

"알았어. 그럼 그렇게 하지."

내가 승낙함으로써 이 건도 정리가 되었다.

그리고 남은 것은 란가의 발언이다.

"나의 주인이여, 제가 맡고 있는 요괴 여우가 눈을 떴습니다. 그리고 숲을 자신이 원하는 대로 개척하는 것이 특기라고 말했습니다. 한번 맡겨보는 것도 좋지 않을까 생각합니다만."

내 그림자에서 슬쩍 얼굴을 내민 채로 란가가 그렇게 말했다.

그 머리에는 귀여운 아기 여우가 올라타고 있으며, 금색의 꼬리네 개가 살랑살랑 흔들리고 있다.

어쩜 이리도 귀여운 생물일까.

"해보겠느냐?"

"저는 해보고 싶습니다."

나를 반짝반짝 빛나는 눈으로 바라보면서 그 요괴 여우는 고개를 끄덕였다.

음, 정말로 귀엽다.

숲을 개척하고, 동물이 자주 드나드는 길로 미로를 만든다. 그일을 해보고 싶다고 하니, 맡겨보는 것도 좋을 것 같다. 실패하면 그때는 숲을 철거하면 되는 거니까.

"좋아, 그럼——."

그때 나는 문제가 될 만한 점을 하나 떠올렸다.

그 요괴 여우, 클레이만의 부하이자 나인헤드(九頭獸)라고 불리고 있었던 요괴 여우에겐 제대로 된 이름이 없었던 것이다.

"그 전에 너에게도 이름을 지어주마. 오늘부터 너는 '쿠마라(九魔羅)'다."

펫에게 이름을 지어주는 감각으로, 나도 모르게 가벼운 마음으로 이름을 지어주고 말았다. 그러나 나는 바보가 아니다. 이젠 확실히 학습을 했기 때문에, 이 자리에서 한꺼번에 에너지(마력요소)를 빼앗기거나 하지 않는다.

제대로 제한을—— 어, 어라아?

몸이 축 처지는 탈력감이 나를 덮치는 바람에 나도 모르게 당황하고 말았다.

《알림. 이름을 지어준 영향입니다. 개체명 : 쿠마라의 원래 에너지양

이 방대했기 때문에 **예상 이상**의 마력요소 상실이 발생했습니다.》

　어린 여우의 외모에 깜박 속았지만, 분명 그 정체는 너무나도 희귀한 최상위의 마물. 잠깐 방심을 한 것인지도 모르겠군.

　그리고 쿠마라는 내가 이름을 지어준 순간, 단번에 성장한 것 같다.

　그렇다고 해도 체격이 커진 것은 아니다. 네 개였던 꼬리가 단번에 아홉 개까지 늘어난 것이다.

　란가와 싸웠을 때는 세 개밖에 없었다. 그리고 그 꼬리의 하나하나를 특수 능력을 지닌 마수로 변화시켜 싸우고 있었다.

　그 말은 즉, 지금은 아홉 개까지 마수를 소환할 수 있게 되었다고 할 수 있겠다.

　"감사합니다, 리무루 님!! 저도 열심히 노력하겠어요!!"

　뭐, 상관없나.

　이미 저지른 일은 계속 생각해봤자 어쩔 수 없다.

　나도 무사했으니, 라파엘(지혜지왕) 선생의 계산대로 된 것 같기도 하고.

　예상 이상이라고 말한 것치고는, 그 목소리에 크게 놀라는 기색이 없다. 그러니까 틀림없이 처음부터 이 정도 양을 넘겨줄 것이라 정해놓은 것이 분명하다.

　안 그러면 딱 맞게 아홉 개의 꼬리가 돋아날 리가 없다.

《………….》

시치미를 떼도 소용없어.

나는 다 꿰뚫어 보고 있거든.

기뻐하며 날뛰는 쿠마라에겐 81층부터 90층까지를 맡기기로 했다. 거기까지 오는 모험가는 그리 많지 않을 것이니, 쿠마라가 보스로 있어도 괜찮을 것이라고 판단했다.

이리하여 라미리스와 베루도라가 제기한 문제도 정리가 된 것이다.

우리의 자신작인 던전(지하 미궁)은 간부들도 기대하고 있는 것 같았다. 그러므로 반드시 성공시켜서 앞으로의 운영을 확실한 궤도에 올려놓고 싶다고 생각한다.

그런 기대를 품으면서 나는 쿠마라의 머리를 쓰다듬었다.

                              *

자, 그건 그렇고, 이것으로 개국제 관련 보고는 끝이 났다.

다음에는 최근에 소우에이에게 맡겨두고 있었던 다양한 조사 보고를 듣기로 하자.

"그럼 소우에이, 보고를 부탁한다."

"알겠습니다──."

그리고 소우에이가 이야기한 보고는 내 상상 이상으로 경악스러운 내용이었다.

놀랍게도 '오르토스(노예 상회)'라는 범죄 조직이 '용사'에 의해 궤멸당했다는 것이다. 게다가 그들과 연결되어 있던 각국의 귀족들도 적발되었다고 하며, 블루문드 왕국의 카자크 자작이란 자도 체포되었다고 한다.

"잉그라시아의 도시도 그 소문으로 들끓고 있었습니다. 여러 나라를 무대로 활동하는 범죄 조직 '오르토스'는 전투 노예를 다수 부리고 있던 무투파 집단이었습니다. 마수와 마인 노예도 있었고, 일개 소국 이상의 전력을 보유하고 있었던 모양입니다. 그런 조직을 용사와 그 동료들이 궤멸시켰다고 합니다――."

소우에이는 그렇게 말하면서 살짝 웃었다.

용사―― 섬광의 마사유키는, 지금은 서방 열국 최강이라는 칭호로 불리며 그 명성도 높다고 한다.

히나타가 나에게 패배하는 바람에 최강의 자리가 뒤바뀌었다고 한다.

마왕에게 패배한 자는 인류의 희망을 맡기에 부족하다는 뜻일까?

히나타에게 조금 미안한 마음도 들지만, 그 때문에 나를 원망하지는 말았으면 좋겠다.

이런, 지금은 그것보다 마사유키 쪽이 더 중요하지.

정보가 너무 적어서 어떤 인물인지 확실하지 않다. 하지만 '오르토스'를 박살 내고 엘프 노예를 해방시켜줬다는 사실…….

"여러 명의 엘프가 붙잡혀 있었다고 하며, 마사유키와 함께 우리나라로 같이 오고 있다고 합니다."

그렇다고 하니, 감사 인사를 하는 게 좋을 것 같다.

하지만 문제가 되는 건…….

"어떻게 하시겠습니까, 리무루 님? 정 뭣하면 제가 일이 귀찮아지기 전에 처리할까요?"

"――아니, 그건 잠깐 보류하지. 한번 만나보고 대화를 나눠보겠다."

"알겠습니다. '마왕토벌' 같은 헛소리를 지껄이는 녀석에겐, 제 분수를 깨닫게 만들어주고 싶었지만 말입니다."

――그렇다. 지금의 대화를 통해서도 알 수 있듯이, 마사유키가 나를 토벌할 마음을 먹고 있다는 소문이 서방 열국에서 퍼지고 있었던 것이다.

냉혹한 미소를 얼굴에 띠었던 소우에이는 일단 내 말을 듣고 물러나 주었다.

그러나 이 개국제라는 중요한 국가 행사가 한창 벌어지는 중에 용사와 싸우는 것은 아주 위험한 짓이다. 소우에이뿐만 아니라, 시온과 디아블로 같이 전투밖에 모르는 녀석들이 말보다 행동으로 먼저 나설 우려도 충분히 있다.

"용사 마사유키에 대해선 내가 대응하지. 절대 손을 대지 마라, 알겠나?"

""""알겠습니다!""""

다들 대답 하나는 잘한다니까.

개국제를 사흘 앞두고, 귀찮은 문제가 발생한 것이다.

모처럼의 즐거운 기분에 찬물을 맞은 것 같은 상황이라, 나는 약간 암담한 기분이 들었다.

――그리고.

내 작은 불안을 날려버리려는 듯이 뜨겁고 격렬한 축제의 나날이 찾아왔다――.

그의 이름은 '베레타'

만화 : 카와카미 타이키

으——음...
'별장(벳소우)'은
아까 말했고
'벤치'도 말했고
'베니마루'도...

아삭

아삭

베...
베....

사람 이름을
말해도 되는
끝말잇기

좋아!
그럼 사부
'베루도라'!

...
괜찮
습니다.

주
르
르
륵

있잖아,
베(ベ)대신
베(ヴェ)로
시작해도
돼?

내
이름이네!

'라미리스'
님.

저게
타고난 원래
성격이라는 게
더 무섭단
말이지.

라미리스...

난
베레타가
울어도
이해할 수
있어.

또
'베'야?!
'베루자도'!!

...벽
(카베).

'질냄비
(도나베)'.

아이
참.

'수박
(스이카)'

'무스'

어,
'스'로
끝났지?
'슬라임
(스라이무)'!

후기

오래 기다리셨습니다. 8권을 전해드리게 되었습니다.

이미 읽어보신 분은 아시겠지만, 이번 권은 사실 '마도개국 편(魔都開國編)'이었습니다.

그랬던 것이 무슨 이유인지, 이번 권의 타이틀이 변경되었습니다만, 여기에는 깊은 까닭이──,

"야아, 이번에야말로 짧고 간단하게 정리하겠습니다!"

"그 말은 이제 질렸습니다. 이젠 아무리 길어져도 신경 쓰지 않으려 하고 있어요."

그런 대화를 나누면서, 집필 개시.

그리고 마감이 가까워지면서…….

"저기이, 의논드릴 것이……."

"네네, 뭔가요?"

"실은 말이죠, 분량이 조금 길어질 것 같아서요……."

"역시 그런가요. 그럴 거라 생각하고 있었습니다."

편집자 I 씨, 이 시점에서는 아직 동요하지 않고 대답.

하지만 내 패턴은 아직 그걸로 끝이 난 게 아니었습니다!

"전후 편으로 나눠도 괜찮을까요?"

"네엣?!"

"앞으로 100페이지를 더 써도 어중간한 지점에서 멈출 것 같거든요. 그러니까 발상을 바꿔서 여기서 전후 편으로 나누는 것도 괜찮지 않을까 하는데요?"

"그건 안 됩니다! 아니, 그 전에 왜 일이 그렇게 된 겁니까──?!"

그런 마음이 훈훈해지는 대화가 오가면서 저는, 멋지게 편집자 I 씨를 기겁하게 만드는 데 성공한 것입니다.

*

아아, 네.

반성하고 있습니다.

왜 이렇게 된 것인지는 저도 잘 모르겠지만, 짧게 정리하는 것은 무리가 아닐까 하는 생각이 최근에 들게 되었습니다.

그런 분위기 속에서, 다음 9권에는 '마도개국 편'을 끝내기 위해 현재 열심히 집필 중입니다.

차마 상, 중, 하편으로 나뉘는 사태가 일어나지 않도록 노력하고 있으므로, 앞으로도 잘 부탁드리겠습니다.

그러면 다음 권에서 또 뵙도록 하죠!

TENSEI SITARA SURAIMU DATTA KEN Vol. 8
©2016 by Fuse
First published in Japan in 2016 by Fuse.
Korean translation rights reserved by Somy Media, Inc.
Under the license from Micro Magazine Co., Ltd., Tokyo JAPAN

전생했더니 슬라임이었던 건에 대하여 8

2022년 9월 30일 1판 15쇄 발행

저　　　자 후세
일 러 스 트 밋츠바
옮 긴 이 도영명
발 행 인 유재옥
본 부 장 조병권
담당편집 정영길
편 집 1 팀 김준균 김혜연 박소연
편 집 2 팀 정영길 조찬희 박치우 정지원
편 집 3 팀 오준영 곽혜민 이해빈
미　　　술 김보라 박민솔
라이츠담당 맹미영 이승희 이윤서
디 지 털 박상섭 김지연
발 행 처 ㈜소미미디어
인쇄제작처 코리아피앤피
등　　　록 제2015-000008호
주　　　소 서울 마포구 토정로 222, 403호(신수동, 한국출판콘텐츠센터)
판　　　매 ㈜소미미디어
마 케 팅 한민지 최정연 박종욱
물　　　류 허석용
전　　　화 편집부 (070)4164-3962, 3963　기획실 (02)567-3388
　　　　　　판매 및 마케팅 (070)4165-6888, Fax (02)322-7665

ISBN 979-11-5710-612-7 04830
ISBN 979-11-5710-126-9 (세트)